おおえ
けんざ
ぶろう

大江健三郎
文集

おおえ
けんざぶろう

芽むしり仔撃ち
『芽むしり仔撃ち』裁判

揪芽打仔
『揪芽打仔』之审判

［日］大江健三郎／著
陈青庆　周砚舒／译

人民文学出版社

著作权合同登记号　图字　01-2023-1654

ME MUSHIRI KO UCHI/"ME MUSHIRI KO UCHI" SAIBAN
by OE Kenzaburo
Copyright © 1958/1980 OE Kenzaburo
All rights reserved.
Originally published in Japan.
Chinese (in simplified character only) translation rights arranged with
OE Kenzaburo, Japan
through THE SAKAI AGENCY.

图书在版编目(CIP)数据

揪芽打仔　"揪芽打仔"之审判/(日)大江健三郎著;陈青庆,周砚舒译.—北京:人民文学出版社,2023
(大江健三郎文集)
ISBN 978-7-02-015013-7

Ⅰ.①揪… Ⅱ.①大…②陈…③周… Ⅲ.①中篇小说—小说集—日本—现代 Ⅳ.①I313.45

中国国家版本馆 CIP 数据核字(2021)第 038645 号

责任编辑　陈　旻
装帧设计　李思安
责任印制　张　娜

出版发行　人民文学出版社
社　　址　北京市朝内大街166号
邮政编码　100705

印　　刷　北京汇林印务有限公司
经　　销　全国新华书店等

字　　数　247千字
开　　本　880毫米×1230毫米　1/32
印　　张　10.375　插页3
印　　数　1—5000
版　　次　2023年5月北京第1版
印　　次　2023年5月第1次印刷

书　　号　978-7-02-015013-7
定　　价　49.00元

如有印装质量问题,请与本社图书销售中心调换。电话:010-65233595

"大江健三郎文集"编委会名单

（按姓氏拼音排列）

顾　问：
　　陈众议　　刘德有　　莫　言　　铁　凝
统　筹：
　　黄志坚　　李　岩　　谭　跃　　肖丽媛　　臧永清
主　编：
　　许金龙
编　委：
　　陈建功　　陈　旻　　陈晓明　　陈喜儒　　程　巍
　　川村凑　　次仁罗布　崔曼莉　　丁国旗　　董炳月
　　高旭东　　侯玮红　　黄乔生　　李贵苍　　李　浩
　　李建英　　李敬泽　　李修文　　李永平　　梁　展
　　刘魁立　　刘悦笛　　栾　栋　　彭学明　　平野启一郎
　　邱春林　　邱雅芬　　施爱东　　史忠义　　王　成
　　王小王　　王亚民　　王奕红　　王中忱　　尾崎真理子
　　翁家慧　　吴　笛　　吴晓都　　吴义勤　　吴岳添
　　吴正仪　　吴之桐　　小森阳一　徐则臣　　徐真华
　　许金龙　　严蓓雯　　阎晶明　　杨　伟　　叶　琳
　　叶　涛　　叶兴国　　于荣胜　　沼野充义　赵白生
　　赵京华　　中村文则　诸葛蔚东　朱文斌　　宗仁发
　　宗笑飞

代 总 序

大江健三郎——从民本主义出发的人文主义作家

许金龙

在中国翻译并出版"大江健三郎文集",是我多年以来的夙愿,也是大江先生与我之间的一个工作安排:"中文版大江文集的编目就委托许先生了,编目出来之后让我看看是否有需要调整的地方。至于中文版随笔·文论和书简全集,则因为过于庞杂,选材和收集工作都不容易,待中文版小说文集的翻译出版工作结束以后,由我亲自完成编目,再连同原作经由酒井先生一并交由许先生安排翻译和出版……"

秉承大江先生的这个嘱托,二〇一三年八月中旬,我带着与人民文学出版社外国文学编辑室负责人陈旻先生共同商量好的编目草案来到东京,想要请大江先生拨冗审阅这个编目草案是否妥当。及至到达东京,并接到大江先生经由其版权代理人酒井建美先生转发来的接待日程传真后,我才得知由于在六月里频频参加反对重启核电站的群众集会和示威游行,大江先生因操劳过度引发多种症状而病倒,自六月以来直至整个七月间都在家里调养,夫人和长子光的身体也是多有不适。即便如此,大江先生还在为参加将从九月初开始的新一波反核电集会和示威游行做一些准备。

在位于成城的大江宅邸里见了面后,大江先生告诉我:考虑到上了年岁和健康以及需要照顾老伴和长子光等问题,早在此前一年,已经终止了在《朝日新闻》上写了整整六年的随笔专栏《定义集》,在二〇一三年这一年里,除了已经出版由这六年间的七十二篇随笔辑成的《定义集》之外,还要在两个月后的十月里出版耗费两年时间创作的长篇小说《晚年样式集》(*In Late Style*),目前正紧张地进行最后的修改和润色,而这部小说"估计会是自己的'最后一部长篇小说'"。对于我们提出的小说全集编目,大江先生表示自己对《伪证之时》等早期作品并不是很满意,建议从编目中删去。

在准备第一批十三卷本小说(另加一部随笔集)的出版时,本应由大江先生亲自为小说全集撰写的总序却一直没有着落,最终从其版权代理人酒井先生和坂井春美女士处转来大江先生的一句话:就请许先生代为撰写即可。我当然不敢如此僭越,久拖之下却又别无他法,在陈昱先生的屡屡催促之下,只得硬着头皮,斗胆为中国读者来写这篇挂一漏万、破绽百出的文章,是为代总序。

在这套大型翻译丛书即将出版之际,我想要表达发自内心的深深谢意,也希望亲爱的读者朋友们与我一同记住并感谢为了这套丛书的问世而辛勤劳作和热忱关爱的所有人,譬如大家所敬重和热爱的大江健三郎先生,对我们翻译团队给予了极大的信任和支持;譬如大江先生的版权代理商酒井著作权事务所,为落实这套丛书的中文翻译版权而体现出良好的专业素养和极大的耐心;譬如大江先生的好友铁凝女士(大江先生总是称其为"铁凝先生"),为解决丛书在翻译和出版过程中不时出现的问题而不时"抛头露面",始终在为丛书的翻译和出版保驾护航;譬如同为大江先生好友的莫言先生,甚至为挑选这套丛书的出版社而再三斟酌,最终指出"只有人民文学出版社才是最合适的选择";譬如亦为大江先生好友的陈众议教授,亲自为组建丛书编委会提出最佳人选,并组织各语种编委解决因原作中的大量互文引出的困难;譬如翻译团队的所有成员,无一不在兢兢业业地辛勤劳作;譬如这套丛书的责编陈旻先生,以其值得尊重的专业素养,极为耐心和负责且高质量地编辑着所有译文;又譬如我目前所在的浙江越秀外国语学院,为使我安心主编这套丛书而提供了良好的工作环境并协助成立"大江健三郎文学研究中心"……当然,由于篇幅所限,我不能把这个"譬如"一直延展下去,惟有在心底默默感谢为了这套丛书曾付出和正在付出以及将要付出辛勤劳作的所有朋友、同僚。感谢你们!

另外,为使以下代序正文在阅读时较为流畅,故略去相关人物的敬称,祈请所涉各位大家见谅。

一、从民本主义出发

1.古义人:一个日本婴儿的乳名及其隐喻

日本四国岛松山地区的大濑村是座依山傍水的小山村,建于峡谷中一块纺锤形盆地。这座小村庄位于内子町之东,石锤山西南,为重峦叠嶂所围拥。小山村只有一条东西走向的街道,与从村边流淌而下的小田川大致平行。由于河流的上游和下游分别为群山所遮掩,盆地里的小村庄看似被山峦和森林完全封闭,状呈口小腹大的瓮形。一九三五年一月三十一日,一个小生命就在这个村子里的大江家呱呱坠地,曾外祖父随即为襁褓中的婴儿取了"古义人"这个含有深意的乳名。

所谓"古义人"之"古义",缘起于日本江户中期古学派大儒伊藤仁斋(一六二七年八月——一七〇五年四月)的居所兼授学之所"古义堂"。在位于京都堀川岸边的那所小院里,伊藤仁斋写出了其后成为伊藤仁斋学系重要典籍的《论语古义》《孟子古义》和《语孟字义》等论著,继而与其子伊藤东涯共同创建了名震后世的堀川学派,陆续拥有弟子多达三千余人。这位古学派大儒(或曰堀川派创始人)肯定不会想到,《孟子古义》等典籍及其奥义,会经由自己学系的后人,传给乳名为古义人的婴儿——五十九年后获得诺贝尔文学奖的大江健三郎,并被其内化为自己的道德观和伦理观,成为静静流淌于其文学作品底里的一股强韧底流,而"古义人"这个儿时乳名,则不时以"义""义兄"和"古义"以及"古义人"等人物命名,不断出现在《万延元年的Football》(1967)、《致令人眷念之年的信》(1987)、《燃烧的绿树》(三部曲)(1993—1995)和"奇怪的二人配"六部曲(2000—2013)等诸多小说作品中。譬如长篇小说《别了,我的书!》开首第一句便开门见山地表示:"虽说已经步入老年,可长江古义人还是因暴力原因身负重伤后第一次住进了医院。"为了更清晰地暗示读者,作者大江特意在日文原版正文第一行为"長江古義人"这几个日文汉字加了旁注"ちょうこうこぎと"。这里的"ちょうこう"是固有名词,指涉中国的"长江",而"こぎと",则是"古义人"之音读,在日语中与"古義堂"谐音,作者借此清晰地告诉读者,文本内外的古义人经由曾外祖父和古义堂所接受的民本思想,其源头在于长江所象征的中国。关于"古义人"这个名字的缘起,大江本人曾在《大江健三郎口述自传》里作如此回忆:

　　古义人的名字中,就融汇了这个学派的宗师伊藤仁斋的古学思想。我从阿婆那里只听说,曾外祖父曾在下游的大洲藩教过学问。他处于汉学者的最基层,值得一提的是,他好像属于伊藤仁斋的谱系,因为父亲也很珍惜《论语古义》以及《孟子古义》等书,我也不由得喜欢上了"古义"这个词语,此后便有了"奇怪的二人配"这三部曲①中的Kogi②,也就是

---

① 在写作《大江健三郎口述自传》时,大江已发表同以长江古义人为主人公的《被偷换的孩子》《愁容童子》和《别了,我的书!》这三部长篇小说,后三部长篇小说《优美的安娜贝尔·李　寒彻颤栗早逝去》《水死》和《晚年样式集》尚未创作和发表,故此处有"三部曲"之说。
② Kogi为"古义"的日语读音。

古义这么一个与身为作者的我多有重复的人物的名字。①

"古义"这个字词所承载的民本思想，与其后接受的日本战后民主主义思想以及经大江本人丰富和完善过后的人文主义思想一道，浑然形成大江健三郎之宏大博深且独具特色的文艺思想——勇敢战斗的人文主义和果敢前行的悲观主义。

2. 由莫言引发的思考和回溯

大江的曾外祖父与孟子学说结下的不解之缘，要从其家族所从事的造纸业说起。大江的故乡大濑村所在地区的经济主要依靠农业和林业支撑，历史上曾是全国木蜡的主要产地，这里还生产利用森林中的黄瑞香树皮制作的纸浆，用以生产优质和纸。日本学者黑古一夫教授曾多次前往此地做田野调查，他认为"江户时代的大江家以武士身份采购山中特产，到了明治仍然继承祖业从事造纸业"②。其实，大江家作为批发商除了收购山中的柿干等山货外，从江户时代传承下来的造纸业才是其主业，自山民手中收集黄瑞香树皮并在河水中浸泡过后，将从中撕下的真皮加工为特殊纸浆，再向内阁造币局提供这种特殊纸浆以供其制造纸币。当时，日本全国一共只有几家作坊能够生产这种特殊纸浆原料。战后，由于货币用纸发生了变化，便不再使用这种纸浆原料。

为了更好地经营祖传产业，大江的曾外祖父年轻时曾前往大阪（或是京都），在古学派大儒伊藤仁斋学系开办的学堂里研习儒学，更准确地说，是研习孟子的相关学说，尤其是其中的民本思想和易姓

---

① 大江健三郎著，许金龙译《大江健三郎口述自传》，贵州人民出版社，二〇一九年三月，第10页。
② 黑古一夫著，翁家慧译《大江健三郎传说》，中国广播电视出版社，二〇〇八年三月，第22页。

革命思想。二〇〇八年二月二十一日下午,在东京都郊外小田急沿线的成城宅邸里,大江对来自中国的老朋友莫言这样解释曾外祖父专程学习儒学的原委:

> 曾外祖父年轻时曾在大阪的新兴商人间开办的私塾里学习孟子的相关学说。在当时的日本,普遍认为孔子的《论语》有利于天皇制,因而比较欢迎《论语》,同时认为孟子学说中含有反天皇制的因素,便对孟子及其学说持反对态度。不过也有个例外,那就是江户时期的儒学家伊藤仁斋对孟子持肯定态度,认为后世诸家大多根据其时的统治阶层利益来阐释儒学,比如对朱子学也是如此,这就越来越背离了儒学的真义,所以需要回到原典中去寻找古义,想要以此为据,用以构建自己的思想体系,他还写了一本题为《孟子古义》的研究类专著。相较于宣扬孔子及其《论语》的私塾古义堂所授教材《论语古义》,曾外祖父选择了《孟子古义》的学术观点,并将这些观点传给了儿时的我。早在孩童时代,我就觉得《孟子古义》中的"古义"是个好词,就接受了这其中的"古义"这个词语。①

在被莫言的同行者问及"你的曾外祖父是个商人,为什么要去学习儒学?"时,大江则这样对他的老朋友莫言解释道:

> 当时的日本商人都认为,经商是为得利,而若想得利,首先便要有义。若是不能义字当头,即便获利,也不会长久。本着这个义利观,曾外祖父就专程前去学习儒学中的"义",却不料被儒学的博大精深所深深震撼,更是与《孟子古义》中有关易姓革命的理论产生共鸣,在学习结束后,就带着据说是伊藤仁斋手书的"義"字挂轴回到家乡,却不再经商,而是在村里挂上那个"義"字挂轴,就在那挂轴下教授村里人学习儒学。再往后,就去邻近的大洲藩教授儒学去了。

---

① 根据二〇〇八年二月二十一日下午大江健三郎与莫言对谈现场所录文字整理而成。

莫言的访问引出大江对自身家学渊源的关注和回溯,那次访谈结束后,或许是认为自己未能更为透彻地向莫言阐释古学派的义利观,两年后的二〇一〇年三月,大江在刊于《朝日新闻》的专栏文章里,如此引用了三宅石庵①在怀德堂发表的讲义:

> 所谓利,是人的合理之判断,无外乎"正义"——义——的认识论之延长。实际上,商人绝不应考虑利用彼等职业追求利益,而应考虑从"义"这种道德原理出发之伦理性活动。义在客观世界中被转为行动之际,利无须努力追求亦不为欲望所乱便会"自然"呈现。"利者,纵然不使刻意相求,利亦将如影随形也。"②

这显然是日本近世儒学教育家对《易经》中"利者,义之和也"的解读,典出于《易经》"为乾之四德"中"元者,善之长也。亨者,嘉之会也。利者,义之和也。贞者,事之干也"。孟子在《孟子·梁惠王上》中亦曰:"王!何必曰利?亦有仁义而已矣。王曰'何以利吾国?'大夫曰'何以利吾家?'士庶人曰'何以利吾身?'上下交征利而国危矣。"我们也可以将孟子向梁惠王所作谏言,理解为孟子学说在《易经》义利观的基础上所做的寓言式诠释。

3. 大江对"古义"的再阐释

与莫言的访问时隔大约一年半后的二〇〇九年十月六日,在台北举办的第二届"大江健三郎文学学术研讨会"上,大江对莫言、朱天文、陈众议、小森阳一、许金龙、彭小妍等中日两国作家和学者更为详尽地讲述了曾外祖父学习儒学的背景:

---

① 三宅石庵(1665—1730),日本江户中期的儒学家,曾任怀德堂第一任堂主。
② 大江健三郎著,许金龙译《定义集》,贵州人民出版社,二〇一九年三月,第280页。

……我在孩童时代有个名为"古义人"的乳名。我的曾外祖父是中国哲学的研究者。……伊藤仁斋作为研究日本近世的中国哲学的学者而广为人知,他运用中国古典的正统解读法,写了"古义"(系列)的论著,准确地说,是《论语古义》和《孟子古义》等论著。

　　江户时代,有着基于近世的领导人和政治家的中国哲学意识形态。日本一直存在来自中国朱子的朱子学传统,及至日本近世,就出现了两个不同于朱子学的、对于古典的理解。其一,是作为学者而出现的著名的荻生徂徕这个人物,他主张把中国哲学真正视作古老的文本,遵循文本的本义进行解读。他的这种解读就成了武士和知识阶层的哲学,当德川幕府封建体制崩溃、发生明治维新、发生叫作明治维新的革命之际,就成了赋予日本知识分子力量的思想来源之一。……不过在这同一时期,另有一个对民众传授中国哲学的人,传授与政府的、权力方的解读相悖的中国哲学的人,此人就是伊藤仁斋。我的曾外祖父学习了这种中国哲学,便在自己的房间里挂起从先生那里得到的字幅,那上面有了不起的大人物手书的"羲"字。曾外祖父将其悬挂起来,就在那下面教授我们那里的人学习中国哲学。曾外祖父说,这么大的字幅,是伊藤仁斋亲手所书。

这里需要介绍一下大江所说的、在日本以天皇为中心的意识形态之下,孔子与孟子学说在日本社会受容与传承的际遇迥然相异——"普遍认为孔子的《论语》有利于天皇制,因而比较欢迎《论语》,同时认为孟子学说中含有反天皇制的因素,便对孟子及其学说持反对态度"。以此观照孔孟学说东传日本的历史,孔子学说在圣德太子时期便奠定了儒家正统的地位,演变为天皇制伦理的法理基础和伦理基础,而孟子学说,则由于民贵君轻的基本政治伦理天然违背了天皇制自上而下的尊卑观,从而成为东传日本之儒教的异端。这种尊孔抑孟的主流意识形态,直至伊藤仁斋的出现,才得到反思和受到批判。

4.不受历代天皇欢迎的孟子及其学说

《论语》早在三世纪后半叶便开始传往日本,公元二八五年,"百济博士王仁由于阿直歧的推荐,率治工、酿酒人、吴服师赴日,并献《论语》十卷、《千字文》一卷,这就是汉文字流入日本之始。其后继体天皇时(513—516)百济五经①博士段杨尔、高丽五经博士高安茂、南梁人司马达赴日,又钦明天皇时(554)五经博士王柳贵、易博士王道良等赴日,这可以说是以儒教为中心之学术文化流入日本之始"②。如果说这大约三百年间的儒学传入是时断时续的涓涓细流,那么到了七世纪,即中国的隋唐时期、日本的推古天皇时期,这涓涓细流就成了奔腾于日本本土文化这个河床中的汹涌洪流,广泛而持久地滋润着干涸的本土文化。在这个时期,有史可考的日本第一位女天皇炊屋姬,也就是推古天皇,为了抗衡把持朝政的权臣苏我马子,故而册封自己的侄儿、已故用明天皇的儿子厩户皇子为皇太子,这位皇太子便是后世盛传的圣德太子。其对内实施了一系列改革,对外则不断派遣遣隋使和遣唐使,如饥似渴地吸收和消化来自中国的先进文化,这其中就包括从中国大量引入的儒学和佛教文化。圣德太子更是学以致用,很快便基于儒佛文化亲自拟就并于六〇四年颁布旨在对官吏进行道德训诫的《十七条宪法》,试图以此为基础建立以天皇为核心的中央集权体制。该《宪法》除去第二条之"笃信三宝"和第十条之"绝忿弃嗔"取自佛教经典外,其余各条尽皆出自儒学经典和子史典籍。北京大学哲学系的朱谦之老先生曾对此做过清晰的梳理:

---

① 五经为《诗经》《尚书》《礼记》《周易》和《春秋》这五部典籍,是我国保存至今的最为古老的文献,也是我国古代儒家的主要经典。
② 朱谦之著《日本的朱子学》,人民出版社,二〇〇〇年十二月,第4页。

第一条"以和为贵"本《礼记·儒行》及《论语》"礼之用和为贵";"上和下睦"本《左传》成公十六年"上下和睦"与《孝经》"民用和睦,上下无怨"。第三条"君则天之,臣则地之"本《左传》宣公四年"君天也"与《管子》;"天覆地载"本《礼记·中庸》"天之所复,地之所载";"四时顺行"本《易·豫卦》"天地以顺动,故日月不过而四时不忒";"上行下靡"本《说苑》。第四条"上不礼而下不齐"本《韩诗外传》及《论语》"道之以德,齐之以礼,有耻且格"。第五条"有财之讼,如石投水,泛者之讼,似水投石",本《文选》李潇远《运命论》"其言如以石投水,莫之逆也"。第六条"无忠于君,无仁于民"本《礼记·礼运》"君仁臣忠";"惩恶劝善"本《左传》成公十四年。第七条"人各有任,掌宜不滥,其贤哲任官",本《尚书·咸有一德》之"任官惟贤材";"克念作圣"本《尚书·说命篇》。第八条"公事靡盬"本《诗经·唐风·鸨羽》,《鹿鸣之什·四牡》之"王事靡盬"。第九条"信是义本"本《论语》"信近于义"。第十条"彼是则我非"本《庄子》;"如环无端"本《史记·田单传》。第十二条"国靡二君,民无二主",本《礼记·坊记》"天无二日,土无二主"及《孟子》。第十五条"背私向公,是臣之道矣",本《韩非子·五蠹》篇"自环者谓之私,背私谓之公",与《左传》文公六年"以私害公非忠也";"千载以难待一圣"本《文选·三国名臣传序》。第十六条"使民以时,古之良典"本《论语·学而》篇"节用而爱人,使民以时"。①

由此可见,无论在形式上还是内容上,《论语》和"五经"都对《十七条宪法》带来巨大影响,从而为建立以天皇为核心的中央集权体制做了前期准备。当然,我们在这里需要关注的是,这部宪法引入《论语》者有四,而引入《孟子》者则为一。也就是说,在大规模引入中国儒学的初期阶段,或许是对于孟子有关易姓革命的民本思想不甚了解,圣德太子还是对孟子表示出了敬意,尽管在《宪法》中的参

---

① 朱谦之著《日本的朱子学》,人民出版社,二〇〇〇年十二月,第5—6页。

考和引用大大少于孔子的《论语》。

圣德太子去世后,孝德天皇在大化二年(646)颁布《改新之诏》,史称大化改新,提出"公民公地",将皇族和大贵族的土地收归天皇所有,"确立天皇的最高土地所有权及以天皇为中心的中央集权制。儒学的天命观及与之相联的符瑞思想成为革新的重要理论基点"①,由此正式成立中央集权国家,并将大和之国名更改为日本国。随着神话传说故事《古事记》(712)和编年体史书《日本书纪》(720)的问世,日本历代天皇越发强调皇权天授、万世一系,及至明治维新后由伊藤博文起草并实施的《大日本帝国宪法》,更是借助日本传统中对天皇的尊崇,以法律形式确认天皇秉承皇祖皇宗"天壤无穷之宏谟"的神意,继承"国家统治大权"的上谕,其权力神圣不可侵犯,从而被赋予国家元首和统治权的总揽者之地位②,集统治权、军权和神权于一身。于是,"民为贵,社稷次之,君为轻",强调主权在民、人民福祉才是政治活动之最大目的等孟子的政治主张,便不可避免地与日本历代统治阶层的利益发生了猛烈碰撞。至于孟子所提"贼仁者谓之贼,贼义者谓之残。贼残之人,谓之一夫。闻诛一夫纣矣,未闻弑君也"③等易姓革命的政治主张,更是为日本历代统治阶层所不容,不但代表皇室利益的公家不容,即便是代表幕府利益的武家也决不能接受。于是,在孔子自被奈良朝奉为"文宣王"(768)并享有王者至尊的一千余年间,孟子非但不能享受亚圣的荣光,就连其著述《孟子》也不得输入日本,致使坊间四处流传,不可将《孟子》由唐土带回

---

① 刘宗贤、蔡德贵著《当代东方儒学》,人民出版社,二〇〇三年十二月,第155页。
② 请参阅收录于《日本国宪法》之《大日本帝国宪法》,讲谈社学术文库2201,第61—77页。
③ 引自伊藤仁斋著《孟子古义》第34—35页之《孟子·梁惠王下·2》相关内容。

日本，否则将会在回航途中遭遇海难……这大概就是大江健三郎对莫言所说的"普遍认为孔子的《论语》有利于天皇制，因而比较欢迎《论语》，同时认为孟子学说中含有反天皇制的因素，便对孟子及其学说持反对态度"的历史背景和政治背景了吧。

5.以民意代天意的民本思想

这种尊孔抑孟的现象到了幕府时代也没有任何改变，"作为军事独裁政权的幕府政权一直提倡武士道及尚武精神，而儒家的伦理道德思想在武士道形成过程中成为一个重要的思想来源，统治者及其思想家们利用儒学阐释武士道，汲取了儒学忠、勇、信、礼、义、廉、耻等道德观念，依其统治利益所需改造儒学，冀以充实武士道"①。尤其到了德川幕府时期，"出于加强思想统治，维护并发展幕府政治、经济制度的需要，在国家意识形态方面，由佛儒并用转向独尊儒家思想学说，把儒学定为官学，同时强行禁止'异学'。……倡'大义名分'，把纲常伦理绝对化的程朱理学作为占统治地位的主导思想"②。这里有两点需要注意：一是"依其统治利益所需改造儒学，冀以充实武士道"；二是"把纲常伦理绝对化的程朱理学作为占统治地位的主导思想"。前者是说幕府根据其统治利益所需而任意"改造"儒学，用以"充实武士道"；后者则表明被幕府选中的、可供其"改造"的儒学或曰官学，便是"把纲常伦理绝对化的程朱理学"了。由此可见，经过种种"改造"的这种所谓儒学，就只能是遭到严重篡改的"儒学"，为统治阶层的伦理纲常保驾护航的"儒学"了。这种儒学，便是大江口中的"来自中国朱子的朱子学"，也就是被权力中心所指定的官学。为了

---

① 刘宗贤、蔡德贵著《当代东方儒学》，人民出版社，二〇〇三年十二月，第156页。
② 同上，第167页。

对抗这种官学,"及至日本近世,就出现了两个不同于朱子学的、对于古典的理解。……有一个对民众教授中国哲学的人,教授与政府的、权力方的解读相悖的中国哲学的人,此人就是伊藤仁斋"①。

大江在这里提及的伊藤仁斋是江户时期古学派中具有代表性的重要学者,而伊藤仁斋所在的"古学派是日本儒学的重要派别,也是官学朱子学的反对派。古学派学者认为只有古代儒学才具有真义,汉唐以后的儒学全是伪说。他们尊信三皇、五帝、周公、孔子,以古典经典为依据,冀望从古典中寻找作用于社会的智慧源泉,重新构建不同于朱子学、阳明学的思想体系,实际是希望以复古的名义打破当时朱子学的一统天下。古学派的先导者是山鹿素行,另外两个著名人物分别是堀川学派的伊藤仁斋、萱园学派的荻生徂徕。他们在思想意识形态上具有共同的特点,政治上代表被闲置的贵族及中小地主阶级等在野民间势力"②。这里说的是在德川时代中期,占全国人口百分之八十多的农民附属于大小藩主,而这大大小小的藩主又附属于大名,各大名则附属于"大将军"德川幕府。随着德川幕藩制在政治方面和经济方面开始出现危机,其封建体制开始瓦解,近代思想也便从中逐渐萌发并发展起来,就这个意义而言,与朱子学对抗的古义学的出现和发展,也就是历史的必然了。尤其在享保年间,日本全国的农村经济因商业高利资本的侵入而衰落之际,风起云涌的农民暴动在震撼德川幕府封建统治基础的同时,也给维护封建等级制度和伦理纲常的朱子学带来沉重打击。正是在这种背景下,"初奉宋儒,……及年三十七八始出己见"的伊藤仁斋叛出朱子学,转而在《论语》和《孟子》等古典中寻找真义,认同孟子"天视民视,天听民

---

① 根据"大江健三郎文学学术研讨会"台北会议录音整理而成的资料。
② 刘宗贤、蔡德贵著《当代东方儒学》,人民出版社,二〇〇三年十二月,第164页。

听",即以民代天、以民意代天意的民本思想,主张以仁义为王道,所以仁者之上位,虽说是天授,其实更是人归。对于失去民心民意、引发天怒人怨的残暴之君,则认为其已被以民意为象征的天道所抛弃,从而可以对其放伐。

6.以革命颠覆不义的理想主义呼声

在详细阐释孟子的放伐理论时,伊藤仁斋更是在《孟子古义》里缜密地为孟子如此辩护道:

> 孟子论征伐。每必引汤武明之。及其疑于弑君者。乃曰闻诛一夫纣矣。未闻弑君也。盖明汤武之举。仁之至。义之尽。而非弑也。……何者。道也者。天下之公共。人心之所同然。众心之所归。道之所存也。传曰。桀放于南巢。自悔不杀汤于南台。纣诛于牧野。悔不杀文王于羑里。夫天下非一汤武也。向使桀纣自悛其恶。则汤武不必征诛。若其恶如故。则天下皆为汤武。不在彼则在此。不在此必在彼。纵令彼能于南巢牧野之前。得杀汤武。然不改其恶。则天下必复有如汤武者。出而诛之。虽十杀百戮。而卒无益。故汤武之放伐。天下放伐之也。非汤武放伐之也。天下之公共。而人心之所同然。于是可见矣。孟子之言,岂非万世不易之定论乎。宋儒以汤武放伐为权变。非也。天下之同然之谓道。一时之从宜之谓权。汤武放伐即道也。不可谓之权也。①

在当时看来,伊藤的宣言是何等的大胆。如果说在中国的历史上,易姓革命早已屡见不鲜,素有改朝换代之说的话,那么在日本这个所谓天皇万世一系的国度里,伊藤仁斋的以上话语可谓大逆不道了。所谓弑君,用日语表述便是"下克上",明显包括"犯上作乱"和"以下犯上"等道德和伦理层面的指责,但是伊藤仁斋在纣王被杀这

---

① 伊藤仁斋著《孟子古义》卷一,第35页。

件事上,却全然不做这种语义上的认可,倒是完全依孟子所言,认为武王伐纣是诛杀贼仁贼义之独夫而非弑君,可作为正义行为予以认可和鼓励,因为"夫天下非一汤武也。向使桀纣自悛其恶。则汤武不必征诛。若其恶如故。则天下皆为汤武",更是强调汤武放伐是天下之同然的"道也",而不是宋儒(或曰维护幕府等级制度的朱子学)所批评的从宜之"权变"。

伊藤仁斋笔下的"道",其后被暴动之乡的年轻商人所接受、所宣传、所传承,并取其宗师伊藤仁斋居所兼私塾的古义堂之"古义"二字,为自己的曾外孙命名为"古义人"。这个乳名为"古义人"的孩子多年后在作品里借小说人物之口讲述了这个乳名的背景:"宴会将近结束时,大黄突然说起古义人这个名字的由来。当然,这是以笛卡尔的西欧思想为原点的,然而并不仅仅如此。在与大阪——当时的大阪——有着贸易往来关系的这块土地上,不少人曾前往商人们学习儒学的学校怀德堂。古义人的名字中,就融汇了这个学派的宗师伊藤仁斋的古学思想。"[①]至于伊藤仁斋在上文中提及汤武放伐时所认定并高度评价的"道",时隔大约四百年之后,大江在《万延元年的Football》里做出了这样的回应:

> 关于武装暴动的原因,那位与我有书信往来的老教员乡土史家,既未否定,亦未积极肯定我母亲的意见。他具有科学态度,强调在万延元年前后,不仅本领地内,即使整个爱媛县内也发生了各类武装暴动,这些力量和方向综合在一起的矢量指向维新。他认为本藩惟一的特殊之处,就是万延元年前十余年,藩主担任寺院和神社的临时执行官,使本藩的经济发生了倾斜。此后,本藩向领地城镇人口征收所谓"万人讲"日钱,

---

① 大江健三郎著,许金龙译《被偷换的孩子》,译林出版社,二〇〇八年十月,第109页。

向农民征收预付米,接着是"追加预付米"。乡土史家在信末引用了一节他收集的资料:"夫阴穷则阳复,阳穷则阴生,天地循环,万物流转。人乃万物之灵长,若治政失宜,民穷之时,岂不生变乎!"这革命启蒙主义中有一股力量。①

在这里,大江借小说人物之口说出"人乃万物之灵长,若治政失宜,民穷之时,岂不生变乎!"其以革命颠覆不义的理想主义呼声,显然来自《孟子·梁惠王下》的相关内容及其在日本的传承者伊藤仁斋的影响。不仅如此,大江还把以上经其改写的话语定义为"革命的启蒙主义",而且特意指出其中蕴藏着"一股力量"。更具体地说,这既是对孟子"贼仁者谓之贼,贼义者谓之残。贼残之人,谓之一夫。闻诛一夫纣矣,未闻弑君也"等易姓革命主张的认同,也是在借伊藤仁斋对此所做的解读而赋予故乡暴动历史以正当性和合理性,让所有暴动者及其同情者据此获得伦理上的支撑——"夫天下非一汤武也。向使桀纣自悛其恶。则汤武不必征诛。若其恶如故。则天下皆为汤武"。显然,故乡的历史暴动史实与先祖传播的孟子有关"民本"和"革命"思想融汇在了一起,森林中的农民暴动叙事所体现的朴素村落政治观和斗争史,恰恰是"民本"古义与"革命"的现代左翼思潮相结合的表现,更是大江在未来的人生中接受战后民主主义思想的伦理基础。

二、暴动之乡的森林之子

1.大濑村的暴动历史

作为大江文学的重要构成部分,大江的革命想象不仅萌发于曾

---

① 大江健三郎著,邱雅芬译《万延元年的Football》,人民文学出版社,二〇二一年四月,第88页。

外祖父《孟子古义》之家学影响,无疑也受到故乡暴动历史世代口耳相传的浸染,将边缘与中心的权力抗衡内化为一种本土化的体悟。大江的"古义人"乳名和其接受孟子民本思想以及易姓革命思想的土壤,恰恰是故乡大濑村这块历史上暴动频发的土地,正如大江在北京的一次讲演中所言:

> 而我,则在边缘地区传承了不断深化的自立思想和文化的血脉。对于来自封建权力以及后来的明治政府中央权力的压制,地方民众举行了暴动,也就是民众起义。从孩童时代起,我就被民众的这种暴动或曰起义所深深吸引。……我曾写了边缘的地方民众的共同体追求独立、抵抗中央权力的长篇小说《万延元年的 Football》。这部小说的原型,就是我出生于斯的边缘地方所出现的抵抗。明治维新前后曾两度爆发起义(第二次起义针对的是由中央权力安排在地方官厅的权力者并取得了胜利),但在正式的历史记载中却没有任何记录,只能通过民众间的口头传承来传续这一切。……与中心进行对抗的边缘这种主题,如同喷涌而出的地下水一般,不断出现在此后我的几乎所有长篇小说之中。①

那么,作为大江革命想象的原型,故乡大濑村的革命暴动,是如何在德川幕府和其后的明治政府中央权力及其各级官吏等代理人的压制下被频频触发的呢?这些革命原型又与大江自身的文学建构有着何种关联?

当然,由于官方长年以来的持续遮蔽或改写,我们已经很难从官方记载中查阅并还原当年的暴动起因以及过程等完整信息了。大江本人在其作品以及讲述中所提供的信息亦缺乏完整性和系统性,更

---

① 大江健三郎著,许金龙译《北京讲演二〇〇〇》,《中华读书报》,二〇〇〇年十月十八日。

由于其小说的虚构性,小说叙事的史料价值也有待考鉴。与此同时,通过口耳相传的民间文学形式以及亲身参与了暴动文化之传播的老人们,亦随岁月流逝而日渐减少,其所提供的信息亦有模糊不清之处。所幸笔者在当地做田野调查时,曾获得一份非公开出版的方志。结合当地老人的回忆以及大江本人的讲述或文字记叙,得以大致瞥见当地暴动的肇因和状貌。这份由内子町志编撰委员会编写的《新编内子町志》第七节之《农民暴动》这个章节里有一个题为"大洲藩农民暴动(騒動)"的列表 2-7:

年号	公元	暴动名称
寛保元年	1741	久万山騒動
延享四年	1747	御藏騒動
寛延三年	1750	内子騒動
宝暦十一年	1761	麻生騒動
明和七年	1770	藏川騒動
明和八年	1771	麻生騒動
寛政元年	1789	柳沢騒動
文化六年	1809	阿藏騒動
文化七年	1810	横峰騒動
文化十三年	1816	大洲紙騒動
文化十三年	1816	村前騒動
文政十一年	1828	菅田騒動
天保八年	1837	柳沢騒動
天保八年	1837	横峰騒動
文久二年	1862	小薮騒動
文久三年	1863	宇和川騒動
慶応二年	1866	奥福騒動
明治四年	1871	廃藩置県騒動

| 明治四年 | 1871 | 郡中騒動 |
| 明治四年 | 1871 | 臼杵騒動 |

——以上为发生于大洲藩或与藩相关联的暴动。其资料来源于影浦勉「伊予農民騒動史話」「愛媛鼎史」『大洲市誌』和「高橋文書」。①

这份列表清晰标注了大濑村所在的大洲藩地区,自一七四一年至一八七一年这约一百三十年间,发生被官方蔑称为"骚动"的暴动共计二十次。也就是说,暴动平均每六年半便会爆发一次。这里需要说明的是,图表所列远不及实际曾经发生的暴动次数,譬如一七八八年肇始于大江家所在小山村的大濑暴动,就未能列入其中。在这片范围有限的区域内,如此高频度(有的地方甚至重复数次)发生暴动的原因不一而足,不过其主因不外乎来自各级官府的压榨、商人投机、官商勾结、粮食歉收、物价(尤其是粮食价格)高涨等等,这一点从大米和大豆在一八六一年至一八七〇年这十年间的涨幅便可略见一斑(2-8):

年　号	公元	大米	大豆
文久元年	1861	205 錢	218 錢
二年	1862	250 錢	272 錢
三年	1863	290 錢	260 錢
元治元年	1864	400 錢	364 錢
慶応元年	1865	650 錢	540 錢
二年	1866	2000 錢	1140 錢
三年	1867	1800 錢	869 錢
明治元年	1868	6000 錢	5700 錢

---

① 内子町志编撰委员会著《新编　内子町志》,一九九六年十月,第161页。

二年	1869	12000 銭	10000 銭
三年	1870	14500 銭	21000 銭

——以上为一石粮食之价格。其资料由知清吉冈文书所作。①

正如大江自述的"明治维新前后曾两度爆发起义（第二次起义针对的是由中央权力安排在地方官厅的权力者并取得了胜利）"②，即列表2-7分别发生于一八六六年的奥福暴动③和一八七一年的废藩置县暴动。从列表2-8可以看出，在大江经常提及的这两场暴动前后短短十年时间内，大米价格从一八六一年的二百零五钱猛涨至一八七〇年的一万四千五百钱，同期的大豆价格则从二百一十八钱猛涨至二万一千钱，前者涨至七十点七倍，后者更是狂涨至九十六点三倍。按照这个势头，未能列入的一八七一年（即发生废藩置县暴动之年）的涨幅估计越发让人心惊肉跳。至于物价何以如此疯涨的主要原因大致如下：首先是江户末期农民阶层开始分化，大量贫困农民为借钱度日而将农地转手他人，只能依靠佃耕勉强糊口；其二则是巧取豪夺了大量土地的地主和富商与藩府加强勾结，通过向藩府提供金钱而获得更多特权，转而利用这些特权变本加厉地盘剥贫困农民；再就是大厦将倾的德川幕府在政治上开始出现崩溃迹象，在经济方面则出现全国性物价高涨，尤其是猛涨的大米价格更使得贫困农民和底层民众的生活越发艰难；第四，雪上加霜的是，在庆应二年

---

① 内子町志编撰委员会著《新编　内子町志》，一九九六年十月，第190页。
② 大江健三郎著，许金龙译《北京讲演二〇〇〇》，《中华读书报》，二〇〇〇年十月十八日。
③ 一八六六年七月十五日发生在包括大江健三郎故乡大濑村在内的奥筋地区的、规模达万余人的农民暴动。因暴动领导人名为福五郎（亦有福太郎、福二郎、福次郎之说），当地人便取奥筋中的奥以及福五郎中的福，将该暴动称之为奥福暴动。

(1866),遭遇了前所未有的大歉收,与藩府素有勾结的投机商人乘机将大米价格猛涨。正如大江在作品里所总结的那样:"人乃万物之灵长,若治政失宜,民穷之时,岂不生变乎!"于是,这一年的七月十五日,大江家所在的大濑村便爆发了名为"奥福骚动"的大暴动,前后历时三天,至十七日时共计波及三十余村庄,参与者多达一万余人。

这次暴动的经纬大致如下:该年七月某日,大濑村村民福五郎(亦有福太郎、福二郎、福次郎之说)因家中无粮,向村吏提出借用村中存米,随即遭拒,却发现村吏将米借给来村里出差的医生成田玄长,便与村吏发生激烈争执。福五郎由此痛恨贪图暴利的商人,决定发动村民一同上访,同村的神职人员立花丰丸于是承担其参谋,以福五郎之名撰写檄文并广泛散发于周围数十村庄,呼吁大家奋起暴动,不予合作之村庄则予烧毁!早已对为富不仁的富商心怀怨恨的数十村庄的农民纷纷加入暴动队伍。七月十五日晚间,赞成福五郎主张的大濑村村民捣毁村里的酒铺,在福五郎号令下开往内子镇,中途参加者络绎不绝,至十六日暴动队伍已达三千余人,当天在内子镇打砸店铺约四十间,继而在五十崎打砸店铺约二十间。及至十七日,共有三十个村庄、一万余人参加暴动。大洲藩府急遣信使往江户幕府报警,同时不断派人游说福五郎等三四位暴动头领,至当日晚间,福五郎等人被说服,继而解散暴动队伍。在参加暴动的农民相继回村后,三位暴动头领遭到抓捕,其中大濑村的福五郎以及同村的立花丰丸其后死于狱中……

诸如此类的暴动景象,通过世代的传述,在民间文学的传承下,从历历在目的口头讲述,化为跃然纸上的文学形象。这些暴动记忆和历史人物原型,促动大江以大濑为革命对峙的中心向压迫性体制发出挑战,而将暴动革命历史传承给大江的媒介,正是阿婆这位民间文学的讲述者,暴动革命故事则作为元文本化入大江对于村庄暴动的文学虚构之中。

2.阿婆的暴动故事元文本

为儿时大江栩栩如生地讲述奥福其人和奥福暴动这段历史的人,是大江家里名为毛笔的阿婆。多年后,《读卖新闻》记者尾崎真理子采访时曾提及大江面对阿婆栩栩如生的讲述而心神荡漾的过往:"那个'奥福'物语故事,当然也是极为有趣,非同寻常。据说您每当倾听这个故事时,心口就扑通扑通地跳。由于听到的只是一个个片段,便反而刺激了您的想象。"①于是大江便这样对记者回忆了当年的情景:

是啊,那都是故事的一个个片段。阿婆讲述的话语呀,如果按照歌剧来说的话,那就是剧中最精彩的那部分演出,所说的全都是非常有趣的场面。再继续听下去的话,就会发现其中有一个很大的主轴,而形成那根大轴的主流,则是我们地方于江户时代后半期曾两度发生的暴动,也就是"内子骚动"(1750)和"奥福骚动"(1866)。尤其是第一场暴动,竟成为一切故事的背景。在庞大的奥福暴动物语故事中,阿婆将所有细小的有趣场面全都统一起来了。

奥福是农民暴动的领导者,他试图颠覆官方的整个权力体系,针对诸如刚才说到的,其权力及至我们村子的那些权势者。说是先将村里的穷苦人组织起来凝为强大的力量,然后开进下游的镇子里去,再把那里的人们也团结到自己这一方来,以便聚合成更强大的力量。那场暴动的领导者奥福,尽管遭到了滑稽的失败,却仍不失为一个富有魅力的人。我就在不断思考奥福这个人的人格的过程中,度过了自己的少年时代。②

---

① 大江健三郎著,许金龙译《大江健三郎口述自传》,贵州人民出版社,二〇一九年三月,第 8 页。
② 同上,第 8—9 页。

……

是祖母和母亲讲述给我并滋养了我的成长的乡村民间传说。在写作《万延元年的 Football》时,我的关心主要集中在那些叙述一百年前发生的两次农民暴动的故事。

祖母在孩提时代,和实际参与这些事件的人们生活在同样的社会环境里,所以,她所讲述的民间故事,常常会添加进她当年亲自见过的那些人的逸闻趣事。祖母有独特的叙事才能,她能像讲述以往那些口耳相传的民间故事那样讲述自己的全部人生经历。这是新创造的民间传说,这一地区流传的古老传说也因为和新传说的联结而被重新创造。

她是把这些传说放到叙述者(祖母)和听故事的人(我)共同置身其间的村落地形学结构里,一一指认了具体位置同时进行讲述的。这使得祖母的叙述充满了真实感,此外,也重新逐处确认了村落地形的传说/神话意义。①

病迹学(Pathographie)研究成果表明,儿时的生长环境对于成人后的价值取向和审美取向都将产生重要影响,这对于川端康成和三岛由纪夫来说如此,对于大江健三郎来说也并不例外。在"心口扑通扑通地跳"着倾听阿婆讲述奥福故事的过程中,少儿大江的情感却在不知不觉间开始倾向遭到压榨的暴动者一方,从而产生了与弱势群体共情的义愤,以至于"在不断思考奥福这个人的人格的过程中,度过了自己的少年时代"。然而,这种感情倾向却面临一个无法回避的尴尬,那就是在日本这个国度里,被称为"骚动"的农民暴动明显带有被官方蔑视的语感,而暴动本身更是被认为是"下克上"的大不敬,亦即中文语感中的"以下犯上"和"犯上作乱"之负面语义。这显然是儿时大江的情感所不愿接受的,正是在这种情感冲突的背

---

① 大江健三郎著,王中忱译《在小说的神话宇宙中探寻自我》,引自《我在暧昧的日本》,南海出版公司,二〇〇五年十一月,第 7—8 页。

景下,经由曾外祖父传承的易姓革命思想和民本思想才开始具有意义,才能为暴动之乡的这个小童提供了伦理上的支撑,用以抗拒"下克上"所带来的道德和伦理层面的负面指责,从而"在不断思考奥福这个人的人格的过程中,度过了自己的少年时代"之际,顺理成章地"在边缘地区传承了不断深化的自立思想和文化的血脉",将《孟子古义》中的易姓革命思想和民本思想内化为自己的道德观和伦理观,为其于日本战败后接受战后民主主义作了道德、伦理和理论上的前期准备。

另一方面,由于阿婆"在孩提时代,和实际参与这些事件的人们生活在同样的社会环境里,所以,她所讲述的民间故事,常常会添加进她当年亲自见过的那些人的逸闻趣事",而且阿婆"给我讲述(奥福)故事中的人物。故事情节只是一些片段,所以能够激发我勾连故事的能力。奥福是本地农民起义的故事中一个无法无天而且非常可爱的人物,用我后来遇到的语言来说是一个trickster①"②,故而在引发少儿大江倾听兴趣的同时,还培养了其进行再创作的能力。

如果说,经由曾外祖父传承的《孟子古义》中的易姓革命思想和民本思想,从道德和伦理上支撑少儿大江"在边缘地区传承了不断深化的自立思想和文化的血脉"的话,那么,熟稔戏剧演出的阿婆用"独特的叙事才能"对儿时大江讲述当地暴动故事,在培养其勾连故事之能力的同时,亦为大江进行了一场文学启蒙,使得"从孩童时代起,我就被民众的这种暴动或曰起义所深深吸引。……我曾写了边缘的地方民众的共同体追求独立、抵抗中央权力的长篇小说《万延元年的Football》。这部小说的原型,就是我出生于斯的边缘地方所

---

① 意为神话和民间传说中的精灵、既有社会秩序的破坏者。
② 大江健三郎著,王成译《我的小说家修炼法》,中央编译出版社,二〇一九年十一月,第6页。

出现的抵抗",而且"与中心进行对抗的边缘这种主题,如同喷涌而出的地下水一般,不断出现在此后我的几乎所有长篇小说之中"!由此可见,从发表于一九六七年的《万延元年的 Football》到晚近创作的长篇小说《优美的安娜贝尔·李 寒彻颤栗早逝去》(2007)以及《晚年样式集》(2013),随处可见的有关历史暴动叙事,既是大江的儿时记忆,也是其文学母题,还是其抗拒权力中心、用以构建根据地/乌托邦的重要依据。当然,这种叙事策略也使得其文学中的历史维度具有越来越开阔的空间。

3."我在文学作品中构建的根据地/乌托邦确实源自毛泽东"

仍然是在大江文学的历史叙事空间里,早在大江的少年时代,曾有两个于日本战败后从中国遣返回故乡大濑村的退伍老兵帮助大江家修缮房屋,在小憩期间,这两个退伍老兵盘膝而坐,聊起侵华期间所执行的杀光、烧光和抢光之三光政策,让少年大江第一次知道"皇军"在中国期间犯下的累累战争罪行,在其为之深感愧疚和惊恐不安的同时,也对战争时期的军国主义教育之虚伪有了更为深刻的认识。这两位老兵还说起在中国战场攻打八路军根据地时狼狈情状,他们告诉在一旁倾听的少年:八路军的根据地大多建在地势险要之处。由于八路军与中国老百姓是鱼水之情,所以攻打根据地的日军部队尚未到达目的地,就有发现日军行踪的老百姓向八路军通风报信,于是八路军便在根据地设好埋伏,待日军进入伏击圈后就枪炮大作,打得日军如何丢盔弃甲、如何死伤狼藉、如何狼狈逃窜……

村里这两个退伍老兵的无心之言,却在少年大江的内心掀起巨浪:如果本地历史上多次举行暴动的农民也像八路军那样,在家乡深山老林里的险要处构建根据地的话,那么家乡的历史会如何演变?日本的历史是否会是另一种模样?带着这个久久萦绕于心的思考,大江在东京大学仔细且系统地研读了《毛泽东选集》四卷本,尤其关注第一卷里《中国的红色政权为什么能够存在?》。这篇文章是毛泽东于一九二八年十月五日所作,在第六章《军事根据地问题》中第一次提及"根据地"并做了如下阐释:

> 边界党还有一个任务,就是大小五井和九陇两个军事根据地的巩固。……这两个地形优越的地方,特别是既有民众拥护、地形又极险要的大小五井,不但在边界此时是重要的军事根据地,就是在湘鄂赣三省暴动发展的将来,亦将仍然是重要的军事根据地。巩固此根据地的方法:第一,修筑完备的工事;第二,储备充足的粮食;第三,建设较好的红军医院。把这三件事切实做好,是边界党应该努力的。①

所谓"根据地"是军事术语,而且从以上引文中可以发现其历史并不悠久,是军事对峙中处于弱势的红军为更好地保护己方有生力量而于险峻之处据险而守,同时争取时间和空间发展和壮大己方力量。中国第一次国内革命战争时期由红军创建的根据地如此,抗日战争时期由八路军所建的根据地也是如此,同时辅以游击战、麻雀战、坚壁清野、储存粮食、建立伤兵医院以及灵活运用"敌进我退、敌驻我扰、敌疲我打、敌退我追"等游击战术,与强敌进行周旋。

在东京大学就读期间学习了《毛泽东选集》中有关根据地的相关论述后,大江开始将这些论述与家乡的暴动史乃至日本的近代史联系起来加以思考。当然,历史不可复制,故而大江开始考虑在自己的文学作品中构建根据地,构建以中国革命模式复制的根据地。于是,"暴动"和"根据地"字样开始频繁出现在大江的小说文本里。譬如在不足十万字的小长篇《两百年的孩子》中译本里,如果用电脑检

---

① 毛泽东著《毛泽东选集》(第一卷),人民出版社,一九九一年六月第二版,第53—54页。

索"暴动"/"一揆",可以发现共有二十二处。对"逃散"进行检索,则有五十三处。两者相加,总共七十五处。这里所说的"逃散",是指在日本的中世和近世,农民为反抗领主的横征暴敛而集体逃亡他乡。这种逃亡有两个特征,一是数个、数十个村庄集体逃亡;二是这种有时多达数千人、数万人的逃亡,往往伴随着与领主武装的战斗。同样使用电脑检索的方法对《两百年的孩子》进行检索,还可以发现含有"根城"和"根据地"的表述各有二十处,一共四十处。这里所说的"根城",在日语中主要有两个语义,其一为主将所在城池或城堡;其二则是暴动民众的据守之地,或是盗贼的巢穴。"根据地"的语义为"军队等队伍为修整、修养或补给而设立的据点",在大江的文学词典里,这个单词显然源于中国第一次国内革命战争时期创建的根据地,抗日战争期间用以抵御侵华日军、争取抗战胜利的根据地;当然,这也是大江赖以在小说中构建根据地/乌托邦的原型。

二〇〇六年八月,笔者曾在东京对大江做过一次采访,现摘录其中涉及"根据地"的内容引用如下:

许金龙:您于一九七九年发表了长篇小说《同时代的游戏》,相较于中国传统文化中桃花源式的那种逃避现实的理想,这部作品中的乌托邦则明显侧重于通过现世的革命和建设达到理想之境。从这个文本的隐结构中可以发现,您在构建森林中这个乌托邦的过程中,不时以中国革命和建设为参照系,对以毛泽东为首的老一辈革命家所进行的艰苦卓绝的长征、建立根据地并通过游击战反击政府军的围剿、发展生产以提高物质生活水平等给予了肯定,也对江青等"四人帮"在"文化大革命"中祸国殃民的举止表示了谴责,同时也在思索中国在革命和建设过程中遇到的一些问题以及解决方法,试图从中探索出一条由此通往理想国的具有普遍意义的通途。当然,您在自己的文学世界里建立根据地的尝试,《同时代的游戏》显然不是第一次,也不会是最后一次。其实,早在《万延元年的 Football》中,甚至更早的《揪芽打仔》等作品中,就已经出现了"根据地"的雏形。我想知道的是,您在文本中构建的根据地/乌托邦是否是以毛泽东最初创建的根据地为原型的?当然,您在大学时代学习过毛泽东的著作,那些著作里有不少关于根据地的描述,您是从那里接触到根据地的吗?

大　江:正如你所指出的那样,我在文学作品中构建的根据地/乌托邦确实源自毛泽东的根据地。而且,我也确实在毛泽东的著作中接触过根据地,记得是在《毛泽东选集》第一卷的前半部分。

许金龙:是在《中国的红色政权为什么能够存在?》那篇文章里?

大　江:是的,应该是在这篇文章里。围绕根据地的建立和发展,毛泽东在文章里做了很好的阐述。不过,我最早知道根据地还是在十来岁的时候。战败后,一些日本兵分别被吸收到国民党军队和共产党的八路军里。参加了八路军的日本人就暗自庆幸,觉得能够在中国的内战中存活下来,而参加国民党军队的日本人却很沮丧,担心难以活着回日本。他们之所以这么想,是因为在侵华战争中,他们分别与八路军和国民党军队打过仗,说是国民党军队没有根据地,很容易被打败,而八路军则有根据地,一旦战局不利,就进入根据地坚守,周围的老百姓又为他们提供给养和情报,日本军队很难攻打进去。后来在大学里学习了毛泽东著作后,我就在想,我的故乡的农民也曾举行过几次暴动,最终却没能坚持下来,归根结底,就是没能像毛泽东那样建立稳固的根据地。可是日本的暴动者为什么不在山区建立根据地呢?如果建立了根据地,情况又将如何?这是我一直在思考的问题,并且在作品中表现了出来。①

在以上引文中提及的长篇小说《同时代的游戏》第五章所叙述的故事发生在明治初年,村庄＝国家＝小宇宙这个共同体决心独立

---

① 大江健三郎与许金龙对谈:《大江健三郎将访中国,深受鲁迅及毛泽东影响》,《环球时报》,二〇〇六年九月一日。

于"大日本帝国",准备抗击帝国陆军的讨伐。长期以来,人们根据共同体的创始者破坏人通过梦境传达的指示,利用山里的特产木腊与海外进行贸易的盈余做了大量的战争准备,构筑起巨大的堤堰,蓄水淹没自己的村庄,并在堤坝上用沥青写上"不顺国神,不逞日人"的标语,以示与天皇治下的"大日本帝国"决裂的决心,同时进行坚壁清野,在山上的森林里储存粮食,建起野战医院,把壮年男女武装起来组织成游击队,还建立兵工厂以制造武器……除此以外,有人还考虑以各种语言致信各国,呼吁世界上被压迫的民族团结起来,说是"尤其是致中国的信,真想面交很快就将与大日本帝国军队开始全面战争的中国共产党军队"[1]。

在这些准备工作大致就绪后,政府派遣的"大日本帝国陆军混成第一中队"也临近了。这支武装到牙齿的正规军常年在这一带镇压农民暴动,现在受命前来攻打这个共同体,以将其纳入天皇统治下的"大日本帝国"势力范围。由于这一带山高林密,又是连日滂沱大雨,部队便艰难地沿着略微平坦一些的河滩溯流而上。在村庄这个共同体派出的侦察人员发现"皇军"已临近时,水库里的水也蓄到了最高水位,于是,村庄=国家=小宇宙的人们点燃预先埋置的炸药炸开堤堰,开始了长达五十天之久的、抗击"大日本帝国"陆军的游击战。

呼啸而下的洪水瞬间便吞噬了混成第一中队的所有官兵及其携带的军马。政府第一次派遣来的军队遭到了全军覆没的彻底失败。于是,其后又派遣了由一位作战经验丰富的大尉率领的中队前来攻打。共同体由此正式开始了抗击"皇军"的游击战争。

---

[1] 大江健三郎著,李正伦等译《同时代的游戏》,作家出版社,一九九六年四月,第232页。

当大尉率领的部队占领村庄时,却发现这是座空无一人的村庄,甚至看不到一条狗。也就是说,共同体实行了最为彻底的坚壁清野。部队在这个被废弃的村子里,连洁净的水都找不到一口,便派出小部队寻找水源,却被游击队打了埋伏。于是,被缴了枪械后释放回来的士兵报告说,游击队就在这山中的森林里。到了夜间,共同体放出的老狼以及野狗让士兵们感到惊恐,而游击队设置的、可以切割下双腿的陷阱,更是让士兵们不敢轻易进入山林。

不久,大尉便开始了他的第一次搜山清剿,部队排成横列,每隔五米站上一个士兵。而游击队方面则在转移非战斗人员的同时,由青壮村民组成若干三人战斗小组,利用有利地形埋伏下来,相机射击某一个搜山士兵,然后再将其两侧的士兵引诱过来一并射杀,使得"皇军"遭受巨大伤亡,不得不铩羽而归。

大尉指挥的第二次大规模战斗,是吸取前次横向搜山失败的教训,命令士兵纵向攻入森林深处,以破解"堪称游击战之基础的原始森林的神秘力量",并伺机破坏密林里的兵工厂,却被共同体的孩子们以迷路游戏的方式引入迷魂阵……当"皇军"士兵们被诱入伏击圈后,"游击队员从藏身之处用西洋弓射出的箭没有声音,突如其来的袭击防不胜防。森林里的大树很高,日光像雾一般从枝叶的缝隙泻下,难以计数的蝉发出震耳的蝉鸣,弓箭的声音根本听不到。埋伏者瞄准出现在树枝所限的狭窄空间处的敌人,箭无虚发。在惟蝉鸣可闻的巨大静默里,大日本帝国军队的士兵中有十二人中箭身亡,另有十二人身受重伤。没有一个士兵发现新设置的兵工厂"①。

由于游击队控制了水源,大尉怀疑水源被施放了毒药,不敢再使

---

① 大江健三郎著,李正伦等译《同时代的游戏》,作家出版社,一九九六年四月,第253—254页。

用那里的泉水,转而组织运输队从山外连同粮食一同运往驻地,从而加重了运输队的负担,致使行动迟缓,被游击队在途中趁天黑夜暗之机混入运输队,"结果是担任护卫的士官和两个士兵扔下运粮队逃跑了。于是,大量粮食就被运进了密林里游击队的帐篷"①。

在大尉审问游击队的俘虏时,这些俘虏提供的信息更是让大尉心智混乱。第一个俘虏状似老实地交代说:"这个抵抗战争是从整个中国以及藏在长白山山脉的朝鲜反日游击战传过来,组织了共同战线,甚至不久就有援军到达,实际上自己就是负责和海外联系的负责人……"②在他的话语中,不时还"夹杂着一些他瞎编乱造的中国话和朝鲜话"③。第二个俘虏的交代更是玄乎,说是把森林里新发现的矿物质送到德国加以精炼,以其为原料,即将研制出新型炸弹,如果炸弹中的化学物质出事,"半个森林就可能一扫而光"④……

在屡屡失败的压力下,大尉决定用最狠毒的手段镇压这些"为了反抗大日本帝国而钻进森林"⑤的顽固山民,那就是运来大量汽油,准备火烧森林,"漆黑之夜充血的眼珠上,也许映现出了他们追赶着躲避大火而东奔西跑的半裸的女人们,也许映现出他们自己正在强奸或杀人的自我影像。直到此刻为止毫无趣事可言的战争,使他们的意识浓缩为一个观念——战争就是血腥欲望的爆发,他们今天晚上得出了这个结论,并且决定今后一定照此实行。不久之后,在转战于中国和南洋各地时,他们的这个血腥欲望果然就得到满足了"⑥。

---

① 大江健三郎著,李正伦等译《同时代的游戏》,作家出版社,一九九六年四月,第260页。
② 同上,第263页。
③ 同上,第263页。
④ 同上,第264页。
⑤ 同上,第266页。
⑥ 同上,第271页。

面对火烧森林的严峻局面,共同体在疏散了儿童后便集体投降了,其中大约一半人口得到的却是大尉的如下话语:"你们是真正地对大日本帝国发动叛乱、掀起内战的人,你们犯下的叛国罪行必须受到应得的处罚,我以军事法庭的名义宣布你们的死刑!"在进行了五十天的抵抗之后,共同体中的大约一半村民被血腥屠杀了,死在大日本帝国的淫威之下……幸运的是,共同体的半数儿童却随着徐福式的大汉逃离了杀戮,踏上寻找希望的远方。

4."我在小说里想要表现的确实不是绝望"!

从以上梗概的隐结构中不难看出,对于《同时代的游戏》第五章中关于创建根据地和开展游击战的内容,中国的读者都会比较熟悉,准确地说,应是"似曾相识"。在《毛泽东选集》第一卷之《中国的红色政权为什么能够存在?》、第六章《军事根据地问题》中,毛泽东早在一九二八年就曾准确地指出:"巩固此根据地的方法:第一,修筑完备的工事;第二,储备充足的粮食;第三,建设较好的红军医院。"① 大江在《同时代的游戏》中修筑水淹敌军的水库,正是第一条所说的工事,而且还是大型工事。而预先储备粮食以及抢夺敌军运粮队,则是第二条的完美体现。对于设立野战医院以及转送难以救治的伤员这一措施,我们完全可以理解为是对第三条"建设较好的红军医院"的模仿和再现。至于文本中更为具体的彻底疏散人口、切断敌军水源、深夜放狼以及野狗骚扰敌人、引诱敌军深入密林以便相机袭击等内容,恐怕中国的中学生都可以将其精准地概括为"坚壁清野""诱敌深入""敌进我退,敌驻我扰,敌疲我打"……这些战术是战争中弱

---

① 毛泽东著《毛泽东选集》(第一卷),人民出版社,一九九一年六月第二版,第53—54页。

势一方因地制宜地抗击强势一方的战术,在中国战争史上最早提出以上战术的是朱德,而根据国内战争的严峻局面对此予以总结并将其上升到理论和战略高度的则是毛泽东。尤其在抗日战争期间,八路军和新四军依据这个战略战术不断发展壮大,创建、依托根据地展开游击战,最终为赢得抗日战争做出了自己的贡献。

另一方面,从《同时代的游戏》这个文本中有关"尤其是致中国的信,真想面交很快就将与大日本帝国军队开始全面战争的中国共产党军队""这个抵抗战争是从整个中国以及藏在长白山山脉的朝鲜反日游击战传过来,组织了共同战线"等等表述,清楚地表明其作者大江健三郎非常了解中国共产党领导的八路军、新四军所进行的抗日战争及其战略、战术,这个了解既有少年时代的记忆,也有大学时代对毛泽东相关军事理论的学习,恐怕还与大江于一九六〇年夏天对中国进行为时一月有余的访问时所接受的相关影响有关。由此可见,大江在写作《同时代的游戏》这部小说前,曾充分接受中国有关根据地和游击战的影响,因而当其考虑在政治和文化意义上的边缘之地,也就是故乡的森林里构建根据地/乌托邦时,大量引入了中国式游击战的因素也就不足为奇了。

由此我们可以确定,作者大江健三郎在构建位于边缘的森林中这个根据地/乌托邦的过程中,确实在以中国革命和建设的模式为参照系,对以毛泽东为首的老一辈革命家所进行的艰苦卓绝的长征、建立根据地并通过游击战反击政府军围剿、发展生产以提高物质生活水平等给予了充分肯定,同时也在思索中国在革命和建设过程中遇到的一些问题及其解决方法,希望从中探索出一条由此通往理想国的具有普遍意义的通途,并试图在自己文本里设计出一个更具普遍性的乌托邦。

在此后出版的《致令人眷念之年的信》《两百年的孩子》《愁容童

子》《别了,我的书!》以及《水死》和《晚年样式集》等长篇小说中,大江对权力中心改写乃至遮蔽边缘地区弱势群体之历史的做法进行了无情的嘲讽,借助森林中口耳相传的神话/传说和历史复制乃至放大遭到政府遮蔽的山村和森林里的历史,把那座神话/传说的王国进一步拓展为森林中的根据地/乌托邦——超越时空的"村庄=国家=小宇宙",清晰地提出了文化人类学意义上的边缘与中心的概念,使其"得以植根于我所置身的边缘的日本乃至更为边缘的土地,同时开拓出一条到达和表现普遍性的道路"①。这种从边缘和历史出发的叙事策略显然与"马克思主义批评理论一直在努力使文学批评具有历史维度"的主张高度契合,因为这种主张"认为需要返回历史,把历史当作重要的出发点来理解文化生产、批评概念、意识形态、政治和社会的范畴"②。就这个意义而言,大江在小说文本中频频引入暴动历史以展开边缘叙事也就不难理解了。这里还有一个需要关注的地方,那就是从这一时期开始,大江在表述森林中那些神话/传说和历史时,清醒地意识到在日本这个封建意识和保守势力占据强势的国度里,包括森林中那些山民在内的弱势者的历史,一直被强势者所改写、遮蔽甚或抹杀。譬如发生在大江故乡的几次农民暴动,就完全没有被记载在官方的任何文件中。为了抗衡强势者/官方所书写的不真实历史,大江以《同时代的游戏》和其后的《M/T 与森林中的奇异故事》《致令人眷念之年的信》和《优美的安娜贝尔·李 寒彻颤栗早逝去》等晚近小说为载体,从"根据地"民众的记忆而非官方记载中,把故乡的神话/传说乃至当地历史中一些具有重大意义的部分

---

① 大江健三郎著,许金龙译《我在暧昧的日本》,引自《我在暧昧的日本》,南海出版公司,二〇〇五年十一月,第96页。
② 张京媛著《新历史主义与文学批评·前言》,《新历史主义与文学批评》,北京大学出版社,一九九七年,第2—3页。

剥离、复制乃至放大出来,试图以此在某种程度上还原历史真实,回归历史原貌,进而抗衡官方书写或改写的不真实历史。

我们还需要注意的是,这种根据地/乌托邦叙事在大江的文学作品中也是在"与时俱进"——最初近似于中国国内革命战争时期和抗日战争时期的军事根据地,譬如《同时代的游戏》里的根据地和游击战;当其长篇小说《愁容童子》中的边缘性特征被中心文化逐步解构之后,在故乡森林里建立根据地的基本条件便不复存在,于是在《别了,我的书!》中,大江就通过因特网建立新型根据地,将根据地建立在边缘地区那些拥有暴动历史记忆的边缘人物的内心里,同时吸收和团结共同传承历史记忆的年轻人;及至在《水死》中,大江更是将抨击的矛头直接指向国家权力的象征:以修改历史教科书的形式强奸一代代青少年的日本文部科学省高级官员……

儿时的暴动记忆就这样在大江健三郎的诸多小说中不断变形,作者据此在绝望中发出呼喊,试图由此探索出一条通往希望的小径,正如大江在一次接受采访时所说的那样,"我在小说里想要表现的确实不是绝望"[①]!

三、一九六〇年的访华:由民本主义向人文主义嬗变

一九六〇年初夏时节,这个世界正处于躁动和不安之中——在亚洲的韩国,推翻李承晚政权的学生运动轰轰烈烈;在非洲,被西方大国长期殖民的诸多国家正全力争取民族独立,以摆脱殖民统治;在南美洲的古巴,反美浪潮一浪高过一浪;在拉美地区,同样正在兴起

[①] 大江健三郎与许金龙对谈:《我在小说里想要表现的确实不是绝望》,《作家》,二〇二〇年八月号,第54页。

争取民族独立的群众运动;在苏联,则因美国 U2 间谍飞机事件而怒火冲天;也是在这个时期,东西方首脑会谈正式决裂。六十年代冷战背景下的左翼反文化(counter culture)运动,更是使得全球青年先后掀起运动狂潮。众所周知,当时的日本更不是桃花源,反对《日美协作与安全保障条约》的全国性群众运动如火如荼,年轻学生们在这场运动风潮中纷纷走上街头。

一九六〇年,大江健三郎年届二十五岁,在校期间曾参加被称为"安保斗争"前哨战的"砂川斗争"。这里所说的"砂川斗争",是指一九五五年以农民、工会会员和学生为主体的日本民众反对美军扩建军事基地的群众斗争,也是日本社会在战后迎来的第一场大规模反战运动。在此后的一九六〇年一月十九日,日本政府与美国正式签署经修改的《日美协作与安全保障条约》(简称为《日美安全保障新条约》),以取代日美两国政府于一九五一年与《旧金山和约》一同签署的《日美安全保障条约》。在国会审议过程中,有人对条约中"为了维持远东地区的和平安全"之"远东"的范围表示质疑时,时任外相的藤山爱一郎表示这个范围"以日本为中心,菲律宾以北,中国大陆一部分,苏联的太平洋沿海部分"。藤山对《日美安全保障新条约》之"范围"的解释,几乎立刻就引发人们对战前和战争期间的所谓"大东亚共荣圈"的痛苦记忆,不禁怀疑日本政府是否试图再次侵略包括"中国大陆一部分"的亚洲诸国。不同于砂川斗争时期以学生为主体的抗议活动,这时不仅学生对政府的意图产生怀疑,就连绝大部分民众也都对此产生了怀疑,从而相继投身到反对缔结《日美安全保障新条约》的群众运动中来。大江健三郎此时刚刚从东京大学毕业,在文坛上已经小有名声,却从不曾淡忘将人文主义传授给自己的渡边一夫教授所引用的丹麦语法学家克利斯托夫·尼罗普之名言"不抗议(战争)的人,则是同谋",当然也必然地出现在了这数百万的示威群众之中。

二〇〇六年九月,在访问中国社会科学院的主题演讲中回忆当年这场大规模抗议活动时,大江表示"当时我认为,日本在亚洲的孤立,意味着我们这些日本年轻人的未来空间将越来越狭窄,所以,我参加了游行抗议活动。正是在这个过程中,我和另一名作家被作为年轻团员吸收到反对修改安保条约的文学代表团里"①。这里所说的文学代表团,是以野间宏为团长的日本第三次访华文学代表团。在这个大动荡的历史时期,在反对签署《日美安全保障新条约》的大规模游行示威活动中,青年作家大江健三郎开始了他的第一次出国之旅,与"另一名作家"开高健一同对尚未与日本恢复外交关系的中国进行了为期三十八天的访问。大江参加的这个访华团全称为"访问中国之日本文学家代表团",团长为野间宏(作家),团员计有龟井胜一郎(文艺评论家)、松冈洋子(社会评论家)、竹内实(随团翻译)、开高健(青年作家)、大江健三郎(青年作家),另有担任代表团秘书长的白土吾夫(时任日中文化交流协会事务局主任)。访问结束后,白土吾夫公布了一行七人计三十八日访华之旅的大致日程。这里需要说明的是,应该是顾虑到复杂的日本国内情势,出于安全考虑,这个日程并未列入当时被视为敏感的内容,譬如六月一日,日本文学代表团在广州参观毛泽东于一九二四年创办的农民运动讲习所;六月十六日,周恩来总理突然出现在代表团所在的王府井全聚德烤鸭店,对从东京大学毕业不久的大江健三郎进行慰问;六月十七日,代表团全体成员怀着悲痛心情,为悼念六月十五日晚间在国会大厦被警察殴打致死的东京大学女生桦美智子,前往人民英雄纪念碑

---

① 大江健三郎著,李薇译《北京讲演二〇〇六》,引自《大江健三郎文学研究》,百花文艺出版社,二〇〇八年七月,第1页。

敬献花圈并由团长野间宏致悼词……

　　就在日本文学代表团访华期间,反对岸介信政府签署《日美安全保障新条约》的日本民众在东京连日举行大规模示威抗议,六月五日,多达六百五十万示威者参加抗议活动;六月十日,为阻止美国总统艾森豪威尔于九月十九日访日,示威群众在羽田机场团团包围为艾森豪威尔如期访日打前站的总统秘书 James Hagerty,致使其最终被美军直升机救出;六月十五日,五百八十万示威群众参加反对《日美安全保障新条约》签字和阻止美国总统访日的活动;当天晚间,七千余名示威学生冲入国会,与三千名防暴警察发生激烈冲突,东京大学女生桦美智子被殴打致死,示威群众与政府之间的矛盾进一步激化;六月十六日,焦头烂额的岸信介政府请求艾森豪威尔延期访日,最终被迫取消访日安排。在条约即将生效的当天夜晚,三十三万示威群众再次包围国会,试图阻止条约生效。然而,声势浩大的日本安保斗争终究未能阻止条约自动生效,却也迫使岸信介内阁于六月二十三日下台,艾森豪威尔总统则终止访日。这里需要重点提请注意的是,随着岸介信内阁的倒台,其准备修改于一九四七年生效的《日本国宪法》第九条的计划也随之束之高阁,为日本战后持续维护和平宪法、走和平发展道路打下了良好基础。正因为如此,大江才能在半个多世纪后自豪地表示:"在战后这七十年间,日本人拥有和平宪法,不进行战争,在亚洲内部坚定地走和平发展的道路,也就是说,在战后这七十年里,我们一直在维护这部民主主义与和平主义的宪法。其中最大的一个要素,就是有必要深刻反省日本如何存在于亚洲内部,包括反省那场战争,然后是面向和平……在战后这七十年里,日本没有发动战争,关于这一点,日本人即便得到积极评价也是可以理解的。"[①]"反省"是上述话语的关

[①] 大江健三郎与许金龙对谈:《我在小说里想要表现的确实不是绝望》,《作家》,二〇二〇年八月号,第54页。

键词,也是大江从人文主义者渡边一夫那里继承、坚守并内化了的道德和伦理——"保持具有人性的反省……因为我们已经决定将这种反省置于正面而去思考"①。当然,和平宪法第九条能维系至今日,也是有赖于大江等当年参加反对签署《日美安全保障新条约》的这一批抗议者以及后来者,尤其是民众组织"九条会"长年间的不懈努力。

就在这如火如荼的抗议活动中,青年作家大江健三郎受邀参加以老一辈作家野间宏为团长的日本文学代表团,前往中国进行为期一月有余的访问,以获得中国对这场大规模群众抗议运动的支持。在羽田机场与新婚刚刚三个来月的妻子由佳里以及作家安部公房等朋友话别时,大江特地叮嘱妻子:为了使八十年代少一个因对日本绝望而跳楼自杀的青年,因此不要生孩子。时隔三十八天后,还是在羽田机场,刚刚结束中国之旅回到日本的大江却对前来机场迎接的妻子说:还是生一个孩子吧,未来还是有希望的。那么,这一个来月的中国之旅到底发生了什么,竟使得大江的态度发生如此之大的变化?而且,发生变化的仅仅是对待生孩子的态度吗?我们不妨回顾一下大江访华的大致经过。

在这一个多月的访问中,代表团一行先后访问了广州、北京、上海和苏州等地,与中国各界进行了广泛接触和交流,参观了工厂、机关、人民公社、学校、幼儿园、展览馆等,并多次参加声援日本人民反对《日美安全保障新条约》的集会和游行。在此期间,大江应邀为《世界文学》杂志撰写了特邀文章《新的希望之声》,表示日本人民已经回到了亚洲的怀抱,并代表日本人民发誓永远不背叛中国人民的深情厚谊。此外,他还在一篇题为《北京的青年们》的通信稿中表

---

① 大江健三郎著《解读日本当代的人文主义者渡边一夫》,岩波书店,一九八四年,第79—80页。

示,较之于以人民大会堂为首的十大建筑,万里长城建设者的子孙们话语中的幽默和眼睛中的光亮,更让他对人民共和国寄以希望。大江发现,无论是历史博物馆讲解员的眼睛,钢铁厂青年女工的眼睛,郊区青年农民的眼睛,还是光裸着小脚在雨后的铺石路面上吧嗒吧嗒行走着的少年的眼睛,全都无一例外地清澈明亮,而共和国青年的这种生动眼光,大江在日本那些处于"监禁状态"的青年眼中却从不曾看到过。这个发现让大江体验到一种全新的震撼和感动,一如他在同年十月出版的写真集里所表述的那样:"我在这次中国之行中得到的最为重要的印象,是了解到在我们东洋的一个地区,那些确实怀有希望的年轻人在面向明天而生活着。我不认为他们中国年轻人的希望就会原样成为日本人的希望。我同样不认为他们中国年轻人的明天会原样与日本人的明天相连接。不过,在东洋的这个地区,那些怀有希望的年轻人面向明天的姿态却给我带来了重要的力量。"①

当然,更让大江为之震撼和感动的,是中国人民在真诚和无私地支持日本人民反对修改《日美安全保障新条约》。六月中上旬,东京连日来爆发了数百万人参加的大规模示威活动,而在上海和北京,大江一行则先后参加了一百二十万人和一百万人规模的示威游行,以声援日本国内的抗议活动。或许是出于保护大江健三郎这个青年作家的考虑吧,白土吾夫的日程记录里没有列入周恩来总理得知东京大学女生桦美智子于十五日夜晚被警察殴打致死的消息后,于十六日放下手中工作特地前来慰问大江健三郎事宜——这一天,周恩来总理及其随从人员赶到王府井全聚德烤鸭店的二层,就桦美智子在国会大厦被警察殴打至死、另有千余示威者被逮捕一事,向正在与赵

---

① 大江健三郎著,许金龙译「中国の若い人たち、子供たち」,『写真　中国の顔』,现代教養文庫,一九六〇年十月,第146页。

树理等人同桌就餐、尚不知情的大江健三郎表示慰问。四十六年后,在回忆当时的情形时,大江这样说道:

  在门口迎接我们一行的周总理特别对走在最后的我说:我对于你们学校学生的不幸表示哀悼。总理是用法语讲这句话的。他甚至知道我是学习法国文学专业的。我感到非常震撼,激动得面对着闻名遐迩的烤鸭连一口都没咽下。

  当时,我想起了鲁迅的文章。这是指一九二六年发生的三·一八事件。由于中国政府没有采取强硬态度对抗日本干涉中国内政,北京的学生和市民组织了游行示威,在国务院门前与军队发生冲突,遭到开枪镇压,四十七名死者中包括刘和珍等鲁迅在北京女子师范大学教授的两名学生。……我回忆着抄自《华盖集续编》中的一段话,看着周总理,我感慨万分,眼前这位人物是和鲁迅经历了同一个时代的人啊,就是他在主动向我打招呼……鲁迅是这样讲的:

  "我目睹中国女子的办事,是始于去年的,虽然是少数,但看那干练坚决,百折不回的气概,曾经屡次为之感叹。至于这一回在弹雨中互相救助,虽殒身不恤的事实,则更足为中国女子的勇毅,虽遭阴谋秘计,压抑至数千年,而终于没有消亡的明证了。倘要寻求这一次死伤者对于将来的意义,意义就在此罢。

  "苟活者在淡红色的血色中,会依稀看见微茫的希望;真的猛士,将更奋然而前行。……"

  那天晚上,我的脑子里不断出现鲁迅的文章,没有一点儿食欲。我当时特别希望把见到周总理的感想尽快告诉日本的年轻人。我想,即便像我这种鲁迅所说的"碌碌无为"的人,也应当做点儿什么,无论怎样,我要继续学习鲁迅的著作。[①]

[①] 大江健三郎著,李薇译《北京讲演二〇〇六》,引自《大江健三郎文学研究》,百花文艺出版社,二〇〇八年七月,第2—3页。

在大江的头脑里,血泊中的桦美智子与血泊中的刘和珍叠加在了一起,化为"虽殒身不恤"的女子英雄。中国人民的真诚支持,周恩来总理的亲切慰问,陈毅副总理的会见,尤其是其后第五天(即六月二十一日)晚间,毛泽东主席于上海接见日本文学代表团时所表示的"像日本这样伟大的民族,是不可能长期接受外国人统治的。日本的独立与自由是大有希望的。胜利是一步一步取得的,大众的自觉性也是一步一步提高的"①等勉励,给了日本文学代表团中最年轻的大江以极大的震撼和感动。多年后,大江曾对笔者表示:早在大学时代,自己就已熟读《毛泽东选集》四卷本,对其中的《湖南农民运动考察报告》《星星之火,可以燎原》《实践论》和《矛盾论》尤为熟悉,所以毛主席在会谈中的不少话语刚刚被翻译出来,自己便随即知道这些话语出自《毛泽东选集》哪一卷的哪一篇文章。会见结束后,毛主席等中国领导人站在门口,与日本朋友一一握手话别。当时,从东京大学毕业不久的青年作家大江照例排在日本代表团的队尾,终于轮到大江上前告别时,毛主席一手握住大江的手,用另一只手指点着大江说道:你年轻,你贫穷,你革命,将来你一定会成为伟大的革命家。这段话语其实是毛主席在会见期间对日本客人所说内容的一部分,大意是一个成功的革命家必须具备几个条件:一是要贫穷,穷则思变,才会参加革命;二是要年轻,否则很可能在革命成功之前就已经牺牲;三是要有革命意志,否则就不会参加革命。多年后当大江获得诺贝尔文学奖并接受德国一家媒体采访之际回想起了毛主席的这段话语,便对这家媒体不乏幽默地表示:毛泽东主席曾于一九六〇年预言自己将会成为伟大的革命家,现在看来,毛主席只说对了一半——自己虽

---

① 白土吾夫著「中国訪問日本文学代表団の三十八日の旅」,『写真 中国の顔』,現代教養文庫,一九六〇年十月,第178頁。

未能成为伟大的革命家,却也成了伟大的小说家。在二〇〇八年八月接受另一次采访时,大江对采访者回忆道:与毛主席握手时,感到毛主席的手掌非常大,非常绵软,非常温暖,这种感觉已经连同毛主席当时所说的话语一道,早已固化在自己的头脑里,在每年临近六月二十一日的时候,就会提前嘱咐妻子订购茉莉花,因为日本原本没有这个物种,是从中国移植到日本来的,所以并不多见。及至到了二十一日这一天,自己就会停下所有工作,面对那盆订购来的茉莉花,缅怀一九六〇年六月二十一日夜晚聆听毛泽东主席和周恩来总理教诲时的情景。讲述这段话语的这一天恰巧也是六月二十一日,大江便对采访者指着花盆中绿叶掩映的小小白色花蕾如此说道:

  今天,我妻子买来三盆白色的茉莉花(把"茉莉花"念成了"毛莉好"),是从中国移植来的,就摆在客厅的中央。花开得非常可爱,经常传来阵阵幽香。我想起自己二十五岁的时候,中国领导人在上海接见了我。我记得自己在见到毛主席和周总理之前,方有一条狭长的走廊,走廊两旁开满了洁白的花。花的浓郁幽香从两侧沁入鼻腔(用左、右手的食指分别指向两个鼻孔),我们就沿着茉莉花曲曲折折地向前深入。走廊的尽头就是毛泽东主席、周恩来总理、陈毅副总理,还有当时的上海市负责人柯庆施。在我的记忆中,毛泽东主席、周恩来总理、陈毅副总理,还有茉莉花,都是紧紧联系在一起的。这就是亚洲伟大的人物给我留下的最美好的记忆。我和帕慕克见面时,经常对他说:"帕慕克,你记着,我是毛泽东主席的一位朋友!"(大笑起来)其实也不能算朋友,但我见过他![1]

鲁迅的启示,周恩来总理的慰问,毛泽东主席的勉励,不可避免地为大江的人生观带来重大影响。这种影响首先显现在回国时在羽

---

[1] 大江健三郎与许若文对谈:《卡创作了一个灵魂,并思索着诗歌……》,《当代作家评论》,二〇〇九年第一期,第95页。

田机场对新婚妻子由佳里所说的那番话语——"还是生一个孩子吧,未来还是有希望的"。这种对未来抱持希望的积极变化当然也反映在了其后的创作态度中。相较于初期作品中在"铁屋子"里发出的"含着大希望的恐怖的悲声",在相继发表于《文学界》一九六一年一月号和二月号的中篇小说《十七岁少年》和《政治少年之死》中,大江简直就是在呐喊了。这两部短篇小说为姐妹篇,前者叙述了一个十七岁少年为摆脱孤独和焦躁,受雇于右翼分子,成为所谓"纯粹而勇敢的少年爱国者"。后者仍然以独白的口吻,叙述这个十七岁的主人公在忠君的迷幻中,"为了天皇而刺杀"了反对封建天皇制的"委员长"。这两部无情抨击封建天皇制之虚幻、右翼团体之虚伪的姐妹篇一经发表,随即受到右翼团体的威胁。在右翼的巨大压力下,刊载该作品的《文学界》没有征得大江本人同意,便在该刊三月号上发表谢罪声明。从此,《政治少年之死》在日本被禁止刊行,直至二〇一八年七月被收入讲谈社版"大江健三郎全小说"之前的这半个多世纪里,未能被收录在大江的任何作品集里。对于标榜言论自由和出版自由的日本这个所谓的民主国家,这个事实本身不能不说是个绝妙讽刺。当然,这两篇作品的创作对于大江本人来说也是一个历史性转折,此后,作为一名知识分子,大江总是有意识或下意识地站在边缘角度,开始用审视甚至批判的目光注视着权力和中心,越来越靠近鲁迅所坚持的批判立场。

　　这次访问中国给大江带来的另一个重大影响,就是亲眼看到了革命获得成功的中国,并了解到中国革命的全过程。这已经不是此前空泛的革命想象,而是一个实实在在的成功范例,是中国自古以来的以民为本的最佳实践范例,是使得亿万民众得以摆脱战乱、贫困和屈辱,逐步走向富裕与和平的最佳实践范例。无疑,这是人道主义(由于人道主义和人文主义同出法语"humanism"之词源,我们当然可以认为这也是人文主义)在中国这片辽阔土地上获得的巨大成功。这个范例之所以成功,在很大程度上取决于在革命初期,毛泽东等革命家在实践中摸索和总结出"以农村包围城市,最终夺取全国胜利"的革命道路。中国革命的这个成功经验给了青年作家大江健三郎以极大启示,在思考故乡的暴动历史时便有了一个很好的参照系,同时开始考虑将这个策略移入自己的文学创作之中。也是在这一时期,在中国宏大革命愿景的反衬下,大江开始觉察自己"陷入了作为作家的危机,因为,我在自己写作的小说里看不到积极的意义……自己未能在作品中融入积极的意义并向社会推介。我意识到了这个问题,开始怀疑将自己人生的时光倾注到作家这个职业中是否值得"①。也就是说,为了迎合高度商业化的新闻界,刚刚踏足文坛的青年作家大江不得不接二连三地创作"有趣的小说"而非具有"积极的意义"的小说。倘若不如此,就可能像诸多崭露头角不久便被高度商业化的媒体短期使用后无情抛弃的新作家那样退出文坛。然而,无论是少年时代接受的战后民主主义教育,还是大学时代学习的欧洲人文主义,尤其是这次访问中国、亲眼看见人文主义在中国获得巨大成功后引发的诸多思考,都让大江开始怀疑是否值得用自己的整个人生来迎合新闻界的商业价值取向而不断写作以往那种"有趣的小说"。答案当然是否定的,因为这些"有趣的小说"对于深陷艰难困境的人类个体乃至群体完全不具备人文主义价值!大江由此开始有意识地把故乡的山林作为根据地/乌托邦,借《万延元年的Footabll》中的农村暴动叙事抗衡官方话语体系中的"明治维新百年纪念活动";尤其在《两百年的孩子》里,运用转换时空的科幻手法,

---

① 大江健三郎著,许金龙译《作为〈广岛札记〉的作者》,引自《广岛札记》,翁家慧等译,中国广播电视出版社,二〇〇九年,第1页。

让自己三个孩子的分身往来于以往、现在和未来，让他们目睹历史上的暴动，并经历未来日本复活国家主义之际，孩子们在故乡的山林中找到具有共产主义特征的、彼此友爱的乌托邦。这个故事的梗概大致如下：

三个小主人公决定在暑假结束前，再进行最后一次冒险，而这次冒险的目的地，则是八十年后的当地山林。当他们来到未来之后感到震惊的是，原本茂密的大森林由于人为原因而开始颓败，在他们无意中闯入一座超大型建筑物附近时，却因未携带所谓输入个人详细信息的 ID 卡，而被戒备森严的保安队关在屋子里，其后送交县知事进行讯问。这时他们才知道，县知事正在这里举办一个大型集会，奇怪的是，出席集会的那些动作整齐划一、鱼贯而入的少男少女们穿戴的却是迷彩服和贝雷帽。后来他们在农场/根据地询问千年老树遭焚毁之事时了解到一个让他们不寒而栗的事实：在所谓"国民再出发"的口号下，未来的日本政府"掀起了精神纯化运动"的国家宗教，利用被修改的宪法烧毁国家宗教之外的所有教会、寺院和神社，以取消人们原先无论是基督教、佛教还是神道教的宗教信仰，试图从精神上对国民进行高度控制。作为具体措施，则强制性地要求人们必须随身携带输入个人详细信息的 ID 卡。同样可怕的是，政府动员了全国百分之九十的青少年参加了这场运动，并让这些少男少女头戴贝雷帽、身穿迷彩服，组建为一支规模庞大、组织严密的准军事组织……

显而易见，大江是在借助专门为孩子们创作的这部小说教导他们和她们如何与过往的历史进行对话，如何了解历史事件在其发生之时意味着什么，如何理解该历史事件对于当下甚或未来具有怎样的意义。

或许是担心在这部小说里对孩子们提出的预警不够充分，还不足以引起孩子们的足够重视和警觉,大江在其后第三年出版的长篇小说《别了,我的书!》里,更是借用与其在文本内的分身"长江"之日语发音相谐的"征候"来表征自己的工作:"我要做的工作,是在某些事件发生之前,就收集其细微的前兆。在那些前兆堆积的前方,一条无可挽救的、不可返回的、通往毁灭方向的道路延伸而去。……我所要写作的'征候',则要以全世界为对象,预先摸索出它前进的方向和道路。"①而且,这位由民本主义出发的人文主义作家为了让大多数孩子们都能阅读到这些"征候",特意提出要把记载这些"'征候'的书架调到适当的高度,以便十三四岁的孩子谁都能打开箱子阅读其中资料。因为,惟有他们才是我所期待的阅读者,而且,有关'征候'的我的想法,也都是试图唤起他们颠覆记录于其中的所有毁灭的标志的想法"②。大江将自己的人文主义课程对孩子们阐释得非常清晰且浅显易懂:他要将通往"无可挽救的、不可返回的、通往毁灭方向的道路"之"征候"和"预兆"告知孩子们,以期让他们产生"想法",去颠覆"其中的所有毁灭的标志",以便"创造出明亮、生动、确实体现出人的尊严的未来",而非"充满黑暗、恐怖和非人性的未来"③! 我们可以将这段话语视作大江对孩子/新人的热切期许,还可以将其视为大江及其文学的人文主义核心价值观。

当然,未来也不是全无希望。还是在那片森林里,在两百年前农民举行暴动的旧址上,从南美以及亚洲各国来到此地的劳动者们以农场为基础,重新建立起了"齧根据地"。在这个根据地里,"由于成

---

① 大江健三郎著,许金龙译《别了,我的书!》,译林出版社,二〇〇八年十月,第318页。
② 同上。
③ 大江健三郎著,许金龙译《走的人多了,也便成了路!》,引自《大江健三郎文学研究》,百花文艺出版社,二〇〇八年七月,第21—22页。

年人在农场和食品加工厂里忙于工作，孩子们便依据'龋根据地'从创始之初便传承下来的志愿工作制度过着集体生活。有趣的是，这里的语言是混有日语和父母祖国语言的各种话语，而孩子们则只使用自己的语言……"①

或许有人会认为故事并不能代表现实，更不可能是未来的真实再现，对于二〇六四年那个未来所显现出来的可怕前景，我们大可不必在意。遗憾的是，东京大学学者小森阳一教授肯定不会同意这样的看法。在讨论《两百年的孩子》这个故事里未来的可怕前景时，小森教授表示，大江在作品里描绘的可怕未来，实际上现在已经开始出现——日本政要不顾曾遭受侵略战争伤害的亚洲各国人民反对，接连参拜供奉着甲级战犯的靖国神社；日本政府强行通过所谓国旗国歌法，要求学校的教职员工和所有学生在开学和毕业仪式上起立，在国歌声中向国旗致礼，而不愿向那面曾侵略过亚洲诸国的国旗敬礼者，轻则影响升职，重则被开除公职，在右翼政客石原慎太郎任东京都知事期间，这种处分更是严厉，据小森教授说，他的几个朋友已经因此而被开除公职；就在前几年，日本数十位国会议员在美国报纸上刊载大幅广告，说是不存在慰安妇问题，还恬不知耻地说什么那些慰安妇是自愿卖淫者，其收入有时甚至超过日本军队里的将军；更让人忧虑的是，日本保守派正在竭力修改和平宪法，尤其是这部宪法中的第九条有关日本永久性放弃战争、不成立海陆空三军的条款，试图为全方位复活国家主义清除最大的障碍。日本筑波大学学者黑古一夫教授的观点与小森教授相近，他认为日本的政治主导权始终掌握在保守派手中，他们期望从根本上改变日本战后开始实施的民主主义，复活战前的价值观……

---

① 大江健三郎著，许金龙译《两百年的孩子》，百花文艺出版社，二〇〇七年九月，第254页。

综上所述,大江所描述未来社会的阴暗前景,就不是毫无根据的空穴来风了,而是基于对现实的忧虑甚或预警。为了大多数人的希望,大江通过《两百年的孩子》这个故事,以艺术手法为人们展示了以往(被官方遮蔽了的暴动史)、现在(日本当下试图修改和平宪法的政治现状甚或准备违宪参战)和未来(日本几十年后极可能出现全面复活国家主义的阴暗前景),并借法国诗人、哲学家和评论家保尔·瓦莱里之口,向我们表明了历史、当下和未来的关系。尽管未来的前景是黯淡的,但是这位老作家也明确地告诉人们,情况并没有糟糕到绝望的地步,那里毕竟还有一群心地善良的人在农场/根据地里坚持自己的操守,抵制来自官方的高压,烧毁严重侵犯人权的ID卡,以各种方式不让孩子们参加那个准军事组织,等等。至于如何在了解历史的基础上创造美好的未来,不妨以大江在北大附中结束演讲时的一段话语来提供一种参考:

> 你们是年轻的中国人,较之于过去,较之于当下的现在,你们在未来将要生活得更为长久。我回到东京后打算对其进行讲演的那些年轻的日本人,也是属于同一个未来的人们。与我这样的老人不同,你们必须一直朝向未来生活下去。假如那个未来充满黑暗、恐怖和非人性,那么,在那个未来世界里必须承受最大苦难的,只能是年轻的你们。因此,你们必须在当下的现在创造出明亮、生动、确实体现出人的尊严的未来,而非前面说到的那个充满黑暗、恐怖和非人性的未来。我憧憬着一切,确信这个憧憬将得以实现。为了把这个憧憬和确信告诉北京的年轻人以及东京的年轻人,便把这尊老迈之躯运到北京来了。之所以这么做,是因为已然七十一岁的日本小说家,要把自己现在仍然坚信鲁迅那些话语的心情传达给你们。①

---

① 大江健三郎著,许金龙译《走的人多了,也便成了路!》,引自《大江健三郎文学研究》,百花文艺出版社,二〇〇八年七月,第21—22页。

对于这段话语中出现的通往"充满黑暗、恐怖和非人性的未来"之可能性,大江无疑是悲观的,却决不是绝望的,更是在鼓励中国和日本的孩子们"必须在当下的现在创造出明亮、生动、确实体现出人的尊严的未来",坚定不移地憧憬着孩子们通过自己的努力,将免于陷入"充满黑暗、恐怖和非人性的未来",并且借助鲁迅的话语引导孩子们"希望是本无所谓有,无所谓无的。这正如地上的路;其实地上本没有路,走的人多了,也便成了路"。由此可见,大江既是果敢前行的悲观主义者,更是勇敢战斗的、由民本主义升华的人文主义者。

四(上)、源自鲁迅的"始自于绝望的希望"

1.初识鲁迅

在论及大江文学中的世界文学影响时,学界一直关注来自拉伯雷及其鸿篇巨制《巨人传》、但丁及其不朽长诗《神曲》(全三卷)、布莱克及其神秘长诗《四天神》和《弥尔顿》、萨特及其存在主义代表作《自由之路》、巴赫金及其狂欢化和大众笑文化系统之论著、艾略特及其长诗《荒原》和《四个四重奏》、奥登及其短诗《美术馆》、本雅明及其论著《论历史哲学纲要》等作家、诗人和学者以及他们的作品之影响,却很少有人注意到鲁迅和他的文艺思想在大江文学生涯中的存在和重要意义。其实,早在少年时期、学生时代乃至成为著名作家之后,大江都一直在阅读着鲁迅,解读着鲁迅,以鲁迅的文学之光逆行于精神困境和现实阴霾中。

正如大江在晚年间(二〇〇九年一月十七日)对铁凝和莫言追忆其所传家学时所言:"我的妈妈早年间是热衷于中国文学的文学少女……"①大江的母亲,彼时的日本女青年小石非常熟悉并热爱中

---

① 大江健三郎、莫言、铁凝著,许金龙译《中日作家鼎谈》,《当代作家评论》,二〇〇九年第五期,第52页。

国现代文学。在一九三四年的春日里,小石偕同对中国古代文化颇有造诣的丈夫大江好太郎由上海北上,前往北京大学聆听了胡适用英语发表的演讲。在北京小住期间,这对夫妇投宿于王府井一家小旅店,大江的父亲大江好太郎与老板娘的丈夫聊起了自己甚为喜爱的《孔乙己》,由此得知了茴香豆的"茴"字竟然有四种写法。在人生的最后一天,大江好太郎将这四种写法连同对"中国大作家鲁迅"的敬仰之情,一同播散在自己的三儿子大江健三郎稚嫩和好奇的内心底里,使其随着岁月的流逝在爱子的内心不断萌发和成长。

二〇〇八年二月二十一日下午,仍然是在位于小田急沿线的成城别墅区的大江宅邸,大江对来访的老友莫言讲述家世时曾如此提及自己邂逅鲁迅的缘起:

……那是一九四四年十一月的一个冬日,是父亲在世的最后一天,恰逢一个传统节气,当时自己家里的经济条件还算不错,不少孩子依循旧俗到家里来讨点儿小钱,父亲坐在火盆旁喝酒,把零钱放在手边,邻居的孩子用草绳裹着的棒子在屋里叽叽叽地跳上一圈以示驱鬼,父亲就给几个小钱以作酬谢。冬日里天气很冷,自己陪坐在父亲身边,没人来的时候就陪父亲聊天。父亲便说起中国有个叫作鲁迅的大作家非常了不起。自己由此知道,父母曾于整整十年前的一九三四年经由上海去了北京,住在东安市场附近,小旅店老板娘的丈夫与父亲闲聊时得知眼前这位日本人喜欢阅读鲁迅作品,还曾读过《孔乙己》,便告知作品里的茴香豆的茴字有四种写法,并把这四种写法教给了父亲。父亲在世的这最后一天很长一段时间里,自己一直在倾听父亲讲述鲁迅及其小说《孔乙己》。父亲介绍了鲁迅这位"中国大作家"及其小说《孔乙己》之后,也说起了"茴香豆"的"茴"字的四种写法,边说边随手用火钩在火盆的余烬上一一写下四个不同的"茴"字,使得第一次听说鲁迅和《孔乙己》的自己兴奋不已,"觉得鲁迅这个大作家了不起,《孔乙己》这部小说了不起,知道这一切以及茴香豆的茴字有四种写法的父亲也很了不起,遗憾的

51

是自己现在只记得其中三种写法,却无论如何也记不得那第四种写法了"。母亲后来告诉自己,父亲当晚回房睡觉时,说是以前认为老大老二有出息,现在想来是看错了,以后健三郎肯定会有大出息,自己讲到鲁迅的时候,健三郎眼睛都是直的,都放出光来,这孩子对学问抱有强烈的欲望,其他几个孩子却没这种感觉,这孩子将来不会是普通人……

从以上这些文字可以看出,一九三五年一月三十一日出生的健三郎是在将近十岁时第一次听说鲁迅及其作品的,当时的情景连同对父亲的追忆一同深深地印在自己的记忆里,为其后阅读和理解鲁迅创造了条件。根据大江的口述,当年在上海小住期间,大江好太郎和小石夫妇购买了由鲁迅等人于一九三四年九月十六日刊发的《译文》杂志创刊号,那是一本专门翻译介绍和评论外国优秀文学作品的杂志,由鲁迅本人和茅盾等优秀翻译家承担翻译任务。在后来的漫长岁月里,那本杂志就成了母亲爱不释手的书刊之一。再后来,这本创刊号就成了其爱子大江健三郎的珍藏。

大江夫妇还在上海一家旧货铺各为自己选购了一只红皮箱。一大一小这两只红皮箱陪伴他们走完了其后的生涯,最终进入他们的爱子大江健三郎晚年创作的长篇小说《水死》,成为该小说具有隐喻意味的重要道具。

在中国旅行期间,这对夫妇正孕育着一个小小的生命,那就是在他们回到日本后不久便呱呱坠地的大江健三郎。诞下健三郎之后,母亲小石"一直没能从产后的疲弱中恢复过来",于这一年的年底前往东京的医院住院治疗,其间收到正在东京读大学的同村好友赠送的、同年一月出版的《鲁迅选集》(岩波文库版,佐藤春夫、增田涉译)。七十多年后,大江面对北大附中初一年级和高一年级近千名新生回忆儿时情景时曾这样说道:"母亲是一个没什么学问的人,可是她的一个从孩童时代起就很要好的朋友却前往东京的学校里学习,母亲以此作为自己的骄傲。此人还是女大学生那阵子,对刚刚被介绍到日本来的中国文学比较关注,并对母亲说起这些情况。我出生那一年的年底,母亲一直没能从产后的疲弱中恢复过来,那位朋友便将刚刚出版的岩波文库本赠送给她,母亲好像尤其喜欢其中的《故乡》。"①十二年后的春天,当健三郎由小学升入初中之际,作为贺礼,从母亲那里得到在战争期间被作为"敌国文学"而深藏于箱底的这部《鲁迅选集》,由此开始了对鲁迅文学从不曾间断的、伴随自己其后全部生涯的阅读和再阅读,并将这种阅读感悟内化为自己的价值取向,不断显现于从处女作《奇妙的工作》(1957)直至最后一部长篇小说《晚年样式集》(2013)等诸多作品之中。

2."我从十二岁开始阅读鲁迅作品"

一般读者阅读大江文学,初时可能会感到大江的小说天马行空、时空交错,从而很难将其统合起来。如果坚持读下去,最好多读几本大江小说,就会发现这其中有一个似曾相识的共性,那就是作者始终立足于边缘,不懈地对权力和中心提出质疑甚或挑战,为处于边缘的民众大声呐喊。换句话说,特别是对于熟悉中国现代文学的读者而言,在阅读大江小说或是解读大江文本之际,经常会隐约感觉到鲁迅的在场。二〇〇六年八月里的一天,笔者陪同中国社科院外文所所长陈众议教授前往位于东京郊外的大江宅邸,协调其将于翌月访华的日程安排。处理完工作后,出于研究者的职业习惯,笔者便对大江提出了自己的困惑:在您的小说文本中总能隐约感觉到鲁迅的在场,最初阅读鲁迅作品时您大概多大岁数?您阅读的第一批鲁迅作品都

---

① 大江健三郎著,许金龙译《走的人多了,也便成了路!》,引自《大江健三郎文学研究》,百花文艺出版社,二〇〇八年七月,第14页。

有哪些？哪些作品让您欢悦？哪些作品让您难受？哪些作品让您长久铭记？您是从哪里得到那些鲁迅作品的？……

大江坐在专属于他的单人沙发上，照例安静地低着头在笔记本上记录下所有问题，然后抬起头来回答说：自己从不曾想过这个问题，也从不曾有人提过这个问题，在记录的过程中，自己已经在回忆并且思考这些问题了。现在有的问题可以回答，有的问题则因为年代久远，记忆已经模糊不清，需要进一步调查过后，待去北京访问期间再一并作答。现在可以回答的问题如下：自己确实读过鲁迅作品，而且早在少年时代就开始阅读，至于具体是几岁开始阅读鲁迅作品，还需要进一步回忆。第一批阅读的鲁迅作品有《孔乙己》《故乡》《药》《社戏》《狂人日记》……

为了更好地梳理当时情景，这里需要用对谈的形式还原这次谈话的经过和大致内容：①

　　许金龙：我知道您在儿时就从母亲那里接受了鲁迅、郁达夫等中国作家的影响，这从您的一些作品和谈话里可以感觉出来。我还注意到您在一九五五年写了一首题为《杀狗之歌》的自由体诗，也就是被您称为"像诗一样的东西"的习作，这首自由体短诗只有几行，全文是这样的：

　　为了杀掉足以咬死你的大狗
　　你首先要摸弄自己的睾丸
　　再让你想杀死的狗嗅那手掌
　　在狗上当之际，乘机打杀
　　＊　发出含着大希望的恐怖的悲声
　　狗（A）

---

① 大江健三郎与许金龙对谈：《大江健三郎将访中国，深受鲁迅及毛泽东影响》，《环球时报》，二〇〇六年九月一日。

代 总 序

抑或你(B)

死去

或者你们结婚(C)

* ……鲁迅《野草》①

您在这里引用了《呐喊》中《白光》的这样一句话:发出"含着大希望的恐怖的悲声"。从您的这处引用可以看出,您在很年轻(或者很小)的时候就接触了鲁迅文学,我想知道的是,您最初阅读鲁迅作品是在什么时候? 您又是在哪里接触到这些作品的?

大　江:现在回想起来,应该是在很小的时候开始阅读的。一下子说不清当时的具体年龄了,大概是在十二岁左右吧。《孔乙己》中有一段文字给我留下了非常深刻的印象,就是"我从十二岁起,便在镇口的咸亨酒店里当伙计"。这里所说的镇子,就是经常出现在鲁迅小说中的鲁镇。记得读到这段文字时,我就在想:"啊,我们村子里成立了新制中学,真是太好了! 否则,刚满十二岁的自己就去不了学校,而要去某一处的酒店当小伙计了。"②这一年是一九四七年,读的那本书是由佐藤春夫、增田涉翻译的《鲁迅选集》。当时读得并不是很懂,就这么半读半猜地读了下来。是的,我是从十二岁开始阅读鲁迅作品的。

关于这本书的来历还有一个故事。我是一九三五年一月出生的,母亲生下我以后,她的身体一直到年底都难以恢复。母亲当时有一个儿时的朋友在东京读大学,这个喜欢中国文学的朋友便送了母亲一本书,就是刚刚被介绍到日本来的鲁迅的作品,记得是岩波文库本。母亲好像尤其喜欢其中的《故乡》。两年后,也就是一九三七年,这一年的七月发生了卢沟桥事件,十二月发生了日本军队进行大屠杀的南京事件,于是即

---

① 诗文中米花注为大江本人所注。或是出于笔误等原因,作者将典出于《白光》的"含着大希望的恐怖的悲声",误认为典出于《野草》。

② 大江健三郎小学毕业前,因家中贫困,母亲无力将其送到镇上的中学里继续读书,便在邻近的镇子找了一家店铺,打算等大江小学毕业后就送其去做不领工资的实习小伙计。

便在我们那个小村子,好像也不再能谈论中国文学的话题了。母亲就把那册岩波文库本《鲁迅选集》藏在了小箱子里,直到战争结束后,我作为第一届根据民主主义原则建立的新制中学的学生入学时,母亲才从箱子里取出来作为贺礼送给我。

许金龙:您当时阅读了哪些作品?还记得阅读那些作品时的感受吗?

大　江:有《孔乙己》《药》《狂人日记》《一件小事》《头发的故事》《故乡》《阿Q正传》《白光》《鸭的喜剧》和《社戏》等作品。其中,《孔乙己》中那个知识分子给我留下了非常深刻的印象,孔乙己这个名字也是我最初记住的中国人名字之一。要说印象最为深刻的作品,应该是《药》。在那之前,我叔叔曾从我父亲这里拿了一点儿本钱,在中国的东北做过小生意,把中国的小件商品贩到日本来,再把日本的小件商品贩到中国去。有一次他来到我们家,灌装了一些中国样式的香肠,悬挂在房梁上,还为我们做了中国样式的馒头,饭后还剩下几个馒头就放在厨房里。晚饭过后就问起我正在读的书,听说我正在阅读鲁迅先生的《药》后,他就吓唬我说:你刚才吃下去的就是馒头,作品里那个沾了血的馒头和厨房里那几个馒头一模一样。听了这话后,我的心猛然抽紧了,感到阵阵绞痛(用双手用力做拧毛巾状)。这是我有生以来第一次感受到这种内心的绞痛,不停地呕吐着,把晚饭时吃下去的东西全给吐了出来。

当时我很喜欢《孔乙己》,这是因为我认为咸亨酒店那个小伙计和我的个性有很多相似之处。《社戏》中的风俗和那几个少年也很让我着迷,几个孩子看完社戏回来的途中肚子饿了,便停船上岸偷摘蚕豆用河水煮熟后吃了。这里的情节充满童趣,当时我也处在这个年龄段,就很自然地喜欢上这其中的描述。当然,《白光》中的那个老读书人的命运也让我难以淡忘……

许金龙:鲁迅在日本留学期间,曾接触尼采、克尔凯郭尔、叔本华以及易卜生等所谓"神思宗之至新者"的思想,尤其通过尼采和克尔凯郭尔这两位存在主义先驱,鲁迅发现了尼采提出的"近世文明之伪与偏",以及克尔凯郭尔主张的"发挥个性,为至高之道德",其后就在这种影响下写出了《野草》等作品。当然,法国的现代存在主义与这种思想也是相通的。我想了解的是,您在阅读和接受鲁迅影响的同时,是否把其中与存在主义相通的某些要素也一并吸收了过来,然后在大学里自然也是必然地选择了萨特和存在主义?

大　江:我不知道鲁迅先生在日本留学期间曾接触克尔凯郭尔等人的思想。你刚才说到我在阅读鲁迅作品的同时,把其中与存在主义相通的某些要素也一同吸收过来,并在此基础上选择了萨特和存在主义,关于这种说法,我从不曾听人说起过,当然,我本人也从未做过这样的联想。但是,这是一个很有意思的提法。现在细想起来,鲁迅确实和克尔凯郭尔并肩站在黑暗的、深不见底的绝望之海上寻找着希望……

许金龙:您可能没有注意到,其实在鲁迅和克尔凯郭尔这两位先驱者的身后,还有一位戴着用黑色玳瑁镜框制成的圆形眼镜的日本老人,正与这两位先驱者一同站在黑暗的、深不见底的绝望之海上寻找着希望……

大　江:(大笑)……

许金龙:说到绝望与希望这一话题,我想起了您于去年十月出版的《别了,我的书!》。这是《被偷换的孩子》三部曲中的第三部长篇小说。在这部小说的红色封腰上,我注意到您用白色醒目标示出的"始自于绝望的希望"这几个大字。如果我没有说错的话,这是您对鲁迅的"绝望之为虚妄,正与希望相同"在当下所做的最新解读。当然,在您对这句话的解读中,希望的成分显然更多一些,更愿意在绝望中主动而积极地寻找希望。

大　江:(大笑)是的,这句话确实源自鲁迅先生的"绝望之为虚妄,正与希望相同",不过,在解读的同时,我融进了自己的一些看法。我非常喜欢《故乡》结尾处的那句话——"希望是本无所谓有,无所谓无的。这正如地上的路;其实地上本没有路,走的人多了,也便成了路"。我的希望,就是未来,就是新人,也就是孩子们。这次访问中国,我将在北京大学附属中学发表演讲,还要与孩子们一起座谈。此前我曾在世界各地做过无数演讲,可在北京面对孩子们将要做的这场演讲,会是这无数演讲中最重要的一场演讲。

许金龙:从一九五五年到二〇〇五年,这期间经历了整整五十年,跨越了您的整个创作生涯。从您在一九五五年那个习作中所做的引用,到二〇〇五年《别了,我的书!》腰封上所标示的"始自于绝望的希望",是否可以认为,您对鲁迅的阅读和吸收贯穿于您这五十年间的创作生涯?另外,您目前还在阅读鲁迅吗?还是儿时那个版本吗?

大　江:我对鲁迅的阅读从不曾间断,这种阅读确实贯穿了我的创作生涯。不过,儿时阅读的那个版本因各种原因早已不在了,现在读的是筑摩书房的《鲁迅文集》,是竹内好翻译的。(说完,急急前往书房抱回一大摞白色封套的鲁迅译本,将其放在客厅书架上让我们观看)……①

由此可见,从少年时代因战后义务教育法的实施感到庆幸而与《孔乙己》中的"小伙计"产生共情,到青年时期面对日本社会复杂现实的绝望而借助《白光》发出了诗学的"悲声",鲁迅文学对于大江的整个创作生涯而言,已然语境化于大江所处的社会现实,且内化到了其"暗境逆行"的文学基调中。

3.大江文学起始点上的鲁迅

前面引文中的《杀狗之歌》里的米花注是大江本人打上去的,其实,这段话源出于《鲁迅全集》第一卷《呐喊》中的《白光》一文,说的是一个屡试不中的老读书人在迷幻中奔着城外的白光而去,"游丝

---

① 许金龙著《大江健三郎与中国》,《传记文学》,二〇二〇年第八期,第47—49页。

似的在西关门前的黎明中,战战兢兢地叫喊"出的无奈、绝望却又"含着大希望的恐怖的悲声"①。这就直观地说明,鲁迅的影响历史性地出现在了大江文学的起始点上,始自于少年时期对鲁迅的阅读和理解,使得大江此后在东京大学就读期间,不自觉地接受了鲁迅文学中包括与存在主义同质的一些因素,从而在其接触萨特学说之后,几乎立即便自然(很可能也是必然)地接受了来自存在主义的影响。当然,在谈到这种融汇时,必须注意到一个不可忽视的重要因素——鲁迅在绝望中寻找希望的有关探索与萨特的自由选择,其实都与人道主义传统有着密不可分的内在联系,因为这两者共有一个源头——丹麦宗教哲学家、存在主义哲学创始人索伦·克尔凯郭尔及其学说:人是哲学研究的对象,不单单是客观存在,要从个人的"存在"出发,把个人的存在和客观存在联系起来。

　　用短诗所引"含着大希望的恐怖的悲声"来表现大江当时的心境是比较贴切的。这首《杀狗之歌》的创作背景是这样的:在二次世界大战的最后阶段,少年大江所在村庄的所有狗都被集中在山谷中的洼地上屠宰,用剥下的狗皮制成皮衣和皮帽,用以装备侵占中国东北的关东军,使其得以度过当地的严寒。待杀的狗中就有大江家那条狗,大江带着弟弟眼看着整日跟随自己的爱犬被无情打杀却无力解救,只是下意识地把手指放在口里咬着,一直咬出了鲜血还浑然不觉。最让少年大江气愤的是,那个杀狗人面对狂吠不止的狗并不正面打杀,而是先把手伸到裤子里摸弄一下睾丸,再将那手掌伸到将要打杀的那只狗的鼻子前,于是狗立即安静下来,只是一味地嗅着那手掌上的睾丸气味。此时,杀狗人便乘机抡起藏在身后的木棒砸向狗

---

① 鲁迅著《白光》,《鲁迅全集》第一卷,《呐喊》,人民文学出版社,二〇一九年十二月,第575页。

的脑袋,一只又一只的狗就这样倒在了血泊之中:

> 我最初受到的负面冲击,就发生在战争临近结束的时候。有一天,一个杀狗的人来到我们村,把狗集中起来带到河对岸的空场去,我的狗也被带走了。那个人从早到晚一整天都在打狗杀狗,剥下皮再晒干,然后拿那些狗皮到满洲去卖,也就是现在的中国东北。当时,那里正在打仗,这些狗皮其实是为侵略那里的日本军人做外套用的,所以才要杀狗。那件事给我童年的心灵留下了巨大的创伤。①

引发大江这段儿时记忆的,据说是大江从朋友石井晴一处听说,东大附属医院里用于试验的百来条狗每到傍晚时分便一起狂吠。也是在这一时期,日本政府为扩建军事基地而强征东京郊外的砂川町农田,并动用警察镇压当地农民的反抗。于是,大批学生和工会人员为声援农民而前往示威,这其中也包括血气方刚的大江和他的同学们。在谈到那时的情景时,大江曾在一篇文章中写道:我出生在日本,这是一件多么不幸的事啊!这种阴郁的声音在我的身体内部开始发出任性而微小的余音。当时我刚刚进入大学,并参加了示威活动。显然,儿时的痛苦记忆与现实生活中的无奈和徒劳感,使得大江对医院里那些等待被宰杀的狗产生了某种程度的共情,觉得自己和同学们乃至日本的青年人何尝不是围墙中等待被宰杀的狗?! 四十五年后的二〇〇〇年九月,面对中国社会科学院的数百名学者,已是诺贝尔文学奖获得者的大江健三郎这样回忆当时的情形:

> 在那段学习以萨特为中心的法国文学并开始创作小说的大学生活里,对我来说,鲁迅是一个巨大的存在。通过将鲁迅与萨特进行对比,我对于世界文学中的亚洲文学充满了信心。于是,鲁迅成了我的一种高明

---

① 大江健三郎与莫言对谈,庄焰译《二十一世纪的对话——大江健三郎 VS 莫言》,引自《我在暧昧的日本》,南海出版公司,二〇〇五年十一月,第 22 页。

而巧妙的手段,借助这个手段,包括我本人在内的日本文学者得以相对化并被作为批评的对象。将鲁迅视为批评标准的做法,现在依然存在于我的生活之中。①

如果说,萨特让这位学习法国文学专业的大学生感同身受地体验到了墙壁、禁闭、徒劳和恶心的话,那么,作为其参照系的鲁迅则让大江在发出"恐怖的悲声"的同时,还让他"含着大希望"。那么,这是一种什么样的希望呢?我们不妨来看看鲁迅在文本中的表述:

"假如一间铁屋子,是绝无窗户而万难破毁的,里面有许多熟睡的人们,不久都要闷死了,然而是从昏睡入死灭,并不感到就死的悲哀。现在你大嚷起来,惊起了较为清醒的几个人,使这不幸的少数者来受无可挽救的临终的苦楚,你倒以为对得起他们么?"

"然而几个人既然起来,你不能说决没有毁坏这铁屋的希望。"

是的,我虽然自有我的确信,然而说到希望,却是不能抹杀的,因为希望是在于将来……②

尽管由于认识上的局限,大江当时发出的这种"含着大希望的恐怖的悲声"还很微弱、无力和被动,却历史性地使得鲁迅与萨特作为东西方文学的一对坐标同时进入大江文学的起始点,并由此贯穿了这位作家的整个创作生涯,在不同创作时期发挥着不同程度的影响,最终在其长篇小说六部曲里达到高潮。

写下这首《杀狗之歌》半个多世纪后的二〇〇九年十月,大江在台北的"大江健三郎文学学术研讨会"上做小组点评时,如此回忆了自己从青年至老年的不同时期对"含着大希望的恐怖的悲声"这段

---

① 大江健三郎著,许金龙译《北京讲演二〇〇〇》,《中华读书报》,二〇〇〇年十月十八日。
② 鲁迅著《呐喊自序》,《鲁迅全集》第一卷,《呐喊》,人民文学出版社,二〇一九年十二月,第440页。

话语的不同解读：

……许金龙先生的论文非常深刻而且正确地表述了我少年时期是如何接触鲁迅的，这令我感到非常怀念。同时，也使我重又回忆自己、审视自己一直都在阅读的鲁迅文学。其实，在很长一段时间内，我并没有真正读懂自己持续阅读的鲁迅文学。……后来才发现，实际上自己在年轻时并没有读懂鲁迅。在《呐喊》这部作品中，鲁迅表示要在绝望中寻找希望，发出"含着大希望的恐怖的悲声"。我认为这是鲁迅思想中最难以理解的部分。绝望中蕴含着希望，这一点我非常理解。但是，所谓"恐怖的悲声"却是在我十几岁到三十五岁这段时期所无法理解的。此后，患有智力障碍的孩子出生了。三十岁、四十岁、五十岁的时候，我在自己的人生道路上、在绝望中寻找着希望并发出了"恐怖的悲声"。六十岁以后，直到现在七十多岁，我才得以理解，在恐怖的绝望的呐喊中蕴含着巨大的希望。这是非常重要的。年轻时，我就在鲁迅作品中读到发出"含着大希望的恐怖的悲声"。随着年龄的增长，而后我发现，这两件事其实是一样的。十五六岁的时候，我非常真实地发出了"含着大希望的恐怖的悲声"，却并不是抱有很大的希望。到了现在这个年纪才发现，其实这种悲声本身就蕴含着巨大的希望。刚才，许先生在论文中对我作品的评价是：《优美的安娜贝尔·李　寒彻颤栗早逝去》表达了最深沉的恐惧，却也表现出了最大的希望。其实，这也是我正在思考的问题。[①]

尽管年少时初识"含着大希望的恐怖的悲声"却难解其中奥义，基于儿时痛苦记忆且糅合鲁迅深奥话语的《杀狗之歌》毕竟写了出来，为其后改写为剧本《野兽们的叫声》做了前期准备。一九五六年九月，由《杀狗之歌》改编而成的这个独幕话剧《野兽们的叫声》获东京大学学生戏剧剧本奖。一九五七年五月，也就是写下《杀狗之歌》

[①] 大江健三郎著，许金龙试译，根据"大江健三郎文学学术研讨会"台北会议录音整理而成的资料。

代 总 序

两年后,剧本《野兽们的叫声》再次被大江改写为短篇小说《奇妙的工作》,投稿于校报《东京大学新闻》并获该年度的五月祭奖,其后被推荐为芥川文学奖候补作品。这部短篇小说一经发表,便连同其作者大江健三郎一同引起广泛关注,多年后,大江这样回忆当时的情景:《奇妙的工作》在校报上发表是一个契机,文艺报刊因此而向我约稿,我就这样开始了自己的创作生涯。

在鲁迅和萨特这对东西方存在主义作家的共同影响下,在传授人文主义精神的导师渡边一夫教授的引导下,二十二岁的大江健三郎于一九五七年正式登上文坛,"作为渡边的人文主义的弟子,我希望通过自己身为小说家的工作,使那些用语言进行表达的人及其接受者,从个人的以及时代的痛苦中得以平复,并医治他们各自心灵上的创伤"。

4."鲁迅先生说,决不绝望!"

写下这篇"处女作"五十二年后的二〇〇九年一月,大江面对北京大学数百名学生回忆创作这部小说的背景时表示:

> 作为一名二十二岁的东京的学生,我却已经开始写小说了。我在东京大学的报纸上发表了一篇短篇小说,叫作《奇妙的工作》。
>
> 在这篇小说里,我把自己描写成一个生活在痛苦中的年轻人——从外地来到东京,学习法语,将来却没有一点希望能找到一个固定的工作。而且,我一直都在看母亲教我的小说家鲁迅的短篇小说,所以,在鲁迅作品的直接影响下,我虚构了这个青年的内心世界。有一个男子,一直努力地做学问,想要通过国家考试谋个好职位,结果一再落榜,绝望之余,把最后的希望都寄托在挖掘宝藏上。晚上一直不停地挖着屋子里地面上发光的地方。最后,出城到了城外,想要到山坡上去挖那块发光的地方。听到这里,想必很多人都知道我所讲的这个故事了,那就是鲁迅短篇集《呐喊》里《白光》中的一段。他想要走到城外去,但已是深夜,城

门紧锁,男子为了叫人来开门,就用"含着大希望的恐怖的悲声"在那里叫喊。我在自己的小说中构思的这个青年,他的内心里也像是要立刻发出"含着大希望的恐怖的悲声"。我觉得写小说的自己就是那样的一个青年。如今,再次重读那个短篇小说,我觉得我描写的那个青年就是在战争结束还不到十三年,战后的日本社会没有什么明确的希望的时候,想要对自己的未来抱有希望的这么一个形象。①

一个农村出身的青年,从偏远山村来到东京学习法语,却难以在这个大都市里找到一份固定工作,便将自己毕业即失业的黯淡前景投射于《白光》中屡试不中的读书人陈士成,用自己的作品发出"含着大希望的恐怖的悲声",直至整整五十年后的二〇〇九年才发现,其实"在恐怖的绝望的呐喊中蕴含着巨大的希望",在这个"巨大的希望"支撑下,大江逐渐走入了鲁迅思想的深邃之处。这篇小说的发表给初出茅庐的大江带来了喜悦和希望——"我觉得自己已经成了一个真正的小说家,并决心今后要靠写小说为生。在此之前,我还要靠打工、作家教以维持在东京的生活"②。然而,当自己兴冲冲地赶回四国那座大森林中,"把登有这篇小说的报纸拿给母亲看"时,却使得母亲万分失望:

你说要去东京上大学的时候,我叫你好好读读鲁迅老师《故乡》里最后那段话。你还把它抄在笔记本上了。我隐约觉得你要走文学的道路,再也不会回到这座森林里来了。但我还是希望你能成为像鲁迅老师那样的小说家,能写出像《故乡》结尾那样美丽的文章来。你这算是怎么回事?怎么连一片希望的碎片都没有?③

---

① 大江健三郎著,翁家慧译《真正的小说是写给我们的亲密的信》,《文汇报》,二〇〇九年一月二十二日。
② 同上。
③ 同上。

接着,这位母亲情真意切地谆谆教诲自己的儿子:

我没上过东京的大学,也没什么学问,只是一个住在森林里的老太婆。但是,鲁迅老师的小说,我都会全部反复地去读。你也不给我写信,现在我也没有朋友。所以,鲁迅老师的小说,就像是最重要的朋友从远方写来的信,每天晚上我都反复地读。你要是看了《野草》,就知道里头有篇小说叫《希望》吧。①

当天晚间,无颜继续留在母亲身边的大江带着母亲交给自己的、收录了《希望》的一本书,搭乘开往东京的夜班列车,借着微弱的脚灯开始阅读《野草》,就像母亲所要求的那样,当作"最重要的朋友从远方写来的信"阅读起来,在感叹"《野草》中的文章真是精彩极了"②的同时,刚刚萌发的自信却化为了齑粉……

当然,来自母亲的影响只能是大江接受鲁迅的契机和基础。对于一个着迷于萨特的法国文学专业的学生来说,鲁迅在《野草》等作品中显现出来的早期存在主义思想,那种"我只觉得'黑暗与虚无'乃是'实有',却偏要向这些作绝望的抗战"③的思想,恐怕也是吸引大江的一个重要原因。尤其是《过客》里极具哲理的文字,竟与大江心目中其时的日本社会景象惊人一致,而鲁迅思想体系中源自尼采和克尔凯郭尔这两位存在主义前驱者的阴郁、悲凉的因素,与萨特的存在主义中有关他人是地狱等思想亦比较相近,这就使得大江必然地将鲁迅和萨特作为一对参照系,并进而"对于世界文学中的亚洲文学充满了信心"④。当

---

① 大江健三郎著,翁家慧译《真正的小说是写给我们的亲密的信》,《文汇报》,二〇〇九年一月二十二日。
② 同上。
③ 鲁迅著《致许广平》,《鲁迅全集》第十一卷,人民文学出版社,二〇一九年十二月,第467页。
④ 大江健三郎著,许金龙译《北京讲演二〇〇〇》,《中华读书报》,二〇〇〇年十月十八日。

然，对于大江来说，鲁迅无疑是早于萨特的先在。只是囿于认识的局限，学生时代的大江对鲁迅面向"黑暗和虚无"而展开的"绝望的抗战"等思想理解得并不很透彻，这就使得《奇妙的工作》和《死者的奢华》等早期作品中多见禁闭、徒劳、无奈、恶心、孤独等元素，即便在《人羊》等同期作品中有少许反抗，这种反抗也显得被动、消极和软弱无力。当然，这种状况终究还是开始了变化——《揪芽打仔》原稿中的小主人公"我"最终死于村民的残酷追杀之下，这个结局却让大江想起了母亲的批评——"怎么连一片希望的碎片都没有？"于是将这个结尾改为开放性结局，让"我"在森林里暂时逃脱村民们的追杀，在山林中跌跌撞撞地向着不知方向的前方继续跑去。这处改写，在给这篇小说留下绝望中的希望之际，也为大江此后的创作奠定了方向。一如晚年间的大江在参观鲁迅博物馆后回忆当年情形时所言：

……在我的老年生活还要继续的这段时间里，我想我还是会和鲁迅的文章在一起。从鲁迅博物馆回来的路上，我再次认识到了这一点。至少我现在能够理解，为什么母亲会对年轻的我所使用便宜的、廉价的"绝望""恐惧"等词语表现出失望，却没有简单地给我指出希望的线索，反倒让我去读《野草》里的《希望》。隔着五十年的光阴，我终于明白了母亲的苦心。

……我想起了鲁迅先生说的"绝望之为虚妄，正与希望相同"。身患重病，又面临异常绝望的时代现状，鲁迅先生还是说，决不绝望！而且，也决不用简单的、廉价的希望去蒙蔽自己或他人的眼睛。因为那才是虚妄。①

由此可见，尽管面对着存在主义这一源于西欧哲学的精神命题，

---

① 大江健三郎著，翁家慧译《真正的小说是写给我们的亲密的信》，《文汇报》，二〇〇九年一月二十二日。

大江仍然一直站在东亚世界的宏阔视野和历史特殊性中,思考着自己与鲁迅文学的关联。鲁迅的存在主义倾向及其牵连的世界文学/哲学脉络,也与大江对法国存在主义传统的反思存在着更为深层的纠葛。从鲁迅与大江的存在主义纽带来看,二者的文学亦可被视作西方存在主义思潮在东亚不同时期、不同政治社会语境下的文学诠释。或许鲁迅深感自己的绝望呐喊终将消声于中国后帝国时代的精神"绝地",而与之相比,感受着鲁迅对于希望性力量的投注,大江选择占据偏远的故乡村庄这片日本帝制伦理斜阳之外的"飞地",来以它的新生神话和反抗史诗刺破绝望,并以积极前行的伦理(affirmative ethics)践行着从"绝地"到"飞地"的穿越,力图重构希望的轮廓。

四(下)、发自于边缘的呐喊

1."救救孩子"与"向尚未出生的孩子们敞开心扉"

在其后的写作中,大江对于绝望和希望的思考通过另一种形式体现出来——在长篇小说《同时代的游戏》等小说里,对权力中心改写乃至遮蔽边缘地区弱势群体的历史之做法进行无情的嘲讽,借助森林中口耳相传的神话/传说和历史复制乃至放大遭到政府遮蔽的山村森林里的历史,把那座神话/传说的王国进一步拓展为森林中的根据地/乌托邦——超越时空的"村庄=国家=小宇宙",运用人类文化学意义上的边缘与中心的概念,使其"得以植根于我所置身的边缘的日本乃至更为边缘的土地,同时开拓出一条到达和表现普遍性的道路"①。

---

① 大江健三郎著,许金龙译《我在暧昧的日本》,引自《我在暧昧的日本》,南海出版公司,二〇〇五年十一月,第96页。

发表于一九七九年的《同时代的游戏》中的"五十日战争"期间，村庄=国家=小宇宙的民众通过坚壁清野和麻雀战等多种战法与"无名大尉"指挥的"大日本帝国皇军"进行了殊死战斗，尽管这场力量极为悬殊的五十日战争最终以失败告终，很多村民为此牺牲了生命，作者却意味深长地在战争临近结束时，让"年龄不同的孩子们组成的这个队伍，年长的背着年小的，或者牵着他们的手，虽然都是孩子，却懂得不让敌军发觉，在那位大汉的带领之下，小心翼翼地朝原生林的更深处走去"①，以致在其后由日军"无名大尉"主持的极为严酷的军事审判中没有一个孩子遭到杀戮。在这里，作者意犹未尽地进一步指出："五十日战争结束之后，人们把带领村庄=国家=小宇宙二分之一的孩子进入森林深处的大汉，比作带领童男童女去创建新世界的徐福。"②显然，作者大江想要借此告诉他的读者，村庄=国家=小宇宙的人们尽管在五十日战争中失败并遭到日本军队的屠戮，但是他们的孩子们却逃离了"大日本帝国皇军"的屠刀，跟随徐福式的人物经由森林深处前往远方构建新的世界。或许，在大江的写作预期中，他的隐含读者将会为这些得到拯救的孩子未被黑暗势力所吞噬而感到庆幸，与此同时，他和他的隐含读者在这里或许还会产生一个带有倾向性的预期，那就是逃脱被吃掉之厄运、随同徐福式的人物前往远方"创建新世界"的孩子们，一定不会再去吃人，而"没有吃过人的孩子，或者还有？"③的美好心愿，则会在这个"新世界"里得以实现。

----

① 大江健三郎著，李正伦等译《同时代的游戏》，作家出版社，一九九六年四月，第252页。
② 同上。
③ 鲁迅著《呐喊》《狂人日记》，《鲁迅全集》第一卷，人民文学出版社，二〇〇五年十一月，第454页。

比上述尝试更为积极的,是大江在《奇怪的二人配》这三部曲中所做的进一步尝试——比如在《被偷换的孩子》里,借助沃雷·索因卡笔下的女族长之口喊出:"忘却死去的人们吧,连同活着的人们也一并忘却!只将你们的心扉,向尚未出生的孩子们敞开!"①这一小段话语会立刻让人联想到《狂人日记》的最后一句话语——"救救孩子……"②因为惟有孩子,尤其是尚未出生的孩子,才象征着新生,象征着未来,象征着纯洁,这新生、未来和纯洁中就可能会有希望,就可能会有光明,就可能不被人吃且不去吃人。再譬如《愁容童子》里那位如愁容骑士般不知妥协也不愿妥协、接二连三遭受肉体和精神上不同程度的伤害的主人公古义人,最终仍在深度昏迷的病床上为如此伤害了他的这个世界祈祷和解与和平。不过,相较于约半个世纪前在《奇妙的工作》等初期作品群里对鲁迅作品的参考,在此时的解读中,大江更是在用辩证的方式理解和诠释绝望和希望,更愿意在当下的绝望中主动和积极地寻找通往未来之希望的通途,最终借助《优美的安娜贝尔·李 寒彻颤栗早逝去》到达了"群星在闪烁"和"光辉耀眼"的至善、至福的天国。

2."这是我人生中最重要的讲演"

为了把鲁迅的相关话语以及自己的解读直接传达给孩子们,近年来,大江在北京、东京、柏林等地与不同国别的孩子们频频进行面对面的对话,例如二〇〇六年九月十日,在北京大学附属中学结束自己的讲演时,他与中国的孩子们如此约定:

---

① 大江健三郎著,许金龙译《被偷换的孩子》,译林出版社,二〇〇八年十月,第237页。
② 鲁迅著《呐喊》《狂人日记》,《鲁迅全集》第一卷,人民文学出版社,二〇〇五年十一月,第455页。

七十年前去世的鲁迅显然是二十世纪最伟大的小说家之一。我和你们约定,回到东京以后,我会去做与今天相同的讲演。惟有北京的你们这些年轻人与东京的那些年轻人实现真正意义上的和解,并在此基础上展开友好合作之时,鲁迅的这些话语才能成为现实。请大家现在就来创造那个未来!

"我想:希望是本无所谓有,无所谓无的。这正如地上的路;其实地上本没有路,走的人多了,也便成了路。"①

在进入讲演会场前,对于这场期待已久的讲演,竟然使得大江陷入难以自抑的紧张情绪。随着讲演之日的临近,这种期待和紧张也越发明显。二〇〇六年九月十日清晨,在乘车前往北大附中前,大江在其下榻的国际饭店的餐厅用早餐时,其用餐量却远超平日——"夫人昨天晚间特意从东京挂来长途电话,嘱咐当天晚上要喝点儿葡萄酒以帮助入睡,今天早餐的饭量则要加倍,要鼓足气力做好今天的讲演,因为这场讲演特别重要,关乎中日两国的孩子们的未来!……"在前往北大附中的路途中,大江或是局促不安地不停搓手,或是身体左转、双手用力紧握左侧车门扶手。笔者与大江交往多年,多见其或爽朗、或开心、或沉思、或忧虑、或愤怒等表情,却从不曾目睹如此紧张局促的神态,便在一旁劝慰道:"您今天面对的听众是十三至十九岁的孩子,不必如此紧张。"大江却如此回答道:"我在这一生中做过无数场讲演,包括在诺贝尔文学奖获奖之际所做的讲演,却都没有紧张过。这次面对中国孩子们所做的讲演,是我人生中最重要的讲演,我无法控制住自己的紧张情绪……"

汽车驶入北大附中校园后,在校长康健教授的引领下,一行人向

---

① 大江健三郎著,许金龙译《走的人多了,也便成了路!》,引自《大江健三郎文学研究》,百花文艺出版社,二〇〇八年七月,第21—22页。

代 总 序

大会堂走去。这是一座刚刚落成的漂亮建筑群,划分为大会堂和教学楼等功能区。进入建筑群大门内的大厅后,康健引导大家正要往会堂入口处走去,此前因与康健寒暄已不显得紧张的大江此刻却再度紧张起来,他停下脚步窘迫地对陪同在身旁的笔者急切说道:"我还是觉得紧张,这种状态是无法面对孩子们发表讲演的,请与校长先生商量一下,可否帮我找一间空闲的房间,让我独自在那房间里待一会儿,冷静一会儿,我需要整理一下思绪……"康健听完转述后为难地表示,师生们此刻都在大会堂里等待聆听讲演,临近的教室和办公室全都锁了起来,只有学生们使用的卫生间没锁门。得知这一情况后,大江似乎松了口气,疾步走入男生使用的卫生间,虽说空无一人的卫生间里还算清洁,只是那气味确实比较刺鼻,未及人们上前劝说,便示意大家离开这里,以便让他独自待上一会儿,冷静一会儿……不记得是三分钟还是五分钟抑或更长时间,只听见门轴声响,大江快步走出门来,精神抖擞地说道:"我做好准备了,现在我们进入会场吧!"话音未落,便领先向入口处大步走去,在学生们热烈的掌声中登上讲台,丝毫不见先前的紧张、局促和不安。在介绍了自己从少儿时期以来学习鲁迅文学的体会之后,这位老作家直率地告诉学生们:

> 现在,日本与中国的关系并不好。我认为,这是由日本政治家的责任所导致的。我在想,在目前这种状态下,对于日本和中国这两国年轻人之间的未来而言,真正意义上的和解以及建立在该基础之上的合作,当然还有因此而构建出的美好前景,无论怎么说都是非常必要的。①

随后,这位老作家要求在座的中学生们与他共同背诵《故乡》最

---

① 大江健三郎著,许金龙译《走的人多了,也便成了路!》,引自《大江健三郎文学研究》,百花文艺出版社,二〇〇八年七月,第17页。

后一段话语以结束这次讲演。于是,近千名中学生稚嫩嗓音的汉语与老作家苍老语音的日语交汇成一个富有节奏感的巨大声响在会堂里久久回响——"我想:希望是本无所谓有,无所谓无的。这正如地上的路;其实地上本没有路,走的人多了,也便成了路"。大江这是希望中国的孩子们和日本的孩子们乃至亚洲各国的孩子们,都能在鲁迅这段话语的引导下,"在当下的现在创造出明亮、生动、确实体现出人的尊严的未来,而非前面说到的那个充满黑暗、恐怖和非人性的未来",为自己更是为了未来而从绝望中踏出一条希望之路。

3."始自于绝望的希望":为着悠久的将来

当然,这种危机意识或是恐惧、绝望却又竭力寻找希望的心情,不可避免地显现在大江这一时期创作的、以孩子们为阅读对象的《两百年的孩子》《在自己的树下》《康复的家庭》《温馨的纽带》和《致新人》等一批小说和随笔中。为了使得包括小学五年级孩子在内的中、小学生都能读懂,作者一改以复杂的复式语句和复调叙述为主体的冗长叙述,转而使用极为直白和易懂的口语文体,把当下的困难和明天的希望融汇在一个个小故事里。

在《两百年的孩子》以及此后于北大附中发表的演讲中,大江对"那个充满黑暗、恐怖和非人性的未来"所表现出的恐惧和戒备并非毫无缘由,其借助《两百年的孩子》等作品为未来的孩子们预言的危机非常不幸地正在一步步成为现实——这部小说问世三年之后的二〇〇六年十二月十五日,也就是大江对北大附中的孩子们发表讲演三个月之后的二〇〇六年十二月十五日,日本政府不顾国内诸多在野党派和民众的强烈反对,强行通过《教育基本法》修正案,要在基础教育中强调战争时期曾灌输的"爱国主义",为日本中小学教育重回战前的"道德教育"和进而修改和平宪法以及制定《国民投票法》

创造有利条件。面对以上这些有可能实质性改变日本社会本质和走向的严峻局面,大江并没有在绝望中沉沦,而是预见性地通过《两百年的孩子》等作品不断向孩子们提出警示,并亲自来到北京,呼吁中日两国的孩子们从现在起就携手合作,以创造出"明亮、生动、确实体现出人的尊严的未来,而非前面说到的那个充满黑暗、恐怖和非人性的未来"①。

在大江于北大附中发表讲演四个月后的二〇〇七年一月,他在写给笔者的一封私人信函里如此讲述了自己离开北京后的工作状态:

>……在今年,将要进入自己最后的也是最大的那部分工作,我希望这是与此前所有构想全然不同的、具有决定性的作品。目前我还没有动笔,拟于二月开始写作,为此,已从去年年末开始认真做了尝试。不过,这也是我成为作家之后感到最困难的时期。总之,必须突破第一道难关。从现在开始直至月底,乃至二月上半月这段期间,我必须每天进行这种繁忙的创作尝试。②

经过种种艰难尝试后问世的那部"与此前所有构想截然不同的、具有决定性的作品",便是大江的长篇小说《优美的安娜贝尔·李 寒彻颤栗早逝去》。这个书名取自美国著名诗人爱伦·坡的代表作《安娜贝尔·李》的诗句,那首诗说的是一个处于热恋中的纯洁少女遭到六翼天使的嫉妒,夜里从云中吹来寒风将其冻死。与大江此前创作的所有小说相比,《优美的安娜贝尔·李 寒彻颤栗早逝去》确实显现出"一种令人意外的特质",那就是历经数十年的艰苦

---

① 大江健三郎著,许金龙译《走的人多了,也便成了路!》,引自《大江健三郎文学研究》,百花文艺出版社,二〇〇八年七月,第22页。
② 许金龙著,《译者序·"我无法从头再活一遍。可是我们却能够从头活一遍"》,《优美的安娜贝尔·李 寒彻颤栗早逝去》,人民文学出版社,二〇〇九年一月,第1—2页。

跋涉后，大江健三郎这位从绝望出发的作家终于为自己、为孩子们、为所有陷于绝望中的人，更是为着"悠久的将来"寻找到了希望。

4. 鲁迅始终都是一个重要的参照系

在大江的这部长篇小说中，也有一位如同安娜贝尔·李一般纯洁的美丽少女，这位被称为"永远的处女"的女主人公"樱"身世悲惨，在二战末期，除了她本人被疏散到农村而侥幸活下来，全家人都在东京大轰炸中身亡。美国军队占领日本后，她被一个美国军人收养，身穿让邻居羡慕的漂亮裙子，似乎从此过上了幸福生活，并在那个美国军人摄制的电影《安娜贝尔·李》中饰演身穿"白色宽衣"的少女安娜贝尔·李，"樱"由此被电影界所关注，很快便成为著名童星，最终活跃在以好莱坞为中心的国际影坛。完成这部作品后，大江在《致中国读者》中这样表示：

> （自己）就写出了这部稍短一些的长篇小说《优美的安娜贝尔·李 寒彻颤栗早逝去》，意识到一种令人意外的特质正从中显现出来。最重要的是，我在这部小说的中心设置了一位女性。她与我大体上属于同一代人，作为少女迎来了战争的失败，在被占领时期不得不经历痛苦的生活。但是，她超越了这一切，通过不懈努力塑造出具有国际影响的电影女演员的成功人生。然而，现在她却要重新审视自己的一生。
>
> 她试图通过将一位女性为主人公的故事改编成电影来实现自己的想法。那位女性是日本一处农村（那是我至今一直不停写着的偏僻农村）从近代化进程开始之前便传承下来的大众心目中的英雄。当地农村的女人都支持这位既导演电影，本人也出演悲剧性女主人公的女演员，要帮助她实现这个计划。[1]

---

[1] 大江健三郎著，许金龙译《致中国读者》，《优美的安娜贝尔·李 寒彻颤栗早逝去》，人民文学出版社，二〇〇九年一月，第2页。

代 总 序

在这位"具有国际影响的女演员"樱正要雄心勃勃地推进自己的电影计划时,却被制片人用"卑劣"手段送进了精神病院,于是,其处于巅峰期的演员生涯至此不得不画上句号,自此沉寂了三十年之久。在这种令人绝望的状态中,樱始终抱持一个不曾破灭的希望,那就是回到日本的那片森林中去,亲自出演那里两次农民暴动中的女英雄。就在这边缘地带的故乡森林里,在以边缘人物"母亲"和"妹妹"为中心的历代农村女人的帮助下,樱振作起来回到日本,"……摄影机分开被枫叶浓烈的红色映照着的树林所围拥着的女人们进入。樱那感叹和愤怒的'述怀'高涨起来,呼应着歌谣虚词的人们如波浪般摇晃。在那声浪的高潮点上,沉默和静止突如其来。'小咏叹调'充溢其间,此时,樱的喊叫声起,作为没有声音的回音,银幕上群星在闪烁……"[1]

这里出现的"群星在闪烁"是个关键词组,使得人们立刻联想到《神曲》的《地狱篇》《炼狱篇》和《天国篇》各卷的最后一个单词"群星"。在《神曲》原著中,但丁在此处特意而且准确地使用了表示复数的 stelle 而非表示单数的 stella。《神曲》中译者田德望教授认为,"地狱是痛苦和绝望的境界,色调是阴暗的或者浓淡不匀的;炼狱是宁静和希望的境界,色调是柔和的和爽目的;天国是幸福和喜悦的境界,色调是光辉耀眼的"[2]。我们由此可以得知,"樱"在绝望境地里始终抱持着希望并为之不懈努力,终于在偏僻农村的森林里的女人们帮助下,从边缘地区边缘人物的记忆和传承中汲取力量,到达了"群星在闪烁"的"光辉耀眼"的"至善、至福的天国"。或者换句话

---

[1] 大江健三郎著,许金龙译《优美的安娜贝尔·李 寒彻颤栗早逝去》,人民文学出版社,二〇〇九年一月,第209页。
[2] 田德望著《译本序·但丁和他的〈神曲〉》,《神曲·地狱篇》,人民文学出版社,二〇〇二年十二月,第21页。

说,大江和他的女主人公"樱"都确信可以将鲁迅笔下的那座"绝无窗户而万难破毁的"令人绝望的铁屋子砸开,确信希望"是不能抹杀的",如同大江本人动笔写作这部小说前几个月在一次讲演时所引用的那样,"希望是附丽于存在的,有存在,便有希望,有希望,便是光明。……只要不做黑暗的附着物,为光明而灭亡,则是我们一定有悠久的将来,而且一定是光明的将来!"①其实,当大江在这个文本里为"樱"于绝望中寻找到希望的同时,就已经打破了那间"绝无窗户而万难破毁的"的铁屋子,就已经在黑暗中发现并拥有了希望和光明,尽管为了这一天的到来,从第一次正式阅读鲁迅作品算起,读者大江经历了整整六十年岁月;从发表正式意义上的处女作《奇妙的工作》算起,作家大江花费了整整五十年时间。大江在构思这部小说期间所表示的"与此前所有构想全然不同的""决定性的"等表述,指涉的无疑就是这里所说的始自于绝望的希望。如同大江于二〇〇九年一月在北京大学演讲时所说的那样,"我这一生都在思考鲁迅,也就是说,在我思索文学的时候,总会想到鲁迅……"②换而言之,在大江的整个创作生涯期间,鲁迅始终都是一个重要的参照系,根据这个参照系进行的五十年调整,使得大江文学也随之发生了相应变化,从不见希望的《奇妙的工作》等初期作品群出发,历经在绝望中寻找希望而苦心探索的《同时代的游戏》等作品群,终于借助《优美的安娜贝尔·李 寒彻颤栗早逝去》找寻到了希望,找寻到了始自于绝望的希望!如果说,"鲁迅和克尔凯郭尔并肩站在深不见底的、黑暗的绝望之海上一同寻找

---

① 鲁迅著《华盖集续编·记谈话》,《鲁迅全集》第三卷,人民文学出版社,二〇〇五年十一月,第378页。
② 大江健三郎著,翁家慧译《真正的小说是写给我们的亲密的信》,《文汇报》,二〇〇九年一月二十二日。

着希望"①的话,大江便是从他们倒下的地方继续前行,经历了万般艰辛后,终于在远方的黑暗中发现了光亮,那便是属于大多数人的光亮,孩子们的光亮,未来的光亮,人类文明的光亮。当然,那也是人文主义的光亮。

5."鲁迅先生,请救救我!"

然而,在文本外的实际生活中,大江却又很快螺旋一般陷入绝望之中。尽管他在此前的长篇小说《优美的安娜贝尔·李 寒彻颤栗早逝去》里一时找到了希望,可那也只是深深绝望中的些微希望,黑暗的绝望之海上的些微光亮。换句话说,正是因为那绝望越深,才越发要挣扎着去寻找希望、面向希望。而这希望的最大来源,莫过于自少年时代就已私淑的鲁迅及其人文主义光亮,有如孟子所云"予未得为孔子徒也,予私淑诸人也"②一般。在这个再次陷入绝望境地的艰难时刻,大江于二〇〇九年一月十六日再次踏上中国的土地,想要从私淑的鲁迅那里汲取力量。翌日晚间,在老朋友却也是"小朋友"铁凝特地为大江挑选的孔乙己饭店里为其接风洗尘时,他对铁凝、莫言和陈众议等几位老友说道:

> 我这一生都在阅读鲁迅。十岁的时候,我从母亲那里得到《鲁迅小说选集》,对这部作品的阅读,决定了我的一生!从十二岁开始阅读这部作品算起,我现在快要七十四岁了,在这大约六十余年间,我一直将鲁迅这个人物视为巨大的太阳。实际上我对这样伟大的作家是有着某种抵触感的。今天清晨六点钟我睁开了睡眼,直至大约七点为止,我一直

---

① 许金龙著《大江健三郎文学里的中国要素》,引自《大江健三郎文学研究》,百花文艺出版社,二〇〇八年七月,第89页。
② 《孟子译注》卷八"离娄章句下"第二十二章,杨伯峻译注,中华书局,一九六〇年,第193页。

在窗边神思恍惚地眺望着窗外的美丽景色。当时长安街上还不见车辆往来,只见火红的太阳在窗子遥远的正前方冉冉升起,周围却还是一片黑暗。这种景色在东京没有,在全日本也没有,太阳从平原上冉冉升起的这种景色。在眺望太阳的这一过程中,我情不自禁地祈祷着:鲁迅先生,请救救我!至于是否能够得到鲁迅先生的救助,我还不知道……①

为了更为清晰地梳理这段情景,这里需要将视点回溯至二〇〇九年一月十六日下午。当时,大江从首都机场乘上迎候他的汽车,刚刚在后座坐下,就用急切的口吻述说起来:在接到邀请访华的函件之前自己就已经在与夫人商量,由于目前已陷入抑郁乃至悲伤的状态,无法将当前正在创作的长篇小说《水死》继续写下去,想要到北京去找许金龙和陈众议这两位老朋友,见到他们之后自己的心情就会好起来,他们还会把莫言和铁凝这两位先生请来相聚,自己的心情就会更好。到了北京后还要去鲁迅博物馆汲取力量,这样才能振作起来,继续把长篇小说《水死》写下去……当他发现陪同人员为这种意外变化而吃惊的表情后,大江放慢语速仔细讲述起来:之所以无法继续写作《水死》,是遇到了三个让自己陷入悲伤、自责和忧郁的意外变故。其一,是市民和平运动组织九条会发起人之一、日本著名文艺评论家和作家加藤周一于二〇〇八年十二月七日去世,这个噩耗带来的打击太大了!这既是日本和平运动的一个巨大损失,也是日本文坛的一个巨大损失,同时也使得自己失去了一位可以倾心信赖和倚重的师友。其二,则是二〇〇八年十二月底,老友小泽征尔为平安夜音乐会指挥完毕后,回家途中带着现场刻录的 CD 到家里来播放给儿子大江光听,希望能够听到光的点评。谁知斜躺在沙发上久久不

---

① 大江健三郎、铁凝、莫言著,许金龙译《中日作家鼎谈》,《当代作家评论》,二〇〇九年第五期,第 54 页。

愿说话的光在父母催促之下，更是在父亲催促时轻轻推搡之下，竟然说出一句"つまらない"！在日语中，这个词语表示"无聊""无趣"或"毫无价值"等语义，这就使得小泽先生陷入了苦恼，他苦思冥想却仍然想不出当晚的指挥到底哪里出了什么严重问题，及至很晚之后，才在自己和妻子的苦劝之下郁闷地回家去了。当自己稍后去东京大学附属医院例行体检并带上大江光顺便体检之际，这才得知儿子的一节胸椎骨摔成了三瓣，从而回想起前些日子送客人之际，光在院子里不慎仰天摔了一跤，可能当时胸椎骨恰好顶在铺在路面的石头尖上。这种骨折相当疼痛，可是儿子是先天智障，自小就不会说表示疼痛的"いたい"而以表示无聊的"つまらない"代用之，自己作为父亲却未能及时发现这一切，因而感到非常痛心，更感到强烈内疚和自责。至于第三个意外，是因为母亲去世前曾留下一个早年在上海买下的红皮箱，里面有父亲生前与一些师友的通信，有些内容涉及当年驻守我们老家的青年军官，他们在战败前夕试图发动兵变杀死天皇以改变战争进程。就像去年年初莫言先生和许金龙先生来我家时曾对你们说过的那样，受 T.S.艾略特的长诗《荒原》中腓尼基水手死于水底这一情节的启发，我想要为同样死于水中的父亲写一篇小说，这就要参考父亲留下的那些书信内容。长年以来，由于担心书信内容被我写入小说里从而给整个家族带来伤害，母亲一直不让我使用那些材料，临终前还特意嘱咐我妹妹：要等自己死去十年之后，才能把红皮箱交给你哥哥健三郎。因为大江家族的男人都是短寿，估计你哥哥活不到十年之后，他也就看不到红皮箱里的书信了。当母亲定下的这十年之约到期时，我打开从妹妹那里得到的红皮箱之际，却发现用橡皮筋勒着的厚厚一叠信封里竟然没有一张信纸。问了妹妹后才得知，母亲在去世前的那几年间，为了保护整个家族的安全，她陆陆续续烧掉了所有信纸……换句话说，母亲烧掉了自己在《水死》

中需要参考的信函内容,因而《水死》已经无法再写下去了。在这接二连三的沉重打击之下,自己想到了鲁迅,想到要到北京来向鲁迅先生寻求力量……

带着这些悲伤、内疚、自责和抑郁访华后发表的、题为"在不明不暗的这'虚妄'中"的专栏文章里,大江是这样表达自己心境的:

> 在随后访问的鲁迅旧居所在的博物馆内,我在瞻仰整理和保存都很妥善的鲁迅藏书和一部分手稿时,紧接着前面那句的下一节文章便浮现而出——"倘使我还得偷生在不明不暗的这'虚妄'中,我就还要寻求那逝去的悲凉漂渺的青春"。我仿佛往来于自己从青春至老年在不同时期对鲁迅体验的各种切实的感受之间。而且,我还在思考有关今后并不很远的终点,我将会挨近这两个"虚妄"中的哪一方生活下去呢?①

其实,早在到达北京的翌日凌晨,大江很早就睁开了睡眼,站在国际饭店的窗前看着楼下的长安街。橙黄色街灯照耀下的长安街空空荡荡,很久才会见到一辆汽车驶来,再过很久后又会有一辆汽车驶去。在这期间,黑暗的天际却染上些微棕黄,然后便是粉色的红晕,再后来,只见太阳的顶部跃然而出,将天际的棕黄和粉色一概染成红艳艳的深红。怔怔地面对着华北大平原刚刚探出顶部的这轮朝阳,大江神思恍惚地突然出声说道:"鲁迅先生,请救救我!"当回过神来意识到自己的话语及其语义时,大江不禁打了个寒噤,浑身皮肤起了一层鸡皮疙瘩。显然,在大江此时的内心底里,已然将跃然而出的朝阳视为大鲁迅的化身,在面对已与这朝阳化为一体的大先生面前,深陷绝望的自己下意识地发出求救的呼声也就顺理成章了,尽管话语刚刚出口,随即为自己的唐突打了个寒颤,且起了一身鸡皮疙瘩……

---

① 大江健三郎著,许金龙译《定义集》,新星出版社,二〇一五年一月,第170—171页。

怀着这忐忑的心境，大江走进了此行的目的地之一、位于阜成门内的鲁迅博物馆。走进博物馆大门后，随行摄影师安排一行人在鲁迅大理石坐像前合影留念，及至大家横排成列后，原本应在坐像正前方中央位置的大江却不见了踪影，众人四处寻找时，却发现这位老作家正蹲在坐像侧壁底部默默地泪流满面。这是私淑弟子见到大先生时的激动？抑或是委屈？还是心酸？……其后在馆长孙郁以及陈众议和阎连科等人陪同下参观鲁迅书简手稿时，大江戴上手套接过从塑料封套里取出的第一份手稿默默地低头观看，很快便将手稿仔细放回封套里，却不肯接过孙郁递来的第二份手稿，默默地低垂着脑袋快步走出了手稿库。当天深夜一点三十分，大江先生向相邻而宿的笔者的房门下塞入一封信函，在内文里有这样一段文字：

……我要为自己在鲁迅博物馆里的"怪异"行为而道歉。在观看鲁迅信函之时（虽然得到手套，双手尽管戴上了手套），我也只是捧着信纸的两侧，并没有触碰其他地方。我认为自己没有那个资格。在观看信函时，泪水渗了出来，我担心滴落在为我从塑料封套里取出的信纸上，便只看了两页就无法再看下去了。请代我向孙郁先生表示歉意。①

其后在向陪同人员讲述当时情景时，大江表示尽管那些信函内容自己全都能背诵出来，却由于泪水完全模糊了双眼，根本无法辨识信笺上的文字，既担心抬头后会被发现泪水进而引发大家担忧，又担心在低头状态下那泪水倘若滴落在信纸上将会造成无法挽回的损失，如果继续看下去，自己一定会痛哭出声，只好狠下心来辜负孙郁先生的美意……在回饭店的汽车上，大江嘶哑着嗓音告诉陪同在身边的笔者：

---

① 许金龙著《大江健三郎与中国》，《传记文学》，二〇二〇年第八期，第65页。

请你放心,刚才我在鲁迅博物馆里已经对鲁迅先生作了保证,保证自己不再沉沦下去,我要振作起来,把《水死》继续写下去。而且,我也确实从鲁迅先生那里汲取了力量,回国后确实能够把《水死》写下去了。①

这一年(二〇〇九年)的十二月十七日,长篇小说《水死》由讲谈社出版。翌年二月五日,讲谈社印制同名小说《水死》第三版。该小说的开放式结局,在为读者留下想象空间的同时,也留下了弥足珍贵的希望、黑暗中的光亮。

6. "我的头脑里目前只思考两个问题,一是孩子,另一个则是鲁迅"

从鲁迅博物馆回国后完成的长篇小说《水死》问世一年后,具体说来,是二〇一〇年十二月二日,大江夫妇邀请他们的老朋友铁凝到位于东京郊外的大江宅邸做客,围绕鲁迅的书简、保罗·塞尚的画作《大浴女》与铁凝的长篇小说《大浴女》之间的互文关系等问题进行交流。铁凝带去的礼物是让大江夫妇爱不释手的《鲁迅日文书简手稿》,两个月后,大江曾在《朝日新闻》的专栏文章里坦诚讲述了自己与铁凝和莫言等中国作家的友谊基础和铁凝的礼物:"……无论人生观还是关乎文学的信条,我与他们所共通的,是对于鲁迅的高度评价,这一切存在于他们与我亲之爱之的基础中。去年年底,我收到铁凝君从北京带来的礼品《鲁迅日文书简手稿》,那是墨迹的黑色和格线的红色美丽至极的、鲁迅亲手书写的七十三封信函的影印版。"②

---

① 许金龙著《大江健三郎与中国》,《传记文学》,二〇二〇年第八期,第65—66页。
② 大江健三郎著,许金龙译《定义集》,贵州人民出版社,二〇一九年三月,第343页。

代 总 序

　　那天的交流轻松愉快、舒适自然,竟然持续了约六个小时之久,①其中很长时间是大江对铁凝介绍他正在创作的长篇小说:自己正在创作一部新的长篇小说,估计也是自己写的最后一部长篇小说了。这部小说的主人公是一位上了年岁的女性,这位女性一直住在森林中的村庄里,她的哥哥曾获国际文学大奖,兄妹俩就通过一封封书简讨论有关孩子和新人的问题。当然,这兄妹俩在作品外的原型就是自己与妹妹。目前,这部小说已经写了三分之二。不过,自己是个反复修改稿件的人,如果说写一页大稿纸的时间是一个小时的话,就需要另外花费两个小时来修改这页稿子的内容。这已是多年以来的习惯了……说到兴奋处,大江从楼上的书房将已经完成的部分稿件取下来递给铁凝,指点着稿纸、小剪刀和糨糊瓶,在对铁凝介绍稿纸相关处的具体内容之际,顺便指出被修改处的痕迹……铁凝听着这部作品的介绍,不由得被小说内容深深吸引,不禁对大江表示,自己会为这部作品的中译本撰写序言……

　　当晚在去意大利风味的餐厅用餐的路上,大江对一直陪同在身边的笔者表示:

　　　　现在我想对你说说自己目前的工作状态和生活状态。目前,我的头脑里只思考两个大问题,一个是鲁迅,一个是孩子。自己是个绝望型的人,对当下的局势非常绝望,白天从电视看到的画面和在报纸中读到的文字都让我感到绝望,从来客的话语中听到的内容也让我绝望,日本的情况让我绝望,美国的情况让我绝望,中国的有些情况也让我绝望。每天晚上,在为光掖好毛毯后就带着那些绝望上床就寝。早上起床后,却还要为了光和全世界的孩子们寻找希望,用创作小说这种方式在那些

---

① 铁凝著《与大江健三郎先生对谈》,引自《用蓄满泪水的双眼为耳》,三联书店,二〇一六年九月。

绝望中寻找希望,每天就这么周而复始。这就是我目前的工作状态和生活状态。①

说出这段话语时,大江绝对不会想到,百日之后,更有一场天灾人祸引发的巨大绝望在等待着他。在《晚年样式集》里,主人公如此讲述了其在电视画面中看到的绝望景象:

> 翌日黄昏,结束了摄制团队的工作后,设置导演再次登上陡坡,听说小马驹已经产了下来。在黑暗的屋内紧紧挨在一起的马驹和母马很快浮现而出,长方形的画面里显露出饲养马匹的主人的侧脸,他一面眺望着屋外一面说着话,对面则是雨雾迷蒙的牧场……他那阴郁的声音响起:"无法让刚刚出生的小马驹在那片草原上奔跑,因为那里已经被放射性雨水给污染了。"②

至于先前说到的那部长篇小说,遗憾的是铁凝终究没能为其撰写中译本序。因为,在她从大江家离去百日后,在那部新写的长篇小说即将完成之际,日本突然发生了震惊世界的大地震、大海啸、福岛核电站大泄漏的天灾人祸,史称"三·一一东日本大震灾"!在这个巨大灾难来袭的艰难时刻,大江感到即将完成的那部小说已经完全无法表现自己此时的绝望,更是无法帮助孩子们在这黑黢黢的绝望之海上找寻到希望。按照以往的习惯,这部厚厚的手稿应被付之一炬,不在这世上留下一片纸屑。不知是不是这位老作家还惦念着铁凝要为这部作品撰写中译本序言的话语,终究还是没舍得循惯例全部烧毁,而是存放在瓦楞纸箱里放入书库,而后振作起精神,开始着手撰写另一部表现此时此刻所思所想的长篇小说——《晚年样式

---

① 许金龙著《大江健三郎与中国》,《传记文学》,二〇二〇年第八期,第67页。
② 大江健三郎著,许金龙译《晚年样式集》,引自《大江健三郎全小说》,讲谈社,二〇一九年三月。

集》。在他的《晚年样式集》第一章第一节里,年迈的大江这样讲述着自己当时的情景:

> ……从三·一一当天深夜开始,整日不分昼夜地坐在电视机前观看东日本大地震和海啸以及核电站泄漏大事故的报道……这一天也是如此,直至深夜仍在观看电视特辑,特辑追踪报道了因福岛核电站扩散的辐射性物质而造成的污染实况……再次去往二楼途中,我停步于楼梯中段用于转弯的小平台处,像孩童时代借助译文记住的鲁迅短篇小说中那样,"发出呜呜的声音哭了起来"。①

显然,面对大地震、大海啸造成的巨大伤亡和惨重损失,更是因为核电站大爆炸和大泄漏将为人类社会带来的巨大且长久的遗祸,作者大江健三郎及其文本内的分身长江古义人与创作《孤独者》时的鲁迅产生了共情,并在这种共情的催化作用下"发出呜呜的声音哭了起来"。这是痛彻心扉的哭声,极度恐惧的哭声,深深懊悔的哭声,当然,更是"含着大希望的恐怖的悲声"!

7.他们的文学尽管多见黑暗、绝望和荒诞,最终想要传达给我们的却是呐喊和希望

这里所说的"鲁迅短篇小说",无疑是鲁迅创作于一九二五年十月十七日的《孤独者》,而"发出呜呜的声音哭了起来"这句译文,则是大江本人译自鲁迅文本"地下忽然有人呜呜地哭起来了"那句话语。对鲁迅文学有着深刻解读的大江当然知道,《孤独者》与此前和此后创作的《在酒楼上》和《伤逝》等作品一样,说的都是魏连殳等知识分子在那个令人绝望的社会里左冲右突、走投无路的窘境乃至

---

① 大江健三郎著,许金龙译《晚年样式集》,引自《大江健三郎全小说》,讲谈社,二〇一九年三月。

绝境。

在持续观看灾区实况转播的情景和人们的姿容表情时,大江在文本内的分身长江古义人这位老作家突然理解了多年来一直无法读懂的《神曲》中的一段诗句——"所以,你就可以想见,未来之门一旦关闭,我们的知识就完全灭绝了"①。自己之所以在楼梯中段的平台上"发出呜呜的声音哭了起来",其实正是因为福岛核电站的大泄漏使得"咱们的'未来之门'已被关闭,而且我们的知识(尤其是我的知识也将不值一提)将尽皆死去……"②在这个可怕的阴影下,儿子大江光在小说里的分身阿亮的动作越发迟缓,话语也越来越少,记忆力更是每况愈下,这就使得阿亮的妹妹真木为之担心:

在爸爸的头脑里,从那段诗句,从那段当城市呀国家的未来一旦丧失,我们自己积累的知识也将如同死物一般的诗句中,他联想到了阿亮的记忆,难道不是这样吗?!很快,记忆就将从阿亮身上丧失殆尽,他会随着一片黑暗的头脑机能逐渐变老,并在这种状态中走向死亡………

在爸爸看来,都市和国家的未来将不复存在,我们积累的知识也将如同死物一般,在爸爸的头脑中,这段诗句或许与阿亮的记忆联系在了一起。不久之后,阿亮将丧失记忆,头脑里一片黑暗,上了年岁后就在这种状态中走向死亡……如果整个国家的所有核电站都因地震而爆炸的话,那么这座城市、这个国家的未来之门就将被关闭。我们大家的知识都将成为死物,该说是国民呢?还是该说为市民呢?所有人的头脑里都将一片黑暗而走向毁灭。在这些人中,就有将远比任何人都浑噩无知的阿亮。爸爸大概是联想到这种前景,这才发出呜呜的哭声的吧。③

引文中的一些话语无疑将为读者带来无尽的恐惧和巨大的绝

---

① 但丁著,田德望译《但丁·地狱篇》,人民文学出版社,二〇〇二年十二月,第58页。

② 大江健三郎著,许金龙译《晚年样式集》,引自《大江健三郎全小说》,讲谈社,二〇一九年三月。

③ 同上。

望：未来之门已被关闭；我们的知识将尽皆死去；阿亮将丧失记忆，头脑里一片黑暗，上了年岁后就在这种状态中走向死亡……所有人的头脑里都将一片黑暗并走向毁灭……尤其令人恐惧和绝望的是，包括自己亲人在内的所有人并不是立即就灭亡的，而是在肉体毁灭之前，所有人的头脑里都将一片黑暗，然后在这无尽的黑暗和恐怖以及绝望中，如同凌迟一般痛苦和缓慢地走向死亡。

当然，更让这位老作家为之"因恐惧而发怔"的，是在福岛核电站大泄漏之后，面对全国民众要求废除核电站的巨大呼声，日本政治家和主流媒体相继表现出的近似歇斯底里般的疯狂思路——为了保持"潜在核威慑力"乃至实行核武装，绝不可以废除核电站！福岛核电站大泄漏七个月后，大江在《所谓核电站是"潜在性核威慑力"》的文章里引用了日本主流媒体和政治家的如下文字并表达了自己的愤怒：

日本……利用可成为核武器原材料的钚这一权利已被承认。在外交方面，这种现状作为潜在核威慑力而发挥着效用也是事实。
——《读卖新闻》社论，二〇一一年九月七日

维持核电站，可转换为想要制造核武器就能在一定期间内制造出来的那种"核的潜在威慑力"……去除核电站则会使我们放弃这种"核的潜在威慑力"……
——石破茂[1]，《SAPIO》，二〇一一年十月五日[2]

面对主流媒体主张继续维持"潜在核威慑力"的社论以及政府

---

[1] 石破茂（1957— ），曾任日本防卫厅长官、防卫大臣、地方创生担当大臣、自民党干事长等职，主张扩充日本军备，突破二战后对日本自卫队规模的限制。
[2] 大江健三郎著，许金龙译《定义集》，贵州人民出版社，二〇一九年三月，第390页。

高官坚持借助民用核电站持续保有"核的潜在威慑力"的言论,大江愤怒且恐惧地表示:

> 我正是为以上两者间所共有的"潜在核威慑力"和"核的潜在威慑力"这种表述方式(虽然使用了貌似极为寻常的措辞方式,却仍然让我)因恐惧而发怔的。
>
> ……威慑,即 deterrence,用己方的攻击能力进行恐吓,以吓阻对手的攻击意图。就此事的性质而言,其态势可即刻逆转,这极其危险且巨大的永无结局的游戏就这样没完没了。所谓"核的潜在威慑力"假如是一种炫耀,是利用日本这个国家的核电站可随时制造出原子弹的那种炫耀,……东亚的紧张情势不也在朝着那个方向不断高涨吗?前面提到的那些论客,在怎么考虑何时、如何使他们信奉那个效力的"潜在性"力量"显在化"之战略,就不得而知了。
>
> 因这次大事故而回溯建设核电站时的情景,我们深切醒悟到直至今日的东京电力公司和政府的信息开示方法多么缺乏民主主义精神啊。然而,如这个威慑论般对民主主义的彻底无视,不更是未曾有过先例吗?
>
> 极为赤裸裸地表示去除核电站则会使我们放弃那种潜在威慑力的那位以熟识的低眉顺眼的忧愁面容进行威胁的政治家,他以为自己何时获得了国民的同意,这才手握这柄致命的双刃剑的呢?①

更有甚者,日本外务省外交政策计划委员会早在一九六九年就在《我国外交政策大纲》中如此表示:

> 关于核武器,无论是否参加 NPT(《核不扩散条约》),虽然当前采取不保有核武器的政策,却须经常保持制造核武器之经济与技术的潜力。②

---

① 大江健三郎著,许金龙译《定义集》,贵州人民出版社,二〇一九年三月,第390—391页。

② 同上,第392—393页。

由此可见,石破茂等日本诸多政治家之所以违背民意、居心叵测地坚持紧握"潜在核威慑力""这柄致命的双刃剑",也只是日本政府既定核政策的延续而已,他们"试图在目前五十四座核电站基础上再增加十四座以上核电站"①,进而"将残存的铀和生成于核反应堆中的钚从核废料中提取出来"②进行核燃料后处理,进而"即便在作为民用设施而建造的铀浓缩工厂里,也能够制造出用于核武器的高浓缩铀。核燃料后处理工厂的制成品钚则可以直接用于核武器"③。大江在这里已经说得非常清楚了——近半个世纪以来,在日本政府"须经常保持制造核武器之经济与技术的潜力"这一政策指导下,日本目前所拥有的五十四座核电站和计划在此基础上再予增建的十四座核电站,显然已不是单纯用作民用发电那么简单,长年从这些核电站已经提取和将继续提取并囤积起来的大量核废料以及早已建好的后处理工厂,更不可能是为了民用发电,而只能是打着民用幌子的"潜在核威慑力",更可能是大规模进行核武装而作的精心准备。大江及其同行者们是在担心,被称为"和平宪法"的《日本国宪法》第九条被修改之日,便是日本全面复活国家主义之时!当然,也会是日本大规模进行核武装之时!大江及其同行者们同样在担心,日本全面复活国家主义并大规模进行核武装之日,将会是日本重走战争之路之日,重走死亡之路和毁灭之路之始!由核大战所引发的末日景象,大江早在八十年代末和九十年代初,就在长篇小说《治疗塔》和《治疗塔星球》这两部姐妹篇里做了详尽描述,大概正是因为想到那个令人绝望且可怕无比的末日景象,大江在《晚年样式集》中的分身长

---

① 大江健三郎著,许金龙译《定义集》,贵州人民出版社,二〇一九年三月,第357页。
② 同上,第392页。
③ 同上,第357页。

江古义人这才"停步于楼梯中段用于转弯的小平台处,像孩童时代借助译文记住的鲁迅短篇小说中那样,'发出呜呜的声音哭了起来'"的吧!因为在他的认知中,这一天的到来不啻日本的未来之门将被沉重且永远地关上!

为了文本内外的阿亮和大江光这对永远的孩子的未来之门不被关闭,为了全世界所有孩子的未来之门不被关闭,大江借助刳肝沥血地写作小说而于绝望中挣扎着往来寻找希望,同时,也在频繁走上街头大声疾呼,呼吁人们认识到核泄漏的巨大危害,呼吁人们警惕日本政府借核电民用之名为核武装创造条件,呼吁一千万人共同署名以阻止日本政府不顾这种可怕的现实而重启核电站,呼吁人们反对日本政府和东电公司不顾日本国内民众和世界各国人民的抗议而计划强行向大海排放核废水,呼吁人们"救救孩子!"……在大江的认知中,他的文学文本周围的社会存在与文学文本中的社会存在显然是同质的,因而这位老作家拖着老迈之躯在文本内外往返来回地大声疾呼,无疑是对阿亮和大江光这对孩子永远的挚爱,也是对全世界所有孩子的大爱,这种大爱,在大江的小说中和他所有读者的心目中都在不断升华。这种大爱,在日本,在中国,在韩国,在全世界,都将成为一种希望!无论中国的鲁迅还是日本的大江健三郎,他们的文学所描述的尽管多见黑暗、绝望和荒诞,最终想要传达给我们的却是呐喊和希望,一种发自于边缘的呐喊,一种始自于绝望的希望。这无疑是一种大慈悲,是对所有处于各种暴力威胁之下的天下苍生所生发的大悲悯。这让我们立即想起大江在斯德哥尔摩的颁奖仪式上所说的那段话语:"作为渡边的人文主义的弟子,我希望通过自己身为小说家的工作,使那些用语言进行表达的人及其接受者,从个人的以及时代的痛苦中得以平复,并医治他们各自心灵上的创伤。……我仍将遵循这一信条,如若可能,愿以自己的羸弱之身,于钝痛中承受因二十世纪的科技和交通的畸形发展而积累的祸害。我更希望探索的是,从世界边缘人的角度展望,如何才能对全体人类的医治与和解做出体面的和人文主义的贡献。"

目　录

揪芽打仔……………………………………………… *1*
 第一章　抵达……………………………………… *3*
 第二章　最初的简单劳作………………………… *19*
 第三章　传染病的袭来与村民的撤离…………… *34*
 第四章　封锁……………………………………… *43*
 第五章　被遗弃者的同心协力…………………… *57*
 第六章　爱………………………………………… *73*
 第七章　狩猎与雪中的祭典……………………… *84*
 第八章　突如其来的疾病与恐慌………………… *99*
 第九章　村民的归来与士兵的屠杀……………… *114*
 第十章　审判与放逐……………………………… *129*

"揪芽打仔"之审判…………………………………… *141*

大江写作的两个端点性的文本
 ——《揪芽打仔》和《"揪芽打仔"之审判》… 徐则臣 *229*

揪芽打仔

第一章 抵 达

两个少年同伴在深夜间逃离,致使我们天亮后仍无法出发。大家将昨夜未干透的草绿色坚硬外套,置于清晨微弱的阳光下晾干,然后盯着矮树篱笆对面的路、路对面的几棵无花果树、无花果树对面的深棕色河川,只为打发这段短暂的时光。昨日的暴雨将道路撕了几道口子,清冽的水在尖细的裂口中流淌。雨水、融化的雪水,以及蓄水池决堤后涌出的池水,一齐奔入河川。水势暴涨,川流咆哮,巨大的水流裹挟着狗、猫、老鼠等动物的尸骸,急速流去。

村里的孩子和女人会集在路上,盯着我们,眼中洋溢着好奇、羞涩以及笨拙的肆无忌惮。热烈的低声耳语和突如其来的高声大笑在人群中交替,令我们愤懑不乐。对他们而言,我们完全是一群异乡人。我们的同伴中有人走到树篱笆旁,掏出自己尚未发育、仿佛小红杏似的生殖器,在村民们面前炫耀摆弄。孩子们一阵悄声窃笑,骚动不安。一个村里的中年妇女走上前来,紧张地噘起嘴巴观察了一会儿,便满脸通红地大笑,向怀抱哺乳期婴孩的朋友们汇报,口中冒出猥亵下流的语言。然而,我们已经在很多村子里反复玩过这类游戏。无论是感化院少年中举行的某种割礼,还是农妇面对割礼后的生殖器毫不羞涩反倒兴奋的夸张神情,都已无法取悦我们。

大家决定彻底无视那群伫立在树篱笆对面、固执地注视着这边的人。我们犹如笼中困兽，或在树篱笆这边来回踱步，或坐在被太阳晒干的踏脚石上，凝望树叶在深褐色地面上投射的淡淡阴影，并用手指描摹着树影不时摇曳的淡青轮廓。

然而，唯有我弟弟不顾上衣前襟的一片濡湿，探着身子趴在山茶科树篱笆那沾满露珠的坚韧叶丛上，反过来注视、观察着村民们。对弟弟而言，村民才是极为珍奇且能满足自己好奇心的异乡人。他时不时地跑到我身旁，热情洋溢地讲述村里孩子的沙眼和皲裂的嘴唇，以及女人因操劳农活而发黑变形的魁梧手指。弟弟的声音因感动而变得尖锐，我的耳垂边萦绕着他吐出的炽热气息。在村民的注视下，弟弟虹膜水润，两颊闪耀着蔷薇色的光辉，优美得令我骄傲不已。

尽管如此，对我们这些犹似笼中珍兽的异乡人而言，在被别人盯着看时最安全的做法，便是呆若木鸡仿佛化作花石草木，成为仅供他人参观的物件。由于弟弟固执地盯着村民瞧，他的面颊便要时不时地承受村妇卷着黄褐色大舌啐出的唾沫星子，以及孩子们用力扔来的石头。可弟弟却总是满面微笑，从口袋里掏出绣有小鸟图案的大手帕擦擦面颊，继续用惊叹的目光望向那些侮辱他的村民。

这说明，弟弟还没有完全熟悉我们作为展览物件和笼中困兽的处境。相较之下，其他同伴则显得轻车熟路。其实，我们早就对各种状况习以为常。平日里极度戕害身心的事件总是接二连三，我们别无他法，只能硬着头皮习惯。被揍得头破血流、倒地不起，不过是入门级别的家常便饭。曾有一个同伴被派去饲养警犬。在大约一个月的时间里，他每天清晨给饥犬喂食时，狗都会用它强壮的下颚撕咬同伴的手。尽管幼小的手指因此扭曲变形，但他依旧能灵活地用手指在墙壁和地板上描画出淫亵的图像。然而，那天清晨的晚些时候，当我们看见逃走的两个同伴跟在巡警和监护教官身后回来时，却禁不住地不安，因为他们着实被打得惨不忍睹。

教官和巡警说话时,我们围在这两个失败的勇敢同伴身边。破裂的嘴唇上沾着干涸的血液,眼周全是乌青,头发被血濡湿后板结成块。我从随身携带的口袋里取出酒精,为他们清洗不计其数的伤口并抹上碘酒。其中一个较为年长且身体健壮的少年,被踢伤了裆部。我们掀起他的裤子后,不知该如何治疗。

"咱本来想夜里穿过林子往港口方向逃,然后坐船往南走。"少年惋惜道。我们依然非常紧张,可他如此突如其来的举动,却令我们哑然失笑。他总是憧憬南方,有关南方的诉说填满了他的生活,因此我们都称他为"南"。

"但被农民们发现了,被围着揍了一顿。咱们根本没偷过他们的一个地瓜,他们却把咱们当成黄鼠狼似的。"

我们叹了口气。既对南他们的勇气表示赞叹,又对农民们的残暴感到愤怒。

"喂,你说咱们是不是再下去点儿就到去港口的路了?只要扒上一辆货车,偷偷钻进去,就到港口了。"

"啊……"较为年幼的那个逃跑者无力地应答,"就差一丁点儿啦。"

"都是因为你肚子疼。"南舔了舔受伤的唇,"这下全黄了。"

"啊……"仍被腹痛折磨的少年脸色苍白,羞愧地低垂双眼。

"农民打你了吗?"弟弟眼神发亮地问。

"唉?哪里只是打。"南的声音里混杂着自豪与轻蔑,"光是躲那个要用锄头捣烂咱屁股、满嘴唾沫星子的家伙,就累得够呛。"

"啊,"弟弟如做梦般沉醉,"拿锄头揍你的屁股……"

巡警把树篱笆那头的人群驱散后,我们便被教官召集到一块儿。他先是殴打南以及那个饱受腹痛折磨的共犯,打他们裂开的嘴唇,令鲜血重新濡湿他们的下颚;随后宣布两人禁食一天。这已经算是从宽处理了,而且他下手也不像看守那般凶狠。用我们的话来讲,就是有些侠义气概。所以,包括教官在内,我们又重新成为一个紧密团结的集体。

"你们呀,不要再搞这种笨拙的逃跑了。"教官年轻的颈项涨得通红。

"来到这么偏僻的村子,不管你们往哪儿逃,还没到城镇,就会被农民抓住。那些家伙烦你们就像讨厌麻风病人一样,搞不好会被杀掉的。你们要从这儿逃走,比越狱还难。"

正如教官所言,在从一村到另一村的转移过程中,在反反复复的逃跑及失败的经历中,我们深知自己被困在一个极其宽广的围墙内。身处农村的我们,好似扎进皮肉的刺儿一样,迅速遭到紧密排列的肉芽从四面八方发起的包围和排挤,令人窒息。农民们严严实实地穿裹着高度排外的坚硬铠甲,不要说藏到村里了,甚至都不允许我们从旁路过。于是,在这片极力排外的汪洋大海上,我们唯有化成一个渺小的集体,才能勉强漂浮其中。

"可算找到关住你们的最佳办法啦,战争有时还能派上点儿用场。"教官露出强韧的牙齿说道,"就算是咱,也不至于狠到把南的门牙打断吧,竟然还有拳头这么厉害的农民。"

"是被锄头揍的,"南貌似高兴地说,"还是被一个皮肤松弛的老东西。"

"不准乱插嘴!"教官大声呵斥,"五分钟后出发,估计傍晚到达目的地。磨磨蹭蹭就吃不上饭了,赶紧的!"

我们大声回应后四散而去,冲向仅允许我们留宿一日的破旧养蚕库房,收拾各自的行李。五分钟后,出发时间到了,与南一同逃跑未遂的年幼同伴在树篱笆角落里低声呻吟着,不停地呕出粉色的污物。我们在道路上列队整齐,合唱着酥软淫糜、悠缓羞耻的感化院之歌,叫嚷着挤满宗教暗喻的漫长叠句,直到他的腹痛平息。村民们围观着这十五个身穿草绿色防水布外套、营养不良的歌唱少年,双眼放光,惊叹不已。屈辱,已成为家常便饭。它与阴郁的愤怒一同,在我们的心中汹涌。

吐完后,少年一面使劲儿想把堵在鼻腔里的麦粒吸回去,一面归队。他一回来,我们就赶忙乱吼一通,把第三节的叠句唱完,然后踩着布鞋,呱嗒呱嗒地出发了。

这是一个属于杀人犯的时代。战争使群体性的疯狂如经久的洪水一般,泛滥于人类心灵的每个褶皱之中、身体的每个毛孔之内,并充斥于森林、街道和天空之上。即便是收容我们的那幢古旧砖房,它的院子里也时常出现突然从天而降的军队。年轻的金发士兵在半透明的飞机机体内撅着屁股,架着机枪,一脸猥亵地乱射一通。清晨时分,当我们列队准备出门干活时,发现一个女人倚在门外刻意缠绕的带刺铁丝网上。她刚饿死不久,随即倒在带队教官的眼前。几乎每个夜晚,甚至有时在白天,都会发生空袭导致的火灾。城市上方的天空被大火照得通明,随即又被浓烟污染熏黑。

在这个时代,大人们在城市里疯狂错乱地横冲直撞,却要从这些细皮嫩肉、乳臭未干、所犯罪行完全不值一提的少年之中,挑出具有不良倾向的孩子,长期监禁起来。或许这种奇妙的热情,才是真正值得被记录的东西。

当空袭愈演愈烈,城市开始呈现出病入膏肓的态势之时,我们的感化院才终于开始让父母领回自己的孩子。然而,大部分的家庭,并不会前来迎回这些棘手又恶劣的家人。为了守护自己的猎物,教官们表现出十分偏执的决心,执意要将我们集体疏散。

距离出发的日子还有两周,感化院给每位孩子的家里寄去了最后一封信,要求他们将孩子领回。孩子们对此寄予了强烈的期望。第一周,曾经告发过我的父亲,脚穿军靴、头戴征用工的帽子,带着弟弟到来,令我欣喜异常。可父亲却说,由于他找不到地方疏散弟弟,索性送弟弟来搭乘感化院集体疏散的便车。于是,我心灰意冷。尽管如此,父亲走后,我还是和弟弟紧紧地相互拥抱。

弟弟穿上了感化院的制服,成为我们这群少年犯的一员。起初的两三天,好奇与高兴令他异常亢奋。怀抱着对同伴们的景仰之情,他总是泪眼汪汪,一刻不停地与人攀谈,央求人家事无巨细地讲述自己犯罪的来龙去脉。夜里,弟弟与我同盖一条毛毯入睡。他总是喘着粗气,回味不久前耳闻的凶残故事。如今的弟弟,已经完全熟知了同伴们光辉的血腥历史,于是整日埋头于自己假想的犯罪策划之中。他经常突然激动地跑到我身旁,满脸通红地讲述他想象自己用橡皮枪击穿了女友的眼睛。最终,弟弟如水一般,自然而然地融入了我们的生活。在这个属于杀人犯的疯狂时代,也许唯有我们这些孩子,才能团结一致地形成某种紧密的联系。在充满期望和失望的两周后,我们一行人包含弟弟在内,踏上了一场莫名得意的屈辱旅程。

尽管踏上旅途,让我们走出了那道怪异古旧到令人难以置信的土黄色围墙,但是倘若说我们由此能够得到些许自由,那真是无中生有。我们仿佛在联结两个地窖的阴沟之中穿行。令人焦躁的土黄色围墙消失了,取而代之的则是不计其数的粗野农民,他们化身为新的看守。我们在旅途中得到的自由,可说与在围墙里时并无二致。说到围墙外的新乐子,也不过是能看到许多"纯洁"的少年,然后嘲弄他们一下罢了。

上路之后,不论要面临怎样的惩罚,我们都会三番四次地逃跑,可每次都被心肠狠毒的农民在村庄、森林、河流或田野间捉住,被打个半死后送回。对来自遥远都市的人而言,农村就像一堵透明且厚实的橡胶墙壁,即使钻进去了,也会被迅速排挤出来。

因此,在尘埃飘扬或泥泞及踝的乡村道路上行走;在寺院、神社及仓库的角落睡觉时,瞒着教官慌乱地与农民们偷偷通过以物易物的交易,换取少许食物;在对旅途中弄脏的感化院制服感到绝望的同时,不忘向村里的少女吹响诱惑的口哨——这些,便是我们享有的自由。

我们的旅程本应在第一周结束,但由于领队教官与预备收留我们的村长一次又一次的谈判失败,现如今已到了第三周。我们本打算这天下午到达大山深处的一个偏僻村庄,即最后的预定地点。假如此前无人脱逃,或许我们此时已抵达目的地,或是坐下看着村里的负责人与领队教官谈判,或是舒展四肢,肆意地躺在地上休息。

以"逃跑者"为焦点掀起的亢奋情绪平息之后,我们一声不吭地把随身口袋牢牢地拴在腰上,弓着身子,加快步伐。大家边走边沉思着,因腹痛呻吟不止的那位少年自不必说,不快的情绪几乎在所有人的胸中厚鼓鼓地膨胀,甚至涌至喉头。

我们的旅途即将完成。尽管这不过是从一条阴沟向另一条阴沟的迁移,但一路上至少还能尝试一下无法成功的逃跑。不过,倘若我们毫无节制地走入大山深处,在群山峡谷那边的村中觅得定居之所,便等于被关入更加厚实的墙壁之内,坠入更加深不见底的深渊,从此一蹶不振,正如初次被送进感化院的土黄色围墙时一般。在旅途中经过的许许多多村子,转眼间形成一个坚固的封闭圆环,令人根本无法逃脱。

南他们以失败告终的逃跑,或许就是最后一次机会。极度的不快,令我们全体怒火中烧。于是,我们和南一样,对那位腹痛的少年满怀怨恨。因为他竟然为了腹痛这种无关紧要的小事,毁掉了众人期待的最后一次逃跑。他的行走始终伴随着腹痛的呻吟,为了夸大对他的漠不关心,我们刻意冲他吹口哨,甚至还有人将石子掷向这个苦痛少年的瘦削屁股。

唯有弟弟对这个少年关爱有加,向他细细打听南的逃亡冒险,置身于大家的郁闷愤怒之外。然而,弟弟一如既往的亢奋和活泼,并不能令笼罩我们周身的沮丧有些许动摇。于是,当弟弟也变得疲于奔走之时,我们这群身上服装颜色及款式都极不体面的人,面对不时从道路两侧的农家中跑出观看的农民及其家人还有吠叫的狗,已毫无反应,只是耷拉着脑袋,继续前行。唯有领队教官一人,挺着倔强的胸脯前进。

如果再这样死气沉沉地走下去,即便走到天亮,也绝对无法到达目的地。我们小心翼翼地经过一座正经受洪水冲击的危桥,抄近路走上通往邻县的宽阔道路。这时,大家发现了一群身着军装、严肃至极,且血气方刚的青年聚集在此,原来是海军飞行预科练习生的士兵。在他们旁边,停着一辆草绿色条纹的卡车,上面站着一个双手持枪的中年宪兵。我们霎时变得生龙活虎,欢呼着奔了过去。

士兵们顺着欢呼声一齐回头,显得十分紧张,谁也没搭理我们。他们身佩短刀,脸颊硬朗,嘴唇半张,笔直的脖颈上是形状优美的脑袋,美丽宛如一匹匹受过精心调教的骏马。我们停在距他们约一米的地方惊叹着凝望,谁也没有上前搭话;他们也仿佛筋疲力尽似的,一脸忧郁地沉默着。夕阳斜照的光辉透过稀疏的落叶灌木林,映出士兵们柔和的面部轮廓。他们似乎无可奈何地一言不发。这群年轻士兵比起此前遇到的士兵们——那些为了以干馏方式提炼出浓稠恶臭的松油而挖掘松树根茎的士兵、在城里大摇大摆身穿名贵服装却满口秽语的无知士兵,比起他们,这群士兵的全身都散发着强烈的魅力,与他们的体味一样令人着迷。

"喂,咱啊。"南把脑袋紧紧地挨近我,嘴唇几乎蹭上我的耳朵,"如果是和这些家伙的话,不管是弄破痔疮还是搞肿腚眼,咱都愿意随时陪他们睡觉。只要给咱一小把干面包就成。"

南噘起的嘴唇两端满是唾沫,两眼放光地盯着士兵们结实壮硕的臀瓣,喘了一口粗气。

"咱之前就是在和这样的家伙睡觉时被逮的。"遗憾瞬时填满了他的脸庞,"唉?你说,就为一小把干面包能算卖淫吗?"

"就算不是卖淫,"我说,"他们也会抓鸡奸犯啊。"

"哼。"南心不在焉地回应,为了更清楚地观察自己被收监前的最后主顾,他扒开同伴挤上前去。

方才还在专心聆听教官和宪兵讲话的弟弟,此时转过身,兴奋得双肩抽动,连蹦带跳地跑到我跟前,像讲述秘密似的煞有介事地低声耳语。

"逃跑啦!预科练习生士兵钻进林子里逃跑了。他们正找呢。咱们要是进了林子,肯定要挨枪子儿。"

"为什么?"我大吃一惊,"为什么要逃跑,跑到树林里去了?"

"跑啦,"弟弟激昂地重复道,"跑啦,在树林子里呢。"

同伴们围在我们周边,弟弟唱歌似的复述着自己得来的情报。我们一挨近宪兵,教官就一挥胳臂指着一棵树,命令我们在那里等着,自己则继续热情洋溢地向宪兵描述我们一路走来的情形,一副想让宪兵多听他唠叨几句的架势。我们激动地聚集在只有树枝充分伸展的低矮樟树下,眼睛在忧郁至极的预科练习生士兵、严厉询问教官的宪兵,以及薄暮时分枯叶泛着紫色光晕、藏着逃兵的褐色山地上来回巡视,一会儿跺脚,一会儿怪叫。然而,由于一直对宪兵他们的会议内容一无所知,亢奋的情绪没一会儿就变成了不快。

当夜里的寒冽空气开始降临,宪兵他们脸上的表情越发凝重之时,出现了一个骑着老式自行车的男人,他手里握着一只狗头大小、灯光微弱的手电筒。他和宪兵们说了几句,便把自行车搬上了卡车。

宪兵大呼一声,预科练习生的士兵们便开始整齐列队。不一会儿,教官跑回我们跟前,说道:"他们说要用卡车把你们送到目的地。"

我们立刻恢复了昂扬的情绪,叽叽喳喳地攀上卡车。当卡车沉重的发动声响起时,我们看见列队整齐的预科练习生士兵,在深沉的夜色中向着相反方向开始进发,一阵感动之情蓦然涌上心头。

卡车在夜路上剧烈地颠簸震响,沿着陡峭万分的狭窄道路攀行。处处是洪水造成的地陷坑洼,每每碰到时,我们都必须下车到车前等待。每当此时,我们便站在卡车前灯映照的松软红土路上,在晃眼的灯光中,眯眼注视着卡车冒险通过。那个中年村民,却一直坐在横放的老式自行车上,吸着干燥野草制成的呛人卷烟,始终不愿下车。他虽然闷声不响,对我们不理不睬,却用那双布满血丝的双眼,时不时地盯着我们瘦削的肩膀和膝盖,一脸不耐烦地观察着。不久,又慢腾腾地别开目光。卡车的速度越来越慢,引擎的运转声在夜晚厚重的空气层里胡乱轰鸣。卡车在如此坑坑洼洼的山路上行驶着,狭窄的道路、两旁迎面逼近的黝黑且细碎的不知名树叶,以及饱含雾水吹得脸颊生疼的湿润冷风,令我们昂扬的情绪郁结心中,无从亢奋。

那个双肩宽大的宪兵,以跪射击枪的姿势坐在卡车末尾,口唇紧闭,视狂风为无物,无形中产生一股强大的压迫感,令我们不敢低声耳语。因此,除了那个被腹痛折磨的同伴在一直呻吟,这场夜间疾行完全沦于静默之中。前车灯时而像被猛然高涨的河面托举起来一般,照向林木覆盖的黢黑山谷,时而循着林中夜行禽兽的惊叫照向高处。我们擦亮眼睛,聚精会神地搜寻可能藏身其中的逃兵。

长途旅行的疲累、徒劳无功的昂扬、卡车的震晃、宪兵的监视,它们相互交缠着,带我们全体进入深沉的睡眠。我们瘦小的脑袋,沉沉地压在坚硬粗糙的木板上。没一会儿,弟弟便发出睡眠的呼吸声。为了让年幼的他好好睡上一觉,我用手臂抱着他形状优美的脑袋,结果自己却靠在他身上昏沉睡去。

半梦半醒间,我从一阵嘈杂中醒来,身体被一双胳膊粗暴地摇晃着,心中充斥的不快令我想到了早就习以为常的连续空袭。我哼唧着睁开眼,发现自己伸直了身子躺在卡车木板上,弟弟正认真地嘟着嘴将我晃醒。同伴们都已下车,那个村民的自行车前轮挂在卡车屁股上,他正踮着脚尖,挺直矮小的身子,举着寒湿的自行车把手,进退两难。我急忙爬起来,拍了拍衣服,上前帮忙。车子极重,我的双臂因用力而颤抖不已,男人对我报以笨拙却亲切的微笑。他把自行车放到地上,我紧接着跳下车,弟弟却踟蹰不前。那村民伸出粗壮的双臂,轻而易举将弟弟抱了下来,弟弟仿佛被挠了痒,拘谨地咯咯发笑。

"谢谢。"面对忽然结成的友善关系,弟弟恰如其分地低声说。

"哎。"村民一面将手搁在自行车上一面回应。

在黢黑连绵的夜色那头,急剧狭窄的道路上浮动着白光,联结着对面的篝火与数量庞大的人群。宪兵们和教官走向前去,骑在自行车上的村民笨拙摇晃地紧跟其后。我们冻得脖颈上都是鸡皮疙瘩,聚拢在卡车边上观望。好冷啊,超乎寻常的寒冷渗透至内心深处,我们仿佛走入了一个全然不同的气候区域。我想,我们真是到了大山深处了。我们将窄瘦的肩膀紧靠在一起,狗似的不住发抖。不仅是因为冷,还由于对面巨大篝火周遭严峻紧张的氛围,仿佛密密麻麻的森林一般,煽惑着我们进入微妙的共振之中。我静默地看着宪兵他们走进人群。会议开始了。

人们围着宪兵焦急地讨论,我们绝望地侧耳谛听,却一无所获。唯有在火焰迸窜、火光发亮的一刹那,才能用已然适应黑暗的双眼,看见众多预科练习生士兵与手握长竹枪、锄头的村民迟缓的动静。那里似乎发生了一场小型的战争,我们绷紧了身子注视着。

那个村民推着支架上堆满木柴的自行车,走出了议论鼎沸的人群组成的圆圈。他把木柴丢在地上,然后默默折回,再过来时手里握着一根噼里啪啦烧得正旺的树枝。趁他把自行车停靠在大树背面的空当,我们堆起木柴打算生火,却总也烧不起来。我们哆哆嗦嗦地冲进树木稀疏的黢黑林子,抱回一大把干枯的落叶,将枯枝噼里啪啦地掰断后,细致地摆放在火苗周围。那个村民把脑袋伸进烟里,努力想把火烧旺,被太阳炙烤成暗棕色的粗短脖颈,虽然又壮又圆,却给人一种严重缺乏油脂、好似干燥无机物的强烈感觉。每当火苗上蹿一截,他的脖子就自动收缩一下,上面布满了无数烫伤的疤痕。

我们将篝火团团围住,火焰发出柔和的轻响,升起令人安心的轻烟。这项考验耐心的生火工作,使我们和那个村民产生了一种密切的亲近感。加之温热的血液在冻僵的皮肤下加速流动,使人产生刺痒般的快感。我们脸颊和嘴唇终于放松了下来,那个村民也是如此。我们聚在火焰高涨、香气氤氲的篝火旁,单纯地微笑着。

"叔叔是铁匠吧。"弟弟压低声音问,"呐,没说错吧。"

"哎。"那个村民面露喜悦,"俺像你这么大时,都会造镰刀啦。"

"真厉害啊!"弟弟直率地感叹,"不知道咱行不行。"

"只要肯练就行。"他说,"俺的自行车,瞧见了吧。脚蹬就是俺自己做的,老结实了。"

铁匠站起身,从树背面取来自行车,轻松地横放在膝盖上。在我们惊叹的注视下,他用表皮皲裂的大拇指腹,摩挲着脚蹬过大的车轴和破旧的支架,发出短促的笑声。尽管脚蹬粗劣毛糙,却同锄头和镰刀一样富有人情味。

"铁匠还会改装自行车。"弟弟说,"头一回听说。"

"是吧?"铁匠把自行车放在被篝火烤得直冒热气的黑土地上,往火里塞进两三根木柴,重复道,"无论是谁,都会这么想吧。"

我们一言不发,倾听着油脂迸溅的嗞嗞声、空气中传来的低响、炭灰落下的响动，以及那个村民喉咙里经久不断的笑声。刹那间，我想起了我们感化院也有且仅有一辆自行车，或许它这会儿正倚靠在院里的墙壁内侧，轮胎上沾满泥土，老朽的橡胶上出现小小的裂口……

对面的篝火旁发出一阵强有力的呼喊。一个声音洪亮的男人在发号施令。我们扬起头凝视暗夜深处，发现人们正在列队。

"那些是预科练习生的士兵吧？"一个同伴问铁匠，"他们到底是来演练的，还是来抓逃兵的？"

"哎，"铁匠极为随意地答道，"是在搜山，不单是预科练习生，村里所有人都去搜山了。就这样东奔西跑地搜了三天也没找着。他就算是跑到这儿来，也无路可逃了。俺们村子在山谷那头，只能坐轨道矿车过去。不过最近因为洪水引发了塌方，根本没法儿横穿山谷。这附近都搜遍了，也没找着。俺们已经放弃搜山，准备回山谷那头去了。说不定逃兵已经掉进山谷淹死了呢。"

搜山，手握竹枪、锄头的大人们静寂不语地连夜搜山，被追捕的士兵在林中逃窜，掉进洪水四溢的山谷里溺亡。我们一齐深深叹息，沉湎于"搜山"这种震撼身心的血腥想象之中。我们已被卷进战争的旋涡，巨大的危机宛如野兽，向我们凑近黑暗的头颅。啊，搜山。

"很辛苦吧，"我说，"搜山很苦吧。"

"确实很苦，比猎野猪还苦。"铁匠说，"村里人连着三天不吃不喝，在草丛树丛里敲打奔走。"在篝火的光亮中，铁匠尽管言语苦涩，但面部神情却十分愉快，濡湿的厚嘴唇在扑闪扑闪的火光反射下，晶莹闪烁。他用非常缓慢的口气，重复着自己的话。

"太苦了。浑身上下都划破了，可连只兔子也没出现。"

"搜山还能抓到兔子？"弟弟面露惊讶，"是野兔吗？"

"见着就能逮着。"铁匠认真地回答，"不管是鸽子、野鸡，还是野兔。"

正当弟弟探出身子,准备连珠炮似的向铁匠询问他喜欢的小动物时,教官和一个村里的高大男人朝我们的篝火快步走来。铁匠旋即嘴唇紧闭,双手抱膝,展露出结束对话的态度。我们也恢复了紧张的状态。

"这位是村长,今后他会关照你们,站起来给村长行礼。"教官的语气中没有丝毫的担忧。

"请多关照。"

我们站起来说道,同时注视着这个下颚尖锐的高大男人。他身穿厚实的棉织工作服,头顶的毛帽一直覆盖至耳朵,下眼皮虽然松弛下垂,但褐色的眼睛却盛满锋利的目光,回望着我们。

"俺们三天前就做好接收你们的准备了。"村长的胡子格外显眼,嘴唇四周的皮肤像咀嚼谷粒似的蠕动,"放心吧。"

"我就把你们交给这儿的村长了。"教官说,"我得马上坐军队的卡车回去护送第二批人过来。你们要守规矩,知道吗?"

村长的声音盖过了我们的齐声回答:"俺们村民会根据你们的表现作出回应。"

"不要给村里添麻烦,破坏纪律的人由班长记下来,疏散结束后要接受处罚。"

诸如此类的规矩程序,总是处处跟我们纠缠不休,耽搁并约束我们的行动,让人陷入疲乏与焦躁的沉重混沌之中。交付名单,点名,任命班长,随后死气沉沉地合唱感化院之歌。由于合唱十分稀奇,许多满脸污垢、上衣开裂、双手紧握武器的农民,逐渐聚集在饱受饥饿折磨的我们身边。我们既狼狈不堪,又提心吊胆。

预科练习生们在对面的篝火旁整齐列队,随后乘上卡车。在卡车发出震耳轰鸣、掉转方向的时间里,我们注视着预科练习生的士兵们,发现他们所有人都神情疲惫忧郁,闷闷不乐地沉默着,丝毫不见此前的朝气与俊美。为了搜山,他们还要继续在雨后的山路和塌方的山谷间东奔西走,他们平日里如动物般血气方刚的健美,正流失殆尽。

预科练习生们和教官坐上卡车离去,被留下的我们则沿着狭隘陡峭的山路向上攀爬,身陷在手持竹枪、锄头武装的农民包围之中。黝黑茂密的灌木,从道路两旁逼仄而来,割伤了我们因寒冷而冻僵的皮肤。手指、脸颊、从耳垂直到脖子的地方都在流血。卡车边的嘈杂一去不返,我们一面倾听从暗夜静谧的森林深处传来的洪亮水流声,一面弓着身子加快脚步。村里大人的沉默感染了我们,无论是穿越森林时,还是登上寒风肆虐的山谷高崖时,抑或是来到高崖上一块狭小至极的石板地时,始终都没人说过一句话。

石板地的一端是一个牢固的木制桁架,上面反射着极其微弱的白光。装运木材的矿车停靠在延伸向山谷的轨道上,我们按村长的指示坐上车子。

"别动!千万不能动!"村长大声地向山谷对面似有若无的矿车操作员发出信号,并反复警告我们,"只要有一个人乱动,你们全都得掉下去摔死。别动啊!千万别动!"

村长焦急沉重的话音,与幽深谷底悄然传来的朦胧水声交相呼应,像飞虫嗡嗡作响一般倾盆而降,落在我们沾满污垢的身上。在窄小且沾满生石灰的木制车箱里,我们像被猎狗人捕获的野犬,精疲力竭地摞在一起,静止不动地等待发车。别动啊!千万别动啊!只要有一个人乱动,你们全都得掉下去摔死!别动啊!千万别动!

然后,矿车开动了。在架设于幽暗深邃山间的轨道上,矿车载着我们,静悄悄又颤颤巍巍地开往山谷对面,向着那个比谷底更加幽暗的广阔森林缓缓前行。从那里刮来了树皮和树芽湿热浓郁的馨香。干燥硬冷的空气,紧紧包裹着滑动在窄小轨道上的摇晃木箱、木箱里饱经风霜的幼小孩子,以及拉扯着他们的金属绳缆。

我伸出手,在挤得满满当当的同伴们身子间,摸到了弟弟柔软的小手,将它牢牢攥住。弟弟无力的手,也使劲地回应着。他温暖的手指、细微的脉搏给予我一种宛如松鼠、兔子般灵动且富含弹性的生命感。这种感觉肯定通过我的手掌又传回到弟弟身上。我的嘴唇抽搐不止,漫无止境的不安和疲倦相互纠缠着蔓延至全身。我担心这种感觉透过攥紧的手传给弟弟,但弟弟恐怕早已与我感同身受。我们如彻底丧失抵抗力的狗一样被装进木箱,危险地送来运去。所有人都紧咬着嘴唇,忍受不安的折磨。

从山谷两侧间歇地传来一些大人的粗鄙方言,似乎十分愤懑焦躁的叫喊在谷底四处回荡,我们却几乎捕捉不到任何意味。除了夜晚森林里弥漫的醇厚馨香、轨道吱吱嘎嘎的响动,只有这声响犹如夜间风暴的怒吼,在我们耷拉的脑袋上空远远地狂暴肆虐。

在抵达山谷的漫长路途中,那个腹痛不止的少年,又开始咬紧牙关呻吟。他一动不动,竭力忍受体内翻江倒海的痛楚,发出十分虚弱的呻吟。

"喂,你可别吐在咱肩膀上啊!"南冷冰冰地说。

少年止住了呻吟,"哎……"如同叹息似的低声说道。透过重重叠叠挤在一起的同伴身体,我瞥见少年苍白的小脸,他正用手掌紧紧地捂住自己的嘴巴。然后,我又垂下双眼。还能怎么办呢?在满载乘客的矿车穿越山谷之前,我们不得不保持这种姿态。

终于,伴随着轻微的撞击声,矿车停了下来。绳缆被卷进一个崭新的被削去树皮的粗大木轴里,上面跨坐着一个年轻的农夫。他伸直身子,迅速将一根横木插入木轴,停下车子并对我们叫道:

"到了,赶紧下来吧。"

第二章　最初的简单劳作

在武装村民缄默的包围中,我们沿着阴暗、潮湿、狭窄的林中坡道下行。一路上,森林深处不时袭来树皮冻碎的窸窣声、小动物们暗中逃窜的哗然、飞鸟的惊叫与出人意料的振翅声,令我们畏步不前。夜晚的森林是在静谧中狂暴肆虐的海洋。村民前后包夹着我们,视我们如俘虏一般,却不知其实并不需要如此。即便是我们当中最莽撞的少年,也不可能会有勇气冲入这片如大海般静寂且暴虐的苍茫森林。

穿过森林,一条石子铺成的缓缓坡道在略微黯淡的山谷底部伸展,经久延绵的风雨令石子圆润光滑,脚心踩着十分舒服。在蜿蜒曲折的狭窄山谷间,分布着一个个小小的村落。

村落仿佛幽暗山谷中的树木,彼此封闭又互相聚集。它们从山谷稍高处断断续续地延绵至深处的洼地,如同野兽默默蹲坐在暗夜之中。我们停下脚步俯瞰,胸中激起一阵隐隐的感动。

"因为现在实施灯火管制,所以灯都熄了。"村长说明道,"你们住的地方在稍微高出那些人家的地方,是警钟台右边的寺院。"

我们定睛眺望。一道斜坡自正对面的山岗延伸开来,山脚下矗立着一座粗劣矮小的铁塔,宛如一株植物与身后的森林浑然一体。铁塔右下方是一间比村里人家都要大些的平房,平房对面是一栋同样高大的二层楼房,周边围绕着几栋稍低的从属建筑,外围一周是泥土垒成的矮墙,正映出淡淡的光。

"我想住在那间房子的二楼。"弟弟的话让边上的农民们失声大笑,其中充满肆意嘲讽的意味。

村长重复道:"你们的宿舍是对面那间平房,晓得了吗?"

"哦。"弟弟明显失望地答道,"我想也是这样的。"

我们继续前进。石子路两旁屹立着许多古木,勾勒出天空的轮廓。山谷间的村落沉潜在古木黢黑的阴影之中。我们还要走上许久。即将到达谷底时,我们意外地发现在宽广错杂的村户之间,有一小块土地上种着的蔬菜还未被收割。它们都被寒霜冻蔫了,泛着惨白的光。家家户户都门窗紧闭,仿佛都已安然熟睡。然而,我们很快觉察,从板门的夹缝间、窗户的旮旯里,都透出了人眼在窥视的闪烁目光。为了佯装一无所见,我们不得不垂下双眼。狗开始吠叫起来。

下坡时,我们掉转了队伍的方向,留下将近一半村民。登上一条狭窄的陡坡后,一股腐朽霉烂的污臭顿时塞满鼻孔,接着我们便绕过一口露天水井,沿另一条石子路出去。石子路的左侧有一个广场和一栋窗户众多的建筑。

"那是镇上学校的分校。"村长说,"因为大水把去镇里的近路都冲垮了,老师来不了,没法子只能停课。所以现在学校关了。"

我们疲惫至极,以至于对学校、对懈怠的教师、对因意外长假而欢欣鼓舞的村里的孩子们,都毫无兴趣,只是垂着脑袋默默行走。登上坡顶后,有一栋貌似仓库的建筑。它与我们一路上经过的道路两旁那些牲口棚似的破败人家截然不同,它的房屋结构规范,格局考究,短小石阶的四周绕着围墙,对面是一座房檐蔽日的寺院和一方小小庭园。进入新住处以前,我们必须在庭院里整齐列队,被迫顺从地听村长训话,学习无聊繁琐的规矩——不准在堂内生火,不准弄脏便所,必须等村里开饭后才能吃饭……

"你们的工作就是开垦松山,不准偷懒。"演说末尾处,村长突然凶狠地叫嚷起来,"有哪个混蛋胆敢偷盗、放火、动粗撒野,一定会被村里人打死!千万别忘了你们就是一群混吃等死的饭桶,俺们也是偷偷给你们一口饭吃。你们要时刻记住,自己不过是对村子毫无贡献的累赘!"

我们站在阴冷的院子里,像海绵吸水一样不停地吸收着湿漉漉的睡意,精疲力竭到没有力气发出声音。尽管如此,进屋前还必须要洗脚、搜身。

最后一个村民离去时,熄灭了堂内小小的裸露灯泡。因此,我们只好蹲坐着,各自伸出沾满口水和盐粒的咸湿手指,从粗制的竹篓中摸索着抓起马铃薯,强忍着吃起这顿深更半夜的饭食。我们一面感受到整个口腔黏膜上满是难以下咽的粗粝粉末,一面继续啃着早已冰凉且汗津津的马铃薯,全体缄默无声。

三篓干瘪的马铃薯和一丁点粗硬的石盐,我们历经漫长跋涉后得到的晚餐,竟是用如此寒酸的餐具,吃着如此粗糙的食物?我们失望、愤怒,却又无可奈何,只好强忍着继续啃食。我们坐在正殿濡湿的榻榻米上,四周围着白色的墙壁和粗大的横梁,一块板门隔开了狭小的土间和便所。尽管如此,寺内仍人满为患,闷热不堪。这栋房子既没有其他房间,也无村民居住。

虽然马铃薯还未吃完,但我们的胃已无法继续接纳这种粗陋的食物。我们柔软的头颅沉浸在如水的睡意和饱腹引发的微茫哀伤中,一个个离开了竹篓。用力地在裤子的屁股部分擦拭手指后,大家横躺进多人共用的单薄被褥,用已适应黑暗的眼睛,凝视着暴露在黢暗空气中的房梁。

跋涉期间腹痛不止的少年又开始呻吟，声音填满了狭隘房间的每个角落，却没有引起任何人的注意。黑暗中我们一直睁着眼睛，侧耳倾听着门外袭来的不知名野兽的吠吼、树皮破裂的响动、突袭掠过的寒风那波涛般的声音。

弟弟用额头抵着我的后背睡觉，突然坐起上身，又犹豫了一会儿。

"怎么啦？"我压低声音问道。

"口渴了。"弟弟喉咙沙哑，声音战战兢兢，"院里不是有口井吗？想去喝水。"

"咱带你去。"

"不用了。"弟弟流露出明显是自尊心受伤的表情，语气略微激动，"我才不害怕呢。"

我刚坐起身子，便又躺了下去，听见弟弟往土间走去，想打开通往室外的小门，但似乎并不顺利。他反复尝试，却仍是徒劳，啧啧咂舌后无可奈何，只能折回。

"门从外面锁上了。"他遭到沉重打击，"不晓得要怎么办。"

"门被锁住了？！"南狂躁地叫嚷，房间里的气氛霎时紧张起来。

"咱来砸烂它！"

他一跃跳进土间，满嘴污言秽语地粗暴砸门，却事与愿违。我们听见南果断用身体撞击小门以及被门顽固地反弹回来的声音，却仍无济于事。

"那些家伙太过分了！"南慢悠悠地从土间上来，骂骂咧咧地钻进自己那边的被窝。

"那些家伙肯定是打算把咱们关起来。连水都不给，只给马铃薯，跟喂猪有什么两样。"

仿佛同时发作似的，大家的喉头此时都渴得发紧，口水开始在嘴唇内凝结固化,舌头疼痛地抽搐。我们既困又冷,还要被干渴狠狠撕扯,干涸的喉咙开始逐渐丧失知觉。光是压抑那些将要从喉咙中喷涌而出的啜泣,就耗尽了疲惫身躯每个角落里的所有力气。

  翌日清晨,村里的男人们从外面打开了板门,妇女们送来粗布包裹的饭食,孩子们则潜藏在墙角的树后偷偷窥探。在他们的共同监视下,我们猛啃手中褐色的生硬饭团,抓起炖蔬菜向嘴里塞,喝着紫铜容器中的茶。饭食绝不丰盛,分量也不够,但我们只能默默吃掉。

  饭食过后,铁匠肩扛猎枪爬上了坡。其他大人都已离去,唯有孩子们仍热情地盯着我们,纹丝不动。不论我们如何向他们挥手搭话,肤如土色的他们始终面无表情地站在那里,顽固地一声不吭。

  铁匠简短地环视我们一周,貌似心里在盘算什么,然后走到昨夜至今一直腹痛不止的少年身旁。少年的身体极度虚弱,甚至连送到枕边的食物都没动半分。在我们沉默的注视下,铁匠蹲下身子打量着他病恹恹的疲倦面容,忽然有力地转过自己宽阔的肩膀,唇上满是为难的浅笑,"除了这家伙以外,其他人都给俺出去干活。"

  "干活?"我说。

  "大清早就开始干活?"南开玩笑地说,"今天就歇一天吧。"

  "其实今天让你们干的也不算什么活儿,"铁匠急忙说道,"就是埋一点东西。"

  "埋什么东西?"弟弟的好奇心被触发了。

  "不准句句都顶嘴!"铁匠愤慨地打断,"都到外面排队站好。"

  我们闹哄哄地系好鞋带,连蹦带跳地向外跑去。铁匠跟横躺的患病少年唠叨了几句,随后急匆匆地出来。我们跟着铁匠走下山坡,村里的孩子们成群结队紧跟在稍远处。不过只要我们转身做出威吓的姿态,他们就立即后退,然后又小心戒备地一路尾随。

这是一个天朗气清的冬日清晨。碎石子铺设的路面中央宛如凸起的羊背，走上去就掀起阵阵干燥的尘埃；道路两旁蔓生着大把大把根茎枯黄的杂草，杂草上结着冰柱，踩在上面咯吱咯吱地摩擦，冰柱没一会儿就坍塌碎裂了。冻硬的马粪散发着略带臭味的寒气，如箭矢般刺进空气之中。

　　坡底下是一条稍宽的道路和低矮的人家，道路由砖一般大小、边角磨损的石块铺设而成。这些都是我们昨夜透过幽暗空气见过的事物，但如今在清晨阳光的浸润下，稻草茸屋顶、毛坯泥墙都反射着柔和的金色光泽。蜿蜒的道路穿过昨夜令我们提心吊胆的大山，与一片疏浅的树林相连。这片位于陡峭斜坡上的杂树林，蜿蜒环绕着村落，林中洋溢着苍郁或浅褐的光辉，鸟儿的鸣唱汹涌而来。我们的心情逐渐昂扬，继而猛然高涨，几乎想要开口歌唱。我们将要在这个村庄，度过残冬及此后的数个季节。要准备干活了。能干活是一件好事，至今为止我们被分配到的工作，往往是加工玩具，或徒劳地在贫瘠的土地上种马铃薯等等，至多不过是制造木底拖鞋。从铁匠弓背疾行的沉默中，我们嗅到一丝气息，感到这项工作颇有价值。心中的期待令我们鼻孔大张吸入了大量冰冷的空气，不由得一阵哆嗦。

　　"有条狗死啦！"弟弟喊叫道，"快看，还是一只狗崽子。"弟弟冲到杏树底下，跑向低矮的杂草丛，我们也走上前查看。

　　"这家伙肯定是肚子有病才死的，"弟弟双颊红热地转身喊叫，两三个年幼的同伴也跑近了，"肚子鼓鼓囊囊的。"

　　"喂，"铁匠面无表情地向弟弟他们挥舞着毫无意义的手臂，怒喝道，"不准擅自离队！"

　　弟弟他们惊慌狼狈地归队。我看出弟弟觉得铁匠背叛了昨夜的亲切感，此刻难掩内心的不满。

　　"把那只狗也拉过来！"铁匠未曾细想，便用极为含糊的声音对往回跑的弟弟说。我们大笑起来,弟弟则狼狈不堪。然而铁匠却认真地重复道,"用绳子把它拽过来。"

弟弟毫不犹豫,赶忙从草丛里捡起一条冻得发硬的绳子,蹲下捆绑死狗。年幼的同伴们呼喊着上去增援。

"说不定会把狗烤了让咱们吃呢。"南露出意志消沉的夸张姿态,低声说道,"那可就倒大霉了。"

"你不是连猫都吃吗?"我说,"耗子也吃,啥都吃。"

"这儿有死掉的猫!"南惊愕地高声大叫。果不其然,在他脚边交错丛生的杂草中,露出了毛发浓密绵软的猫后腿。"还是只花猫。"

"用绳子把猫也拽过来,"铁匠冷冰冰地说,"不准磨磨蹭蹭的。"

我们怀着一种模糊不清又挥之不去的情绪,用绳子捆绑着腹部膨胀、大嘴紧闭的猫狗尸骸,拖拽着前行。

学校毛糙的建筑边上有一条窄路。路上杂草茂盛,草叶上留着些许污浊的残雪。穿过窄路,从一道陡峭的斜坡下去,便可抵达一个好似口袋底部的狭窄封闭山谷。对面斜坡的稍高处,有几个看起来像是废弃坑道的横洞,以及一片群聚的破陋人家。

我们一路小跑向山谷下行。

窄路的尽头是霜雪消融的泥泞草地。这里有一个由粗略刨削的圆木搭建的仓库和一间饲养家畜的小屋。铁匠的肩膀伸进仓库门口喊道:

"你这里有吗?"

"一只也没有。"低沉厚实的声音说道。可以感到仓库的幽暗角落里有人站了起来。"现在一只也没有。"

"借个锄头。"铁匠说。

"啊。"

铁匠走入土间，抱来几把锄头丢在潮湿的地上。这些是最结实的山地锄，粗短的木柄里嵌着钝厚的铁片。我们争先恐后地抓起锄头扛在肩上。干活还给我们发工具，而且还是富有男人味和人情味的结实农具，这让我们备感骄傲，干劲十足。

然而，铁匠的做法就没那么温暖了。他架着猎枪，小心翼翼地瞄准捡起农具扛在肩上的我们。从土间里出来的村民看着我们以及拖拽来的猫狗尸骸，脸上没有半分表情。我们对他的无动于衷略感惊讶，他流出的眼屎像口袋似的粘在眼睛下方的皮肤上，时常向上提拉着把眼睛挤到闭合，造成一副昏昏欲睡的模样。

"今早就这些了吗？"男子用一副百无聊赖的姿态，慢吞吞地问。

"下次该到你的牛了吧？"铁匠说。

"牛可不行！"男人激愤地说，"连我的牛都要遭殃吗？！"

铁匠默不作声地摇头，示意我们从草地上下来。我们手里拿着可做武器的农具，令他十分警觉，因此决不肯背对着我们走在前头。我们沿着一条在阳光下微光粼粼的小溪，一路小跑着，来到某个峡谷的尽头。这里周而复始地吹着温暖的山风，比村里的空气更加浓郁凝重。

我们回头仰望山谷上的斜坡，望见村里的孩子们跟在铁匠身后急步下坡。自下向上望，可以看见群鸟栖宿般分布的人家，还有寒冷生硬的碧蓝天空。铁匠挥动着巨大的手臂，示意我们向右侧移动。根茎粗糙的野草划破了我们的皮肤，猫狗的尸骸如植物般静谧，已僵硬的四肢上，沾满了泥土以及长满细茸毛的豆科植物草籽。

突然，一座山一般高大的诡异堆积物出现在眼前，令我们震惊得呼吸急促，牢牢立定了因深陷泥泞而沾满泥巴的沉重鞋子，停住了脚步。

狗、猫、野鼠、山羊、小马,许许多多的禽兽尸骸堆积成了一座小山,在寂静中不紧不慢地腐烂。这些禽兽牙关紧锁,双眼溃烂,四肢僵硬。死亡的血液和皮化成胶状的黏液一同流淌而下,令四周枯黄的野草和泥土变得黏黏糊糊。不计其数的耳朵,却不可思议地经受住了猛烈的腐蚀侵袭,显得生气勃勃。

冬季里肥大的苍蝇仿佛黑色的雪花,在死去的禽兽身上周而复始地降落、聚集、低低盘旋,造成一种沉寂的音乐,充满了我们由于震惊而逐渐丧失感觉的大脑。

"啊。"弟弟一声叹息。在这堆禽兽尸骸的层层堆积面前,他用绳子拽来的这只红色小狗,如同随处可见的青草、泥土一般,毫无价值。

"挖个坑把这些埋了。"铁匠说道,"别光愣着,赶紧干活!"

然而,我们却呆若木鸡地站立着。成堆的禽兽尸体喷发着液体般浓重剧烈的臭气。这股剧烈喷涌的臭气浪潮驱赶着我们。不仅是鼻孔,甚至连皮肤都能感受到这股熏人臭味。我们曾将自己小小的鼻子贴在发情母狗的下半身,全神贯注地嗅过这种味道;曾慌乱抚摸过狗亢奋的脊背,勇气十足地享受短暂却危险的快感,心里则满是莽撞盲目的欲望。只有像我们这样的孩子,才能从禽兽尸骸发出的臭气中,感知到人性温柔的信号和诱惑。我们瞠目而视,鼻孔呼哧呼哧地膨胀着。

"这里也有一只哟。"一个声音在身后响起,因略带胆怯与羞涩,反而显得盛气凌人。在发出方言的元音时,嘴唇开口很小,因此听起来含混不清。

我们回头望去,看到村里的孩子们成群地站在稍远的高处,其中一人正用手指尖提捏着一只腹部膨胀的小老鼠。

"臭小子,不准用手碰那个!你忘了吗?"铁匠大叫道,血管露骨地凸显在喉咙上方的皮肤上。

"赶紧回去清洗整个手掌!"

村里那个的孩子像是被什么弹了一下似的,身子一震,急忙把鼠崽子扔出去后,爬上斜坡向村子奔去。铁匠满面震怒地望着孩子离去,而我们则疑惑不解地看着这一切。

"把那个捡过来!"铁匠说道,语气里流露出强忍的愤怒。

然而,我们谁也没打算去捡那只老鼠。从老鼠的身上,我们感到了一种"异常"的征兆。

"呐,去捡过来吧。"铁匠伪装成温和的语气说。

我跑了出去,村里的孩子们惊叫着四散逃窜。我弯腰用指尖捏着坚硬短缩的老鼠尾巴,无视弟弟眼中流露出的淡淡责备,将老鼠扔到了永不停歇地发出无声呼喊、由禽兽尸体堆成的山上。在全身毛发脱落、被雨水浸至褪色发白的猫背上,老鼠轻轻地弹了起来,随后拖拖拉拉地从其他禽兽的尸身上滑落下去,钻进了山羊拱出的赤裸屁股下方。笑声在我们一群人中波荡开来,紧张的氛围也荡然无存。

"哎呀,大家干活吧。"铁匠趁势说道。

我们挥动锄头,在沾着枯草和落叶的褐色地表上挖掘。表层的土壤松软易挖,我们一旦挖到橙色发白、圆滚肥胖的幼虫,冬眠的青蛙和地鼠等,便迅速精准地手起锄落将之敲死。山谷间笼罩的淡淡雾气急速退散,而禽兽尸骸堆发出的臭气,却宛如一股新的雾气,再度充满了山谷,且决无消散的可能。

我们精确地挖了一个边长分别为二米和三米的矩形坑穴。松软的表层土壤下,显露出含有白色结晶状沙砾的硬土层。倘若用锄头继续深挖,便会渗出冷水。冬日淡淡的阳光,让我们劳作的额头和面颊热得滋汗。随着坑穴越挖越深,能待在坑里干活的人数也越发有限。我将锄头丢上地面,擦了擦额头的汗。村里的孩子们又战战兢兢地靠过来,一看见我停下劳作,便立刻手忙脚乱地准备逃跑。在他们当中,我看见一个脏黑脖颈上满是污垢的小女孩。她尖细的嘴唇、极小的鼻子、患病般潮湿的眼睛,彻底剥夺了我恐吓他们寻乐的兴致。我们在旅途期间经过许多村子,我一路上都在恐吓这样的小女孩。在她们露出粗糙的小屁股,弯腰准备排尿时,我总是出其不意地偷袭大叫。但这种游戏所带来的乐趣,却不如我想的那样长久,很快就令我感到腻烦。我非常讨厌和鄙视农村的小孩。

"喂,可别偷懒呀。"铁匠靠近我说。

"啊,"我并没打算继续干活,说,"这支猎枪,口径真大呀。"

"是用来猎熊的,射人也不在话下。"面对我伸向猎枪的手,铁匠收紧猎枪恐吓似的说道,"敢乱来的话,就一枪崩了你。就算杀了你们,村里人也根本无所谓。"

"知道啦。"我感情受伤,"老鼠的尸体,村里的孩子们摸就会传染细菌,是咱们的话,就完全没关系。是不是这样?"

"啊?"铁匠慌慌张张,支吾不语。

"动物们是不是染上了传染病?"同伴们开始把禽兽的尸首丢进挖好的坑中,我用下颚指了指他们,问铁匠,"什么传染病?"

"俺哪儿晓得?"铁匠狡猾地说,"连医生都不晓得。"

"只是动物死了倒也无所谓,最多不过是折了几匹马吧?"我打探得比铁匠更加狡猾,他便上了钩。

"人也死了。"铁匠一股脑都说了。

"朝鲜人死了。"一个孩子在好奇心的驱使下克服了胆怯,从铁匠背后冒出脑袋叫道,"你瞧,还挂着旗子呢。"

我们抬头看,山谷对面的山腰上聚集着一片极为破旧寒碜的人家,其中最角落的那户,挂着一面正在随风摆荡的褪色朱红纸旗。尽管山谷里无风,但山腰上或许终日刮着带有嫩叶和泥土芬芳的风,那里可能没有狗腐烂的臭气……

"是那里吗?"面对我的追问,村里的孩子羞涩地紧闭嘴唇。我又问道,"是那里死了朝鲜人吗?"

"那是朝鲜人的部落,就死了一个人。"铁匠代孩子回答道,"但不晓得是不是得了和动物一样的病。"

我的同伴们正拖着一只沉重的牛犊,黏稠的血肉和体液,从它破裂的腹部一并流淌而出。我想,这病如此猛烈,连强壮的小牛犊都未能幸免,大概也能轻易扼杀人的性命吧。

"土仓里那个疏散来的女人快不行了。"另一个孩子的声音因激动而尖锐。

"因为她捡烂掉的蔬菜吃,大家都是这么说的。"

"如果是传染病的话,不送去传染病医院可不行吧?"我说,"要是扩散开来可就糟了,所有人都会死的。"

"没有传染病医院。"铁匠不愉快地说,"这里可没那种玩意。"

"要是传染病在村里蔓延,你们可怎么办呀?"我穷追不舍。

"把病人留在村里,全村出去避难。这是俺们这里的老规矩。俺们村暴发传染病的时候,邻村会养活俺们。反过来,如果别的村子暴发传染病逃到俺们这儿来的话,俺们也会养活他们。二十年前村里暴发霍乱的时候,俺们就在隔壁村待了三个月。"

二十年前的事件如同沉重且单调的传说,浮现在我眼前。在历史的阴暗角落里,村里的人们丢下痛苦呻吟的病患弃村逃亡。他们之中的一个幸存者,正在与我交谈。他离我如此之近,以至于我能闻到他身上的气味。

"那你们这次为什么不逃?"我抑制不住激动的呼吸。

"唉?"铁匠说,"这次? 传染病不是还没暴发吗? 虽然死了些动物,出了两个病人,其中一个死了,但也就这么回事儿。"

随后,铁匠绷紧口唇周边的皮肤,闭紧嘴巴,朝我们背过脸去。我跑去加入同伴的工作。我们把各种动物运向坑里,丢到挤满坑穴的禽兽尸体之上,其中还包括特别幼小的狗崽。这些禽兽大多已经腐烂,下肢的皮肤用手一握,便刺溜刺溜地剥落。我感到穷凶极恶的病菌正集结成群向自己袭来,背上冷汗直流。然而,当鼻孔的黏膜被臭气熏得毫无知觉时,这一恐惧便在我的意识中彻底崩塌,荡然无存。我们把所有禽兽都运进坑里,盖上泥土,然后无所事事地仰望天空。从两侧向中间延伸的山岩,将天空拘束成一片狭小的空间。阳光四射,仿佛正午充沛的光芒正从中倾斜而下。

"吃完午饭再把土夯实。"铁匠说,"先去河里好好洗手。"

我们大声欢呼,挥舞着满是泥土的手臂,奔向山谷低洼处的细长溪流。清冽的细流在枯萎的苔藓及其覆盖的光滑石头间流淌。把手伸入水中,便会感到一股强烈的痛楚瞬时奔走全身。冻得红肿麻木的手指,在溪水间呵哧呵哧用力搓洗。在分开的手指间,能看到刹那闪耀的微型彩虹与水中跳跃四射的阳光。我们的喉咙深处涌出了许多欢快的笑声。

"一定得洗干净了!这可都是细菌。"我高声说,"要是被哪个不洗手的家伙摸到,就要得传染病咯。"

"狗的病呀耗子的病。"南把水泼得四处乱溅,滑稽地嚷道,"猫的病呀天牛的病。"

大伙儿正在放声地大嚷大笑,一个同伴忽然咬紧口唇,双颊紧绷,非常紧张地紧盯水面。他的沉默旋即在同伴间传播,我们立刻肩贴肩地靠拢在一起,盯着这个亢奋到颤抖的同伴,用手指所指向的东西。

"螃蟹!"弟弟惊叹地叫出声来。

有一只螃蟹。在浅淡的天蓝色溪水中，在黄褐色的沙土上，一只仅有孩童巴掌大小的螃蟹，从岩石间露出看似坚硬的蟹足。足背上，一根根土黄色的粗糙毛须，在水流中似有若无地轻轻摇曳。弟弟战战兢兢地将手掌浸入水中，缓缓伸向蟹足。手指刚碰到蟹足，水中就迅速搅起了一阵混浊的泥沙旋涡。待溪水澄清时再看，早已一无所有。我们干哑地笑了，康复的鼻腔黏膜又嗅到了川流、沙土及水的平常气味。

"集合啦，集合啦，你们都在干些什么！"铁匠焦急地大叫。

我们踏着斜坡上的枯草向上攀爬。在沿着石头铺成的村道返回寺院的途中，成群的村民聚集在一座看起来像是土仓的建筑物前，阻挡了我们前行的步伐。他们聚精会神地向土仓敞开的门里张望，丝毫没注意到我们停滞的队伍。村里的孩子们则提心吊胆地跑过我们身旁，钻进那群大人的人群之中。我们屏息聆听着，土仓中传出小女孩哽咽的哭泣声。

然后，一个前额脱发严重、脑袋两边长着一对结实耳朵的男人，提着一个鼓胀的黑色旧皮包从土仓门口出来。他的头略微激烈地摇了摇，立刻引起了村民的一阵紧张骚动。几个村民进了土仓。

"怎么样，医生？"铁匠问道。他的声音在村民沉重压抑的静默中，显得十分突兀。

"啊？"男人十分傲慢地应了一句，没有直接回答铁匠的问题，而是扒开村民，走近我们。

他细细地打量着我们。被他那双疲倦污浊的褐色眼睛盯着看，绝非一件愉快的事。而那种一直封锁在其身后土仓里的异常感觉，也正原封不动地经由他向我们威逼而来。

"班长是谁？"男人的声音低沉粗糙，"你们的班长是谁？"

我狼狈至极,在同伴们的目光催促下,支支吾吾地回答:"是咱,不过是谁都可以的。"

"啊?"男人说,"我刚刚看了你们那个得病的同伴,明天到隔壁村来拿药,我给你画张地图。"

他从胀鼓鼓的皮包里掏出记事本,用铅笔在上面细致地画了画,然后撕下来,一把塞进我伸出的手里。为了保险起见,我本想在把地图装进前胸口袋之前,先看两眼。然而,这张简单的地图上却未显示出任何明白的信息。

当我想向这位看起来像是医生的男人询问同伴的病况时,村长则正从土仓中抱出号啕大哭的少女,上坡离去。少女仿佛全身皮肤灼烧似的哀号,冲击着我们的内心,令我们陷入野兽般的静默。

第三章 传染病的袭来与村民的撤离

午后,我们本该去夯实掩埋动物的坑土。然而粗糙的午饭过后,我们却坐在寺里狭窄的外廊上,懒洋洋地晒着冬日的微弱阳光。等了许久,也不见指挥我们干活的铁匠从院子那头的山坡爬上来。村里的孩子们无一例外,全都表情稀缺、肮脏不堪,他们手牵手站在一起,兴致勃勃地望着我们。我们稍加威吓,他们便像狗似的慌乱逃散开,不过很快又聚拢回来。没过多久,我们就腻烦了这种单方面的捉迷藏,把他们当作草木般视若无睹,沉溺于自己的游戏之中。结果,这天下午成了我们到达村子后的第一次休憩。

我们之中有人开始整理随身口袋,把自己的宝贝——来历不明的管子、青铜制的把手、沾满血迹且能当作武器的金属环、防弹玻璃的碎片等铺在阳光下,用布打磨擦亮;还有人聚精会神地用松软的木头碎屑制作飞机模型。说起南,为了自己奋不顾身的爱,他小小的肛门得了慢性炎症。他从随身口袋里掏出一个药膏所剩无几的赛璐珞容器,让自己老实顺从的小弟,用指尖沾药往肛门里涂抹。为了方便支撑患处,他不得不摆出像小动物排泄一般的羞耻姿态。要是有人为此而嘲笑,他就立刻一跃而起,任由裤子滑落都要把无礼的敌人揍倒在地。我们悠闲自在,度过了这些天以来第一个真正无所事事的午后。唯有旅途期间一直被腹痛折磨的少年,如今连呻吟的力气都提不起来,脸色惨白,全身瘫软地仰卧着。我们对此束手无策。

空气骤然转冷,暮色从遮蔽天空的森林高处蔓延至刮着冷风的低矮上空,村里的女人们一言不发地送来晚饭。仓促的饭食之后,所有板门被再度关闭,并且从外头上锁。监督我们进食的铁匠,始终沉默地绷着一张僵硬的脸,对我们竭力诱他开口的提问也无动于衷。

当我们被单独关进漆黑的室内后,上午劳作时沾在身上、衣物上,甚至渗进精神深处的奇特臭气,在内部空气流通不畅的房间中徐徐升腾。我们的身体连同臭气,沉溺在疲倦之中动弹不得。我们横躺着被掩埋在沉重的空气之下,努力从身体内部和眼睑上方呼唤睡眠的来临。

然而,患病同伴虚弱而急促的呼吸声、板门外林中野兽夜晚的嘶吼声、树木割裂的响声,又牢牢地攫住我们,令人完全无法入眠。于是,房中四处悄然发起了压抑且欢愉的响动,我却因过度疲劳,无法加入其中。

夜深时分,那个长久以来一直备受苦痛折磨的同伴死去了。那时,我们全体都忽然睁开了眼。与其说大家是受到了一种刺激,被那种轰然的响声和突如其来的存在感惊醒,毋宁说是出于截然相反的原因。在我们浅薄的睡眠中,一个隐秘的声音从这个集体中消逝了,一个人不复存在。这种奇妙的异样感觉将我们全体俘获,令大家在黑暗中坐起身来。忽然,一个年幼同伴的微弱啜泣声使漆黑的空气震颤起来。他一面哭泣着,一面向大家传达这一变故。我们立刻明白了,在黑暗中摸索着,向入夜时还活着、如今却开始发冷变硬的死者周围聚拢。我们拨开彼此温暖的身体,伸手触摸内部早已失去体温的皮肤,又像被弹了一下似的迅速缩回来。

然后,几名同伴开始紧紧抱住通向室外的板门。这一举动在我们全体中迅速传播,并几乎同时发作。我们都渴望尽可能地远离死者,一齐用身体冲撞板门,使劲地敲打大喊。

"喂!喂!快来人呀!快给咱们开门!喂!病人死啦!"

我们"喂喂"地大喊大叫。所有人的叫喊声互相纠缠回响,仿佛夜里林中野兽的嘶吼一般意味不明。我们知道,在如此重重叠叠、拥挤不堪的声音中,唯有悲哀播散向天空和山谷的高处,裹挟着强劲的光辉。

过了许久,由于疲累和喉咙的沙哑,我们的声音变得微弱模糊。院子前方的道路上响起了大片混乱嘈杂的脚步声,板门上的锁也发出了笨重的响动。尽管我们已在寂静中等待良久,但村里的大人们却在门前踌躇再三。他们先用手电筒从门外向内照射,我看见弟弟淌满泪水的脏脸,在我眼前被照得发亮刺眼;随后,村长和铁匠腰上架着枪,小心翼翼地监视着我们,走进屋里。我们沉默不语,呼吸凌乱。村长嘴唇紧咬,鼻孔偾张,犹如镇压暴动囚犯的武装看守一般紧张不已。

"怎么回事?你们这群臭小子,到底怎么回事?"村长咆哮似的大吼,"闹什么乱子,到底怎么了?"

我本打算向他说明情况,所以为了打开嘶哑的喉咙,吞了吞口水,不过又发现其实没有这个必要,因为铁匠左手挥舞的手电筒,已经发现且锁定了死者。村长在我们静默的注视中,没脱鞋就踩进了我们的房间,疑心深重地向死者走去。他们高举着手电筒检查死者的身体。浅黄的光圈中,照现出苍白且丑陋的小小头颅、水果表皮般发青僵硬的皮肤、短小鼻梁下少许干涸的血迹、被手指粗暴拨开的沉重眼睑,以及折弯至腹部周围的两只胳膊。

这一切都十分丑陋。男人们不停地照现出丑陋之处,粗暴且没完没了地检查讨论。阴暗潮湿的怒火在我们心中蠢蠢欲动。倘若他们还要继续对死者进行无礼的身体检查,我们中一定会有人咆哮着猛扑上去。不过,村长他们突然站起身,丢下死者走进院里。

迟缓的月亮刚刚升上天空。我们从微开的板门缝隙间,望见乌泱泱的一群村里的男人,正围着村长和铁匠低声谈话。或许由于情绪激动,整场热烈的讨论基本都在意味不明的方言中进行。我们只能像一群熙攘吠叫的狗,注视着村里的大人们。

村长语气强硬地大喊,仿佛发号施令。紧接着的,是沉重的死寂。当村长的喊声再度响起,由村民组成的人群才开始四散,穿过院子离开。铁匠跃上外廊想关上板门。我向他搭话,他背朝月光,显得黝黑强壮,丝毫没有回应我的意思。铁匠径直地关上板门后,没有上锁,便慌忙离开。我们在尽量远离死者的角落里,抱着膝盖紧缩成一团,听着大人们的脚步声渐渐远去,也听见自己心中的亢奋逐步平息乃至消散。我们至今也不明白,为什么自己要拍打着板门大声呼叫。对孩子们而言,死掉的人什么都做不了。

光亮从板门的孔洞透入,映照在弟弟沾满油脂和尘埃的铁青色脸庞上。他醋栗一般的眼睛残存着泪水与惊恐,扑闪着暗褐色的光,正紧紧地盯着我。

"哦?"我说。

弟弟的舌头来回舔舐,使嘴唇迅速恢复鲜艳的光泽与弹性。

"我好冷。"

"你怎么没穿上衣。"我拍了拍弟弟颤抖的肩膀。

"借给他了,因为他说自己冷得不行。"弟弟朝着死者的方向转动头颅。

"白天里?"

"啊。"

"现在就算让他穿着也没用了。"我生气地对弟弟说,"快去拿回来。"

"啊。"弟弟模棱两可地垂下双眼。

"咱帮你拿。"我站起身,弟弟唯恐被人抛下似的急忙跟上来。

要把弟弟的草色上衣从死者身上剥下来,必须要非常粗暴地压住死者沉重的身体。当我摇摇晃晃地从仰卧的死者背部剥下上衣时,浑身上下都感到了同伴们在幽暗中的目光,可我别无他法。

弟弟的上衣散发着一股臭气。那既不是用药物加速腐烂的果实臭味,也非细菌长期腐蚀的结果,更类似于无机物腐败的气味。

弟弟并没有穿上外衣,而是将其搭在肩上,弯下腰凝望着死者在幽暗中浮现的浅白面庞,全身震颤地静静呜咽。

"我们明明是朋友呀,啊……明明是朋友!"弟弟泣不成声地反复念叨。

我的视线越过弟弟的肩膀,看着与我们一同历经长途跋涉的同伴,看着他如同小鸟般僵硬仰卧的脸庞,看着他被掰开的灰暗冰冷的双眼,泪水沿着我的脸颊淌落,洒落在弟弟肩上。

我抱着弟弟的肩膀与他一同起身,抛下双眼大睁、已成死尸的同伴,回到房间另一侧的角落,在群聚的同伴中坐下。弟弟依旧肩膀颤动,抽抽搭搭地啜泣,这也重新唤起了我和同伴们心中的哀伤。

我们就这么久久地一声不响,一动不动。警钟大作,我们不安地侧耳倾听,钟声又戛然而止。片刻之后,山坡下和石子路上响起一阵异常的喧哗,犹如浪涛向村子的各个角落涌动。我们竖直耳朵倾听,口中蓄满了来不及吞咽的唾液,焦急地等待。然而,只听见人的脚步声、家具的相互碰撞声、马匹突如其来的嘶鸣、狗不知停歇的吠叫,以及孩子被推搡挤压发出的悲鸣。

他们最终在山坡下集结,随后开始缓缓移动。我在黑暗中搜寻着南的脸庞,发现南也正在找我,我们几乎贴上对方额头,双眼注视着彼此。

"喂。"南的声音粗重有力。

"瞧瞧去!"我说。

我们一跃而上,竭力用肩膀冲撞铁匠忘记上锁的板门。门应声而开,我和南光着脚跳进寒冷的院子,弟弟则紧随其后。同伴们也都急不可耐地打算站起身来,南咬牙切齿地咆哮道:"你们在里面待着!在里面守着那个死掉的那家伙,不然野狗会来吃的。"

"老老实实地等着吧!"我也大喊,"谁要是擅自跑出来,咱可饶不了他!"

尽管同伴们非常不满,却没人打算出来。南、弟弟和我横穿过院子,沿着坡道跑了下去。

我们光着脚在冰冷的石子上奔跑,在低矮的石墙间穿行。终于来到一个拐角,从这里能够俯视宽广的石子路。阵阵极力压制却仍越发嘈杂的喧闹和足音,被充满雾气的夜风吹拂而上。忽然,我们瞧见了在石子路上移动前行的人群,震惊得无法呼吸。

在黯淡的月光下、浓重的青灰色暗影中,一群黑不溜秋的人们,弓着身子背着沉重的行李,推推搡搡地缓缓前行。孩子、女人、老人同强壮有力的男人一样,背上背着行李,两手提着包袱。我们听见人力板车碾过石子的声音,看见被女人拖拽的山羊和牛。山羊尖细背脊上的白色鬃毛和孩子们的脑袋,在月光下闪耀着润湿的光泽。

他们成群结队地沿着石子路上行,后面跟着两个持枪的男人。他们或许是为了保护其他人,才紧跟在队伍后方,然而同时又好似把牛群赶往屠宰场一般,引导这些村民走向一个不知所谓的尽头。村民们默不作声地向前弓着身子,心无旁骛地赶路。他们行走后留下的足迹,还有石子路及其两侧的小小人家,在月光下显得尤为空虚。

"啊。"弟弟叹了口气,过度震惊的声音十分微弱,仿佛昏厥过去似的。

"啊,"南也感叹道,"这些家伙。"

"连山羊……"弟弟说,"连牛都带走了。"

"这些家伙逃走啦!"南突然察觉,声音中带着怒气,"大半夜逃走了。"

"啊,逃走了。"我说。

我们就这么陷入了沉默,然后跳下石墙,从狭小的田野横穿而过,朝着石子路跑去。冬日深夜的寒冷空气裹挟着雾水,犹如硬邦邦的粉末,刺痛了眼睑与脸颊。不过我们却像醉酒般血气翻滚,沉醉其中。村民们逃跑时撒落的谷粒躺在石子路上,反射着月光,而村民们的队列却早已不见踪影。我们轻手轻脚,飞快躲入一棵年迈杏树低垂的枝丫下方,目送村民们沿着蜿蜒曲折的石子路向高处前行离去。每当他们的身影消失不见,我们就像小动物似的飞奔,转移到另一个能够望见他们队尾的地方。

"那些家伙,逃走了。"弟弟反复模仿南的口气,他的声音仿佛盛怒般嘶哑,又莫名地怯弱,"连山羊都带走了。"

"逃走了。"南说,"可为什么呢?"

唾沫星子从南嘴唇两端噘起的缝隙间喷发出来。他像婴儿一样瞪圆了双眼,与我彼此对视。除了震惊,他的眼中一无所有。

"不晓得,咱也毫无头绪。"我谨慎地撒了个谎。

南坐立不安地啃咬指甲。从早已远去的村民队伍中,传来孩子的悲鸣,然后不出所料地被大人的手掌捂住。狗在哀伤地嚎叫,弟弟的肩膀瑟瑟发颤。

"咱们也逃走吧,跟那些家伙一起。"南说。

"可教官会带着下一批人到这个村里来。"我说。

"管他呢,村民们都逃走了,咱们也和那些家伙一块儿逃吧。"

然而,不论是南还是我都明白,倘若村民们真想让我们加入他们的队伍，就决不会把我们关进黑洞洞的寺里。他们根本没打算带我们走，只顾自己在月光下悄无声息地逃匿。因此，我没有返回寺里把同伴们叫来，而是在道路两旁的树荫掩藏下继续追踪。除此之外，别无选择。

忽然间，石子路上响起了鞋子奔跑的声音，我们急忙躲进沾满雾水的小灌木丛中，铁匠在月光的照耀下迅速从我们眼前奔离而去。为了防止挂在背上的猎枪脱落，他的手紧紧摁住腰上的枪托，姿势别扭地奔跑着。希望，令我们浑身的皮肤发热，村民的大部队似乎还在通往森林的石子路口等待着。还不算太晚，如此一来至少我们几个人还能得救，不必被遗弃在这个传染病极度猖獗的山谷里。

然而，我们的希望很快就彻底破灭了。眨眼间，铁匠右手抱着一个巨大的笼子跑了回来，即便夜里也能清楚看见他大口大口喘出的白气。看到笼子里一只白兔正在惊恐地胡乱蹦跳，我们便彻底泄了气。村民们的队伍又开始熙熙攘攘地移动，可我们却坐在原地，毫无动弹的念想。赤裸的双足已彻底麻痹，似乎肿得相当厉害，寒意在滚烫的体内静静地汹涌扩散。南转身望向我，他的脸上混杂着纤细病态的鲁莽和孩子般不可思议的表情，犹如一只野兽幼崽，整个脸庞都在抽搐，张开的嘴巴却发不出一点儿声音，眼里瞬间溢出了泪水。

"咱……"终于，他的喉咙流露出炙热的声音，"咱要告诉大家，让他们知道咱们被抛弃在这里了。"

然后，他以一种卑微又滑稽的姿势，跃出灌木丛离去。我也抱着弟弟的肩膀缓缓站立，从灌木丛中走出。我们身上落满了月光，石子路上早已不见村民们的身影，只听见森林对面响起的狗吠以及南目不斜视地在石子路上啪嗒啪嗒奔跑的声音。

我们漫无目的地走到森林入口，弯腰坐在低矮的土堤上。厚重的灰色天空几乎被林中树木完全遮蔽，夜空中的月亮映射出拂晓一般的珍珠色光泽。气温骤降,逐渐浓重的雾气遮蔽了视线,我和弟弟都不知如何是好。一路奔回和同伴们一起大闹一场也毫无意义,而且我实在疲惫,甚至懒得多走一步。

"先睡一会儿吧。"我的声音因泪水变得潮湿。

"上衣好臭。"弟弟的额头紧贴我的侧腹,蜷缩起身体依靠着我说,"我不想穿这件上衣。"

"天亮后就把衣服拿到河里洗洗。"我这么说是为了给他一些鼓励。那条又窄又小的小溪,又能洗得了什么呢。

"啊。"弟弟挪动身子,紧紧靠着我说,"洗洗吧。"

"风一吹,一会儿就干了。"我的手搁在弟弟背上,轻轻地拍打。

"要是刮南风就好了。"

"到了早上,一会儿就会干的。"弟弟轻声呢喃着,声音消融在睡意之中。他微微打了个哈欠,以别扭的姿势深沉入睡。

我感觉精疲力竭,近乎彻底崩溃地把额头俯靠在双臂抱拢的膝盖上。披在弟弟身上的上衣,仍然留存着染上尸臭前的松软手感。我竭尽全力思量着天亮之后要把上衣清洗干净,然后在南风的吹拂下晾干。想什么都可以,我必须全身心地投入思考中,因为我一点也不愿想起自己被遗弃的现实。

第四章 封　锁

　　拂晓来临，村庄万籁俱寂，不闻鸡鸣犬吠。村庄失去了活力，衰弱不堪。村户、树木、街道以及包围村庄的山谷低洼，都浸润在如粉末般发白的柔和阳光中。我们这些被遗弃的少年，沿着坡道在石子路上迟缓地走动，时上时下。阳光照耀着村庄，如淡淡的流水。我们的足下几乎没有一丝阴影。

　　大家终究不能如树木、房屋一般冷清寂静地仰面朝天。即便只是为了躲避同伴的尸体及其发出的潮湿臭气，也不能继续在幽暗的寺内藏身。于是，我们把手插进上衣口袋，睁着因睡眠不足而布满血丝的双眼，弓着身子慢悠悠地走在村道上。渺无人烟的村庄，仿佛远离汹涌大海的沙滩，荒凉寂寥。

　　我们深感不安，三三两两地在落满寒霜的村道上默默行走。每当遇到其他同伴一脸腻烦地从高处下来时，一种奇妙的滑稽感便不禁涌上心头，令人心情振奋。大家沉默地相互微笑，抑或吹口哨彼此问候。没有村民的村庄，犹如一个一无所有的空壳。我们现在的处境，如同将要登上学校汇报演出晚会的舞台，心里七上八下。在得知村民撤离的瞬间，以及随后的大约一个小时里，我们曾极度亢奋。可如今，这种情绪已然淡去。我们只能保持沉默，以此向这座不同寻常的荒村表达敬意。如果不是谨小慎微地咬紧槽牙，我们必定会毫无节制地尽情大笑。如今没人看管,我们不用做任何事情,也不知道该干什么,只得悠闲迟缓地在村道上来回溜达。

村庄万籁寂静,覆盖在山谷上方的晴朗天空,蔚蓝得几乎令人落泪。从山谷的正面,能望见废弃矿洞。其所在的山岩上掠过一阵清风,灌木树叶的银灰色内里便展露无遗,仿佛无数娇小的鱼儿在快速游动。沿着我们脚下的石子路再前行片刻,便会看到一片喧嚣热闹的树海,传递着山风来临的讯息。然而,以我们头颅和肩膀低矮的高度,却不能感到山风的吹拂。日光和煦暖人,门上悬着厚重铁锁或缠着铁链门闩的家家户户,都静寂无声。我们在其间缓缓地穿行。

太阳一旦脱离山脊,时间便顷刻变为正午。我们一面在路上行走,一面听见空荡闭锁的房子里传来挂钟的报时声,感到了饥饿的突袭。大家只好返回横陈着同伴发臭尸体的房间,屏住呼吸,战战兢兢地拿出装有干面包的随身口袋,回到学校前的广场上进食。大家之所以聚集于此,并没有什么特别原因,只是因为这里有一个露天的小型水泵,用力一压,就会流出少量混浊发白的水。出于一种模棱两可的理由,我们一直保持着莫名滑稽的沉默,其中充满了异样的拘谨与窘迫。村庄,恐怕至今还留在这个寂寥村庄里的,只有我们了。在相同惊恐的打击下,大家拥有共通的心境。对拥有同样遭遇,共享同一心境的人而言,互相交流探讨应该是十分常见的画面。

然而午饭过后,有人满腹焦躁、疲乏和哀伤,有人感到甜蜜和满足。于是大家在这种对立的氛围中开始对话。

"那些家伙为什么逃走?"一个同伴问我,"你知道吗?"

"到底是为什么呢?"弟弟歪着脑袋,双手环膝与我并列而坐。

"咱不知道。"我说。

忧郁的沉默仿佛一个圆环,再度从我们中间向村庄与山谷的方向扩散开去,然后回响而归。我们中有人肆意地躺在石板上;有人用一种奇妙的姿势靠在树干上,仰望着延伸至头颅底部的天空。一时间,大家都在发愣。

"你,喂,就是你。"南忽然坐起身子盯着我说,"你是不是没喝这口井里的水?"

"啊。"我惊慌失措。

"为什么呢?"南一本正经地穷追不舍,"咱知道啦,你就是怕传染病吧?村里那些家伙也是因为怕传染病才逃走的,还把咱们丢在这细菌堆里。"

大伙儿的情绪躁动不安。我认为自己必须稍稍平衡一下局面,否则一旦大家开始自暴自弃,就意味着混乱的开始。同时,这也是我自身面临的问题,而且万分火急。

"传染病?"为了表示对南的轻蔑,我撇了撇嘴唇,"咱压根没想过。"

"那个村里的女人不就死在土仓里了吗?后来咱们的同伴也死了。"南说。

"那个同伴没来这里来之前就生病了,你们说是不是?"

"还有那些动物。"南略微沉思后说,"死了那么多动物。"

昨日埋葬的禽兽尸骸堆积如山——当时的场景与臭味,即刻在我的脑海中复苏,令我内心动摇。这究竟是为何……

"老鼠的病、发情兔子的病。"我语气夸张地嘲讽,"谁要是连这个都怕,干脆跟着村民一块儿逃好了。"

"咱要逃走。"南把随身口袋搭在肩上,毅然决然地站起来,表明自己的决心,"咱可不想死,你就待在这里等教官带下一队人马来,然后被传染病折腾得死去活来吧。"

同伴们跟随着南一个个站起身来,只剩下我和弟弟两人。我们望着彼此,弟弟唇角两端的光滑皮肤紧张地抖动着。当南一群人沿着石子路前行时,我们刻意将随身口袋留在身后以示自己的批判立场,随后跟了上去。

我们二人与南他们的队伍稍稍保持距离,在蜿蜒曲折的坡道以及落满湿润树叶的林中小道上并肩前行。我们炫耀似的向南展示兄弟同心,以示对抗。但南他们离开村子后,我和弟弟还能继续留在村里吗?我对此毫无自信。因此,当弟弟使劲地将手环在我的腋下,抬头用炽热的目光望向我时,我狠心地视若无睹。弟弟用目光向我提问:真的不是传染病吗?田鼠什么的不是死了吗?而我的口中则反复念叨着:"谁知道啊?这种事咱怎么知道?!"

出了树林便是矿车轨道的起点。南他们茫然地停下步伐,我和弟弟忘我地跑上前。彼此间的微小嫌隙已然销声匿迹,我们彻底团结一气,大家都呆若木鸡地眺望着轨道那头,一齐吐出炙热的叹息。

在峡谷轨道对面的山岩附近,有一道由树墩、木板、枕木及岩石等构成的路障,恶毒地截断了我们的前路。倘若试图从细窄的轨道上翻越这道堆积如山的障碍,岩石和木片便会立即崩塌。攀爬者恐怕只会随着崩塌一同坠落谷底。阻挡在我们眼前的路障,既像一堵坚实的墙壁,又是一个看似脆弱,实则暗藏危险的陷阱。深邃谷底传来的洪亮流水声里,留存着上流河水持续暴涨时的狂野。我们被无可奈何、茫然惊慌的情绪俘获,大脑在片刻间停止了运转。连没打算横渡山谷逃离的我,也不免感到心中郁结,只得闷闷无言。

没过多久,我们透过冬季凋零的大树枝丫,望见一个男人从对岸的矿车小屋中走出。南带头呼叫,我们也跟着扯着嗓门大喊。

"喂!喂!"为了吸引远在对岸的男人,大家一面喊叫,一面使劲挥舞着手臂和短棍。我们的声音在山谷间反反复复,彼此重叠回响,宛如一场沉郁的合唱。

"喂,喂,我们还在这里呀!喂!"

对岸的褐色小脸显然认出了我们,他把猎枪从背上拿到胸前,迅速地向小屋左侧的高地移动。我们疲惫地垂下双手,开始疼痛的喉咙也不再发声。我们明白,那个男人其实是移动到了一个适宜的位置,以便监视我们这些走投无路、企图冒险沿着轨道爬到对面的人。为了阻挡我们,他们不仅修筑路障,甚至还特意派人看守。我们被彻底困住了。

　　怒火在我们体内剧烈地燃烧。我们气得发狂,朝着山谷对面破口大骂。然而声音还未传到那个男人耳里,便早已坠落山谷,消逝在谷底奔腾的流水之中。我们看见男人半跪在树叶落尽的槲树构成的斜面上,用枪瞄准着轨道。这令我们感到了一种怒不可遏的孤独。

　　"那些家伙真是卑鄙!"愤怒令南的声音尖锐,"那人用猎枪瞄准,谁敢过轨道就开枪干掉!太卑鄙了!"

　　"为什么啊?"弟弟满眼泪水,声音微微颤动,"为什么要开枪?"

　　"咱们可不是敌人啊。"其他同伴被弟弟的震颤感染,也含泪欲哭,"咱们明明不是敌人。"

　　"为了把咱们关在村子里。"南大骂道,"别哭了,他们想把咱们关在村子里,明白了吗?"

　　"为什么要把咱们关在村子里?"弟弟被南粗暴的声音压倒,弱弱地说。

　　"因为不论是你还是我,都得了传染病!"南说,"那些家伙害怕咱们到处传播细菌,就把咱们关在村子里,打算眼睁睁地看着咱们像狗和田鼠那样死掉。"

　　"咱们根本没得传染病。"我瞪了南一眼,与其说是在与南对话,不如说是在向其他同伴诉说,"那只是那些家伙一厢情愿的想法。从今早到现在有谁呕吐了吗?有谁身上爬满虱子,长出红色小疹子了吗?"

所有人一声不吭。我听见自己的声音在山谷间短暂地回响，紧咬着嘴唇。

　　"回去吧。"过了一会儿，南说，"咱宁可得传染病死掉，也比在这里挨枪子儿强。"

　　南发出一声怪叫，踹了前面少年的屁股一脚，奔跑而去。我紧追上去，在横穿树林的道路上奔跑。南拼尽全力地奔驰，我上气不接下气地拼命追赶，终于在森林尽头追上了力竭到不再奔跑的他。一时间，我们二人都气喘吁吁，发不出声来。许久之后，年少的同伴们才像预示暴风雨来临的狂风一般奔来。林子里一片哗然，不安驱使着他们发出好似哀号的叫喊。

　　"你不准再提传染病的事了。"我声音嘶哑地对南说，"要是他们因为你开始大哭大闹，咱可不会放过你。"

　　南对我的威胁十分反感，用力扬了扬下巴，不过也没有刻意跟我对着干，只是焦躁不安地别过脸，一言不发。

　　"说好了，咱也不提。"我说。

　　"啊。"南的声音模糊不清，似乎没听我说话，而是埋头于别的思考之中。然后，他突然变得盛气凌人。

　　"咱们要是想逃走的话很简单。他们只监视矿车轨道，可我们又不是待在洞里。"

　　我一眼就看出南不过是在虚张声势，我的侧脸感到了南投来的焦躁视线，却仍旧一言不发。我想起村民在搜山寻找预科练习生士兵时的话语，以及自己目睹过的深邃山谷和湍急水流，不得不承认我们根本不可能逃出去。

　　"只要一口气爬上跟轨道反方向的那座山就行了！"南对我无声的否定心存不满，但口气已然丧失了方才的张狂。

　　"咱们只会被大山那头的村民揍得半死不活。"我说，"就像你之前逃跑时那样。"

矿车轨道被封堵,其实是一种"象征"。围困我们的山谷村庄,其实就是凝聚了各个村民的敌意,构筑而成的一道道坚固且无法突破的厚障壁。我们面壁而立,企图将头钻入其中,显然绝无可能。

"只是半死而已。"南咕哝似的说,"咱逃了三次,三次都被打到半死,可这回却有人端着猎枪监视咱们。咱以前干过宰杀病牛病狗的活儿。唉?就是用脑袋那么大的榔头往生病的牛犊身上……"

"闭嘴!你要是不想被咱揍的话就闭嘴!"我勃然大怒,"不准再说这些话了。"

"你马上就会懂。"南一面防备我的攻击,一面说,"为了顺利地击杀,必须有三个人让生病的小牛站起来,咱的工作就是用水草引诱小牛。"

我正准备扑向南的喉咙,转眼间却看到他眼眶湿润,噙满热泪。我喘着粗气直盯着他。

"唉?"他用手背擦着眼泪,抽抽搭搭地说,"咱真的干过!"

"这难道和咱们现在被关在这儿里的情形一样吗?咱们谁也没有得病!"我说。

"咱也不知道怎么说,"南急切地讲,"咱就是想起了宰杀小牛的事,突然想起来的。"

我几乎被南满是哀伤的焦躁情绪传染,嘴唇无法抑制地颤抖着,却不仅是出于气愤。

"但是,这不没办法吗?"我说,"别哭哭啼啼的了。咱们都被关在这儿了,谁都没法子。"

包括弟弟在内的其他同伴追了上来。我和南像一对亲密的好友彼此凝视着,被他们团团围住。

我并不认为,我们在那天午后采取的行动是正当合理的,谁也没有对此表示决心或做出判断。一切都仿佛成长期的孩子双腿在一瞬间迅速长长了一般,看似异常,却又顺其自然地开始了。

起初,我们只是独自或两人共同选择一户人家,然后野蛮地推开紧闭的大门,全然没有偷盗时的精神亢奋与心潮澎湃,仅是搜罗出村民藏匿的食物。

在通往山谷的石子路上,我和弟弟选中了一户离路最远、墙上有格子花纹的房屋。我拔下板门上的荷包锁,用弟弟搬来的一块石头砸开了门闩。弟弟像一条灵巧的鱼,敏捷利落又谨小慎微地冲进幽暗的土间。

屋里黯淡无光,犹如遭人遗弃的森林一角,没有"生活"的美好与温馨,却残存着早已腐坏的人类气息。我们以往潜进人家时,从房间的各个角落,都会射出监视的目光。可在这里,无论是粗糙的毛坯墙,还是暴露的污黑房梁,抑或是歪斜地摆在地板、深陷在榻榻米中的沉重家具里,都没有发射出这种目光。这里没有别人,更重要的是这里没有人,这是一个被人遗弃的地方。

在卧室的榻榻米、厨房等处,散乱地陈列着房屋主人慌乱中忘记带走的内衣等物品。我和弟弟麻木地踩在上面,胡乱踩踏。我们像从路边采摘花花草草一般,在房间的各个角落里发现了藏匿的米袋、少量的鱼干、豁口旧瓶子里仅剩的一丁点儿酱油,并将它们搬到屋外的路上。我和弟弟在沉默中慢吞吞地搬运着,甚至记不清往返了几回。当我正把装大豆粉的罐子扔到食物堆积成的小山上时,看见南从路口一间稻草屋顶的人家,抱出一个装食物的口袋。他做出怪相,用一副遗憾不已的口气对我嚷道:"从没做过这么没意思的小偷!"

"你的那玩意儿现在怎么样?"我也喊了回去。南时常炫耀说他每回偷盗时,总能体验到不同寻常的勃起。

"就像女孩子的人偶一样,软不啦叽的。"

一阵空虚的回声之后,南的声音旋即消失。我也重新埋头于"没意思的偷盗"之中。我们干得如此热火朝天,实在是因为没有其他事情可做。然而,做这种马虎草率的亏心事,终究不是长久之计。房屋内部狭小,物质贫乏,更糟的是它勾不起我们哪怕只有一瞬的、一丁点的好奇心。我和弟弟姑且将能一把抱走的战利品,运到学校前的广场上。一些同伴已将他们的收获堆到这里,无非是些无趣寒碜的粮食口袋。这些食物应该足够我们生活很长的一段时间,但也仅此而已。同伴们都垂头丧气,似乎在为自己膝盖前零散破碎的收获感到惭愧。我和弟弟一面只言片语地对这些收获评头论足,一面慢悠悠地下坡去搬剩下的战利品。

"啊!"弟弟发出简短压抑的叫喊,"那里……"

我全身松弛的肌肉瞬间紧绷,气血涌至大脑。一个朝鲜少年正叉开双腿,站在我们剩余的东西前面,一只手里提着装米的口袋,直盯着我们。我的身体包裹在周遭山谷的静谧、同伴们突如其来的冗长叫喊和午后迟缓的阳光中,浑身皮肤发烫。我盯着敌人缓缓上前,在他丢下米袋低头摆开架式时,猛然扑了上去。

起初我们激烈地相互殴打着,用指甲抠破对方的皮肉,用身体相互冲撞,用脚磕绊对方。我们摔倒在石板上,仍一声不吭地继续翻滚踢打。彼此都沉默着拼尽全力搏斗,用膝盖互相顶撞。朝鲜少年的身体无比沉重,而且散发出强烈的臭味。我的右手被敌人的一只膝盖缠住,随后被他的身体压倒,全身无法动弹。我的鼻孔被他粗大的手指捅破,鼻血径直流到下颚。我的脑袋也被他的胸脯压制,根本无法脱身。敌人一动不动地气喘吁吁,我伸出左手,五指大张地抓挠地面。我听见弟弟向我们跑近的脚步声和朝鲜少年恐吓的咆哮,随后一块坚硬的石头通过弟弟的手掌塞进我的手里,我的拳头变得又大又硬。我抓起石头，就往敌人的后脖颈上砸去。

一声呻吟后，朝鲜少年无力地从我身上滑落。我则用手按住鼻孔站起来。敌人已倒地不起，已然丧失抵抗能力。他有一张圆胖幼小的脸庞，两片肥瘦适中的厚嘴唇，一双柔和细长的眼睛盯着我。我朝着敌人毫无防备的心窝，狠狠踹了一脚，回头望向弟弟。只见撤退到路旁树下的弟弟，正双手撑腰满眼泪水地望着我。

我朝弟弟扬了扬下巴，招呼他一起把余下的东西抱走。弟弟本想最后去捡刚刚被朝鲜少年夺去的米袋，却被我阻止了。我并不打算拿走米袋。然后，我们丢下倒地不起却仍注视我们的敌人，沿着坡道返回。

"哥哥，你真厉害。"弟弟满脸泪水地尖声说道。

"那家伙也挺强的。"我说着，一面将鼻血洒在怀中的物品上，一面回头张望。

只见朝鲜少年正挎着米袋，一瘸一拐地走过横穿山谷的狭短土桥，估计是打算返回对面山腰上的朝鲜人部落。并非只有我们被留在这里，我感到心中有了些许的踏实。不过，鼻血依旧固执地流淌。我只得一直仰着脖子，否则胸上、手上还有食物上肯定会沾满鲜血。弟弟忍无可忍，将缓慢前行的我甩在身后，沿着石子路飞奔而去，向同伴们报告我与突然出现的朝鲜少年搏斗的事迹。

除了我们之外还有人留在村中，这一消息令大家心情激荡。然而，薄暮时分，我们又发现了另一名被遗弃的"邻居"。

当时，大家正在各自随意地占据村里的人家，挑选宿舍，烹制晚餐。我和弟弟选择了一间类似仓库的建筑作为定居的场所。建筑位于通往分校广场的山坡顶端，屋内铺着木制地板，散乱着稻草、玉米粒、空荡荡的草包等物品，大概是丰收时囤积粮食的仓库。我们把收获的食物、充当寝具的旧花毛毯等都搬了进去。在我搬来木柴堆放到土间时,弟弟从仓库背面的狭小田地里摘来蔬菜,又从附近的农家搜罗到一口锅。我们把撕得细碎的蔬菜、鱼干和几把米一同放进锅中,然后前往分校广场前的水泵汲水。

同伴们群聚在土仓前,向敞开的门内窥视。他们互相推搡挤压,瘦小结实的身躯在夕照下映射成一片紫红色的阴影,惊讶席卷了他们每一个人。我和弟弟跑上前去,只见幽暗的土仓里横卧着一位盖着布料的死者,身旁坐着一个茫然无措却充满敌意的少女。我和同伴们激动地望着少女,不禁发出一阵惊讶的叹息。

"那家伙的葬礼还没结束,"南扒开人群凑近了我,声音低沉、炽热又亢奋,"村民就都逃走了,把小女孩丢在这里,真是过分。"

"啊。"我望见少女纹丝不动地面向我们,瘦小的脑袋上瞪着一双惊恐的眼睛。在她轻轻支撑着头颅的双手之下,死者仰面朝天的额头如草叶一般,白皙且栩栩如生。带着夕阳金色光泽的空气,正偷偷潜入土仓。

"你仔细闻闻,都发臭了。"南擤了擤鼻子,"像死狗的味儿。"

"谁发现的?"

"同伴里有人打算在这儿睡觉。"南兴奋地窃笑。

"一个死人和一个发疯的女孩,竟然有人想跟她们一起睡。"

"够了,大家都别看了。"我说。少女半张着惊恐的嘴唇,露出桃色的齿龈,脸颊一阵阵痉挛,脏兮兮的样子毫无美感,令人不快。而且,我丝毫不想看见尸体。

"开门的家伙过来把门关上。"南说。

一个同伴提心吊胆地走到门前,少女五官扭曲,仿佛即将呜咽。门一关上,里头就传出了抽抽搭搭的哭泣声。少女的身影霎时变得神奇诡秘,并膨胀着扩大。负责关门的少年显然害怕不已,他全身发抖,还未关上门,就匆匆落荒而逃。由于这种生硬的关门方式,门到最后也没有顺利关上。我们站着发了一会儿呆,心情变得十分糟糕,心中怀着郁结的疙瘩,各自返回宿舍,继续制作晚饭。

我将土间内堆好的木柴点燃,在微弱的火焰上架起锅,一面坐立不安地忍耐着饥饿,一面在等待中回想那个麻烦的新邻居。

"那个女孩子……"弟弟仿佛钻了牛角尖,"肯定是因为她娘死了才发疯的。"

"你怎么知道她发疯了?"

"因为她很脏。"弟弟模棱两可,"呐,是这样没错吧。"

"啊。"我感叹似的说,"确实有点脏。"

菜粥很快就煮熟了,快到难以置信,而且味道也不差。我们从随身口袋中拿出餐具,专心致志地默默吃起丰盛的菜粥。土间中央的熊熊柴火,熏暖了仓库内部的空气,也让一股来历不明的潮湿气味四溢开来。饱食一餐后,温暖中的身体如软体动物一般绵软。我们盖上毛毯横躺在地板的稻草之上。如今的我们在村里是自由之身,不再任人摆布,因此必须自主安排睡眠。弟弟合上眼睛,将散发出汗水和油脂臭味的粗硬毛毯一直拽到下颚,安静地呼吸。我打算把剩余的菜粥送给土仓中的少女,却又觉得太费事,而且更加惧怕横躺在她身旁的高大死者。在夕照昏沉的光影中目睹的死者影像,开始向我紧密地迫近,至今仍在无人寺院中仰面朝天的同伴尸首,也随之而来。一想到死亡,某种感情便向我侵袭而来,令我胸中憋闷,喉咙干涸,内脏被剧烈地挤压在一起。这是我的老毛病了。这种感情一旦发作,便根本无法超脱,只能浑身颤抖着入睡。然而白天里,我却并不能确切地回忆起这种感觉。冰冷的汗水浸湿了脊背和双腿的皮肤,连脑袋都沉浸在汗水之中。对我而言,"死亡"意味着百年之后自我的不复存在,在数百年乃至遥遥无期的渺远未来里,自己都不再存于世间。在那遥远的时代里,或许战争仍会爆发,孩子们仍会被收容进感化院,仍会有人为了同性恋的男人甘当娼妓,同时也有人过着非常健康的性生活。然而那时,我已不在世上。一想到这里,我就不由得紧咬嘴唇。狂暴的愤怒和不安席卷了我的内心。狭小山谷间的空气,或许正被两具死者身上喷发出的无数病菌变得湿漉漉,而我们却束手无策。我的身体剧烈地颤抖。

"唉?"弟弟说。

"没事儿。"我声音嘶哑,"睡吧,赶紧睡!"

"你不冷吗?"弟弟沉默了一会儿,十分客气地说,"是不是风吹进来了?"

我霍然起身,从地板上剥下一块草席用于防风,上前遮盖住入口板门上的缝隙。从缝隙间可以望见,在对侧山腰的朝鲜人部落附近,木柴燃起的柔和火光如同信号一般摇曳摆荡。那家伙正在烧火。我感到心底里有一种犹如友谊般温热的微弱感情正在萌芽。全身上下轻微的碰撞磕伤和鼻孔的痛楚,都如同微小的快乐复苏过来。那家伙确实很强。正因为朝鲜人里有如此厉害的家伙,同他打架才会耗费那么长的时间。

"让我看看骆驼瓶起子。"弟弟撒娇地说,"呐,就看一下。"

我从自己的随身口袋里取出骆驼头形状的瓶起子,递到弟弟伸出的手里。虽然现在它一无是处,但我和弟弟都特别中意,弟弟还一直想从我这里把它讨走。弟弟再度钻进毛毯,把他的后背——令人眷恋的温热后背靠着我。

"喂,"我温柔地问,"你不怕吗?"

"啊?"弟弟无力地打了个哈欠,几近入睡,"这把骆驼瓶起子暂时借我玩玩,把它放在我的口袋里,可以吗?"

"以后记得还回来。"我大度地说。

55

土间的篝火已近乎熄灭，外面响起了从山谷四面八方传来的野兽吼叫、飞鸟猝不及防的振翅，以及树皮遇寒皲裂的声音。我吃尽苦头仍难以入睡。沉重的死亡影像凌驾于我的身心，让人既气愤又绝望。轻易入睡的弟弟发出天使般的呼吸声，强烈的嫉妒几乎使我彻底丧失了对他的温柔感情。被遗弃在村里的人们和尚未被埋葬的死者，或安眠，或被失眠折磨。村子外头无数黑心肠的人，也一样深沉酣睡着。

第五章　被遗弃者的同心协力

翌日清晨，我和弟弟又做了菜粥。我们近乎沉默地坐在土间的篝火旁进食，二人毫无食欲。村里万籁俱寂。

门外洒满了轻柔和煦的冬日阳光，石子路两侧的霜柱不停地碎裂。我和弟弟用衣领裹住脖子，下了坡道。分校前的广场上已有一些同伴，有人蹲坐不动，有人漫无目的地到处溜达。怠惰麻木的情绪俘获了他们，也如毒药般向我袭来。

我和弟弟双手抱膝，坐在广场一角的石头上。以南为首的一群人，开始玩跳马游戏。但是所有人都兴致低落，不情不愿地玩闹着，反倒令在旁观看的人心生焦躁。原本是伴随着剧烈运动的游戏，结果却与抱膝坐定相差无几。玩腻跳马后，南他们围成一圈，各自扯下裤子，将下身暴露在风中，互相发出猥亵或喧闹的笑声。在明媚阳光的沐浴下，他们的生殖器先是缓缓勃起，又慢慢萎靡，然后再度勃起。在大伙儿的注视下，生殖器长久地持续着规律的自发运动。然而，其中既没有欲望汹涌的生命感，也没有心满意足后的温柔，因此变得十分无趣。

在这场有气无力的嬉戏期间，一个同伴在我们的注视下扛出一台老式挂钟，并抬头目测太阳的位置。然而，时光前进得实在太过缓慢，我焦急地感到时间已然凝滞。时间与家畜相同。马、羊一旦没有大人的号令就寸步不前,而时间一旦离开了人类的严格监督就停滞不动。我们正置身于时间的淤积中,深陷于一事无成的胶着状态。然而,没有什么比困在这里无所事事更让人备感焦虑,更能让内心遭受疲倦的荼毒了。我身体一震,站了起来。

"唉?"弟弟睁开尚未聚焦、视野模糊的眼睛。

"咱把剩下的菜粥给土仓的女孩送去。"我突发奇想地说。

"是吗?"弟弟耷着脏污却优美的细致脖颈,将脑袋埋在胸前,无力地说,"我去找些可口的蔬菜。"

"能找到白菜最好。"说完,我留下弟弟,朝着谷仓的方向跑上山坡。

冰凉的菜粥已在锅底黏成一团。我稍稍犹豫,还是决定继续执行计划。因为除此之外,就无事可做了。对困在村里的我们而言,所有的一切都将温馨融洽拒之门外,冰冷地凝固着。我奔跑着,感到无论是石子路、繁叶落尽的树木,还是学校的建筑,抑或是蹲坐于广场上如野兽般麻木不仁的同伴,所有的一切都与亲切温馨相去甚远。

土仓厚重的门扉关闭着,上面留着一条狭窄的缝隙。我向门里窥视,在粉末般不自然的白光照射下,少女的脸庞霍然出现在眼前,令我惊慌失措。少女用缺乏睡眠的浮肿双眼,异常顽固地盯着我。其窄小的肩膀后方,一如既往地仰卧着那位死者。或许是由于死者散发出的恶臭,少女正透过这个远离死者的缝隙,努力地吸着新鲜空气。我忽然感到一种指向不明的莫名厌恶,急忙把锅塞进缝隙间。

少女突然惊恐地挪动腰身。我慌里慌张,声音莫名嘶哑,惴惴不安地开口。

"呐,你把这个吃了吧。呐。"

少女一声不吭地垂着脑袋,像小鸡似的缩头缩脑。我恼怒于自己蠢钝的声音和口气,重复道,"你娘已经死了吧?呐,你快吃吧。"

女孩蒙住石头般冷漠的双耳,顽固地一言不发。我粗暴地背过身去,气恼地紧咬嘴唇跑开。混蛋,混蛋,我嘴里嘟囔着谩骂少女的脏话。但不可思议的是,当我停下这种自说自话的谩骂时,却已是热泪盈眶。我究竟是怎么了。

回到分校前的广场,弟弟被集聚成群的同伴围在中央。他没有找到白菜,却找到了一条个头中等、极度萎靡丑陋的狗。弟弟弯腰将狗夹在膝间,一脸兴高采烈的表情。狗毫不客气地用鼻子在弟弟的胸前磨蹭,发出饥饿的悲鸣。

"喂,这家伙,你是从哪儿找来的?"我震惊地喘着粗气。

"这条狗是在哪儿找到的?"

弟弟带着黑眼圈的古铜色小脸蛋上,浮现出抑制不住的得意与欢欣,他支支吾吾。

"找到一条狗,就高兴得连话都说不出来了。"南的声音混杂着羡慕和嘲讽,他不快地打岔,"不如打死吃掉好了。"

弟弟肩膀一震,一把将狗抱住,两眼上翻,用一种紧张至极的凶恶目光狠狠瞪着南。

"瞧瞧,瞧瞧。"南对弟弟的冷淡勃然大怒,刻意夸大了自己的轻蔑,"这家伙搂着一条狗不放。你这种手指头那么丁点儿大的小玩意,也就配跟狗搞一搞了。你那东西都硬了吧。"

弟弟紧咬嘴唇,忍受着同伴们的齐声哄笑,气得浑身发抖。

"把狗带走,喂它吃点鱼干。"为了牵制南他们,我重重地说,"不用理会这些家伙。"

弟弟打起精神,对狗吹了一声短促的口哨,带着狗向谷仓走去。年幼的同伴们紧随其后。南望着我,目光里盛满了狡猾的冷笑,然后用鞋尖对着石子又踢又踹。我们二人百无聊赖,都盼着发生点儿什么事端,却又无力斗殴。

时间执拗的迟滞和笼罩山谷的静寂，使我们焦急疲惫。我们翘首以盼，期盼着任何能让自己重新感到充实和紧张的事物，甚至希望村民能够回归村庄。我们闯入他们家中偷盗，占据他们的住处，却搞不清自己到底是不是痛恨这些抛弃了我们的人。

晌午过后，为了烹煮午饭——还是那种已无法让人胃口大开的菜粥，我前往土仓拿锅。锅已被放在门外，里头空空如也。我朝门里窥探，与少女孱弱的目光对视片刻，她的戒备之心有所淡化，但我们相互都没有开口。午饭过后，我将剩饭分成等量的两份，一份给了总是用头磨蹭弟弟腰部、对其寸步不离的狗，一份送给了土仓中的少女。少女透过门后幽暗的阴影，仰望着我递去的锅，却没打算伸手接受。我将锅放在地板上，感到她似乎是口渴了，便拿着旧水壶前往分校前的水泵，打了满满一壶水。

回来时，少女正在专心致志地咀嚼着锅里的食物，却仍顽固地对我露出生硬的表情。我打了个手势，指了指水壶，随后心满意足地离去。说起弟弟的狗，无论是我们做的菜粥，还是其他同伴给予的各类吃食，只要放在面前，它就会近乎疯癫地狼吞虎咽。

凝滞的时间推移至午后时分，我们看见一个孩子扛着白布覆盖的大包裹，从对面山腰斜切处的朝鲜人部落下来，缓缓地走向狭窄的谷底。那是我打架的对手。我们忘我地观望着，很快就看出摞在他结实背上的布包，显然是一个大人的死尸。

我们入迷地看着朝鲜少年的强壮双腿因身上的重担而变得笨拙僵硬。当他的头颅同那个白色疙瘩消失在学校建筑的阴影中时，我们即刻穿过自稻草屋顶两侧向外延伸的小巷，穿过弥漫着尿骚味的潮湿空气，来到一个野草茂盛且通往山谷的斜坡，然后按照对面朝鲜少年下坡的速度，一步步地跟着走了下去。朝鲜少年显然发现了我们，但仍固执地低着脸，对我们视而不见。他来到谷底平坦的草地，隔着一条狭窄的溪流,在一个土坟的稍远处停下。那个土坟里,埋葬着我们到达村子后初次劳作的成果。

他把背上的疙瘩放在草地上,狡猾地瞥了我们一眼,然后飞速跑到小路上,像扛枪一般背着一把锄头折了回来。在他紧挨着横放的白色疙瘩挖掘草地之前,我们便明白了他的意图,并从中获得了强烈的启发:那家伙在埋葬自己的死者。我们也把自己的死者埋了吧。我们两眼发亮地彼此探讨。

"喂,"南说,"咱们也去埋吧。"

"干吧!"我用力地说。

"咱们去抬尸体。"南迫不及待地打断我,"你和另外两三个人负责挖坑。"

我点了点头,跑向一栋类似储藏室、收纳锄头的建筑。朝鲜少年出现后,狗害怕得夹紧尾巴,悲鸣不止。弟弟只好一直蹲在草地高处,安抚狗的背部。我们开始挖土。我知道弟弟也心焦地想加入我们的工作。当南他们几个人抬着毛毯包裹的同伴尸首下来时,坑已经挖得相当深了,狗仿佛被绞杀似的发出夸张的哀嚎,扭动着身子将脑袋钻进弟弟的大腿间。因此,我无法叫上弟弟一起挖坑。

有了掩埋猫、狗、老鼠尸体的经验,我们知道埋葬死者的坑穴必须挖得又大又深。南他们用毛毯严严实实地包裹好死者,放在草地高处埋着禽兽尸身的高高土堆旁,然后就过来协助我们挖坑了。山谷那头的朝鲜少年,正高高地抡起锄头。他的肩膀和抬起的手臂几近垂直,此时的他也在为他的死者挖掘坑穴。

厚实内衣下的皮肤开始冒汗,身上的污垢散发出闷热的臭气。我们试着将毛毯包裹的尸首抬进坑里,却发现坑还是太浅,于是便将沾染新鲜土壤的包裹拖到坑外,然后又跳进坑里继续挥动锄头。

草地那头貌似也进展得并不顺利。我们深挖的坑穴底部开始不断渗出地下水。大伙儿急忙将毛毯卷裹的僵硬死者放入红褐色的水洼中。南他们像栽培球形根茎的植物一般，一丝不苟地摆好死者的位置，然后聚精会神地往上面浇盖松软的泥土。我离开坑穴，坐到正蹲着的弟弟身旁，而狗正趴靠在弟弟的膝边。我和弟弟相依而坐，从草地高处向下望去，埋葬死者的坑穴与埋葬大量禽兽的坑穴犹如一组基点，让人联想到一种规律排列的发端。我幻想着从这一组基点出发，无数挖好的素朴坟墓等距无限地延伸，其中埋葬着无数的死者。啊，包括战场在内，这世上有这么多的人死去，而且还有更多的人为了埋葬他们在挖掘坑穴。我感到我们的这座坟墓，仿佛无限地向全世界绵延扩展开去。

　　我们的那位同伴正横卧在泥土之中。他的皮肤、敞开的肛门黏膜、头发等等，都湿漉漉地浸泡在地下水中。这些地下水，在浸泡过无数禽兽尸骸后，又流入地下，最终再次被野草强韧的根茎吮吸上来。

　　我内心崩溃，不愿继续思考，站起身子望向河流对岸。朝鲜的孩子也完成了他的埋葬，正艰难地抱着一块伸出双臂才能抱拢的大石头。我明白他的坚定意图，他或是想将石头放在坟头上，以纪念死者；又或是恐惧死者在深夜坐起身子，所以打算放一块沉重的盖子在坟上压制。无论如何，这一行为都充满了英雄气概，震撼了我崩溃的内心。我冲下斜坡，拍了拍南的肩，他正在给坟墓堆土。

　　"啊。"南抬起泛红的脸颊。

　　"你瞧。"我指着对岸，但高大的野草与起伏的地势遮住了朝鲜少年弯腰抱着石头的身姿，"那家伙遇到困难了，咱们去帮帮他吧。"

　　南望着我，脸上浮现出疑惑不解的表情。尽管如此，他还是跟着我一起跑了出来。我们马不停蹄地跳过山谷间的溪流，冲到对岸的草地上。朝鲜少年的魁梧身体敏捷地一跃而起，摆出准备出击的姿势,盯着不断靠近的我们。

"咱们是来帮你的。"我挥动双手喊道,"那石头是不是很重呀,咱们来帮你吧。"

"你一个人怎么搬得动呀。"南也搭腔。

少年用极度疑惑的眼神盯着我们,困惑的神情从厚实的嘴唇逐渐向外扩散。为了表示我们没有暗算他的企图,我和南夸张地垂下手臂走近前去。或许是出于羞愧和亢奋,朝鲜少年满脸通红。在我们的帮助下,石头被顺利安稳地抬到了土堆上。我们三人吐出炽热的气息,伸展腰肢,相互对视。百无聊赖的突然到访令我们无所适从。

"那个是不是你家?插着红色纸旗的那户。"南的声音缠绕在喉咙中,羞涩地询问道,"是你娘死了吗?"

"是俺爹。"朝鲜少年缓缓地张开嘴唇,口齿清楚地说,"俺爹死了。俺娘和部落的家伙一起逃走了。"

"你为什么不走?"南说。

"俺爹刚死,俺不能逃走。"朝鲜少年说。

"啊,是你爹呀。"南的语气让人茫然不解,可他却心满意足地不再说话。朝鲜少年闪闪发亮的目光从南身上移开,注视着我红肿胀大的鼻孔。我也回望着他,在他宽大扁平的脸上,有几块青黑的斑点。作为与他打架的对手,我的嘴唇上浮现出一丝微笑。

"唉,你叫什么?"我急匆匆地说。

"李。"为了掩饰脸上浮现出的抑制不住的微笑,他用穿着草鞋的光裸脚尖,在松软的土堆斜面上写了一个"李"字给我们看。

"啊。"我从喉咙深处发出模糊不清的回答,实际上却是对他用线条画出一个有文字美感的图形心生钦佩,"是李啊。"

"昨天的事,俺一点都不在意。"李仍旧低着头说。

"咱也一点都不在意啊。"我说。

我们望着彼此,没心没肺地笑了。我发现自己已经彻底喜欢上了李。

"你们也埋完啦?"李用老相识一般的亲近口气若无其事地问南。

"死的是谁?"

"一个同伴。"

"还有一个,一个死在土仓里的女人。"我忽然想起这件事,又补充了一句,"也就是说,村里一共死了三个人了。"

"土仓里那个疏散来的女人,"李兴趣十足地说,"已经埋了吗?"

"还没。"我说。

"如果不把得传染病死掉的人埋了的话,病就会传染给活人。"南的声音充满权威,"这是咱在感化院时从教官那里听来的。"

"因为旁边还有一个小女孩守着,"我说,"所以根本没法儿搬出来埋掉。"

"俺认识那个孩子。"李露出大白牙喊道,得意的神情闪耀在他的眼中,"俺来跟她谈。"

"既然这样,那就埋了吧。"南附和着李大声说道,"无论如何都要埋了。"

我们带着李一起越过山谷间的溪流,回到目瞪口呆的同伴中。李他们去搬运疏散来的女人,而为了埋葬即将搬来的尸体,我则承担了挖坑的任务。新的坑穴必须比埋葬同伴的那个大上一圈。尽管在落满枯黄树叶、根茎葱郁的野草坡上数次滑倒,李和南仍带领着半数同伴,像凶残的土著居民一般,叫嚷着冲上山坡。

我们对挖坑的工作已经轻车熟路,所以进展得十分顺利。我们分成两组,一组负责挥动锄头挖坑,另一组负责扒土。一旦在地里挖到活虫,便立刻将其踩死。李他们还没回来,可能正与土仓横尸身边的少女谈判吧。过了许久,石子路附近才开始响起叫嚷声。我把最后的收尾工作交给其他同伴,自己沿着草地走了上去,因冰霜融化而湿润的泥土开始逐渐干燥。

南他们在石子路上前行,肩上扛着同样用毛毯和白布包裹的死者,像抬着一头因断腿而无法动弹的牛犊。余下的人都伸出胳膊帮忙抬,少女跟在人群稍远处监视着,高个子的李正弓着身子与她交谈。我站在路旁目送着死者从眼前经过,紧随其后的是嘴唇皲裂、肤色苍白、含泪欲哭的少女。她两眼直视前方,完全没注意到我,强忍的呜咽令她的肩膀颤抖不已。

"呐,人已经死了,谁都没办法呀。"李全心全意地安慰她,"你娘已经死了,而且都臭了,不埋不行了。"

我走了下来,紧跟在李他们身后。同伴们默默地埋头于挖掘。或许是为了照顾少女的感受,而且也因为别无他事可做,南他们一直抱着死者站在边上。少女在草地高处停下,无视李的呼唤,蹲下身子决不肯再靠近坑穴一步,肩膀颤动地呜咽着流泪,望着我们掩埋。

同伴们像殡仪馆工人一般娴熟地将死者横放在坑穴底部,然后盖上泥土。少女将脸埋在两膝中抽泣,我和李站在边上心绪不宁,便从少女身边走开,下到同伴们挖坑的地方。

"要在上面放石头吗?"南向走近的李询问道,"咱不晓得埋完之后的做法,埋完之后该做啥。"

"把土夯实了。"李说,"用脚把土踩实。"

我们犹豫片刻,然后惴惴不安地登上松软的高高土堆,下面埋葬着手脚弯折的死者。在三个土堆上分别站着三组同伴,弟弟也按捺不住,站到了掩埋禽兽的土堆之上,加入了踩土的队伍。

我们模仿着李的样子开始缓缓踩踏，山谷四周的山脉沉没在暗赤色的阴翳之中，万籁俱寂的村庄笼罩在落日余晖里，唯有天际苍白。骤然来临的暮色为我们的踩踏工作赋予了确凿的庄重含义，与每个夜里令我心中郁闷、皮肤流汗不止的"死亡影像"别无二致。我们热情地加快速度，继续着踩踏的工作。

原始时代的日本人非常惧怕死者复生，便在埋葬时将他们的双脚弯折，并用极重的石板层层叠叠地压在棺柩之上。我们也十分害怕先前的同伴从泥土中复苏，怕他在这个仅剩孩子的闭锁村庄里猖獗横行，于是用双脚使劲踩平泥土。

夜晚清冽的空气渐渐浓郁，冰冷的雾气如坚硬的粉末，充斥于寒风之中。我们的身体在不知不觉间挨近彼此，双手互相挽住，构成一个紧密的圆环，用双脚踩踏着土壤。这群走投无路的少年，也由此牢牢地团结在一起。寒雾自不用说，隐隐留存着白日余温的大地，比我们冻得起了鸡皮疙瘩的皮肤还要暖和。死者们手脚弯折地横卧在地面的浅层土下，死灭的眼皮覆盖着他们晦暗冰冷的双眸，狂热的蛆虫在他们的四肢、胯间等私密部位蠢蠢欲动。

虽然死者以一种近在咫尺且猝不及防的恐怖侵袭着我们，但与藏在山谷对面的路障之后、架着猎枪狙击我们的大人比起来，与村庄"外部"那些卑劣的大人比起来，他们还算和蔼可亲。即便夜晚来临，仍没有人用温柔的声音呼唤我们，让我们逃离这个死灭的村庄。于是我们便沉默地肩并着肩，久久不停地踩踏着。

翌日清晨，当我把余下的早饭送给少女时，她正坐在土仓前的低矮石阶上晒太阳。少女第一次伸手接受了我递出的锅，这令我全身发热。我本打算站在少女身边直到她吃完早饭，但是她始终没有动静。

"中午去咱那里吃饭吧。"我鲁莽地开口，还没等她回答就跑了回去。

正午时分,她没有回应我的邀请,于是我与弟弟带着狗一起,又来给她送饭。少女用细短的手指摩挲着狗的脊背,但我们在边上时,她始终垂着脑袋。我感到她对我已不再心存隔阂,便心满意足地回去了。

那天白天相当寒冷,我在谷仓的土间烧起篝火,横躺在边上打盹。

弟弟唤醒了我。他几乎是丧失理智地催促着我,令我一跃而起,跑到了日照当头的石子路上。

"李在叫你。"唾沫星子从弟弟的唇边飞溅出来,他激动地嚷道,"李说让大家去看一个士兵。"

"士兵?"我被弟弟亢奋的心情感染,也大声叫喊起来。

"士兵,逃到这里的士兵!"

我使劲按着弟弟的肩膀,冲下山坡。分校前的广场上,李的脸蛋仿佛熟透的柿子般紧绷且气色红润,激动的心情使其越发通红,而南他们比李还要亢奋。

"是真的吗?有逃兵?"我上气不接下气地问李。

"你要保证不告诉村里那些家伙。"李满腹猜忌,万分小心地说,"不准跟俺撒谎,也不准叛变。"

"真的有逃兵吗?"我气愤地重复道。

"除非你能保证没人会偷偷告密。"李说。

"咱才不去告密,哪个家伙要是敢这么做,咱们就揍死他。"说完,我又转身对同伴们吼了一句。

"都听明白了吗?所有人都要保密!"同伴们异口同声地发誓,保证遵守约定。尽管如此,李仍踌躇不决,急躁与期待削尖了南的声音,他近乎威胁地说:

"你以为咱们是一群狗吗？不要太过分了，否则咱可饶不了你！"

李下定决心，点了点头，我们便簇拥着他冲下了石子路。他紧张不已，似乎开始后悔向我们透露自己的秘密，对我们的打听也爱搭不理，可我们还是执着地反复探问。经过一座短小的土桥，走上通往朝鲜人部落的陡峻坡道，我回想起预科练习生的士兵们为了搜寻逃兵在卡车边待命，一群手持竹枪的村民杀气腾腾地搜山。竟然能逃出那些家伙的包围，穿山越岭逃到这里来，肯定很不容易啊。

"你是在哪里发现那个士兵的？"我把手搁在李的肩上，用力地将同伴们反复多次提及的问题又问了一遍。

"呐，告诉咱们吧！"

"俺也不太清楚。"李支支吾吾地说，"他老早之前就藏在俺们部落里了，白天在废弃的矿坑里睡觉，到了夜里就出来吃东西。"

"那他现在还在矿坑里吗？"南打听道。

"因为村里的家伙和俺们部落的人都逃走了，所以他现在在俺家里，白天也在。"

"他都干些什么？"弟弟尖声地问，"他在你家都干些什么？"

"现在就带你们去看。"李一脸不高兴地回了一句，便缄口不语。朝鲜人部落的房屋比村里的人家更加简陋，房檐更加低矮。整个村子由类似杂物间的建筑排列而成。这里没有石子铺就的道路，干燥的地面上尘土飞扬。由于每家每户的后面都延伸至树林中，所以冷杉的长树枝时常会伸展至道路上方。我们温顺地跟着李前进，喉咙因期待变得干渴，行走的步伐卷起阵阵尘埃。

我们曾见过的那户插着红旗的人家，坐落在成排房屋的最边上。李在两扇被虫蛀得乱七八糟的歪斜小门前驻足，我们也停下脚步。然后，他发出了一个不起眼的暗号，独自一人钻进狭窄的小巷，迂回到屋子后方。我们等待着,小门忽然打开,李从里侧探出脑袋,用一种很不痛快的威严语调催促我们。

"进来吧。"

我们走进其中,逐渐习惯黑暗的眼睛看见屋内铺设的稻草席上,一个人正缓缓支起上身。屋里挤不下所有人,外面的同伴一个挨着一个向里窥探。我们都屏息望着这个男人,而他则转身望着站在身后的李。男人毫无光泽的邋遢胡子覆盖在喉咙的皮肤上,在昏暗中隐隐抽搐。我们呆若木鸡地凝望着这一切。

"啊,"李鼓劲似的对男人说,"这些家伙都是俺的朋友,他们保证不会告密,你就放心吧。"

心中凝结的热烈期待烟消云散,失望的苦涩浇灌全身。男人已经失去了预科练习生士兵所具备的所有灿烂光辉。既没有惹人情欲的制服下紧绷坚挺的小巧臀部,也没有健壮的脖颈和刚刮过胡子的青色下巴。相反,日渐枯萎的年纪在他模糊不清的瘦弱脸庞上写满了晦暗疲惫的神情和无动于衷的沉默。而且,他穿的也并非那种情欲四溢、放荡至极的战争制服,而是干活用的上衣。

"大家赶紧看,看完了让后面的家伙也看看。"李仿佛是在向朋友展示自己饲养的兔子一般,心急火燎地想把"兔子"重新收藏起来。

"他已经很累了,不能长时间地被看来看去的。"

在我们的目光注视下,士兵默不作声,又倒在草席上。为了与后面你推我搡的同伴交换位置,我默不作声地向外走去。室外空气清新,不像屋内的空气夹杂着家畜的臭味。我满心失望地吸入夹杂树皮气味的清风。

不过,年幼的同伴们见到逃兵都亢奋不已,高兴得面红耳赤。他们看完之后,又跟在其他焦急排队的同伴身后,打算再参观一遍。我蔑视那些你一言我一语热烈讨论逃兵的同伴,陷入乏味不快的漠然之中。

我跟弟弟示意想回村里去,可他正两眼放光地与同伴们谈论着士兵。他们沉迷于士兵,早就忘乎所以。

"是朝鲜人把这家伙藏起来的。"其中一人激动异常,以致前言不搭后语,"他们都用朝鲜话交谈,警察压根听不懂。"

"竟然能顺利逃过搜山啊。"另一人说,"那可是连野猪都逃不了的搜山呀。"

"他是逃到这里来的!"弟弟声音高亢地说,"逃跑……"

南用拳头摩擦着裤子的屁股部分,一脸不快地从屋里出来。于是我俩便打算先回村子。他一面在坡道上行走,一面歪着嘴说。

"真倒霉,瞧那小子寒酸的,太让人失望了。"

"还说是预科练习生呢。"我也说,"看起来就是个胆小鬼。"

"啊,"南说,"从没见过这种预科练习生。"

"你要和这种人睡吗?"

"像他这样的,就跟公鸡一样,一会儿就不行了。"

南不加掩饰地流露出轻蔑与厌恶,望着我发出扫兴的笑声。我们在土桥上等待着弟弟和其他同伴,但他们迟迟未归。

"我还是去瞧瞧吧。"南突然说,"有点放心不下。"

我越发气愤地望着他跑上山坡,然后耸着肩膀走上通往广场的路。

少女环抱双膝坐在土仓前,为了排解自己渺小的孤独,我走上前去。少女默然地望着我,在她含混不清的双眼中,呈现出灰褐色的暗影。我倚靠着土仓的墙壁,与她对视片刻。

"喂。"我咽了咽口水,"呐,你肯定不知道逃兵的事吧?"她一言不发,无动于衷。

"哼。"我抬高肩膀,"你是不是一句话都不会说?"

女孩垂下双眼,睫毛浓郁的阴翳在眼睑上扩散,如草叶的影子,泛出青色。

"去咱那里吃饭吧。"我说,"呐,来吧。"

她模棱两可地抬起额头。我弯腰抓住她的胳膊,企图让她站起身来,旋即遭到强烈的反抗。我暴跳如雷,气急败坏地撇下少女,头也不回地离开了。

到达分校前的广场时,我回头瞥见少女宛如一头狡猾的黄鼠狼,暗中东张西望地跟来了。我既惊讶又恼怒,但她终于肯来,便是一件好事。我佯装一无所知的样子,回到仓库等待她的光临。

在我的耐心即将耗尽时,少女跟在亢奋的弟弟身后,静悄悄地飘进谷仓。弟弟说梦话似的,颠来倒去地絮叨那个逃兵是如何走出屋子,如何与他们简单交谈。少女垂着脑袋坐在土间的篝火旁,丝毫没有帮忙做晚饭的迹象。我真想对着他们二人大吼。

不过晚饭开始后,三人便冰释前嫌,自在融洽。少女一边转动着脏污优美的脖子,一边咀嚼着食物,好奇地看着弟弟嘴对嘴地给狗喂食。

"呐,哥哥,"弟弟忽然灵机一动,"咱们给狗起个名字吧。"

"它叫熊。"少女说。

我惊愕地看向少女,她也惊慌失措。弟弟一喊这个名字,狗就拼命地摇晃尾巴。我和弟弟放声大笑,少女困惑不已,然后也发出了轻微的笑声。我神清气爽,笑了好一阵子。

"这狗是你的吗?"弟弟面带担忧地打听。

少女摇了摇头。

"是不是很可爱?"弟弟安心地说。

我也想和少女搭话,却遍寻不到一个巧妙的话题。整个喉咙刺痒难当,话卡在嗓子里无从出口。于是我下定决心,放弃了搭话的念想。能在她面前给篝火添上新柴,我便感到心满意足了。一顿饱餐后,温热的篝火映照着我们额头的皮肤,除了弟弟一直念叨着逃兵的事情外,我们仨和狗都身心舒畅。

翌日清晨,我们依然去土仓请来了少女共用早餐,并于饭后一同前往分校前的广场。虽然少女独自一人默默地坐在树荫下远离大家,但她今后一定不会再回土仓了吧。

第六章　爱

　　午后疾风骤起,天气晴朗微寒。山谷四周山岩上的森林落尽了叶子,但野草和灌木萌发的嫩芽却随风摇曳,熠熠生辉。我们在分校前的广场上点燃篝火,或成群抱膝围坐在火堆旁,或弓着身子在广场上来回溜达。篝火的淡蓝色轻烟还未来得及升上天空,便被风吹得消散无踪。以低矮警钟台为中心的村庄风景,我们几乎已是烂熟于心,深感腻烦,因此即便心不在焉地望着眼前风景,也会感到无趣至极。于是,我们对其视而不见,要么静静地发呆,要么随处游荡打发时间。被困锁在村中的生活,令我们深感焦躁不安,日渐衰弱。一种以疲惫、麻木、浮躁为共同点的氛围笼罩着我们。

　　然而,当李带着士兵来到广场时,同伴们又心情激荡,重拾昂扬的情绪。士兵也比昨日在昏暗的屋里见到时更显活力。可当他坐在篝火边时,仍显得无精打采,野兔般充血的虚弱双眼在我们好奇的脸上一扫而过。

　　"俺们去看了矿车轨道。"李向大伙儿说明,"应该不会有人从外面进村来抓他了。俺们仔细看过了。"

　　我再度察觉到士兵在闭锁的村庄中获得的好处,他在我们的注视下垂下了眼睛。

　　"如果被抓住的话……"弟弟战战兢兢地问士兵,他却默不作声。

"会受到审判吧。"李从中周旋。

"会被枪毙。"南语气刻薄,"立马就枪毙。"

士兵抬起头,两眼发怔地看着南,南表现得异常焦躁。我期盼着士兵能猛然站起,将南打倒在地,可他只是像个孩子似的惊愕地望着南。

"哼。"南耸了耸肩膀。

"他很擅长逃跑,肯定不会被抓住。"李说。

"不会被抓呀。"弟弟说,"呐,你不会被抓走,对吧?"

士兵望着弟弟,似乎得到了慰藉。可是,每当看到这种受人慰藉的大人,我便火冒三丈。因此,我选择站在焦躁的南这边。

"你逃走时杀人了吗?"别的同伴打听道。

"既没杀人,也没开枪。"李替他答道,"对吧?"

"啊。"士兵第一次回应。

"只是外出后没有回去。"李说。

"其实是不想回去吧。"同伴中的一个人问道。他本人因为这个愚蠢至极的问题涨得满脸通红。

士兵默不作答。

"不过,我以前也想当预科练习生。"一个同伴说完后,陷入了短暂的沉默。对预科练习生制服的渴望和思念,将我们一同攫住。

"我……"士兵仿佛思量再三,忽然说,"我不想打仗,也不想杀人。"

众人陷入了更加长久的沉默,我们不得不强忍着轻薄的冷笑。令人窘迫至极的矛盾感情充斥内心,笑意让肚皮和屁股犹如虫爬般抑制不住地发痒。

"咱想打仗啊,还想杀人呢。"南说。

"你们现在这个年纪根本不懂。"士兵说,"总有一天会突然明白过来的。"

我们将信将疑地陷入沉默,这并不是一个有趣的话题。趴在弟弟膝盖间的狗霍地爬起身,走向士兵,嗅了嗅他细窄的膝盖。士兵小心地爱抚狗的脑袋。

"它是不是很可爱?"弟弟喜不自胜地说,"它的名字叫熊。"

"叫雷欧更好。"士兵说。

"雷欧。"弟弟有些犹豫,他避开了我责备的目光,坚定地说,"就叫雷欧,因为它是我的狗。"

少女背靠广场一隅的桑树,一直望向这里。我想知道她是否听见了关于给狗改名的对话,却无从确认。对我自身而言,弟弟轻而易举地抛弃了少女记住的狗名,让人不太愉快。

"雷欧。"弟弟做梦似的反复念叨着。

"你以前是学生吧。"南说。

"啊,"士兵说,"是文科的学生。"

"咱猜也是。"南显露出轻蔑的表情,"以前咱家附近的学生也给猫起过这种名字。"

士兵显然被激怒了,决心无视对自己纠缠不休的南。我远离他们,走向坐在桑树下的少女。

"那家伙是害怕打仗才逃跑的。"我对少女说,她一如以往地沉默。"咱可讨厌胆小鬼了。一旦靠近那种家伙,就会闻到一股烦人的恶臭。你也讨厌那种人吧?"她一脸困惑地抬头看着我,脸上浮现出微弱的笑容。我意兴阑珊,吹着口哨返回了谷仓。

这天夜里月光明亮。为了和士兵共进晚餐,弟弟牵着狗和李一起去了朝鲜人的部落,因此只剩我和少女二人吃着菜粥。我将手伸到土间的篝火前,默默消磨着漫长的时光,让胃安静地蠕动。树林里不时响起林鸟的刺耳啼鸣。弟弟对逃兵的着迷让我不太高兴。我打了个哈欠,流出了泪水。少女也被我传染,她握紧手掌向膝盖前方伸展,打了一个小小的哈欠,似乎已昏昏欲睡。

"困了吧?"我说。

"啊。"少女弱弱地说。

"咱不困。"我说。

紫红色的头发缠绕在少女细致的脖颈上,她全身散发着稻草般闷热的气息。我心想她的皮肤或许同我一样肮脏,便觉得轻松了一些。我们重新陷入冗长的无言中,我开始挂念外出未归的弟弟。

"呐。"她用短小且脏黑的脸面向我。

"啊?"我惊讶道。

"我害怕。"少女说。

"害怕呀,那也没什么办法。"

"我好害怕。"她嘴唇扭曲,差点就哭出声来。

"你是害怕待在村子里,还是害怕村里剩下的这些孩子?"

"我真的很害怕呀!"少女说。

"每个人都害怕。"我气愤地说,"又有什么办法呢?咱们都被关在这里啦。"

"你去把村里人叫回来吧。"她紧紧抱住自己。

我不知所措地沉默了。

"呐,你去把村里人叫回来吧。"她翻来覆去地念叨。

"这种事怎么可能?"我冷酷地说,"咱们可是被关在这里了。"

"我害怕!"少女说着,将额头俯靠在双膝间抽泣起来。

我固执地无视少女,沉默不语,可她始终不停地闷声呜咽,令我越发不知所措,坐立不安。

"就算咱去叫村里那些家伙,他们也不会回来。"我说,"而且他们要是回来了,就一定会抓住士兵,把他杀死的。"

少女顽固地埋头抽泣。我心中萌发出一种近乎疯狂的念头,咬了咬嘴唇站起身来,从随身口袋里拿出医生给我的地图。上面极为简略地勾画了横渡山谷的矿车轨道和通往医生家的路径。

"咱去叫村里人来,让他们把你一个人带走。"少女仰着头,泪水弄脏了她的脸庞。我粗暴地对她说,"咱到山谷那头跟他们说去,你不要再哭哭啼啼了!"

我踏上了月光明亮的石子路,寒冷至极的雾气在夜里流淌。少女跟在身后,而我却并没回头。我不知道自己能否穿越山谷、抵达对岸,但我无论如何都要把这个满脸泪痕、浑身发臭的少女交到对面的那些家伙手中。我已经忍无可忍了。

越过森林,就能看到被雾气润湿的矿车轨道,在月光下熠熠生辉,然后是堆积如山的黑色路障。对岸小屋的灯灭了,本应监视我们的看守也不知所踪。我回头面向少女,她紧咬着冻得变色的嘴唇。

"你在这里等着!咱去跟那些家伙谈判,商量你的事。"

我小心翼翼地将脚迈向轨道枕木,以免打滑。脚下刮来的剧烈寒气与夜雾拍打着我的脸颊,令鼻孔刺痛连连。山谷深远处的河流在月光的照耀下流淌,流水啃噬岩石的声音盘旋回转。我像野兽一般弓着身子在枕木上缓缓前进。高涨的情绪迅速冷却,我感到自己的行动无聊至极,却并不打算原路返回。强硬刺骨的寒风迫使我几乎闭眼前行。为了准确踩在枕木中央,我必须全神贯注,不能有一丝分心。

轨道漫长至极,寒风呼啸不止。当我抵达由树墩、树枝、木板和碎石堆积而成的路障前,已是喉咙冒烟,力竭得几乎倒地而眠。我知道,路障过于沉重复杂,仅凭我一人之力无法拆除,但假如向上攀爬,又会立刻崩塌。我偷偷瞧了瞧枕木下方，唯有这个办法了。我直起身，把冻僵的两只手掌插进裤子皮带间，伸入裆下取暖。手指的皮肤渐渐恢复知觉，方才感知到生殖器的所在之处，寒意和恐惧让它紧缩得皱皱巴巴。

我弓着背把手肘撑在枕木上，下身钻进枕木间的狭窄缝隙中。下一个瞬间，我的整个身体都悬空在冰冷的山谷之间，唯有两手抓着枕木。烈风、寒气和猛烈的孤独一齐向我袭来，我不得不与之搏斗。我不管不顾地扭动身体攀过一根根枕木，犹如一只在温水里烹煮的虾。

我拼尽全力用手缠住最后一根枕木。随着一声哀号似的喘息，我把悬垂的手肘卡在结满冰霜的枕木上，然后撑起了整个身子。上身长久地伏倒在枕木上剧烈地喘息着。然而，我不能继续在这里沐浴着月光休憩。如果有人透过监视的小屋向我狙击，或许只要一发子弹，就能把我的脑袋打得粉碎。我一面大口喘气，一面在枕木上走完最后一段短暂的距离。双脚刚触到地面，就立刻沿着遮蔽月光的茂密灌木丛，摸黑冲上坡道。根本无须从胸前的口袋中拿出地图查看，只要穿过槲树、枹树和栗树等稀疏生长的森林，便能看到一个小小的村落寂静无声地沐浴在月光之下。它像我曾经遭遇的所有村庄一样，突如其来地出现在眼前。

我前屈着身子，踩着由疙疙瘩瘩的圆滑石子铺成的路下坡，走进村子。这里的房屋结构、行道树、错综狭窄的小巷，与困锁我们的村庄几乎如出一辙。然而，这里弥漫的空气，与我们的村庄却有着极为微妙的差异，令我心生胆怯。因为这里住着别人，而且是素不相识的陌生人。整个村庄寂静无声，从晦暗阴冷的人家深处，隐约传来家畜转动身体的声音。我穿梭于这些房檐低矮的村户之间，微小的身影投射在月光下。那些封锁、监视我们的陌生人，正熟睡在这些人的家中。恐惧、残暴的感情在心中高涨,在因寒冷而绷紧的皮肤上奔驰,令我的身体颤抖不止。我紧咬嘴唇,拼命压抑住想要逃跑的冲动,全神贯注地找寻医生的住处。

我敲了敲医生家的洋式大门,那是一扇上面镶嵌着许多疙瘩的玻璃门。我退后一步,置身于月光之中,细细打量着这扇村中罕见、嵌着玻璃板的大门。门那头的灯亮了,一个声音卡在喉咙里的人影嘟嘟囔囔地下来了。门开出了一条狭窄的缝隙,曾在土仓见过的医生,张望着从中钻出动物般的粗短脑袋。我们非常紧张地彼此对视。当我惊慌失措地感到自己必须说些什么的时候,心中的郁闷却让泪水几乎夺眶而出。

"喂,"医生的声音使我和缓的情绪立即紧绷起来,"你来这里做什么?"

我睁大了眼睛望着他,一言不发。医生圆胖的脸颊和小鼻子上遍布一种类似恐惧的情感,令我的情绪越发生硬。

"喂,你来干什么?你敢胡闹的话,俺就叫人了。"

"咱不是来胡闹的。"我压抑住怒气,扯着嗓子发出粗厚炙热的声音,"咱不是来干那种事的。"

"你是来干什么的?"他重复道。

"村里的一个女孩被留在土仓里了,她想离开村子。你去把她带走。"

医生打量似的望着我。我看见他露出的牙龈被唾液濡湿得闪闪发亮,狡猾的神色迅速扩展至整个脸庞。

我焦急地重复道:"呐,你去把她带走。"

"你们有多少人发病了?有多少人还活着?"医生说。

"啊?"我惊讶地说,"咱们没人得病。那个女孩也很精神。根本没暴发传染病。"

医生越发谨慎地望着我。

"你要是觉得咱说谎,就给咱检查检查,咱脱光衣服让你查。"

"不准大声说话。"医生说,"谁说要检查你的身体了?"

月光下,我垂下了正在解开上衣纽扣的手指。医生根本不在乎我的想法。

"你不是医生吗?诊断别人是不是得病,不是你的工作吗?"

"少在这里说大话。"医生忽然怒不可遏,"给俺回去,以后不准再到俺这里来。"

"咱还以为你会告诉大家,咱们之中没人得病。你可是医生呀。"我后悔不迭,怒火中烧,"结果你竟然要把咱赶回去。"

"快走。"医生说,"如果让村里人知道就糟了,俺也会被连累的。快走。"

我耸起肩膀表示反抗。医生穿着如皮毛般硬邦邦的厚司布服①,从门缝间钻到我的眼前。

"回去,以后不准来了。"他一把扭住我的胳膊,怒气冲冲地说。

我疼得轻声呻吟,想从医生强有力的束缚中脱身。可他站得牢牢的,纹丝不动。

"你在这附近转来转去的,如果让村里人发现了……"医生说,"一定会没命的,俺就算打也要把你打回去。"

我的脖子被医生的手掌揪住,无法动弹,只能被他拽着走。怒火在身体里熊熊燃烧,但难以令自己从这种耻辱的行走姿态中解放出来。医生异常粗暴地使出力气,连推带搡地把我赶出了村子。

"你这个卑鄙小人。身为医生却一点都不肯帮咱们。"我从被捏

---

① 日本北海道阿伊努族用青榆树皮的纤维织成布,再用这种布制作衣服。

住的喉咙中挤出又尖又细的声音。

我就这样被医生的手臂使劲掐住,一路拖拽,痛得呻吟不止。直到抵达矿车的轨道前方,才被他扔在地上。我倒在冰冷的地面上,仰望着在晦暗森林的笼罩下一身漆黑站立着的医生。他魁伟的身躯,充斥着极具压倒性的强大权威。

"你就是打算对咱们见死不救!"我对自己胆怯不已的虚弱声音深感羞耻,但也比默不作声地倒在地上强上百倍。

"你们这些讨人厌的小鬼。"

医生的身体向前倾斜。我的后背仿佛被人用一块巨大的石头殴打,遭到了强大的冲击。我呻吟着扭动身体。为了进行第二次攻击,医生高高地向后抬起腿。我迅速地滚动身子躲开了他踢来的一脚。医生铁了心要把我赶走,我害怕地尖叫哭喊,连滚带爬地奔向矿车轨道,顺着轨道向前爬行。

此刻的我已精疲力竭。但当我看到医生弯腰捡起石子准备投掷时,便一刻也不敢停歇,手指胡乱地抠抓着枕木向前爬去。到达路障后,我立刻以一种屈辱至极的姿势,用那双因愤怒而颤抖的腿,钻进枕木下方。

一番艰苦的努力过后,我使出余下的最后一丝力气,最终把悬垂的整个身躯,提拉至轨道的上方。此时的自己,早已如一头伤势惨重的野兽,唯一能做的只有不停地鼓胀、收缩胸腔,大口大口地喘息。近乎疯狂的愤怒令人绝望,伤痕累累的指尖血流不止。我感到身后似乎响起了转身离去的脚步,却并未回头,而是望着月光照耀下漫长轨道的另一端。少女正从滑轮装置的阴影中探出瘦削的脑袋望着我。

我站起身子,勉强支撑着颤颤巍巍的两个膝盖,拼尽力气在枕木上前行。当我的脚踏上轨道对侧、这片毫无疑问地将我们困锁的土地时，少女冲出来望着我，像罹患热病的孩子一般，用力睁大了闪闪发亮的双眼。我们长久地互相凝视着，怒火令我浑身狂躁，我剧烈地大口喘息着，甩开了少女迫切目光的缠绕，径直地走开。她疾步跟在我的身后，我却没有放慢脚步，反而一刻不停地迈步前进。

"都是一群混蛋！一群畜生！"我一面走着，一面在紧闭的嘴唇内侧咒骂，被拿捏的脖颈仍像灼烧般疼痛不堪。医生的卑劣及其野兽般强大的力量，加之自己的脆弱无力，令我对那家伙无可奈何。为了避免深陷在无从排遣的愤懑与哀愁之中，我不断加快步伐。少女急步小跑地跟在我身后，早已气喘吁吁。她口中小声反复地咕哝着什么，我却置若罔闻。

我们越过森林，走下月光流淌的石子路，在同伴们藏身的人家间穿行，直至来到少女的土仓前。她停下脚步，我也不再前行，我们彼此对视。她充血肿胀的眼中噙满了泪水，在月光的照射下晶莹发亮，单薄的嘴唇正近乎无声地开闭着。我忽然明白了她一路上反复述说的话语。

"我以为你不会回来了。"她反复念说着这句，"我一直以为你不会回来了。"她大声呼喊着，抽抽搭搭的言语间掺杂着毫无意义的痉挛。我将目光从少女的嘴唇上岔开，低头望着自己疼痛的手指，鲜血从指尖滴落在石子路上。忽然间，少女的手掌伸向我，弯腰抓住我的手指含在唇中，用略微生硬的舌头一点一点地反复舔舐，用黏稠的唾液润湿手指上的伤口。在我低垂的额头下，少女的后颈宛如鸽子的脊背，柔韧浑圆，不停地微微颤动。

我的心中升腾起一种难以抑制的情感，它急剧地膨胀着，让我丧失了理智。我粗暴地抓住少女的肩膀，将她一把拉起，全然看不清她仰起的瘦小脸庞上是何种表情。我像一只被人围追堵截、胡乱逃窜的鸡，用双臂紧紧地抱着少女的身体，冲进阴暗的土仓。

我们没有脱鞋,直接踩在黑漆漆的地板之上,在无言的沉默中迫不及待地脱掉裤子,掀起裙子。我趴在少女的身上,犹如芦笋根茎般勃起的生殖器卡在内裤中无法脱出,几乎要折断了。我吃痛地呻吟着,少女则惊慌地大叫。我一触碰到少女干燥的如冰冷纸张的生殖器表面,便立刻浑身微颤着后退,深深地叹了一口气。

也不过如此。我站起身,摸索着穿上裤子,抛下横躺在地上呼吸急促的少女,走出门去。室外寒意骤降,月光如坚硬的矿物质倾泻在树木和石子路上。愤怒凶狠的咒骂依然充斥在我的口腔里,但一种潮湿至极的复杂情感,却逐渐从心底涌向大脑之中。我冲上山坡,眼里盛满了热泪,脸部的肌肉面目狰狞地扭曲着,只为了不让泪水在脸颊上流淌。

第七章　狩猎与雪中的祭典

　　拂晓时分,我从强烈的寒意中醒来,却仍紧闭双眼。胸中填满了高亢炽热的感情,身体也因此紧绷,整个人都与世隔绝。我思考着,为什么会这样?到底是什么令自己异常地紧张?然而,困意残存于头脑深处及身体每个角落,来势汹涌地向我袭来,阻碍了思考。我眯缝着双眼,注视着自己暴露在冰冷空气中的手指。今日黎明的阳光较平时更加明亮耀眼。裂开的伤口呈现出柔嫩的玫瑰色。那个鸽子般的少女曾用微颤灵活的舌尖反复舔舐着这里,还用黏黏的唾液细细润湿过。爱情好似沸腾的热水席卷了我的全身,连指尖都浸润其中。我心满意足地打了一个寒战,然后弓起背,沉浸到睡眠的余韵中。然而,情感的狂潮将我俘获,且没有丝毫退却的迹象。闻所未闻的无数鸟儿叽喳啼鸣,其声似暴风雨般刮进门来。我感到鸟鸣深处横亘着一股硕大无朋且触感沉重的沉默,坐起身子,掀起遮风的草席,透过狭小的缝隙向门外窥探。

　　门外是一片清新爽净的崭新黎明。落雪厚厚地堆积着,覆盖了整个大地。树木膨胀,似浑圆的野兽肩膀,在阳光的照耀下无限明亮,熠熠生辉。"雪……"我一面呼出炽热的气息一面思考。雪,自我出生以来,从未见过如此丰盈奢华的雪。鸟儿们激烈地大声啼鸣着,鸟鸣之外的一切声音都被这厚厚的白雪吞没。小鸟的啼鸣与巨大的静寂——我孤身一人在这片广袤的世界里,心中萌生着爱意。我发出满怀快乐的呻吟,晃动着身体,然后像一个充满力量的巨人,单膝跪地,在寒冷中咬住嘴唇,两眼湿润地望着室外的雪。我已无法继续沉默。

我回过头,用带有喘息的声音叫醒尚在熟睡的弟弟。

"喂!起床了,起床了呀!"

弟弟扭了扭肩膀,喉咙里轻声哼了几下,慢慢睁开了眼睛。他的瞳孔仿佛柯树果实般散发出褐色的锐利光芒,随后逐渐安静轻柔地消散开来。兴许是做噩梦了吧,我想。弟弟醒来时看到我正望着他,便很快安下心来了吧。

"起来啦。"我说道。

"啊……"弟弟支起膝盖坐起身。膝盖上的裤子破洞里,透出有些脏兮兮的皮肤。

"瞧!"我一把拽下草席,"瞧瞧这雪!"

室外壮观的场景与广阔的天地扑面而来。我一面听着弟弟的赞叹,一面推开玻璃门,伸出头去,厚厚的雪片向热乎乎的皮肤吹拂而来。我转过肩膀仰望天空,灰褐色的雪静静地、接连不断地飘落下来。

"啊……"弟弟的肩膀抵着我的腰,身体发颤,尖声叫道,"我睡觉的时候下了这么大的雪呀!"

"就是在你睡觉的时候。"我拍了拍弟弟的肩膀,"咱也睡了相当长的时间呢。"

"有一百年?"弟弟提高嗓门笑了起来,"我要撒一泡一百年的尿咯。"

"咱也要尿。"我叫喊道,急忙用手指解裤子。

玻璃门外堆积了一层高高的雪。我们并排站着,握住自己因寒冷而皱缩成一团的小小生殖器，对准洁净的雪堆撒尿。雪上留下了蜂蜜色的印记，它缓缓地融化并向下凹陷。我低头看向自己的生殖器，然后回想起惊慌失措的少女，回想起她冰冷干燥的生殖器表面的触感。一种健康而喜悦的情感，在我的皮肤下如虫爬般游走。我与自己勃起的小小生殖器一同充满了年轻的能量。

雪原上，有一团东西正迅猛地向我们靠近，所过之处激起阵阵雪烟。"是雷欧！"几乎就在弟弟高声叫喊的同时，那团东西猛地扑向弟弟，把他仰面推倒在地板上。

雷欧不断抖动着身体，沾满雪花的粗毛如波浪般起伏，闪闪发光。它舔着弟弟的脸颊和脖子，还轻轻咬住他的肩膀和手腕。弟弟异常兴奋地尖声大笑，叫嚷着与狗打闹，最终将它摁在地上。狗轻声低鸣地撒娇，弟弟抬头看着我，湿润的双眼满含微笑。我与大口呼吸、胸部剧烈起伏的弟弟久久地微笑对视，相互凝视对方瞳孔中自己的面影。

弟弟和狗抱在一起，又钻进麦秆和毛毯之中。在给他短短的脖子上围好破布后，我点燃了堆在土间的柴火，烧烤鱼干。剩下的食粮还很丰富，拨开积雪便会发现，雪下还悄悄埋着许多新鲜水灵的白菜帮子。锅里的菜粥已冻结成块，我把锅架在堆好的木柴上，又从外面抓了一把雪放进去。活泼的蒸汽升腾而起，留有手指印痕的雪块，渐渐融化并没入水汽之中。我转身加柴添水，发现刚刚还在沉睡的弟弟正默默地注视着我的后背。

"唉？"我有些慌张地说道，"你和狗都起床啦？"

"狗悄悄溜出去了。"弟弟微笑着说，"你没发现吧？"

"啊……"我说。

"是我训练的。"弟弟说。

"起来吃饭啦。"

"我要用雪洗脸。"弟弟一面说着,一面低头系裤腰带。

"我可以晚点吃。"

弟弟从口袋里掏出自己的餐具,发出低沉而幼稚的声音说道:"我们就一直待在这里吧,长长久久,就像现在这样。"

"那样的话,咱和你都会变成什么都不懂的愚蠢大人。"我说。

不过,此时此刻的我也与弟弟一样,开始强烈渴望能在这间大雪包围的土间里度过漫长的人生。而且对我们而言,所谓的出口已被封上了,我们还能希求些什么呢?我竭尽全力地抑制自己,不让自己回想起昨晚所受的屈辱。

吃罢早餐,伴随着脸部周围飘荡的烤鱼干味,我和弟弟走出了门。风雪已停,天空完全放晴,湛蓝到令人落泪,而覆盖地面、树木和家家户户的积雪,正熠熠生辉。鸟儿们的叫声向我们袭来,犹如一阵新风,好似一场新雪。我们并肩走在没过脚踝的积雪之上。

分校前的广场上聚集了一大群我们的同伴。一棵老栗子树上的积雪,仿佛给它扣上了一顶圆圆的帽子。离他们还有一段路时,我看到了少女,她几乎倚靠在老栗子树黑色濡湿的树干上。我和弟弟一面叫喊着,一面跑下坡去,把雪踢得四处飞溅。同伴们大声呼应着欢迎我们。当我向他们身旁跑去时,一股猛然涌上心头的热烈感情阻挡了我,让我难以面向老栗子树的方向。

"能睡到这么晚的,只有士兵和你们了。"南的双眼炯炯有神,他说道,"天还没亮,咱们就在这里一直干活了。"

"干活?"为了摆脱牵着身体转向栗子树方向的念头,我大叫着回复道。

"咱们想要溜冰,正在建一个溜冰场呀。"

溜冰场,大伙儿被这如火般炷穿心扉又令人怀念的字眼驱使,发疯似的大笑。坡道沿途的积雪已被加固夯实,中间的积雪正在结冻,呈现出好似赛璐珞的颜色。有人正以惊险的身姿在坡道上溜冰,有人则还在用缠着布的木板敲打积雪,以延长和拓宽狭窄的滑道。所有人的脸都红彤彤的,大口呼出白色的呵气。我在短距离的助跑后,滑向阳光下闪闪发光的雪坡,随即摔了个大跤。身边的弟弟也像一只笨拙的小熊,吧嗒吧嗒地滑倒了。我站起身,在同伴们嘲弄的笑声中拍净后背和屁股上的雪,咬着嘴唇,径直走向老栗子树。

少女望见我走近,面泛潮红地笑着。在她泛着浅黄色淡淡光泽的单薄皮肤下,笑容和寒冷相互倾轧,令血液中的微细粒子时而上浮,时而下沉。

"下这么大的雪,大吃一惊了吧?"我急忙用舌头舔了舔嘴唇,润湿后说道。

"我都习惯了这么大的雪了呢。"少女耸耸肩,认真地说。

"啊?"我含糊地应承道,然后我们双双笑出了声。

我完全恢复了冷静,再次确信自己正完全沉浸在初次的爱恋之中,感到心满意足。我与少女并肩靠在树干上。回头一看,同伴们正目瞪口呆地注视着我们。我满怀从容地向他们报以微笑,满心欢喜地感到少女正用她的右手手腕怯生生地蹭着我的左手手背,后背一阵发热。

南揶揄地向我们吹起口哨,我向他回应了一个最亲昵的微笑。这微笑感染了包括南在内的每一个同伴。当他们清楚地明白我和女孩已结成亲密关系时,便对我们不再抱以兴趣,转而埋头于自己的工作。他们笑着,叫着,翻滚着。由于缠在弟弟身边的雷欧用爪子刮坏了好不容易夯实的溜冰跑道,弟弟因此被排除在外,不能与他们一同玩耍。但他仍蹲在我和少女的身边抱着狗的背部,愉快地看着雪上的滑行。

"手指头,还疼吗?"她灵巧地踮起脚尖,在我的耳边问道。

"哪儿还能疼啊。"我坦荡荡地说。

"你好勇敢呀。"她说,"在你这么大的人里,你算是很勇敢了呢。"

"咱这么大的人?"我忍不住笑了,同时还留意着笑声是否会令少女不快,"你向别人打听过咱的年龄了?"

"我会做一个大致的分类啊。"少女单纯地说道,"不就是小孩、大人、婴儿吗?我就是这样分类的。"

我有些瞧不起少女,便故意大声笑了笑,然后蹲下来抚摸狗的脖子。弟弟用胳膊环着狗的下肢,心思全放在观看同伴滑雪的事情上。

"明白了吧?"我的情人貌似有些羞涩地说道。随后,她从上衣里掏出一个纸包,里面严严实实地包裹着食物。她将一块用小麦粉烤制、硬得像石头的食物掰成两半,沉默不语地把稍大的那半份递给我,再用手指继续使劲掰开剩下的部分。我想把自己这份再掰成两半,分给弟弟一半,于是便将搭在狗身上的右手放在膝盖上。

此时,狗跳了起来,一口咬住了少女正好伸在它头上的手腕。少女痛苦地叫喊起来,雷欧叼起落在雪地上的战利品跑上坡去。少女用嘴压住手腕上的伤口。我想起她那湿润了伤口的灵巧舌尖,想起了少女舌尖在我受伤手指上的触感,以及熊熊燃烧的爱意。我的头因气血上涌而嗡嗡作响。

"这下你疼了吧?"我将手搭上少女肩说道,"给咱看看。"

然而,少女一直把伤口藏在嘴唇之下,对我不理不睬。她的面颊迅速失去血色并充满惊恐,浮现出赤墨色的斑点,可说十分丑陋。同伴们跑过来围住我们,焦躁和愤怒俘获了我。弟弟脸色苍白,踌躇片刻后追着雷欧跑上坡去。

"喂,是不是很疼?"我说,"哎,到底怎么了?"

"天好冷,我想回去了。"她用童稚的声音说道,"我想回家。"

我把同伴们丢在身后,用胳膊环着少女的肩,沉默着送她回去。少女在土仓前突然甩开我的胳膊,跑进了黑暗的入口。我就这样原路返回,气愤且绝望。我什么都不想干,却仍大叫着加入溜冰的队伍。

临近正午时,衬衫下的皮肤已汗水淋漓。溜冰极其有趣,有趣到令我心里的少女、气愤、绝望就此销声匿迹。

直到感到饥饿至极,我才走上坡道,准备回去吃饭。在阳光投下阴翳暗影的土间里,弟弟把狗拉近膝边,无精打采地坐着。这使我的心中掀起一阵波澜。

"我教训过狗了。"弟弟一直垂着脑袋说道,"我好好教训过它了。"

这家伙心里挺难受的,我内心这样想着,便宽容地说:"也没啥,是那个女孩子太小题大做了。"

这样一说,我也觉得没什么大不了的。大雪堆积的午后,一条狗和一个饲养它的少年不得不回来坐在阴暗的土间里垂着脑袋,有谁值得让他们承担如此重大的罪责呢?

我们站在土间里吃了早上的剩饭,也给雷欧喂了食。吃饭的时候,我和弟弟都迫不及待地想再去外面溜冰。

然而,正午过后,我们谁都没去溜冰打发时间,因为李用肌肉强健的臂膀抱着小小的机关陷阱和猎物,攀下森林回来了。在李结实的臂弯里,有两只鸽子、一只伯劳、两只背部长着黑褐色带栗色波纹羽毛的美丽小鸟。它们鲜艳优雅,双眼紧闭。

我们在李的身旁列队站好,近乎发狂似的专心向他学习制作陷阱的方法。下午晚些时候,大家便如同侵略军般成群结队地向林中进发。杂木林中,我们依照李的高声指挥,一面屏气凝神地倾听小鸟的声音,一面各自沿着不同方向分散开来。

我和弟弟耐心地用棕榈纤维编织了一个小型的发泡陷阱,并将它放在薄雪的草丛中,撒上谷粒,等待陷阱缠住小鸟坚硬纤细的腿。我们抱着一大捧小巧又阴险至极的陷阱、一个竹编的大笼子,在一个低洼地里设置棕榈陷阱。洼地内冻结的草尖尚未被白雪完全覆盖,我们一边后退,一边消去脚印。渐渐冻结的一颗颗粗大雪粒,掩盖了棕榈陷阱一半的网眼。此情此景让我仿佛看到小鸟爪尖锋利的腿被陷阱缠住,尖声啼叫的挣扎模样。我的喉咙发热,身体充分感受到了纷飞的羽毛与幽幽的血腥味。我用力捶了捶弟弟的肩膀,弟弟从干燥的嘴唇间露出粉色的牙龈,笑了起来。

设置竹笼的地点必须慎重选择,那里一定要能听到小鸟被陷阱缠住,挣扎着扑打羽毛的声音。按李的说法,就是必须要立刻抓住上钩的鸟,否则即便只是放置了一小会儿,也会提高其他小鸟的防备,而且还会招致其他饥饿的小动物来抢夺我们的猎物。李着重强调,一旦发生这种情况,今后再捕猎就困难了。

啊,今后的捕猎。我和弟弟利落地干起来,用枯树枝支起半边竹笼,立在一棵槲树旁。踩在雪下厚厚的落叶层上,脚底传来阵阵柔软的触感。我们给枯树枝系上长长的绳子,然后猫着身子进入茂密的山楂树丛。我注视着飞到竹笼下啄食谷粒的鸽子,一见它把灰蓝色的脖子伸到笼子里,就立马用力拉动绳子。我和弟弟把手插进雪中,挖出了那只扑腾着挣扎的鸽子,一把掐死。鸽子还吐出了少许鲜血。

落叶灌木丛被低矮的草和荆棘全副武装着,高度大概与我站立时胸口的位置平齐。我和弟弟蹲在这片茂盛的树丛中,瞪大双眼盯着我们的陷阱。小鸟在高高的树梢上啁啾,抬头望去,交错树枝的那头是淡蓝高阔、令人屏息的冬日天空。我侧耳倾听,除却弟弟的呼吸、小鸟的鸣叫、积雪不时坠落的沉重响动之外,便是一片极为庞大立体的静寂,全然听不到同伴们的声音。每当我发觉自己将要沉溺于这种越发阴沉的心境时,便战栗着将其驱散。我不想把昨夜的屈辱告诉任何人,包括弟弟。鸟儿总也不来。

"屁股都湿了。"弟弟说,"雪水在一点点地渗进来。"

我们打算在雪地上铺上干叶子,坐等鸟儿的到来。于是,我站起身,去树木下风处收集干燥的落叶。当我挖到深处时,一时间呆在一旁。从落叶间溢出了一股清冽的水,一个色彩鲜明、淡蓝发白的嫩芽,正鼓胀胀地萌发着,还有一枚包在壳里的虫蛹。

铺上新的落叶重新坐下后,弟弟便专心致志地瞪大双眼盯着陷阱。他通红的小手上生着冻疮,用肿胀的手指像握着尖锐的凶器一般握着绳子。肩靠在弟弟膝头的雷欧,则聚精会神地盯着我俩。

过了许久,依旧没有鸟来。我、弟弟和雷欧都被卷入了以陷阱为轴心、缓慢且根深蒂固的时间回转中。我和弟弟同时打了个呵欠,眼里蓄满泪水,狗则按捺不住地抽动耳朵。如今已习以为常的不安和睡意,开始一点点地侵蚀我的身体。

"唉……"弟弟冒出一声叹息。

"你怎么了?"我握紧拳头说。

"我本来觉得有一只大鸟要从枝头飞下来呢。"弟弟童稚且昏昏欲睡的脸上,洋溢着温柔的微笑,"原来是一片小楔子似的叶子,从我眼前快速落下去了。"

我站起来对弟弟飞快地说:"咱走开一会儿,去去就回。"

"是去那个像鸽子一样的女孩子那里吗?"弟弟眼角附近的皮肤,浮现出一道狡黠的皱纹。

"啊,为雷欧的事去跟她道歉。"

我跑下山坡,踢得雪花四溅。那些干枯的蔷薇科灌木树枝一碰到我的腰,就咔嚓咔嚓地断了。雷欧追了我一阵,而后衔起一根断枝,折回弟弟的方向。

土仓内部寒凉,升腾着一股泥土、隐花植物和树皮的气味。为了让双眼适应黑暗,我开着木板门,停顿了一会儿。门外的阳光和雪的反射光过于明亮,因此我觉得自己需要长时间地停顿。随后,我看到少女小小的脸庞浮现在地板间里。她用薄薄的被子围住脖子,耳朵和脸颊因发热涨得通红,浓密的汗毛闪着金色的光泽。我与她宛若动物幼崽的双眼对视着,慢慢地关上了木板门。

"冷吧?"我用沙哑的声音说道。

"啊。"她皱着眉说。

因为我是一路奔跑而来,衬衫下的皮肤已渗出了汗珠。而且,此时的我已然想不起,自己在奔跑时到底希冀少女的土仓中发生些什么,于是陷入焦躁之中。

"你生病了吗?"我急忙提问,却又对自己的问题感到失望。我不希望少女觉得我是一个傻瓜。

"不晓得。"少女冷淡的回答,让我越发羞愧难当。

"有没有什么事情需要咱帮忙?"

"帮我生一把火吧。"

我重新鼓起了勇气,向土间熄灭的炉子里添柴,敏捷地来回行动。烟味呛人,不过火总算生了起来。在橙黄色的光亮中,少女的表情筋疲力尽,毫无生气,让人觉得她似乎是一个头脑不太灵光的孩子。而且她嘴唇周围的皮肤上,还刻着几道发白的干纹。

我隔着火坐在地板间里,凝望着少女。完成生火的任务后,我感到些许的心情舒畅。不过倘若此时有人推开板门进来的话,我总觉得自己仍是会仓皇而逃。虽然我有很重要的话一定要对少女倾诉,可喉咙却干涸得说不出一句话来。

"我想去小便。"女孩忽然威严十足地说,"可我自己起不来。"

"咱帮你起来。"我说着,血液全部涌上了面颊,"咱帮你支起肩膀。"

少女掀起上身的被子,将身体展现在我的眼前。一套我从未见过的红色法兰绒睡衣,整齐地穿在她的身上。我低头看着少女微微抽动的小小胸部,抱着她炽热到令人吃惊的肩膀,帮她起身。我们沉默不言地走进木板隔间,我背过身,屏息凝气地等待。

"已经好了。"少女越发威严地说道。我又将她带了回去。

少女躺下后,将被子拉到胸前,一脸烦躁地歪过脸去,还闭上了双眼,令我深陷不安。但我又觉得如果与她搭话,情况只会变得更加糟糕。

"我的脚又冷又疼,"少女闭着眼说,"非常疼。"

我怯生生地将手伸进被角,揉搓着少女的腿肚与坚硬得像小树枝节的踝骨。

"掀开被子也行。手要用火烤暖以后才能揉。"少女命令道。

尽管红睡衣并不长,却也沾了一些污垢。少女露出的柔软且形状优美的膝盖皮肤上,没有一星半点的伤痕。我热心费力地摩擦着。温热的血液缓缓地回到少女的腿肚子里,或许皮肤下的血液已开始汩汩奔流。我想到自己膝盖上覆盖的那层又粗又厚的皮肤,不禁感慨少女膝上的皮肤好似大腿内侧一般伸展。少女一动不动地将脚交给我,一言不发,始终没有让我停下的意思。她的腿肚在我的手掌中渐渐发热,令我想起了抱在李臂弯中温热尚存的小鸟身体,然后我的生殖器静静地变硬了。我感到一股懊恼之情,如火似的在胸中灼烧,让我不知所措。

"你要是想看,"少女喉头打结,用尖锐且稚嫩的声音说,"我可以让你看看我的肚子。"

我粗鲁地将少女的脚裹进被褥,站起身来,心慌意乱。

"咱回去了。"我大叫道,既是生自己的气,也是对少女表示愤怒,然后跑出了土仓。

不过,在奔入森林,奔向在蔷薇科落叶灌木丛中看守陷阱的弟弟时,我似乎因不禁涌出的喜悦和自豪而癫狂。因为我拥有了一个无人知晓的恋人,她的优秀和可爱都前所未有。我气喘吁吁、几经翻滚地登上斜坡,从落满积雪的树木间奔驰而过,一面听见积雪紧贴着自己身后一股脑儿坠落的声音,一面奔赴自己那男人味十足的狩猎场。

我从濡湿的树枝间探出脑袋,一面气喘吁吁地呼出白气,一面凝视着雪上的陷阱。可是,棕榈网连一根鸟毛都没缠住,谷粒还是原封不动地留在我们先前撒下的地方。我咂了一下舌,正打算横穿茂密的灌木丛,前往弟弟的陷阱所在地,却听到右前方遥远的杉树林里传来一阵犬吠和用力拍打羽毛的声音。我惊慌失措地跑上前去。

杉树林里的空气阴暗、潮湿且厚重,阻挠着我往对面潜行的步伐。犬吠和振翅声透过杉树林的微弱光芒,越发高涨。尽管我的脚已被蕨类植物划伤,却依旧没有停下脚步。在一片杉树砍伐殆尽,积雪反射着光芒的空地里,我看到狗和弟弟倒在地上翻滚,紧接着便是一轮更加高亢的振翅声和弟弟反向翻滚的身体。

我跑上前去,看到弟弟正抱着一只漂亮华丽的野鸡。

"喂,干掉它!"我叫道。

犬吠中,响起了一声鸟类喉骨粉碎的声音,轻柔至极。弟弟仰面朝天,鸟则在他的胸脯上瘫软下去。

"喂,"我喊道,惊讶令我的声音发烫,"喂,你把这个东西逮住了……"

弟弟跳起来,紧紧地将野鸡抱在胸前,苍白战栗的嘴唇展露无遗,像得了突发疾病似的激烈而强硬地凝视着我,然后向我的身体压来。我抱着弟弟的肩膀，拍打他的后背。弟弟的身体战栗不止，发出不成句的嘟囔声。

"喂，你成功了啊！"我大叫道，高兴得几乎呜咽。

"啊，啊！"弟弟用低沉沙哑的声音说着，把脸压到我的胸脯上。

我们就这样短暂地拥抱了一会儿。雷欧围着我们叫着，跑着，突然又跳了起来。弟弟放开我，把野鸡扔了出去，与雷欧扭成一团。他们在雪地上来回翻滚着，随后我也加入到这场打闹之中。我们浑身的血管都被一种疯狂感染。

弟弟突然精疲力竭，气力全无地坐了起来。我也挎着他的胳膊坐在雪地里。雷欧扑向野鸡，将它叼到弟弟的膝头。我们沉默不语，久久地盯着野鸡。弟弟的手指一点一点地抚摸着野鸡头顶的一根坚硬发红的绿色羽毛，接着是被狗的唾液濡湿的暗紫色脖子，以及五彩斑斓的脊背。野鸡紧绷至极的身体充满了动感，优美异常。

我看到眼泪顺着弟弟的脸颊流了下来，还有他脖子上的无数抓伤。

"你也受伤了呢，伤得不轻啊。"我一面说着，一面拍落弟弟身上的雪。

弟弟抬头看向我，眼中闪着泪光，同时用急促的声音断断续续地大笑起来。我们站起身子，步履蹒跚地穿过杉树林，向下走入杂木林。其间，弟弟一直语无伦次地反复絮叨着自己勇敢的狩猎经历，并时不时地放声大笑。那是一种感情膨胀至破裂边缘的笑，他因这场突如其来的疾病动摇不安，指甲直抠进怀里野鸡的皮肉之中。

弟弟在灌木丛中看守陷阱时，雷欧从积雪的草丛中赶出了野鸡，并咬伤了它的翅膀。弟弟帮助雷欧追鸡，却在杉树林前跟丢了。弟弟几次三番地强调，自己当时觉得非常可惜，甚至快要哭出来了。正当他打算返回我们自己的陷阱时，雷欧再次气势十足地扑了出去，把藏身于草丛阴影下、几乎丧失了飞行能力的野鸡赶了出来。弟弟就与野鸡滚到了一起。野鸡用巨大且强有力的翅膀拼命击打,但弟弟最终还是取得了胜利。

"瞧瞧!"弟弟用力晃着脑袋说,"我的右眼被狠狠地袭击了,现在还不太能看得清。"

确实,弟弟充血的眼睛像一个熟透的杏子。我抓住弟弟的头摇晃着,模仿弟弟的笑容笑了起来。

分校前的广场上,同伴们围着李互相炫耀着他们的猎物。我们一面叫喊,一面向他们那边跑去。弟弟的猎物立刻成为所有小猎手惊叹与嫉妒的焦点。野鸡在同伴的交口赞叹中膨胀起来,金光闪闪,将山谷填得满满当当。弟弟扭动着身体,入迷地反复讲述着自己的冒险故事,发出短促昂扬的笑声,但有时也不过是一阵意味莫名难解的嘟囔。

"你好厉害啊!"李用满含友情的目光注视着弟弟说道。

由于得到了李的承认,弟弟非常开心,将野鸡摔到了雪地上。后来,当南抓着一只小巧至极的绣眼鸟回来时,便遭到了我们的嘲笑。尽管南表现出遗憾的样子,但在夕阳余晖燃起的金色和橙色光芒下,野鸡静静地散发出光泽。南自己也不得不承认,在野鸡面前他那只小小的绿鸟,看起来好似一块即将分崩离析的泥巴。

南咂着舌头把他的绣眼鸟扔到地上,其他同伴也纷纷效仿。雪地上,以色彩夺目的野鸡为中心,青灰色、黄色、黑色、绿色、茶色发白的松软羽毛围聚成团,掀起一阵充满生命力的波浪。

"在俺们村,第一次抓到野鸡的那天要举行祭典。"李说,"这是为了保佑俺们的打猎。不过今天村里人一个都不在,也用不着举办祭典了。可如果俺们不办祭典的话,以后就打不成猎了,然后村子就要荒废了。"

"那就办吧!"我说,"咱们来保佑打猎,为了村子。"

"是为了咱们的村子吗?"南撇嘴说,"唉?咱们可是被抛弃的人呀。"

"是咱们的村子。"我瞪着南说,"咱可没被任何人抛弃过。"

"好啦,算了。"南浮现出狡黠的微笑,"说起来,咱也很喜欢祭典啊。"

"你知道法子吗?"我对李说,"办祭典的法子?"

"在这儿把这些鸟都烤了,大家一块儿吃了吧。"李说,"只要有唱歌跳舞,祭典就能顺利举行了,一直都是这样的。"

"那就办吧!"我说完,大伙儿就欢呼起来,"来办咱们自己的祭典吧。"

"大伙儿去拿来木柴和吃的,俺去搬口大锅来。"李说道。

大伙儿欢呼着奔回自己的住处。为了运送木柴,我抓着弟弟的肩膀跑上山坡。

"俺来教你们唱祭祀的歌谣。"李挥舞着手臂叫道,"一直唱到明天早上吧。"

第八章　突如其来的疾病与恐慌

锋利的斧子劈开新鲜的树枝，一股刺激感官的甜味在横切面上久久不散。我们将劈好的树枝分堆，运到分校宽敞的土间里，然后吊起活动吊钩，架上一口大锅，完成了祭典的主要配置。我们添上木柴，插入干燥的小树枝，生起火来。锅里的水油腻腻的，上面漂着一块块随意切开的肥厚鱼干，不一会儿就开始冒泡。在李的再三要求下，士兵走了过来，挽起袖子露出纤细的胳膊，搅拌着锅里的汤。

我们拔净鸟的羽毛，将这些数不胜数、肚子鼓胀的猥亵裸体摆在雪地上。李将它们一只只拿起，用火燎掉柔软的细毛，一丝微微的肉香飘进我们的鼻孔。有些被勒紧脖子的鸟会突然活过来，激烈地扭动身体，惹得我们哈哈大笑。我们拽下鸟头，将手指戳进鸟的肛门里搅动，高声大叫着相互调笑。

李用锋利的小刀把斑鸠的嗉囊划开，捧在手掌中向我们展示其中掺杂着石子的粗糙内里。我们在里面看到了黑褐色的虫子头、坚硬的种子、草根，还有一些树皮。

"真是吃了些不得了的东西啊。"南感叹道。

"是饿得不行呀。"李说。

"村外的那些家伙都在挨饿。不论是鸟还是兽，好像都快饿死了。"南大叫道。

"村外的人都饿得头晕眼花，只有咱们吃得饱饱的。"

我们哄堂大笑，南得意扬扬地抡着被开膛破肚的赤裸斑鸫绕圈乱跑。在村外的时候，我们长久地过着集体疏散的生活，辗转于各式各样的寺院、学校和农家之间，忍饥挨饿是家常便饭。为了与我们这批先遣队会合，我们的同伴们正在教官的率领下，经受着饥饿与贫血。他们从皮肤上按住咕咕作响的胃袋，一心一意马不停蹄地赶向我们曾走过的晦暗夜路，以及我们曾坐过的滑轮矿车。为了迎接他们的到来，我们也必须守护村子的狩猎。

所有小鸟的皮肤已变成青黑色，上面生出了一颗颗坚硬的突起，切断的脖子里淌出被油脂冲淡的血水。令人惊异的是，当它们被整齐地摆在雪地上时，每一只都是如此寒碜且瘦骨嶙峋。唯有弟弟打的那只野鸡，打开它肌肉丰满的大腿，就能看到黄色的肋骨，十分魁梧。李用粗铁丝穿过小鸟的翅膀，做成肉环伸到火上，接着用削尖的槲树枝穿过野鸡的头和屁股，让几个同伴握住树枝的两端，边转边烤。

士兵要做一大锅菜粥。他把蔬菜切碎倒进锅里，然后加入大米和水。年幼的同伴们吵吵嚷嚷，兴冲冲地打着下手。一圈野鸡尾巴上的羽毛被弟弟围在脖子上，好似火焰般闪耀。弟弟的任务是给士兵递送洗好的蔬菜，可他却总是不时地走开，跑去观看自己的猎物，欣赏从野鸡身体里滴落的黄褐色油脂在火焰中嗞嗞燃烧，并流露出赞叹。

夕阳开始沉入雪地，月亮尚未升起，在这个动荡沉重的时刻，我们的豪华晚餐开始了。大家都围火而坐，嚼着鸟肉和软骨，喝着热气腾腾的菜粥。我们大快朵颐，每个人身体的四周都蒸腾飘荡着一种充满生命力的有声气场。李拿出一瓶偷偷酿造的酒。这瓶白浊液体的味道酸得无与伦比，我们所有人都是刚含在嘴里，便立刻哀号着悉数吐出。尽管酒没有淌过我们的喉咙,但也没有这个必要,因为我们已经沉醉得血脉偾张、热血沸腾。

李开始用他祖国的母语唱歌,我们马上就学会了这首单调、激昂且拨人心弦的歌曲,与李一同合唱起来。

"这是祭典的歌吗?"我用盖过大伙儿歌声的音量喊道。

"不是,是葬礼的歌。"李一面笑得露出颤动的舌头,一面大叫着回答。

"因为俺爹死了,所以就学会了。"

"这就是祭典的歌啊,"我心满意足地说,"不管怎么样都是祭典的歌啊。"

我们唱了很久。月亮快速升起,柔和的月光倾洒在雪地上,我们全都冻得浑身发抖,各自大喊大叫地冲入雪中,在雪地上胡乱地手舞足蹈。

大家很快又开始感到饥饿,便回到大锅旁。士兵耷拉着脑袋坐在那里,抱着自己的长腿守护着篝火。我们都觉得既不唱歌也不跳舞的他,就是一个笨蛋。吃饱喝足后,睡意掺杂着疲倦扩散开来。我像留在火旁的士兵那样抱着双腿,望着弟弟带着雷欧跑回雪地。李和南也不想离开篝火,因为我们三人基本上已不是小孩了。

"村子外面现在还在打仗呢。"南用梦呓般的声音说,"如果没有战争,咱这会儿肯定待在南方,而且一定是待在离海很近的地方。"

"战争快要结束了,这是肯定的。"士兵说,"而且是敌军获胜。"

我们沉默不语。这些对我们而言都是无关痛痒的事。但对于我们的无动于衷,士兵心生焦躁,固执己见。

"我要是能在战争结束前的短暂时间里,一直躲着就好了。"逃兵的声音仿佛祈祷般热烈,"如果国家投降了,我就自由了。"

"你现在不自由吗?在这个村子里想干什么都行,就算随便找个地方一躺,都没人抓你。"我说,"非常自由吧?"

"不论是我还是你们,现在都不自由。"士兵说,"我们是被关在这里的。"

"不要想村子外头的事儿!你给我闭嘴!"我愤怒地说,"咱们在这村里干什么都行,别提外面的那些家伙。"

士兵陷入了沉默,我们也一言不发。

只有篝火发出柔和的噼驳声,还可以听到弟弟他们在门外雪地上来回奔跑的声音,以及犬吠声。

"肯定会战败的。"过了一会儿之后,士兵重复念叨,然后突然抬头环视我们发问道:

"唉?虽然你们都不说话,但是你们不觉得战败很让人遗憾吗?"

"是那些家伙干的呀,是那些在外头举着猎枪把咱们关在这里的家伙们干的。"我冷静地说,"跟咱们又有什么关系呢?"

"战败了还能无动于衷,真是太卑鄙了。"士兵穷追不舍。

"但怕死逃出来的人可是你呀,"我说,"怎么咱们倒成了卑鄙的人了?"

"因为咱们都没逃跑呀。"南抓住话柄,撇着嘴露出刁难的微笑。

"好好想想你自己的事情吧。"

士兵怒不可遏地瞪着我们,接着便筋疲力尽地把额头埋入膝盖之间。尽管我感到他一败涂地并饱尝屈辱,却对他没有丝毫同情。我们和士兵之间有一道无法逾越的高墙。士兵明明十分怯懦,却还要把外面的世界带进村子,事到如今还耿耿于怀。我淡定从容地思考着:正在长成大人的家伙以及已经长大成人的家伙,这些人都不会善罢甘休的。

"竟然说咱们卑鄙哟。"南看着我和李,用十分满足的声音说道。

我们放声大笑,士兵仍垂着额头一动不动。

当弟弟他们拍打着身上的雪花跑过来时,我们在微弱的火堆旁几乎快要睡着了。弟弟他们站在我们面前,亢奋的双眼闪闪发亮。半梦半醒的睡意侵扰着我的大脑,让我无法顺利地听懂他们的七嘴八舌。

"唉?说清楚些呀。"士兵挺直腰板说,"得病了?"

"啊啊,那个女孩似乎病得很厉害。"弟弟热心地说,"脸涨得通红,睡着了还一直叫唤,叫也叫不醒。"

我跳了起来,心中一紧,为自己全然忘却了土仓里的少女而后悔不迭。

"你去看过了?"我摇晃着弟弟的肩膀吼道,野鸡的羽毛闪闪发光。

"因为我想为雷欧的事情向她道歉。"弟弟怯生生地说,"她不说话,就是一直叫唤。"

我们奔向铺满白雪的道路,路在月光下熠熠生辉。

土仓地板上的篝火已几乎快要熄灭了。我们轻手轻脚地围在少女横卧的身体旁。少女的脸略微发白,由于发烧显得越发缩小,她的身体塞塞窣窣地颤抖,从张开的嘴唇里发出令人难以置信的尖厉喘息声。我双膝跪在土间,用手指触碰少女起伏的脖子。她咧开嘴唇露出牙龈,粗暴地扭过头,躲开了我的手指。我像一只被一股庞大且沉重的力量击打在背上的山羊,茫然无措。少女低声地呻吟着,口腔中重复念说着一个长音节的词语。我喘息不止。

"你去生火!"士兵用力拍了一下南的肩膀说道。

他的声音突然呈现出年长者特有的庄重和冷静。与为战争争论不休时那个固执己见的士兵所发出的乏味、懦弱的声音全然不同。

103

于是时常嘲笑士兵的南，顺从地轻声走出土仓，到外面取柴火去了。

"你去找个冰袋，里面装上雪和水带过来。"士兵死死地盯着我。

"冰袋。"我绝望地说道。这种东西上哪儿找去？

"冰袋的话，"李呼吸急促地说，"村长家有。"

"赶紧去拿来！"士兵蹲在少女脑袋的前方，厉声说道，"其他人，全都在分校的火堆旁等着！你们要是再嚷嚷，这个女孩就死了啊！而且这孩子的病会传染给你们。"

我和朝鲜少年冲入一片雪光，跑上坡去。

"那个逃兵，"李气喘吁吁地边跑边说，"他说过自己想当医生，还学了一点医生的知识，虽然俺不大相信。"

我强烈地祈求着，并努力让自己相信士兵说的都是真的。

村长家外，一圈黑白相间、方格花纹的墙将其围住，暗暗遮住了月光。我和李在矮门前踌躇，面面相觑。这栋村里唯一的正规建筑，在我们面前炫示着道德性的秩序。村民逃走后，我们即便到处掠夺，也从未染指过这里。事到如今，我们开始清楚地意识到未曾将其染指的缘由。

"俺要是偷了这家的东西，俺娘这辈子都要受村民的欺负了。俺也会被赶出村子，"李说，"可能还会被杀掉。"

一阵短暂的愤怒令我喉咙发烫，李的眼中却涌出一种安静、亲切又富有勇气的温情，向我娓娓道来。

"要干吗？"我说。

"就算会被杀掉，俺也要干。"李说。

我们翻过大门，敏捷地跑过中庭，用一块大石头砸开了入口处紧闭的板门。里面宽敞的土间比户外更加寒冷，霉味让人呼吸困难。李点燃一根火柴，用手掌拢住火柴上的微弱火苗，硫黄的烟味马上钻进鼻腔。门口的黑漆柱子上架着一个木台，上面放着火把。李用手里的火苗点亮了火把。室内满堆的家具,承载着沉重而久远的时光。我环视宽敞的土间,高高的地板上铺着榻榻米,抬头一望便看见对面有一个豪华的佛龛。

李穿着鞋径直跑上去,打开佛龛下的红漆壁橱,从那里取出一个大纸袋。他笑得露出牙龈,然后跳下来。我们又翻门出去。

"俺和俺娘每个月都要长久地坐在那个土间里编草鞋。这是一种劳役。"李边跑边说,"只要一偷懒,村长的爹娘就会从外廊上朝俺和俺娘吐口水。"

李自己胡乱地吐着口水。没脱鞋就进入村长家中,让他情绪高昂,声音发颤。

"俺们全都清楚得很,那个家里哪里放着什么东西。从俺爹小时候起,村长家的那些家伙就使唤俺们家的人,要俺们干这干那的。他们让俺粉刷粪池,让俺一整天满身是粪地在粪池里爬来爬去。"

"你太勇敢了。"我被他的友谊打动,但想起少女说过的话,又被一阵强烈的悲凉攫住。这种悲凉让我想倒在雪地上扯着嗓子号啕大哭。李从纸袋里取出一个老式冰袋,我咬着嘴唇把冰雪扒到一块儿,塞了进去,然后用冻僵的双手去舀水洼中融化后又开始结冰的雪水。

"你也很勇敢啊。"李一面扎着冰袋的口一面说道。

在土仓的入口处,士兵接过我们手里的冰袋,扬起下巴催促我们离开。

"她不会死吧?还有救吧?"我仿佛是抓住了救命稻草似的说。

"我也说不清楚。"士兵冷淡地说,"什么药都没有,我也无能为力。"

士兵关上我们面前的门扉。他皮肤内里的厚层似乎开始僵硬,毋宁说他露出了一副冰冷而疏远的表情。

我和李肩并肩,默不作声地回到分校前的广场,疲倦犹如湿漉漉的吸水海绵,在我体内不断膨胀。

篝火旁的同伴们全都垂头丧气地坐着。弟弟抱着雷欧,远离大伙儿在篝火边围成的圆圈,独自背对着以示反抗。我看在眼里,心中十分不安。南站起身走近我们。他迈出一步后,看了看我和李的眼睛,嘴唇隐隐抽搐。当他吞下唾沫张开嘴时,我忽然萌生遏制他的冲动,然而为时已晚。

"根据士兵的诊断,那个女孩……"他急不可耐地说,"应该是得了传染病。"

传染病。这个词,能在瞬间开枝散叶,盘根错节,蔓延成一棵笼罩整个村庄的庞大植物;能像暴风骤雨一般,来势凶猛将人类彻底摧垮。在这个只剩下孩子的村庄里,这个词第一次带上了现实的意味,从我们的喉咙中倾吐而出,惹得坐在篝火旁的同伴一阵骚动不安。我感到这是一场突然爆发的恐慌。

"你瞎说。"我大吼一声,"瞎说。"

"在你们回来之前,咱一个字都没说。"南叫喊着,"士兵跟咱说得清清楚楚,你让咱对天发誓都成。那个女孩的屁股上沾着血一样黏糊糊的粪便。咱亲眼所见,那女孩得的就是传染病。"

我看见年幼的同伴被突如其来的恐慌侵袭,便朝着南激烈蠕动的喉咙狠狠揍了一拳。南仰面朝天,倒在被篝火烤化的雪地上,两手抓着自己的脖子痛苦呻吟,一时间呼吸困难。我正打算狠踹南的胸口,李用强壮炽热的胳膊拉住了我。我看见同伴们立在篝火四周,在突如其来的恐慌中瑟瑟发抖。

"不是传染病。"我说。然而恐怖已深深渗入同伴们的内心,让他们对我的话充耳不闻。

"逃走吧!不然,咱们也会死掉的。"一个声音害怕地说,"快带上咱们一块儿逃吧!"

"咱都说了,不是传染病!哪个家伙要是想挨揍,就再抱怨几句试试!"为了掩饰自己也深受恐惧感染的窘态,我声嘶力竭地喊叫着,"咱们之中没有暴发传染病。"

"咱知道。"另一个尖锐的高音拼了命地喊道,"传染病是那条狗传播开来的。"

我愕然地望着弟弟和雷欧。弟弟越发背对着我们,将雷欧的头紧贴在胸前抱着,无视控诉。

"咱也知道。"其他少年你一言我一语地说道。

"因为是你弟弟的狗造成的,所以你就瞒着不说。"

面对同伴们对我的初次反抗,我完全不知所措。

"狗到底干了什么?"李的声音异常紧张,"喂,狗干了什么?"

"那条狗……"一个噙满泪水的声音弱弱地说,"狗把尸体刨出来啦,后来你弟弟又把土重新盖好。咱们可都看见了。你弟弟到溪边洗手,还给狗洗了身子。狗就是从那时开始生病的。今天早上,狗咬了那个女孩的胳膊,就把病传染给她了。这样说来,传染病果然在咱们之间传播开了。"

少年抽抽搭搭,泣不成声,话也说不太全。我不知所措,除了向顽固背对着我们的弟弟询问,已束手无策。

"喂,狗的事是真的吗?呐,是假的吧?"

在同伴们齐刷刷的目光注视下,弟弟转过身,似乎打算开口说话,但终究还是一言不发,垂下了脑袋。我发出一声叹息,同伴们将弟弟和狗团团围住。狗将尾巴蜷缩在后腿之间,肩膀倚靠着弟弟的膝盖,抬头仰望我们。

"这家伙已经得了传染病。"南声音沙哑地说,"就算你想蒙混过关,但这家伙确实把传染病传给了那个女孩,这是千真万确的。"

"咬在手腕上,大家都看见了。"同伴中的一人说,"谁也没招惹它,它就咬人,肯定是条疯狗。"

"才不是疯狗呢。"弟弟激烈地抗议,拼了命地护着自己的狗,"雷欧才没有传染病呢。"

"你到底明不明白,什么是传染病?"南执拗地穷追不舍,"如果传染病传播开来的话,那可都是你造成的。"

弟弟瞪圆了眼睛,嘴唇发颤地忍耐着。为了尽力克服这种让自己畏缩不前的不安情绪,他大声喊叫起来。

"我不知道,不过雷欧才没有传染病。"

"骗子!"数个责难的声音响起,"因为你的狗,大家都会死掉。"

南冲出诘难弟弟的圆环,跑到篝火边上,抽出一根用来架锅的栎树木棍,然后折了回来。大伙儿骚动不安,圆环慢慢扩散开来。

"住手!"弟弟恐慌地大叫,"谁敢打我的雷欧,我决不会放过他!"

然而,南却毫不留情地走近。他吹出尖厉的口哨,弟弟慌张地蹲下身子阻拦,可狗却被口哨声吸引,从弟弟的手里钻出,向前跑去。我看到弟弟向我投来哀求的目光,却实在无能为力。狗吐出长长的舌头,傻乎乎地站着。在我看来,它就是一团供病菌繁殖的恐怖肉块。

"李哥哥!"弟弟叫喊起来,李毫无反应。

狗挨了一记栎树木棍,应声瘫倒在雪地上,大家默默地注视着一切。弟弟咬紧牙关,眼中噙满泪水,呜咽的身体摇摆不定地向前走去。他没能低头直视狗全身抽搐的模样,黑色的血液在狗耳朵的毛皮上静静晕染。愤怒和悲伤挑拨着弟弟,将他彻底击垮。

"说雷欧有传染病,谁能确定?啊?你们谁能确定?"

弟弟低垂着脑袋,抽抽搭搭地奔逃而去。大伙儿默默无言地观望着他因哭泣而震颤的窄小肩膀。我大声叫喊,想唤回弟弟,但他却没有回头。我感到自己背叛了弟弟,脑中浮现出他回到灰暗的谷仓,把脸埋到满是灰尘味道的稻草里哭泣着入睡的画面。面对这样的弟弟,我究竟该如何安慰呢。

或许我该追上弟弟,抱住他的肩膀安慰,这可能是最好的法子。然而,我必须终止年少同伴们的恐慌。他们被这种恐慌俘获,如同陷入绝境般拼命地叫唤。趁他们在被打杀的死狗面前还惊魂未定,我想如今便是行动的最佳时机,恐怕也是唯一的机会。

"你们当中……"我大喝道,"如果还有哪个家伙,一说起传染病这三个字就哭哭啼啼的,咱就让他跟这条狗一样脑袋开花。都给咱听好了,咱敢保证,哪里都没有暴发传染病。"

同伴们默不吱声,与其说他们是被我的音量压倒,毋宁说是被南手中沾满鲜血的栎树木棍征服。我感觉自己的行动奏效了,便声嘶力竭地重复道:"都听明白了吗,根本就不是传染病。"

弟弟用野鸡羽毛制成的项链落在他刚刚坐过的地方,上面沾满了泥巴和落雪。我拾起项链装进自己的上衣口袋。李和南把狗的尸体投入篝火中,然后再堆上木柴。可是虚弱的篝火始终无法变成熊熊烈火,我们只好长久地盯着木柴间的死狗下半身。

"你们所有人,"我用命令的语气对年少的同伴们说道,"统统都回去睡觉。哪个家伙敢闹事的话,咱就好好教训他。"

南露出讥笑的目光望着我,让我火冒三丈。

"南,你也回去睡觉!"

"咱可不会听你指挥。"南的敌意显露无遗,手里紧握着栎树木棍,上面沾着死狗的血液和毛发。

"俺劝你最好回去。"李小心翼翼地戒备着南的栎木棍,"你要有什么不满的话,尽管放马过来,俺也一块儿奉陪。"

南面目狰狞地将栎木棍插进火中,对同伴吼道:"谁要是不想像这条狗一样孤零零地死掉,就到咱那儿去睡觉。这两个家伙周围可都是细菌哟。"

我和李目送同伴被不安驱赶着,跟在南的屁股后头奔离而去。我们一面沉默地任由火光焦灼额头,一面伫立不动地望着篝火。首先是毛皮燃烧迸发出的微微干裂声,然后是脂肪融化流淌发出的嗞嗞燃烧声,火星四处溅射。肉块烧烤的浓郁气味笼罩着我们,把四周的空气熏得黏黏糊糊。这并不是烤鸽子、伯劳或野鸡时升起的那种生气勃勃、充满活力的气味,而是满含死亡的沉重味道。我扶着背,呕吐出少许菜心、米粒和坚硬的鸟肉,用手背擦了擦嘴唇,却发现李正用疲惫不堪的双眼空洞无神地望着我。然后,疲惫便如同洪水一般涌进我的体内,在我的皮肤下冲突碰撞。疲乏困倦已使我无力舒展自己的身体,但我无论如何也不愿继续屈身于这死狗焚烧的臭气之中,于是紧咬嘴唇,缓缓起身向李颔首,随后转身背对篝火离去。我想躺在弟弟身旁,渴望像钻进稻草中的动物幼崽似的入睡。面对疲惫不堪、胸前泪水涟涟的自己,弟弟说不定会不计前嫌,这真是一个美妙的想法。月亮藏在厚实的云朵那头,给云朵渺远的边缘带来珍珠色的光泽。灰暗道路上的落雪再度冻结,脚底踩在上面感到咯吱咯吱的摩擦。我沿着坡道上行,脸颊的皮肤已冻得毫无知觉。

我们的谷仓木门微微敞开着,里面悬挂的草席正随风摇晃。我将肩膀伸入门内呼唤弟弟,却无人回应。屋里的篝火熄灭,亦没有人类的气息。我从裤子的口袋里掏出一包火柴,避开风,弓着身子点燃。弟弟的床铺空了。谷物箱上也没有看到弟弟的随身口袋,反倒看到那个之前借给他的骆驼头瓶起子,正把手向下地整整齐齐立着。在我们将谷仓当作新家的短暂日子里,箱子上积了一层浅浅的灰尘,而弟弟曾用来放置口袋的地方,如今却尤为黝黑鲜亮。火柴烧到了我的指腹,我哀号着扔掉火柴,冲出门外。

我一面跑下山坡,一面扯开嗓门呼唤着弟弟。然而,我的喉咙在冰冷干燥的空气中阵阵作痛,发自喉咙的声音在幽暗中无力地回响。

"喂……喂……你快回来……"

"喂……到底去哪里了呀,喂……"

李向篝火探出身子,火舌几乎要烧到他的眉毛。焚烧的进展并不顺利,他正用一根短棒戳狗的裸体。终于,狗的腹部裂开了,发出噼里啪啦的弹跳声,鲜艳多彩的内脏也即将烧燃。小肠的一端似手指般震颤着竖立而起,渐渐发红膨胀。

"你看见我弟弟了吗?"我说道,唾液干涸的舌头已不听使唤。

"唉?"李转过满面通红、油光发亮的脸。倒不如说,他对焚烧死狗的痴迷令我气愤不已。

"你弟弟?"

"不见了呀!他没来看狗吗?"

"没来。"李一面说话,一面搅动着破裂的内脏,响起扑哧扑哧猥亵的声音,"俺可不知道哟。"

"啊啊!"我吐出一口热气,"那家伙去哪儿了呢?"

"这个太臭了。虽然血不是不能烧。"李说道,从他身上散发出一股闷臭。

我奔跑着穿过村中狭窄的石板路,沿着石头铺就的坡道,走入道路两旁相互纠缠的森林。然后站到一个石台上,以封锁的矿车轨道为基点,俯视整个山谷。山谷一片漆黑,唯有湍急的水声传来。我大呼喊:"喂……喂……快回来……喂……哪儿都别去……喂……喂……"

无人应答,连我背后的林中鸟兽都悄无声息。它们藏在树荫和草丛中,用心聆听着人类孩子的呼喊,为灾难即将袭击村子的不祥之兆而胆战心惊。我的喊声被那些沉默者深不见底的耳朵吸收,根本传不到逃亡的弟弟那里。

"喂……喂……快回来……喂……哪儿都别去……喂……"

山谷对面的男人从监视我们的小屋里出来,胳膊上挎着一盏摇摇晃晃的提灯,发出微弱的灯光。灯光略微移动,随后突然响起一声警示的空枪,响彻山谷。我怒火中烧,再次走入林间小道,攀下森林回到村子。我感到自己被弟弟遗弃了。我第一次被送进感化院,是因为在中学的寄宿宿舍里刺伤了高年级的同学。后来,我从感化院逃离,与一个玩具工厂的女工度过了一段贫穷而短暂的同居生活。警察和父亲发现了我的行踪,我便衣衫褴褛、重病缠身地回到了家中,然后再次被感化院收容。无论是前后两次被送进感化院,还是其间回到家中,弟弟都对我不离不弃,可如今他却抛弃我了。

我边走边哭,泪水滴落在雪地上,发出好似野兽长吟的嚎啕。污水从鞋底的裂缝中渗入,濡湿了我生冻疮的肿胀脚趾。虽然痒得令人发狂,但我却无法蹲下搔痒,只能粗鲁地把鞋踩进没过脚踝的积雪。因为一旦蹲下去,或许就再也无法起身前行了。

我站定在土仓前,侧耳倾听。少女痛苦的呻吟从粗暴封锁的阴暗墙壁那头传来。我跑上前,敲了敲木板门。

"是谁?"士兵的声音十分不悦。

"那家伙,救得回来吗?"我说道,泪水令我呼吸不畅,"呐,不是传染病吧?"

"是你呀。"响起了士兵起身的声音,他说,"我不知道还有没有救,也不知道是不是传染病。"

"要是让医生看看呢……"话虽这么说,但一想到邻村那个医生曾经粗暴地拒绝了我的恳求,便勇气受挫。"啊啊,要是能从哪里来个医生就好了。"

"你去收集些雪装入冰袋。"土仓里响起了同样筋疲力尽、无精打采的声音。

  我跪在雪地里,开始用冻得失去知觉的手指扒拢着冰雪。弟弟抛弃了我,而让我初次坠入爱河的情人正在喘息不止。她小小的屁股上沾满了血一般的排泄物。我感到传染病如暴风骤雨般势如破竹地笼罩住整个山谷,将我们牢牢地抓住,在我们周遭横行泛滥,令所有人动弹不得。我一面走投无路地抽泣,一面蹲在晦暗夜色的道路上扒拢着肮脏的冰雪。

第九章 村民的归来与士兵的屠杀

　　传染病在一夜之间蔓延,猖獗地逞凶作恶,彻底打垮了我们这群被遗弃的孩子。黑色的雾气从拂晓时分到清晨,乃至正午仍然污浊不散,山谷村庄被笼罩其中,十分灰暗。日光穿过透半明的厚厚空气层照射在冰雪之上,将其融化成脏污四溢的湿冷雪水。那种能令喉咙如火焰炙烤般灼烧,让身体陷入昏迷并胡言乱语的密集病菌,正汇结成庞大的集合体,连同我们绝望无力的心情一起,浸泡着咕嘟咕嘟几近翻滚熔化的村庄,犹如从牛骨皮中精炼而出的淡黄色明胶。

　　大伙儿都藏在房屋深处,谁也不愿出门。李把自己关在猪骚味浓重的狭小居所里,我也闭目横卧在谷仓的地板上,时不时擦拭濡湿内衣的冰冷汗水。我们之中没有一个人发病,但病菌的猛然袭击如同一记急速强劲的拳头,令我们待在阴暗的村户深处,待其降临。唯有士兵一人夜以继日地与俘获了少女的传染病战斗。他的强硬命令使我们惶恐不安地等待着,他的权威甚至让南折服。如果有人因过度害怕跑出屋子去拍打紧闭的土仓大门,就会立刻遭到士兵劈头盖脸的严厉训斥。这些被惊恐压垮的人被重新赶回屋里,抽泣的哀声与突如其来的叫喊在村中的各个角落徒劳地回响。

　　我仰面朝天地横躺在暗处忍耐。少女如夏日繁花般干爽光滑的生殖器、被粪便污染的屁股、因发热而红扑扑的小脸,这些画面在我的眼前飞快浮现,时近时远,惹得我断断续续地微微勃起,羞愧难当。我常常感觉并固执地坚信,自己听到弟弟轻柔的脚步声了。我时常感到,弟弟就站在室内沉滞的空气那头,双手呵哧呵哧地揉搓着干涩的雾气和尘土,满脸羞涩地微笑着,却总也不肯向我走近。

日暮时分,我望见士兵手里抱着一个破布卷裹的小东西,向着山谷间土壤松软、长满灌木的共同墓地走去。我的同伴则在他身后相隔数米跟随着。我向前奔去,加入了同伴的队伍。为了不让我们靠近,士兵在专心掘土的同时,还时不时地向我们投掷出严厉的目光。我们满脸热泪,眼睁睁地看着他埋葬了那个破布卷裹的东西。

其后,士兵弓着身子爬上斜坡。刚回到土仓,他就开始沉默地在土仓地板上堆起树枝和木柴,我们无声无息地从旁协助。从矮小土仓蹿出的浓烟与火焰,快速化为火光冲天的高大火塔。我们凝望着火塔,又在士兵的驱赶下如鸟兽四散,重新回到昏暗至极的村庄人家。

土仓的大火已然熄灭殆尽,我双臂抱膝坐在屋内,久久地啜泣,脑袋像被箍住似的头痛欲裂。我走到昏天暗地的石子路上呼唤弟弟,可始终不曾出现他带着羞涩微笑走近的身影。我走下了坡道。

在燃烧崩塌的土仓前,落雪结冰的土地在火光的炙烤下融成污秽不堪的泥泞,逃走的士兵站在那里,低垂的肩膀在哭泣中震颤不停。我走近他,我们在暗影中彼此凝视。逃兵双唇紧闭,一言不发,我对他同样无话可说。我本想诉说自己遭到了弟弟和情人的抛弃,但焦虑不安令我像一个对语言一无所知的懵懂幼童,眼中噙满了泪水。

我晃晃脑袋,断了这个念想,转身背向逃兵,沿着石子路向谷仓走去。落雪又开始冻结成坚硬的寒冰。士兵突然奔向昏暗的石子路追上我,钩着我的肩膀。我们始终一言不发地回到谷仓,身体相互缠绕着躺在地板上入睡。从他胡须脏乱的寒酸下巴以及面无血色的方形脸颊上，我甚至感到了英雄的壮美。逃兵温柔体贴地把我呜咽的头颅拉近，贴在他汗气蒸腾的胸膛之上。在这短暂的一刻里，在由传染病带来的威胁、疲惫及有口难言的无力感混合而成的极度绝望中，我们彼此品味着渺小而悲惨的快乐。我们静默无言地互相袒露出瘦削寒酸、冻得直起鸡皮疙瘩的屁股，忘我地埋头于手指阴险的动作中。

曙光未至，一阵压抑的叫喊声将我从浅睡中唤醒，我冷得打了个寒战，却发现士兵已不在怀中。黎明时分，我仿佛又一次听见轻声的相互问候，弟弟客气温和的微笑、微张的唇间灿烂闪烁的牙齿浮现在我眼前。我一跃而起，用指腹擦去玻璃上的细碎冰晶，望向窗外。在乳白色浓雾的另一侧，微微渗透出的蔷薇色光晕，渐次变得越发厚重。

仿佛暴风雨猝然平息似的，鸟儿们刹那间止住了鸣啼。几个黝黑的粗壮大汉站在流淌的雾气中。他们如野兽一般紧绷着面无表情的脸庞，手持尖锐的竹枪，沉默无言地盯着我。玻璃窗转瞬又蒙上了白色的寒气。我们隔着窗子，像观赏珍禽异兽似的短暂地互相凝望。在愕然震惊的同时，我觉察心底涌起了宛如温水般丰盈的安全感。村里的大人们回来了……

一个下颚结实的矮个子男人从男人们身后探出头，穿过流淌的雾气，窥视着我与我的身后。我意识到那是铁匠。他手握一根短铁棍，似乎将之当作武器。当铁匠推开板门，从门缝间塞进半个肩膀，我甚至感到一股眷恋之情。但他怒气冲冲地抿着厚实的嘴唇，态度恶劣地快速打量着我。与其说那是看待同类的目光，毋宁说是一个人在观察一只野兽。我知道他是在探查我是否藏匿凶器。面对没有半分戒心的自己，我感到毫无意义的惊慌失措。

"抵抗也是白费劲。"铁匠敏捷地跳进屋里，一把擒住我的手臂说，"跟俺们走。"

　　我遭到俘虏一样的对待。我的胳膊被铁匠戴着军用手套的健壮大手牢牢箍住，可自己却毫无抵抗的想法。大人们回来了，我们就能从传染病的威胁中得救了吧。村民们终究还是回来了……

　　"乖乖地跟俺们走！"铁匠说，"不然的话就得挨揍。"

　　"咱会跟你们走的。"我喉咙沙哑地说，"咱想把自己的东西也带上，咱不反抗。"

　　"那个吗？"铁匠用铁棍指了指谷物箱子上那个沉浸在阴影中的随身口袋，"去拿过来吧。"

　　我把弟弟留下的骆驼头瓶起子塞进口袋，然后把袋子的提绳一圈圈绕在上臂上。在等待的过程中，铁匠一直满腹猜忌，谨慎戒备地看着我。我猜想，我们感化院少年的穷凶极恶，已成为一个新的传说，渗透到山谷间村庄的每个角落。

　　铁匠抓按着我的肩膀，与我一起出了门。我们刚从浓雾与狂风中走出，便被一群男人团团包围。我们就这么一言不发地沿着坡道下行。路上的积雪使我脚底一滑，肩膀连同整个身体都倾倒了。铁匠粗暴地拽着我，手掌始终没有离开过我肌肉纤细的肩膀。

　　我说："咱是不会逃走的。"但铁匠的手指却变本加厉地使劲箍紧，把我的肩膀抓得生疼。押解我的男人们默默地走在这条并不漫长的道路上，用竹枪刺捅着因拂晓的寒气而冻结的冰雪。

　　到达分校前的广场时，晨雾中浮现出同伴们的身影。他们成群围坐在熄灭的篝火旁，各自将随身口袋抱在怀中或搭在膝上，高声呼喊着欢迎我的到来。我的眼睛匆忙游走，想在人群中找到弟弟的身影。但是当我被铁匠摁着肩膀塞进同伴们中，蹲坐在散发木炭气味的篝火边，并被篝火升腾的烟雾缭绕时，我微渺的希望破灭了。我聚

117

精会神地望着同伴们接二连三被带入烟雾之中,尽力搜寻着弟弟举止轻柔的肩膀和形状优美的瘦小头颅,但总是不停轮回着希望与失望的循环。

然而,我并未由此丧失那种隐隐亢奋的情绪,而且周遭的同伴们也和我一样,已从传染病的恐慌中快速解脱,正沉浸在欢脱喧闹的亢奋之中。村里的大人们可回来啦,我们这么想着。我们渐渐坚信不疑地认为,传染病从我们当中夺走少女之后,便犹如揪掉了最后那朵花一般溘然衰败离去。于是欢欣鼓舞的情绪在一群人的心中迅速生发,甚至有人互相戳挠,摆出猥亵的身姿,发出欢快的笑声。

南被一个村民抓着胳膊押进来,一路上笑声激昂不断。他双颊红肿,目光灿烂,笑声仿佛小气泡一般,从他濡湿的唇齿间喷薄而出,吹落到我们之中。

"大清早的,咱正早起蹲在屋里化妆呢,这家伙就冲进来要把咱拉走。"他叫唤着,"然后就冲着咱光溜溜的屁股可劲儿地揍,还嫌咱臭。你说是不是很过分,大清早的人家正早起化妆呢。"

"早起化妆?"一个已从不安之中彻底解脱的年少同伴,天真地询问。

"早起化妆呀,就是给屁股化妆哦。"

南周遭的同伴们发出童稚的笑声。南得意扬扬,特意摆出一个猥琐下流的姿势。大伙儿兴高采烈,就像在郊游出发之前整齐列队等待点名时那般。

晨雾消散,湿润的晨光从阴霾的低矮天空中满溢而出,使再度冻结且混杂着泥土的肮脏积雪变得酥软。所有的同伴都从临时居所被带到这里。我们四周逐渐出现了越来越多手中紧握竹枪或猎枪的村民。他们一本正经,面无表情地将我们包围。较之他们的静默无声,同伴们的欢闹亢奋则显得很不自然。没过多久,雾气完全消弭,我们看到本地派出所的巡警和村长正扒开沉默寡言的村民走上前来。我们的身体中心即刻被紧张的情感所占据。

"你们,擅自在村里瞎胡搞。"盛怒,在村长的吼叫中喷薄迸发,"私自闯入村民家里,偷窃粮食,放火烧土仓。你们真是一群混蛋!"

我们震惊得错愕,急速坠入了从欢脱亢奋变质而成的不安阴霾之中。

"你们干的好事,俺要全部向上头汇报。你们这些无赖,饭桶。"

"烧土仓的是哪个家伙?"巡警咬牙切齿地说,"老实交代!"

南略带反抗意味地晃晃肩膀,把自己的随身口袋放在雪地上,正打算一屁股坐上去。巡警猛地扑向他,揪起南的前胸向上一提,一拳揍在他的下颚上。

"喂,是不是你,纵火犯?"巡警深恶痛绝地喊叫,把南晃来晃去。

"喂,坦白交代,你这混小子,竟敢瞧不起人,是不是你放的火?"

"不是咱。"南痛苦地扭动身体,叫道,"不是咱,是预科练习生的逃兵干的。"

警察松开了胳膊,嘴唇颤颤巍巍地观察着南。村民间也骚动不安,我们责备的目光将南包围得水泄不通。

"居然有逃兵?喂,那家伙现在藏在哪儿了?"

"咱不晓得。"

"你这混小子!"巡警轻哼一句,将南打倒在地,狠踹他的胸口,"竟敢瞧不起人。"

"士兵在哪儿了?喂,没人打算坦白吗?"村长说着,便将一个同伴的胳膊反拧上去。

"你们真是烂到骨子里了,喂,士兵在哪儿了?"

那个年幼的同伴经受不住疼痛与怒火的恫吓,极度的恐惧促使其脱口而出,"逃到山里去了,我只知道这个,其他不晓得。"

"把这些家伙关起来,"巡警叫道,"然后到俺这里集合。"

我们被铁匠他们驱赶着。急剧沉重的双足与开始觉察到饥饿的空腹,令我们的不安变本加厉。我们一面行走,一面感到村民在身后集结。我们先是亢奋得热泪盈眶,继而大失所望,最终义愤填膺地被关押在附属于分校校舍的狭小仓库中。随后外头的门闩被粗暴地锁上。

巡警一声令下,外头响起了一阵竹枪的相互磕碰声与跑步前进的脚步声。我知道,这是要进山搜捕那个士兵了。那家伙先于我们发觉了村民的归来,于是逃走了。不过那家伙为了照料病中的少女,不眠不休,早已精疲力竭,估计很快就会被村民追上。

"那些家伙……"为了掩盖自己的过错,南刻意佯装出一副乐观开朗的模样,劝导周围的同伴,"他们回来的目的就是探查,来看看咱们是不是都已经死了。女人和孩子不都还没回来吗?看见咱们都活蹦乱跳,还看到咱早起化妆,他们肯定大吃一惊。"

南说着便露出猥亵的笑容。但同伴们早已失去了最初欢脱喧闹的亢奋心情,恢复了平日沉重黏稠的深刻不安,以及焦虑等待的情绪。南矫揉造作的尖声大笑跌落其中,并被彻底吸收,如石沉大海,甚至毫无涟漪。他蹲坐下来,啃着指甲,闷闷不乐地陷入了沉默。我们就这么漫长地等待着。

一个同伴被尿意驱使着拍门哀求,但外头没有任何反应。屈辱和羞耻令他脸色苍白,他不得不跑到仓库的角落撒尿,狭小的仓库旋即充满了一股熏人的尿骚味。

同伴们透过壁板的缝隙窥探外面。即便发现极其微小的风吹草动,也会即刻广而告之。刚开始外面毫无动静,然而临近正午时分,将鼻子贴蹭在能够俯视山谷共同墓地的壁板那侧缝隙边的几个同伴,获得了一个重大发现。当听到他们从口中发出一种难以言喻的感叹时，大伙儿便即刻围上去，或骑在他们背上，或把身体钻到他们股间，透过缝隙向外窥视。一种心心相印的愤怒在我们的身体间流转传递，将我们每个人从恐惧造就的四分五裂中解救出来，令我们紧密牢固地团结一致。

五个村民出现在山谷间的共同墓地上，他们低着脑袋，脸色阴沉地挥动着铁锹，淡薄的日光落在他们的后背和肩上。我们像掩埋贵重的球根植物般尽心竭力埋葬的死者被他们挖了出来，摆放在落雪残存的草地上。我们分辨不出，到底哪一个才是曾经的同伴，哪一个才是我们恐慌的最初萌芽——刚下葬的少女尸体。满身泥泞的死者，看起来都不过是掺杂着蓝色与土色的怪异物体。村民在掘开的共同墓地里放上木柴，随后不分青红皂白地点燃了放在墓里的两名死者。当尖锐的火苗开始煽动午后沉闷的空气时，我们被彻底激怒了，甚至连南都恨得咬牙切齿，泪流满面。这是一种不论我们同意与否都要被强制接受的仪式，它意味着包括已被埋葬的死者在内，村庄里的一切事物都已重新回到村里大人的支配下。大人们似乎穷极无聊，敷衍地胡乱干完后，便沿着通往山谷间的斜坡一步步地走着。回到村里的女人和孩子们麻木不仁地望着这一切。

那时我们曾支配并拥有村庄的一切——想到这里，我忽然浑身打战。此前并非村庄囚禁了我们，而是我们占领了村庄。我们没有丝毫的反抗，就把自己的领土拱手让给了村里的大人，结果还被关在仓库里。我们傻乎乎地中计了，被人彻底蒙骗了。

我抽离了紧贴在壁板缝隙上的脸颊，回到对面的角落里。南尖细的小眼睛因哭泣而充血，他转身向我低声诉说。

"这些家伙真是胡作非为。"

"啊，"我说，"是胡作非为。"

"整整五天时间，是咱们守护了这个空无一人的村子。为了村子今后能顺利打猎,咱们还举行了祭典。咱们做了这么多,他们却把咱们关起来。简直岂有此理。"

"李怎么样了?"同伴中的一人说,"那家伙是不是也被抓了?"

"要是李能把咱们带走就好了。"南怒不可遏地大嚷,"如果咱们手里有枪的话,不管是村里的农民也好,还是那些无耻的混蛋也罢,统统都能赶跑。"

我感受到南热烈迸发的友谊之情,冲他点了点头。倘若我手里有枪,不论是哪个家伙,我都会一枪崩了他,让他口吐鲜血。然而,李并没有前来营救我们,我们也无枪无炮。我抱着膝盖挨近壁板坐下,双目闭合。南靠着我的肩膀也坐了下来,他在双眼闭合的我的耳旁,热情低声地说话。

"你弟弟的事,咱得跟你道歉。"

然而,我一直想要从对弟弟的思念之情中逃脱。

"你弟弟脑子转得快,腿脚也灵活,"南说,"很可能躲在哪个草丛里瞧见咱们被捉住了呢。咱是真心实意地想向你道歉。"

忽然间,身后的森林深处传来两声间隔很短的枪响,恐怕是为了威吓什么。我们一骨碌全部起身站立,侧耳倾听,但枪声却没有再度响起。一种崭新的不安与骚动占领了我们。大家一言不发,望着彼此紧绷坚硬的面部皮肤,内心却无法抑制地蠢蠢欲动,默默地等待着,直到仓库的浓重空气已全然昏暗,彼此的脸上只剩下一道白色的微光。

此后,外面突然响起了猎犬的吠叫、令人焦躁不安的谩骂、凌乱不堪的足音。我们顺着声音,将眼睛贴到夕阳从壁板上透射进来的金色细长光斑中,看见村里的大人们攀下了森林。村民们包围着历经自己无情追踪而捕获的猎物。

他们耐心十足,缓慢至极地一步步走来。但只要有孩子企图趁乱混进他们的队伍,他们之中便会立刻飞出劈头盖脸的粗暴斥责。他们竖起猎枪和竹枪,将其紧贴在侧腹,耷拉着额头走了过来。空气里弥漫着夕阳的光晕与润泽,山风中微微混着冰雪与树叶的气味。逃兵的身体仿佛被空气与山风阻挡了一般,迈着充满抵抗的步伐,颤抖着上身摇摇晃晃地走来。如今的他,上衣被人剥走,犹如置身盛夏一般,上身只穿了一件粗布制成的卷袖衬衣。当包围他的队列从仓库前经过时,我们看见他瘦小干瘪的脸蛋上沾满了干燥黏土色的泥巴。他的腰间似乎盖着一块破损的褐色布头,掩盖着反复呈现出异常状态的柔软腹部。唯有布头的破洞处被晕染成黑褐色,下面低低垂着新鲜水嫩的柔软之物。在昏暗的光线映衬下,那柔软之物散发出鲜艳润泽的光波。每当它伴随着行走的步伐摇晃震荡,就会反照出耀眼的金色光芒。

　　从分校前的广场向下迈步时,士兵一个趔趄,笨拙地挥动着长长的胳膊以免自己跌倒。他那楚楚可怜的柔弱身姿,直让我们掉泪。然而,两个健壮的村民瞬间上前架住了他的肩膀,然后就这么拖拽着他继续前行。待到看不见士兵他们的队伍后,女人、老人,以及将棉质的臃肿服装一直穿到喉咙上的孩子们,都奔跑着紧随其后而去,仿佛暴风骤雨过后的爽朗劲风。

　　我们从壁板的缝隙间移开双眼,默不作声地坐在屋里,观察自己的双脚。不断脱落的皮肤犹如干涸的白色鱼鳞,光裸的脚丫青筋偾张、脏污发臭如同鸟爪,脚上包裹的满是破洞的肮脏布鞋,还有彰显感化院所在地的夸张记号。我们长久地低头垂泪,在惊恐中静默无言。一个少年起身到壁板的角落撒尿,呜咽令他的腰身颤动不止,旁若无人地将黄色的温热尿液甩溅得到处都是。

　　从广场上传来了佩刀相互碰撞的密集金属声、鞋子整齐划一且精力充沛的脚步声。我们再次将额头贴到壁板的缝隙上。空气完全失去了光辉,呈现暗夜来临时的青蓝色。我们望见两名宪兵、村长和巡警快速地经过。巡警胳膊上缠着士兵的上衣。他们谁也没有向收押我们的仓库看上一眼,便将身影隐没在山坡之后。我们又无精打采地坐下,耷拉着脑袋,完全涣散了对外面的注意力。

"宪兵是来抓那家伙的,"南说,"所以村民们才心不甘情不愿地回来了。"

"那个士兵,会被他们怎么处置呀?"一个仍带着哭腔的声音问道,"是不是会被杀掉?"

"被杀掉?"南一脸冷笑地说,"你见到士兵内脏流出来的模样了吗?你想象一下,如果一个人的肚子被竹枪使劲一捅,那么他不会马上死掉,而是慢慢地等死。"

"内脏都出来了,走路肯定很疼啊。"少年再度陷入啜泣,"被竹枪捅肯定也很疼。"

"别哭哭啼啼的了。"南说着,便朝抽泣少年起起伏伏的侧腹殴打,骂道,"让村里那些发疯的家伙在你这里使劲捅一下,你觉得怎么样?"

困意悄然潜入我们疲倦沉重的头脑中。士兵腹部流出内脏的画面在我们的脑海里安静地膨胀,如毒药般侵扰着我们。静默之中,有人好似发病一般时不时抽抽搭搭地哭泣;有人则坐在那里漏尿,在自己的屁股和双足周边造出了透明的小水坑。同伴们被激烈深沉的恐惧吞没,而我却渴望将自己从其中抽离。于是,我全神贯注地在身体里搜寻着如今尚未发作的饥饿感,哪怕是一丝一毫的轻微征兆,尽管这种感觉必会让我吃尽苦头。然而,我既感觉不到饥饿,也未感到寒冷,身体里涌动的只有泛上喉咙的呕吐感和口腔里的燥热。

"肚子好饿啊。"我声音嘶哑地说道。句子的末尾模糊不清,如果不翻来覆去地多说几遍,其他同伴根本听不明白,"呐,肚子好饿。"

"啊?"南用幼稚的眼睛震惊地盯着我,"你肚子饿了?"

"咱真的好饿啊。"我慢悠悠地说,感到这句话犹如咒语一般,引诱我的内脏生发出饥饿的感觉。南首当其冲,紧接着其他同伴也迅速被这句话感染了。

"咱也很饿呀。"南声音尖锐地说,"这些畜生,怎么就不给咱们留些鸟肉呢。"

我的咒语完全奏效了。数分钟后,我们变成了一群关押在狭小仓库中、被饥饿折磨得痛苦不堪的绝望少年,我自己也饿得眼冒金星。我们并非期盼,而是近乎恳求地希望村里那些凶狠残暴的大人,能打开仓库的木门,给我们送来食物。

没过一会儿,木门从外面被迅速地打开。然而,他们野蛮地从狭窄门缝间塞进来的并不是食物,而是李,他浑身沾满了泥巴和鲜血,以及许多来历不明的污物。我们震惊地望着立于阴暗仓库之中的李,极度的愤怒使他的嘴唇震颤不止。被"唤醒"的饥饿正折磨着每一个人,因此我们当中既无人发声,也无人起立。

李皱着眉头站在那里环视着我们,他原本细窄的眼睛眯得更加狭长。他紧挨着我坐下,我们的侧腹几乎贴在一块儿。他的身上热气腾腾地发散着血液和树芽的新鲜气息,从结实的脖颈直到脸颊和耳朵的周边,有不计其数的、血迹已干涸的抓伤。他的眼底像森林里居住的野兽一般,充满了旺盛的精力。我猛然领悟到,他在森林中拨开灌木丛东躲西藏、四处逃窜的那几个小时是多么危险。不过,他伤口上干涸的血液和意气风发的愤怒对我而言,反倒是一种安慰。

"咱还以为你顺利逃走了呢。"我对嘴唇抽搐、沉默不语的李说,"你的运气还真差。"

"走背运。"李说,"气死俺了。"

"不止你一个。"南说。

李看了看南,又望了望我,踌躇不决。他十分努力地企图克服犹豫,面部过度光滑的皮肤忽然隆起,鼓得胖嘟嘟的,一副有话想说的模样。

"怎么啦?喂。"我说。

"俺一直向下跑,跑到山谷里去了。"李心急火燎地说,"俺知道,只要村里人一回来,俺就没有好果子吃,于是就不管不顾地往下跑到山谷里去了。俺本打算顺着河岸逃跑,就把绳子拴在矿车的柱子上,往下跑了。"

"早上吗?"南说,"早知道你该把咱叫醒,咱就跟你一起逃了。"

"当时俺正走在山谷的岩石间。"李无视了南的意见,盯着我一下子脱口而出,"俺找到了你弟弟落在那里的随身口袋。就在洪水稍稍退去、水流变小的时候,俺发现了你弟弟的随身口袋,和木头还有死猫缠在一块儿。于是俺就……"

李一时语塞,我揪住他的肩膀拼命地晃动,感到自己的头脑中出现了一个巨大的黑色凹坑,自己的一切都已深陷其中不可自拔,甚至连声音都发不出来了。

"俺……"李被我颤抖的胳膊紧紧箍住,苦不堪言,他用哀求的目光望着我说,"俺就拿着短棍把口袋拾起来,心想把它送给你,就又跑回森林里去了。"

一股呜咽的冲动在我身体里急剧膨胀肆虐,令喉咙与胸腔炽烈灼烧。爆发的冲动驱使我放开李的肩膀,将额头抵在壁板上号啕大哭。

"那后来你把口袋怎么着了?"为了不妨碍我宣泄悲痛,南压低声音再次问道,"哎,你把它带来了吗?你为什么不给他送来?"

"俺在林子里时就被村里的那些家伙发现了,他们到处追俺。"

李不知所措地说,"俺担心他们认为俺偷东西,所以就把口袋抛进灌木丛里了。然后,几个手里拿着竹枪的家伙忽然就挡到俺面前,俺就无路可逃了。"

"你要带咱们去你丢口袋的地方啊。"南嫁祸于人,"要是找不着了,咱可不饶你,竟然把他弟的遗物给弄丢了。"

我猛地转身,恨不得将南扑倒扭打,却看见他那如鸟一般锐利的双眼噙满了泪水。我全身紧张的肌肉和怒火都松弛和缓下来,悲痛亦随之扩散。我摇摇脑袋,叹息着将额头深埋在双手环抱的膝盖间。

许久之后,已是夜半更深,远处忽然响起了诉说苦痛的哭喊。尽管这声音迅速被压抑平息,但仍在山谷四周激荡起短促的回音。同伴们从各自拘束的睡姿中惊醒,直起身子,眨巴着被不安折磨的双眼彼此探询。

"宪兵队的汽车到山谷对面了。"李说,"要趁着那个士兵没死之前把他带走。这会儿肯定正在把他绑到矿车上,运到对面去吧。"

"内脏都流出来了。"南说,"都那样了,跟杀了他有什么差别。"

"那些家伙互相残杀。"李痛心疾首地说,"俺们藏的也是日本人,明明都是日本人,却要互相残杀。宪兵也好,巡警也罢,还有那些拿着竹枪的农民,一大帮人追捕一个逃进山里的人,对他穷追不舍,还把他捅死。真不明白那些家伙到底在干什么。"

绝望至极的哀号再度响起,仿佛是一个苦闷的喉咙在气绝之际发出的呐喊。显然那是横渡山谷时发出的悲鸣。呐喊声没持续一会儿,就被迅速扼杀。那尖啸的喊声辜负了我们深厚的期待,再也没能传到我们耳中。我看着李默默地侧耳倾听,望着他那双灰暗澄澈、极具朝鲜族特色的眼睛。李也凝望着我泪水逐渐干涸的双眼。

然后,一大波凌乱不堪的脚步声纷至沓来,回到分校前的广场上。没一会儿,随着一阵沉重的声响,仓库木门上的横杠被抽了下来。村民们举着粗大的火把,村长在摇曳深沉的光线中带头进入仓库,其他人则立刻紧随其后蜂拥而入,将仓库塞得满满当当。我们被追蜷缩在仓库的一角,那里弥漫着我们自己的尿骚味。

第十章　审判与放逐

　　年纪最小的同伴忽然开始抽抽搭搭地哭泣。他扬起下巴,吓得一屁股跌坐在地上,不敢动弹。我们和村民都看见,臭烘烘的尿液从他的双膝间源源不断地渗出。然后我们便知晓了他忽然被吓得屁滚尿流的原因——一个瘦削高大的男人紧挨在村长的身后站着,他的右手紧握着一柄竹枪,在全新磨制的尖利枪头上,沾着一团黏糊糊的红褐色物体,而堵塞在尖头凹陷处的,显然是人的一部分内脏。我们的目光被它一下攫住,泛起一阵阵难以忍受的反胃。同伴中有几人仿佛被勒住喉咙一般,俯着背大声干呕。村民们无动于衷地望着这一切。

　　"全都在这儿了吗?"村长险恶的目光疾速地将我们扫视了一圈后,回过头问道。

　　谁也没有回应。唯有无言的沉默和呕吐的呻吟塞满了仓库,空气变得越发浓腻沉闷。

　　"逃走了几个家伙?"村长重复道。

　　"根据这些家伙进村子时的数量来算,"一个男人不住地用竹枪在低矮的房梁上蹭来蹭去,说,"少了两个人。其中一个在那之前已经死了,所以现在还差一个。"

　　在说出"那之前"这个词时,男人刻意放低了声音,把元音念得尤为响亮。对这些村民而言，那是他们开始确信"事件"爆发的时刻，而如今已然结束的"事件"，则成为了一个传说，一个已离他们远去的天灾故事。不过，对我们而言，现在才是真正发生"事件"的时刻。我们被牵涉其中，无法脱身，恐怕还必须与之不停地战斗。

"已经把这些家伙埋掉的死人都挖出来火葬了。"另一个男人说，"死掉的小孩除了那个外，还有一个是村里的女孩。剩下的那个可能逃到山里去了。"

"喂，你们快说。"村长向前探出身体说，"那家伙藏到哪儿去了？你们要是不肯说，俺们就放猎狗出去搜。等俺们找到的时候，那家伙的脑袋肯定已经被啃得只剩半个了。你们想要这种结果吗？"

我紧咬住嘴唇，耷拉着脑袋，怒火使我沉浸在疾速回潮的哀伤之中。这股哀伤又与愤怒彼此搅拌融合。李用他满是老茧、疙疙瘩瘩的结实手掌，战战兢兢地抚慰着我的大腿。我知道他在安慰我，但苦涩的泪水已结成薄膜，包裹住我的眼球，让我连李的一根指头都看不到。

"你知不知道？"村长向一个年幼同伴，一个害怕得双唇抽搐、全身发抖的少年问道。

"我不知道。"他呼吸急促地说，"从昨天白天就一直没看到，我真的不晓得。"

"你们这群肮脏的感化院臭小鬼。"村长突然狂怒地叫嚣，"什么都不肯老实交代，是瞧不起俺们吗？就你们这样瘦不啦叽的脖子，俺们一只手就能掐死，一拳就能打死。"

我们绝没有小瞧这些凶狠残暴的村民，恐惧令我们从下腹到腋下都直冒冷汗，全身湿淋淋的。那柄被鲜血和油脂弄脏的竹枪紧握在那个男人手中，他身体的每个动作、每个脚步的变换，都会让我们胆战心惊。

"你们趁俺们不在的时候干的那些好事,无论哪一件都够把你们打死的了。"村长露出濡湿发亮的粗野嘴唇,凶狠地告发着我们的罪行,"你们随便闯进村民的家里偷食物,私自在里面过夜,把屋里搞得到处都是屎尿,还破坏屋里的东西,而且还放火把土仓给烧了。"

村长走上前,举起他坚硬粗厚的手背,随手挥向同伴们惊恐不堪的脸颊。他潮湿的手上尽是孩子们愤怒、恐惧和屈辱的泪水。

"是哪个家伙?妈的,是哪个混小子弄脏了俺家的佛坛?你们这群婊子养的小鬼!小畜生!说,到底是谁?"

每当村长壮实的双腿向我走近时,我便如芒刺在背,但仍扬起额头,忍耐着来自他身后村民们的注视。村民充满愤怒的双眼、紧张得来不及咽下唾液的嘴巴,都在激烈地谴责着我们:是谁?谁偷了俺的食物?是谁在俺家屋里生火?是谁在俺家的墙壁和起居室的顶上画这么下流的涂鸦?

"你们知不知道,俺们正想着该怎么处置你们。你们这些臭小鬼!什么都没交代出来,知道俺们要怎么收拾你们吗?"

一个同伴的肩膀被村长一手抓住并提了起来,他全身颤抖不已。

"我什么也没做过。"他低声下气地说,"请你饶过我吧!"

他被一拳打倒在地,然后另一只被盯上的"羊羔"也被拉了起来,同样有气无力地重复着辩解。

"请放过咱们吧。当时咱们真不知该怎么办才好。"

同伴们一个个站起来哀求,又一个个被打倒在地,遭受着拳打脚踢,却没有一个人企图反抗。我们已被彻底打垮了,丧失了斗志。唯有村长独自一人在长时间地叫嚣着,暴跳如雷。

忽然间,村长中断了怒吼,停下挥舞的双臂叉在粗壮的腰上。他望着我们摇摇头,推开村民们向外走去。我们立即绷紧了身体。村民们似乎也在紧张不安地等待村长归来。几个村民循着外头响起的呼唤声出去了,接着在狭窄的门口,出现一群新的陌生脸孔。李一见他们,身体就蜷缩得越发厉害。不可思议的是,较之村民,这些新面孔的脸颊更加白皙光滑。他们没有高声斥责,只是望着我们,眼中充满了暧昧不清的无力感。

"是你的同伴吗?"我把嘴贴近李的耳朵问道,他却没有回答。

我看见李耳朵内侧的血液凝结成痂。冗长的沉默、年幼的喉咙吞咽下清纯温暖唾液的声音,还有村民沉重笨拙的举手投足。所有的这一切,都在向仓库门外孜孜不倦地窥探屋内会议的拥堵人群传递着重要讯息。

我们一面遭受疲乏困倦的侵袭,一面在村民目光的包围下老老实实地等待着。

许久之后,村长又回来了。我们抬头发现,愤怒已如高烧一般从他的眉眼和唇边退去。

"你们仔细想过了吗?"村长说,"自己究竟干了哪些可恶的事情?"

村长将默不作声的我们环顾一周,仿佛说悄悄话似的谨慎而狡诈地低声说道:"既然你们已经干了,也没别的法子。俺们就原谅你们啦。"

一种粘连着莫名憎恶的安心、一种嫌隙并未消融殆尽却尚在萌芽的安心,深入至我们心中。随之而来的则是震惊,令我们全体瞠目结舌的震惊。同伴中有人神经质地一头栽进了时而急促时而弛缓的啜泣中,同时又仰起结实瘦小的下颚,挤弄着脏兮兮的狭窄眉眼,甚至还想挤出些许笑容。

"明天一早,你们感化院的教官就会带着剩下的学生到达这里,然后你们就要开始正式的疏散生活了。"村长冷酷的目光贯注在我们身上,但声音却十分温和,"俺们不会把你们做的坏事通报给教官。但作为交换,你们必须告诉其他人,大伙儿进村以后都是一如既往地生活,村里从来没有暴发过传染病,村里人也从来没有逃走避难。你们要这么说,这样一来就不会有什么麻烦了。听懂了吗?"

我方才敞开的心扉即刻被牢牢地闭锁了。这种情绪迅速向周围扩散,全体同伴又恢复了对抗村长的强硬态度和决绝姿态。我们被彻底蒙骗了,而且没有什么比这种"蒙骗"更下作丑恶,更让人备感屈辱。即便是世上最狭隘无耻的小人,也会因这耻辱而满脸通红。

"喂,听明白了吗?就这么说定了。"我们的无动于衷搅乱了村长佯装的镇定自若。当他环顾我们时,全体同伴已重新燃起斗志,恢复了同伴间坚实的团结默契,挑衅地对村长挺起胸脯,两眼发亮。

"喂,就是你,你会不会这样说?"村长的手戳着南问。

"让那些话见鬼去吧。"南板着面孔,毫不犹豫地说,"咱们被关起来,又被丢弃在传染病暴发的村里。这些不都是事实吗?"

"没错。你们就是把咱们丢下不管了。"另一名同伴说,然后他周围的同伴也都附和地齐声叫嚷。

"不准撒谎!"

我们的反击令村长束手无策,激愤狂暴的怒火再度充满了他的身体。他挥舞胳膊,破口大骂,张开的嘴里能瞥见发黑的黄金齿冠,"要是敢小瞧俺们,你们就没什么好果子吃了。照俺说的去做,否则就打死你们!听好啦,俺们有的是掐死你们的人手。你们听清楚了吗?"

为了防止同伴恐惧退缩,我必须站出来呼吁大家反抗村长。我站起身,尽管村长及其身后的粗野村民让我惧怕得头晕眼花,面无血色,但我仍使劲扯开嗓门喊道:"你们是骗不了咱们的!咱们不会被你们的说辞蒙骗，不会中你们的圈套的。你们才是，不要瞧不起咱们。"

村长瞠目结舌地盯着我，他本想说什么，可我根本对他不理不睬，我必须在他大吼大叫之前尽可能地延长我的呼喊。

"咱们被你们这些村里人抛弃在这个可能暴发传染病的村里自生自灭，你们回来后还把咱们关起来。发生这种事情，咱决不会保持沉默。咱要把咱们的遭遇和所见所闻全都说出来。你们捅死了士兵，咱也会把这件事告诉他的爹娘和兄弟姐妹。咱去邻村拜托你们回来调查传染病的时候，你们还把咱赶了回来。你们把孩子们抛弃在传染病的环境里见死不救。咱统统都要说出来，怎么可能保持沉默？"

村里的一个男人用竹枪的粗柄猛地向我胸口横扫过来，我一头撞上了壁板，在呻吟中倒下，呼吸困难，口腔中涌起一股苦涩的血腥味，随后鼻血也喷涌而出。我仰着下颚，一面破口大骂，一面跪爬着躲到壁板的角落，以躲避新一轮的袭击。鼻血沿着脸颊往两侧流淌，一直流到耳朵下方和脖子里，连内衣里的皮肤都沾染了血污。早已习惯挨揍的鼻子很快就不再流血，尽管从下腹一直覆盖到后背上的恐惧和鼻血一起，正逐渐凝固成一层黏膜。但在黏膜之上流淌的泪水，却无论如何都抑制不住。

"听好了，你们要是不想变成他这个样子，就给俺老实一点。"村长停顿片刻，缓慢却强硬地说，"老老实实地承认吧。什么事情都没发生，你们什么都没看见，从明天起认认真真地开始疏散的生活。"

同伴们犹如幼小的野兽，竭尽所能地蜷缩着身体，在晦暗的光线中默不作声。我感到他们正竭力地维持沉默，我也明白这种漫长的忍耐根本不能持续多久。

"你们当中谁要是反对村里人的想法，就这么坐着别动。"村长说,"愿意听村长话的,就靠墙站着,给每个人发饭团吃。"

微小的动摇开始萌芽,然后急速成长壮大。那个手持血污竹枪的男人向前走了一步,声音嘶哑地叫嚷。

"不服从村长先生的家伙,待会儿要被俺好好修理一顿。给俺老老实实地坐好哟!"

一个少年一下蹦起来,肩膀起伏不定,大口喘息着走到对面的墙边,额头顶在壁板上,浑身哆哆嗦嗦地抽泣。然后,其他同伴也都缓缓立起身子,忍受着胸中耻辱的焦灼与煎熬,一个个走向墙边。不一会儿,留在我身边的只剩下南和自始至终都耷拉着脑袋、瑟瑟发抖的李。

"喂,你小子还死不悔改吗?"村长高声斥责,村里的一个男人用竹枪捅了捅南的面颊,"赶紧见好就收吧,你什么都没看见,谁也没有被抛弃!你就这么说。"

鲜血从南割裂的唇边缓缓流下,不屑一顾的冷笑填满了他苍白扭曲的瘦窄面庞。南站起身,躲开了再次向自己脸庞袭来的竹枪,坚强地转身背对着我,一边向墙边的同伴们走去,一边说话。

"咱可都看见了,咱们被丢弃在村里时做了很多快活的事。如果只是不让咱们说这些事,那还不简单。"同伴们个个都垂头丧气,瑟瑟发抖。南给自己身边少年的后背一顿猛摇,"喂,你们是不是都饿啦?想吃饭团啦,啊?"

"李,"村长胜券在握,神气活现的声音压倒了整个仓库,"你打算违抗俺吗?"

李惊恐不安地稍稍扬起脸,垂着脑袋望向村长,摇尾乞怜似的磕磕巴巴地说道:

"俺……"他在说一种语气非常低三下四的方言,"俺和大伙儿留在村里,就是想给村里人看家的。虽然俺一开始也想逃,但后来就想守护村子，俺们还举办了狩猎祭典。"

"那又怎么样？"村长打断了他的话，"唉？那又能怎么样？"

"俺……那……"

"如果你敢顶撞俺们，"村长冷漠残酷地说，"你有没有想过，你们的部落会变成什么样。俺明天就能把你们统统赶走。"

李忍气吞声。我看着那些层层叠叠堆挤在阴暗门口的面庞，摇摆不安的神色流露在他们五官呆板的白色面孔上，可他们一声不吭。

"巡警可说了，之前的逃兵可能就藏在你们部落里。如果真是那样，你们部落的人全都得被抓起来。要不是俺们从中协调，你们根本就回不来，晓得了吗？"

李的手指从我的膝盖上撤离，他猛然站起身，从喉咙深处发出了呜咽，垂着脑袋拨开由村民聚成的人群向外走去。我望着他和部落的人们一同向室外逃窜而去。随后，其他村民的面孔迅速将空当填补得严严实实。我感到一阵激愤与哀伤正向我袭来。

只剩我一个人了。村长悠闲地望着我倔强不屈的双眼，我们沉默地互相对视着。

"喂，怎么样了呀？"村长说，"就你一个人为这些无关紧要的小事钻牛角尖，到底想怎么样呀？不就是村里的人外出了几天吗？在那段时间里做坏事的可是你们呀，俺们也原谅你们了。"

我气呼呼地默不作声，许许多多的村民将目光聚焦在我身上。村里的女人端来了一个盛满饭团的大托盘和一个装着汤汁的铁锅，然后开始给我的每个同伴分发一个饭团和一个盛放着汤汁的木碗。同伴开始进食，这确实是一顿正经的饭菜。在感化院漫长的生活里，在疏散的旅行中，在孩子们自顾自的生活里，我们根本吃不上这么丰盛体贴的饭菜。它不是单调乏味、隔绝了爱和平凡生活的冰冷饭菜，而是那些自在生活于山野田地和村庄大道上的女人用手捏制的饭团,是经平凡主妇的舌头尝过味道的汤汁。同伴们虽然狼吞虎咽,却始终固执地背对我,他们显然对我感到羞耻。我也对自己口中泛滥的唾液、收缩的胃部及从身体每个角落涌出的干渴与饥饿感到了同样的羞耻。

村长默默靠近,将盛放饭团的托盘和木碗伸到我的鼻尖下。或许是出于心中羞耻的束缚,我颤抖的双手一下打翻了饭菜。村长大喝一声将我抓起,翻卷的嘴唇痉挛不已,直喘粗气。

"不要敬酒不吃吃罚酒。"村长大吼,"给脸不要脸!你以为自己是个什么玩意?你这种家伙根本不算人!只不过是传播劣质基因的坏种!养大了也是个一无是处的废物。"

村长抓着我的前襟,令我几近窒息。我自己也愤怒得气喘连连。

"听好了,像你这种家伙,应该在还是孩子的时候就趁早掐死。坏种从小就要剔除干净,俺们这些农民一瞧见坏芽苗就会立刻揪掉。"

汗水滋溢在村长因阳光曝晒而黝黑的皮肤上,他苍白的脸色,犹如一个被高烧折磨的病患,牙龈化脓的臭气连带着唾沫星子吐了我一脸,他自己也浑身哆嗦。我想自己已让他陷入了恐慌,但这并没让我觉得十分骄傲,反而使我惊恐万分。

"听好了,喂!"村长大吼大叫,"俺们甚至可以把你扔下悬崖,就算把你杀掉也根本不会有人追究。"

他摇晃着脑袋和满头斑白的短发,怒不可遏地大喊。

"俺要是杀了这家伙,你们当中有人会去报告巡警吗?"

看到我的脖颈被紧紧勒住、全身后仰的画面,同伴们惊恐地陷入了沉默,背叛了我。

"都看见了吗?啊,这下你该明白了吧?"

我合上双眼,点了点头,睫毛上悬着苦涩的泪水。明白得不能再明白了,我知道自己在最后的生死关头被同伴们抛弃了。揪住前襟的胳膊放松了,伴随着大口大口的喘息和轻微的几声咳嗽,我重新站了起来。我不想让背叛我的同伴们看到,自己眼下干燥的皮肤上还沾着少许瑟瑟发抖的泪水。

"好啦,你也来吃吧。"村长说。

我耷拉着脑袋表示拒绝。村长望着我,手放在我的肩上,然后挺直腰板,走到铁匠身边和他低声说话。我的随身口袋被丢到膝边。

"起来。"村长说。

我将随身口袋搭在肩上站起身,被铁匠和另一个同样身强力壮的大汉围住。二人肌肉间的皮肤凹陷处满是污浊的体垢。我被他们拖拽着从村民中穿过,来到分校前的广场,然后就这样站在那里等待着。村民们群聚在仓库前围观,我冻得浑身瑟瑟发抖。结冰的落雪也被冻得黯淡无光。

片刻后,村长出了仓库,急速地阔步走来。我紧张地等待着。

"喂。"村长说,"呐,喂。"

一种不祥的预感令我的身体动摇不安。

"俺们本可以杀掉你,不过现在放你一条生路。"村长停顿了一会儿,眼中流露出阴暗的光芒并窥视着我,"今天夜里你就从村里离开,有多远滚多远。你给俺记着,就算你向警察告发俺们,也不会有一个人出来给你做证。而且你还会被送回感化院,为自己逃跑的行为接受惩罚。千万别忘了。"

村长的话里有诸多弦外之音,我并不能完全理解,但还是咬着嘴唇点点头。然后我被铁匠和另一个男人架着双臂,近乎拖拽地在石子路上行进,沉默地向山谷上方走去。

为了操纵矿车的滑轮,他们中的一个人必须留下来,跨坐在操作机上直到矿车启动。于是,狭小的矿车车厢里只剩下我和铁匠,两人犹如忧郁的动物一般膝盖贴着膝盖,身体相互挨近坐着。那个男人在麻利地操纵机器开启滑轮后,轻盈无声地跑上枕木,乘上矿车。他刚落下身子,沾着冰雪的鞋就一下踩到我裸露的手指,痛得我一阵哀号。两个男人仿佛不安的夜行野兽一般,全身战栗,毫无声响,对我的呻吟也没有任何反应。伴随着绳索轻微的崩弹声,我把肮脏的手指头伸进嘴里,舌头感触到雪、泥与血液的味道。

从被困锁在村里到被放逐至村外,即便到了外面,我的结局或许仍是被封锁围困,根本无从逃脱。无论是在里面还是在外面,那些坚硬的手指和粗鲁的胳膊都在锲而不舍等候着,恨不得将我捻碎。

矿车停下了。铁匠握着武器下了车,我跟在后头。忽然间,铁匠龇牙咧嘴地向我扑来,我向前趴倒身体,一阵低沉的呼啸声从后脑勺掠过,那是铁匠猛挥铁棒落空的声音。我迅速直起跪在地面的膝盖爬起身子,在铁匠还未来得及抡回铁棒之前,拼命地冲进阴暗无光的茂密灌木丛。我向着黝黑浓密的森林深处不停奔逃,树叶击打着面庞,爬山虎磕绊着双脚,满身划破的皮肤鲜血直流。最终,精疲力竭的我栽倒在积雪盈尺的蕨草丛中。我用胳膊肘支撑着身体站立起来,为了压抑呜咽的悲声,只好在灌木潮湿冰冷的树皮上磨蹭喉咙。可哭声依然从我沾满泥土的唇边没完没了地溢出,沿着灰暗阴湿的空气四散,一直传到在遥远森林下方的铁匠那里——他正一边吼叫一边四处狂奔搜寻,同时也传到心生杀意、凶相毕露的村民那里,向他们泄露出我的藏身之地。为了压低自己的呜咽,我像狗一样张着嘴巴喘气。我了望着暗夜的空气,戒备着村民们的袭击,冻僵的拳头握紧石块随时准备战斗。

然而,为了从凶狠残暴的村民手中逃脱而在暗夜森林中逃窜的我起初并不清楚,如何才能躲过加诸于己的戕害。我甚至不确定自己是否还有再次奔跑的气力。如今的我，不过是一个筋疲力尽的孩子，在寒冷与饥饿中瑟瑟发抖，流着愤懑狂躁的眼泪。寒风骤起，风中传来了村民们近在咫尺且不断迫近的脚步声。我紧咬牙关立起身子，奔向更加晦暗的树枝间，奔向更加晦暗的草丛深处。

"揪芽打仔"之审判

1

"哥哥,我第一次从远处瞥见那家伙时就产生了一种厌恶感,他人存在于这个世界上,我也存在于这个世界上,那种厌恶感就源于这种根本性的组合。"这是居住在美国的弟弟用英语写给我的像报告一样的信。关于与这份报告相关的前情事件,我曾经写过一篇小说。于是,我不加任何自己的解释和评判,将弟弟的信抄写下来。但是,只要是从英语翻译过来的,就不再是弟弟的文章,而变成我的文体了,这也是没有办法的。对于弟弟为什么用英语写信这件事,我虽持有自己的看法,但是,我想事先声明,这些被记录下来的事情,至少有一半是可信的。之所以采用"一半可信"这种含糊其词的说法,是因为我的《掐芽打仔》这篇小说引发了对我们所生活的地方的非难,而弟弟也是亲耳听着这些至今依然回荡着的非难之声长大的。弟弟正在重新思考我所讲述的那件事吧,为了不从"语言"上产生连带责任,他才用英语汇报的吧!

那是暴力,不掺杂任何因素的暴力,大规模的暴力所引发的一种扑面而来的厌恶感。当我开始意识到最初看到那个男人时所产生的厌恶感来源于暴力时,才得以借助形象化语言的力量,为一直以来自己单方面感受到的、让我情不自禁想要后退的恐怖,赋予了形式,找到了理由。男人与他的陪同和我一样，应该都是凭借招待方寄到的机票，从不同的地方来到拉加迪亚机场的。当我看到他们时，我觉得，哥哥，那些碰巧也在到达大厅里的人们——并不仅限于白种人——的反应与我的感觉是同质的。因为所有人都看到，那个引发了巨大的共同厌恶感的男人，在他的肉体以及他缺失的肉体，就像岁月持续施加的暴力的总量转化为了其他形式，并蓄积下来一般。如果那些迄今为止被施与的暴力，像快倒的胶卷一样，从那个肉体上一一跳将出来的话，整个机场将一片狼借、不可收拾……

那个男人，是一个失去了一只胳膊、一条腿、双眼、下巴的下半部分和声带的人，他正傲然坐在装有语言显示器的特制轮椅上。我觉得，他是为了故意彰显滑稽感，而且是充满恶意的滑稽感，才选择了这么一种形象的。他戴着一副镜片很小，但镜片间距离很大的眼镜，完全看不到漆黑镜片后面的样子。虽然这个男人已经发生了彻底的变化，但是他眼镜周围的表情里流露着某种东西，让我一看便知，他就是我曾经认识的少年。他眼睛周围的表情与介于幼年、少年时期的容貌无异，一直留存于我的记忆中，直到现在。我的意识聚焦到他眼周的表情上，感受到了二者间无限接近的可能。

少年时的他身姿挺拔，即使挨饿，也始终腰板挺直，脖颈到肩膀处就像被拔光羽毛的雏鸡。总之，哥哥，他的身体纤细而笔直，那是与包括我们在内的村子里的孩子们不同的特征。而且，他虽然优柔，但决不寡断的个性已经凸显出来。他四方额头下长着一个对于处在幼年和少年分界期的孩子来说过于坚挺的鼻子。可以说，只有这个鼻子是那个端庄少年容貌上的唯一破绽。他的眉毛浓密，从鼻梁接近额头的地方延伸开来，快要盖住了眼窝。眉毛下面，一双长着双眼皮的眼睛像是迎着晃眼的阳光一样，总是看着斜上方。哥哥，我曾经幻想，能成为长着那样一双眼睛的孩子的哥哥，该有多么幸福啊！那感觉就像一生中最初的性体验一样,刻下了烙印。而我却是如此平凡的一个弟弟,这不免让我感到惭愧。

如今,他已秃顶,发际线后移,额头就像没了棱角的长方体的一个侧面。他的眼睛就藏在额头下圆圆的墨镜后面。男人傲然盯着前方,仿佛眼镜后面的那双眼睛还是那么熠熠生辉……那男人的灼伤让人不寒而栗,总觉得那是与常人脸上的皮肤不同的表层。当我盯着他长有那样一层皮肤的脸时,感觉那张脸是从他原来的脸上拓下的石膏模子,而且稍稍宽大,像雕塑一样。随后,我渐渐找到了具体原因。男人的下巴和下嘴唇都是合成树脂做成的,原本应该用从耳下到牙龈间的银线固定住,但是却出了问题。从材料的质感和色泽来看,虽然制作精致,与原有的皮肤接合紧密,但是却像皮肤上贴了一层用水濡湿的薄纸一样,看上去有点向外鼓胀。

而且,那个男人像是故意要放大他那人造肉体的效果似的,扬着下巴,俯视着周围(至少眼镜周围的整体表情是这样),仿佛在挑衅周围所有的人。眼睛看不见的人不能看着自己来调整表情,有时表情会特别扭曲。但是,这个男人戴着圆圆的墨镜的那张脸和整个身体的表现,像是在蓄意嘲弄。那是让人感到一点都不愉快的、阴暗的内心深处流露出来的嘲弄……

即便如此,还是可以断定,这终究还是毫无防备的自我表现,因为看不到自己的外貌,便无法通过自己的视线来进行自我调整和自我认知。这种表现与其说是那个男人的个性,不如说是盲人的通性。(哥哥,当他出现在村里时,我们曾经用"弟弟"这个几乎是只属于他的名词来称呼他。而且那时,我作为哥哥你的弟弟,是那么嫉妒他,因为没有比他更适合这个称呼的孩子了。不用说,现在这个男人完全颠覆了"弟弟"这一称呼在我心目中的形象,而且像是要把这一形象强加给我一样。因此,哥哥,为了今后"弟弟"这一称呼和其所代表的形象被颠倒时，不至于感到眩晕、混乱，我想把这个男人叫作"反·弟弟"。）

但是，在这夏日午后的拉加迪亚机场里，似乎没有一个人认为，戴着圆圆的墨镜的"反·弟弟"那样傲然地坐在轮椅上，整体传达出那样一种视觉形象，是出于单纯的天真或是对人世的善意。那把轮椅，可以说是装着轮子、大靠背和顶棚的椅子，尽管它装饰花哨，风格超现代，但给我的印象还是中世纪的风格。

椅子的靠背和顶棚合起来的话，大小可以与美国一般家庭中几乎看不到的宏伟大门相匹敌。那感觉就像机场大厅里安放了一扇遮挡了人们视线的大门，而戴着圆圆的墨镜的"反·弟弟"，如同通向未知世界的大门的守门人一样，坐在大门前面。这么大体积的东西，怎样装进飞机里呢？哥哥，我思考了一阵便突然明白了，这把轮椅是拆分后才装上飞机的，此时他们刚好在机场大厅里把拆分的部件组装起来。我还注意到一个怎么看也不像日常生活用品的奇怪部件，那就是站在轮椅后服务的女人。"反·弟弟"的样子并非像是在乖乖等待迟到的接机人，当我明白了他们是在组装椅子时，"为什么他们会停在那里"的疑虑也就打消了。

此时，顶棚前面安装的玻璃板上，里面有了灯光照明，不停地闪现着 No、Yes、No＝Coment 三个信号。信号好像是通过嵌入椅子宽大的扶手上的按钮来操控的。测试的人正是只有一只胳膊的"反·弟弟"，他看上去正动作粗暴地用力按着按钮。一般的轮椅出于实用性的考虑，都会设计得让乘坐的人能靠自己的力量转动车轮。但是，对于"反·弟弟"来说，从一开始就没有这样的打算。

也就是说，坐在那把轮椅上的人，无论多么趾高气扬，"他的脚本应拖在地上"这种很生活的要素全都被抹杀了。因此，那把轮椅的构造是否提升了普遍意义上的大众审美效果就另当别论了。即便

"反·弟弟"本人能够亲眼看到他的轮椅的全貌,应该也不会奢望自己的座驾能给他人带来美的感受。这一点从他那不停地操作测试时凶巴巴的样子,就已经领教了。

顶棚前面的显示板的确有其用途,但在其他部分上用鲜艳的彩色涂料涂上去的图案,就完全是装饰了。那是用红、绿、黄,再加入金色的荧光涂料绘制而成的曼陀罗风的图案。那些图案有一个鲜明的主题,虽然细微之处看不太清楚,但整体来看无疑是骷髅图。可是,椅子上的骷髅图与中南美工艺品上那些可爱的骷髅图不同,只是赤裸裸地夸示着死亡。

哥哥,我想起了从校样上读到的一件事,心情如同把脚从泥里抽出来一般沉重,此时我正坐在机场大厅的椅子上,校样就放在我双腿间夹着的旅行箱里。那是"反·弟弟"在校样里写的一件事,他为了获得美国公民权,志愿参加了越南战争,竟然一个人杀死了五十二名"越共成员"。虽然越南人并不希望与他们达成这笔交易,但作为代价,他丧失了双眼、左臂、右腿和声带。"反·弟弟"把他战争前后的经历写成了小说风格的自传,在出版之际,他便坐着带有显示板的轮椅来参加出版宣传活动。想到这些就会明白,那些骸骨代表的或许正是这部英雄传说中的牺牲者们。

我探出身子想要仔细观察那些骷髅图时,感觉"反·弟弟"的小圆墨镜正以洞穿一切的透视力向我看来。事实上,那傲然俯视斜下方的墨镜,以及眼镜周围皮肤的表情,虽然只有一瞬间,却好像找准了我的方向。哥哥,我是这么想的,要是我现在从旁观的旅行者们中间走出来,上前告诉"反·弟弟",我是与他的工作相关的人,"反·弟弟"那完全就是个摆设的墨镜一定会闪现出傲慢到刻薄的表情,鄙夷地看着我吧。接下来的至少二十天左右,我必须协助"反·弟弟"的工作。作为这个契约的一个条件,我已经靠他们给我买的机票从波士顿赶到了这里。当契约上的这些具体内容开始变为现实时，我就应该按照契约，为这个令人不舒服的男人工作了。尽管如此，在对方没认出我之前，我也没有理由上前去与他搭讪……

轮椅复原、整修完毕后，感觉"反·弟弟"的御座终于修好了。那个色彩的旋涡终于把"反·弟弟"吸进了他该坐到的位置里，朝我这边走来。轮椅的运动显得那么谦恭，因为推轮椅的人对"反·弟弟"是毕恭毕敬的，而坐在轮椅上的"反·弟弟"态度却截然不同，二者产生了微妙的违和感。因为，心安理得地放言自己已经以这个姿势活了半辈子的"反·弟弟"以及他的椅子，总给人一种带有攻击性的粗暴感。但其实"反·弟弟"自己一动都没动……

面对向我而来的轮椅，我要是依然像个旁观者一样，若无其事地坐在长椅上，会不会显得有些居心不良？正当我这样想的时候，轮椅向右转了一个九十度的弯。这时我才看清复原、整修轮椅的过程中，一直躲在大椅背后面忙来忙去的女陪同，刚才只有她的头和肩部时而会露出来。当她在椅子背后时隐时现的时候，也没什么根据，我总感觉她是一个身形小巧的女人，但实际上是一个身材极为高大的女人。她穿着及踝的黑衣服，感觉像裹了一块幕布，再加上用头油固定的漆黑的头发，显得极为厚重。尽管她是一副典型的东方面孔，但是，她那个大脑袋却让我觉得，她是来自阿拉斯加一带的女人。她的体力与庞大的身躯非常相称，只有充分运用体力，才能有那么毕恭毕敬地推轮椅的动作，她的动作给我留下了这样的印象。

她稳稳当当地推着轮椅，仿佛在地板上画好的轨道上行走一样，穿梭于稀稀拉拉、南来北往的旅客之间，渐渐远去而没有引起丝毫的拥堵。这样目送着他们，哥哥，我不得不抛开想一直这样坐下去的心情，拎起旅行箱，朝"反·弟弟"和女陪同追去。两小时前我到达机场，给将要出版"反·弟弟"自传的格林尼治村的出版社打了电话，确定就在今天下午"反·弟弟"也将抵达纽约,在机场的餐厅里举行出版宣传活动。我的工作虽然与那个宣传活动没有直接关系,但也接到指示,让我务必参加这个活动,为签约的那份工作找到些感觉。

　　前面的黑衣女人看上去很轻松地推着硕大的轮椅走着,她的腰背、腿部肌肉看不出有任何隆起和紧绷。只有穿着高跟鞋的两个后脚跟微微外撇,像是在用力踏着地板,表明她使出了非同一般的力量。尽管女人的动作堪称优雅,但是,那个全身轻松地推着轮椅的女人高大的背影,哥哥,看上去就像一头熊……

　　我一直在背后观察着她,不只是我,来来往往的外国人都这样看着她。我想,她不得不在众人的注视下从事劳动,这或许也让这个虎背熊腰的女人体会到了经受苦难的感觉。她那张东方人的面孔掩映在用头油固定的、厚重的黑发间,当我看到那张脸的瞬间,就看出了她苦难的表情——如今我再次萌生了这样的想法。也许哥哥会说,那只是我永远无法治愈的多愁善感的表达。但实际观察一下,就会发现,这里隐含着气势十足地从后面推着轮椅前行的操作方法的秘密——那个带有一扇大门一样高的靠背的轮椅。在顶棚显示器的高度和坐在轮椅上的"反·弟弟"的头部位置之间刻有缝隙,就像两对相对的双曲线。这样一来,与轮椅相对而行的美国人看到的就是"反·弟弟"那遮掩毫无视力的眼睛的小墨镜和从他头上的缝隙里露出的另外一双眼睛。因此朝这边走过来时,他们都依稀表现出愤慨夹杂着吃惊的神情。而且,他们从旁边经过的时候,一边无一例外地回头张望那把轮椅和推轮椅的黑衣女人,一边从嘴里挤出几句表示怀疑和嘲讽的话。只有我这个东方人,虽然与他们相隔的距离较远,但跟在轮椅后面,反倒把发生的一切看得一清二楚。刚才坐在长椅上时,坐在我旁边的一对夫妻,丈夫是白人,妻子是黑人,也许是为了表明自己不是美国黑人吧,一直在用法语交谈。这时我才明白,他们为什么没有对我们前面异样的轮椅做出任何评论。哥哥，就这样，拜"反·弟弟"所赐，我得以来完成预先被派到机场，而且是先付了费的工作。

出版社一方的美国人正在机场餐厅前等候"反·弟弟"的到来。他们原本是冲着为"反·弟弟"拍摄效果较好的宣传用的照片，才到这里摆开架势跟他碰面的。虽然相机的闪光灯咔嚓咔嚓闪个不停，但是并没有招来太多看热闹的人。也许是那把轮椅和轮椅上的人物过于怪异，让人们望而却步了吧。

一个看起来很有活力的男人——但很显然那是用药物维持的活力，瘦削但健康，长着小麦色头发。他像士兵人偶一样，后仰着身子大踏步走出来，热情地把手搭在轮椅靠背上，讲着欢迎"反·弟弟"的话。外人的靠近就像一只大狗突然跳将出来一样，"反·弟弟"受到了惊吓，缩紧着身子。哥哥，不同于他在那一瞬间之前和那一瞬间之后一贯表现出的傲慢且带有攻击性的态度，此时他那甚至有些令人怜悯的表情和动作打动了我的心。

陪同捕捉到了一个绝好的瞬间，从轮椅后面探出了头。我发觉这个拥有漆黑浓密头发的女人，的确像一个多福的日本人，小时候也一定长着可爱的眉眼吧。她的嘴唇，下唇丰满，微微张开。这是我在熟悉了这位陪同的工作方式后看出来的。她正在代替"反·弟弟"做出有声回答。

根据陪同的回答，活跃的金发男人又说了一些话，"反·弟弟"才在陪同的说服下解除了戒备，显露出中年后才变成盲人的笨拙，漫无方向地伸出了手。金发男人顺势握住他的手，并且长时间地与他握手，对着用相机瞄准的这群人，露出了天真而愉快的笑脸。一个鼻子稍长，但小巧、美丽的意大利女人，从他斜后方同样面对相机的地方走出来，与我交换了信件，缔结了关于这次工作的合约。她应该是社长秘书兼社长夫人苏菲,金发男人一定是社长阿尼了。他那戴着高度近视眼镜的头盖骨棱角分明,所有的肌肉在黝黑的皮肤上清晰可见,那是一张很爽朗的男人的脸。他年轻时曾参与过与美国检阅制度的斗争,并取得了成效。这张脸与我当时偶然在记录事件经过的周刊杂志的报道上看到的他的面容有延续之处。

我像一个看热闹的人一样见证了他们的会面。这时一个男人,同样带着很外向的表情向我走过来。他像大力水手一样上身强壮,而且穿着突出这一效果的衣服,长着一个像鹦鹉嘴一样的鼻子。他跟我介绍说,他是这个出版社的编辑部主任——弗雷德,聚集在这里进行采访的记者们除了隶属于《纽约客》杂志的记者外,还有两人很有实力,拥有自己的报纸专栏。就这样,我还没来得及辩解自己还没跟"反·弟弟"打过招呼,就跟出版社人员和记者们逐一握起手来。紧接着我跟轮椅上的"反·弟弟"和那位陪同也握了手。但是,他们似乎把我当成了没什么大不了的雇员,而且表现出了不必花心思理会我的样子,所以我也没有提及自己的事情。哥哥,我跟"反·弟弟"以及女陪同的关系,就在一种有些疏远,又无须顾虑熟人间的客套这样微妙的氛围中开始了。哥哥,我突然领悟到,我对于"反·弟弟"有着复杂的看法;同样,"反·弟弟"对于我也有着乖僻、扭曲的偏见,在这种情况下,一见面(其实是时隔许久后的再会)就建立起互相理解的关系是不可能的了……

总之,大家簇拥着轮椅上的"反·弟弟",而我当然是跟在一行人的最后面,一起朝着餐厅里面的包间走去。那个金发的出版社社长,像是被轮椅的装饰和构造夺了魂一样,伸出长长的手臂,一边摩挲着顶棚和椅背的细节部分,一边向前走。他自己也像个腿脚有毛病的人,两肩上下一耸一耸的,不停地就轮椅的功能向陪同发问。——Beautiful! Fantastic! Crazy! 然后还有其他这个、那个地称赞着。但是，为什么这个机器上没有安装扩音器和音箱呢？即使轮椅上的人不能发表演说，为了显示这把椅子的存在，总应该装上《星条旗永不落》的磁带吧？出版社社长一边围着轮椅喋喋不休，一边上下耸着肩朝前走，像是要去参加游行一样，气势昂扬地唱着《星条旗永不落》。

而且，哥哥，令我印象深刻的是，宽敞、纵深的餐厅里的其他客人，没有一个人对那把奇特的轮椅和那个兴奋的初老金发男人表现出兴趣来。在座无虚席的餐厅里吃饭的每一个人，似乎都嗅到了某种朝他们散发而来的不祥的警告——谁要是把脸转向那群从旁边经过的人，就是与美食过意不去。因此，轮椅和我们的队列就在一群低着头，像是在为谁服丧似的人们中间穿行……

"你明明出身于日语世界，为什么用英语写作呢？"新闻采访开始了，《纽约客》杂志的记者先以一种非常耿直的姿态发问。他出身于文学部，为了将来某一天能自己写小说才在新闻现场工作，如果不考虑这些就很难正视他与"反·弟弟"之间的对峙。既然"反·弟弟"没有视力，他好像不可能像我这样从提问者的风貌、姿态出发，凭借模糊的根据来了解对方。但是，"反·弟弟"貌似从提问者的声音觉察到了这个男人并不像他的外表那样善良，有的只是在一流杂志社工作的资历，是个内心极其扭曲的人。"反·弟弟"甚至觉察出他的提问里包含着的攻击企图。站在侧面向下看，可以看到安装在轮椅右边扶手上的显示板的按钮后面，有一个从里面用小灯泡照亮的磨砂玻璃框，有两张明信片大小。他的食指在上面轻轻跳跃着，手指描绘出的文字再通过陪同之口转化成声音。

"我曾在越南战争中与那些凶残卑劣的越共战斗过。现在他们把越南南方置于他们的压迫之下，就证明了他们的凶残卑劣。难道不是这样吗？在这次战争中，我失去了自己肉体的一半。但我的精神并没有受伤。我的意志反倒变得更加勇猛果敢,精神集中的能力也超出了一般人的水准。如果你对此提出异议,那是你的自由,然而我的精神和情感,不需要任何同情。我反倒要拒绝这样的同情。但是,对于我丧失的肉体以及以此换来的美国公民权来说,你的提问是不是有失礼貌呢?为什么我不能用英语来写自传呢?"(他借助陪同的声音说道。)

面对这一回答,《纽约客》杂志的记者浮现出的表情,像是交替看着自己的鼻翼,时不时地反映出他克服厌恶与痛苦的羞耻感的过程。在布满细纹的眼角到脸颊周围,发紫的红晕时隐时现。随后,记者辩解道:"我决不是质疑你作为美国人的权利,例如,已经来美国很久的艾萨克·巴什维斯·辛格[1]。就像他身为犹太人用意第绪语来创作一样,对于直到少年时代都生活在日语世界的您来说,打算写自传时,脑海中浮现出的一个个文字的母体,应该还是日语吧!"他脸上的红晕时隐时现,既担心坐在轮椅上用看不见的眼睛自大地俯视着他的日裔美国人的教养水平,又担心自己的话是否恰如其分地传达给了对方……

"当然,当我的脑海中产生一个词时,我所意识到的并不是日语这个整体,而是从浩瀚的词语之海中涌现出来的这个词。("反·弟弟"和陪同之间的文字发声系统以一种自然而然的感知方式做出了回答。)这是一定的。这一点我非常了解。因为我说话的时候,语言不会自动跳出来,通过舌头和口腔转化成声音。我是通过写来说话的。我有意识地甄别那些作为声音的词语,然后再把它们转化为文字说出来。这个过程让我比一般人更能意识到语言与人之间的关

---

[1] 艾萨克·巴什维斯·辛格(Issac Bashevis Singer,1904—1991),美国犹太作家,一九七八年获得诺贝尔文学奖。

系。可以这么说吧？我用英语写自传，就是把那些从日语词汇的海洋中涌现出来的一个个词语的微粒转化成英语的过程。尽管不是全部。这一点我是赞同的。（陪同机敏地等待着，代替"反·弟弟"发出声音，巧妙地捕捉到了同步的瞬间。"反·弟弟"在显示板上写下了"AGREE WITH YOU"，虽然说不上是充满善意的，但至少对记者露出了中肯的微笑。）首先，即将出版的我的这本书，虽然是独立作品，却是我自传的第二部。涵盖了我一生中，从儿时自己被占领军相关人员带到美国，到志愿参加越南战争、负伤、立功的一段经历。在这本书里描写的我的人生时段中，日语的词语世界就像暗夜里漆黑的大海一样，切实存在于我的内心深处。在接受或使用英语词汇时，我会尽量与那些看不到但却沉潜于我心中的日语词汇相对照。即便是这样，关于生活会话，仅限于个别现象，我觉得用英语表达更自然。但是，我如今得到了一位非常出色的助手，自传的第一部马上就要动笔了。那是关于战时日本山村里发生的故事，要是描写在里面登场的我自己的话，的确用日语更自然些。但是，我现在打算用英语写。为什么呢？因为，即使我能用日语写，日语词汇的世界也已经无法容纳我这么巨大的天才了！"

刚才我也说过，"反·弟弟"因为成年后才丧失了视力，所以陪同说完话的一瞬间，他意识上建构的把握环境的感知发生了混乱，不知道他所说的那位助手在轮椅的什么方向了，就稍稍迟疑了一下。但他不愧是身经百战的勇士，一下一下地扬着他那人造的下巴，像是在睥睨左右两侧似的。这既是在确认我的存在，或许也把我这个日本人当成了他那一番言论的假想敌。但是，我并没有做出"反·弟弟"所期待的反应。哥哥，我有一个感触。我曾经以为这个男人不是以文章为工作中心的人，写的自传应该像将军或匪徒的回想录一样，并且一直写下去。但实际上，这个男人在有意识地考虑从事自传作家的工作,而且自己对此抱有极大的期待……

"天才,真是太了不起了。"代替《纽约客》杂志记者发问的是专栏记者。与《纽约客》记者相比,这位记者赤裸裸地暴露了人性的浅薄,以冷笑的态度说道,"像辛格这样的犹太人,鲍德温[①]这样的黑人,他们的天才储备早就用尽了。我们现在只有远远望着拉丁美洲那未开发的天才矿山了。但遗憾的是,他们用西班牙语写作。在这样一个时候,出现了一位用英语写作的天才日本人,从现在美国新闻界全体的境况来看,我想我们应该共同庆祝了。"这位跟多家报纸签约的文艺专栏的撰稿人,就那天的新闻采访写了题为《神风·越共杀手、自称文学天才》。但那天席间,他非常卖力地把出版社准备的奶酪饼干和白葡萄酒往嘴里送。哥哥,意外的是,他那令人极不愉快的挑衅,"反·弟弟"居然没什么不愉快地接受了。

"即便是用西班牙语写的,要是把南北美洲大陆看作一个世界的话,拉丁美洲的文学正在从南部边境给北部中心注入新鲜的血液。我虽然是个日本人,而且还是这么一个肉体残缺不全的人,一个生存在你们美国社会角落里的人,但是,我要把不同于以往的天才之血带到高高在上的美国社会。如果没有这份对于天才的自信,我怎么会想到坐在轮椅上向你们传达信息呢?我想请你们关注一下这位残疾的、有创造力的天才。我是坐在轮椅上一动也不能动,只能不停地操作信号板的小丑儿,但是,事实上我想说,我是残疾人的美国先生,是康尼岛风的 U·S·A 之王。我甚至就是这样想的!你们现在应该做的,就是回公寓读一读送给你们的校样,来确认我的天赋!"

接着《纽约客》杂志的记者再次进行了提问。就此次的新闻采

[①] 詹姆斯·鲍德温(James Baldwin,1924—1987),美国黑人作家、散文家、戏剧家和社会评论家。

访，后来他在《城市传闻》专栏中专门写了"反·弟弟"出场时坐着的那把轮椅的装备，还引用了"反·弟弟""残疾人的美国先生、康尼岛风的Ｕ·Ｓ·Ａ之王"的说法。还有一位出席了新闻采访，但始终一言不发的文艺专栏撰稿人，当天回到公寓还真读了校样，作为感想，他直抒己见，"越南人应该瞄得再准些，要是他们帮我们把那条写了如此恶心的东西的右胳膊也打掉，我们就能平静地接受这位战场上负伤的英雄了"。这样看来，还是《纽约客》杂志的记者对"反·弟弟"更善意，或者至少可以说是中立吧！

"你不仅失去了视力，而且肉体的多个部分都受到了伤害，忍受上百次手术活下来，这是为了发挥自己的天才，证明自己的天赋吗？"

"我的天赋？"这次"反·弟弟"找准了通过陪同的声音把他的话传播出去后的一瞬间，故意露出了满怀恶意的丑陋的笑容。而且紧咬牙关，保持姿势，向在场所有长眼睛的他人夸示着他的笑容。

"我的天赋？为了这个才活下去？与那种痛苦相比，语言的天赋又算得了什么？我为什么要活下去？现在的我，一半以上的肉体都被破坏得破烂不堪，为什么还继续活着呢？这不是为了展现自己的天赋这一层面的，也就是说个人层面的问题。既然这样，我为什么忍受了那种地狱般的痛苦呢？我拖着现在这样的身体继续活下去，是因为想作为地球上人类最初的一员，真正地了解宇宙。为了所有的地球人不被UFO的人们——即宇宙范围内的'漂泊的荷兰人'所耻笑，至少能在了解宇宙方面，能与UFO的人们保持同等的水平。我经常冥想为了这一目标而成为一名先驱者。宇宙究竟是什么呢？为什么宇宙会是这样的呢？我恰好肉体上具备了成为一个冥想之人的条件。难道不是这样吗？"

哥哥，"反·弟弟"突如其来的自我表白虽然与此次新闻采访的目的不相称,但那天出版社社长阿尼被"反·弟弟"的外貌以及他那辆轮椅的外观迷住了,"反·弟弟"的这段表白更是以狂热之势将他推向了新的企业灵感。

事实上从那一瞬间开始,阿尼就把校样广泛散布给了新闻界相关的人,而且开始意识到"反·弟弟"自传的第一卷——有关越南战争的战记,作为此次新闻采访最初的宣传活动,具有着双重含义。至少他关注的重心发生了变化。阿尼坚信——当然也是在药物的帮助下——他要倾力出版的正是"反·弟弟"撰写的这本真正的书。因为在书中,这个奇态的日裔美国人把他关于宇宙的思考与他轮椅上的肉体结合起来进行了描写。

接下来,阿尼推动了各种形式的宣传"反·弟弟"的活动,但做这些工作时大都处于半恍惚的状态,实际工作完全交给了公司里的人,自己则把精力放在了轮椅整体装饰以及闪烁的显示板上,仿佛被什么精美可爱的东西迷住了一般。阿尼基于自己的构想,与"反·弟弟"约定,让他深入地反映出那个关于宇宙的思考。于是,阿尼早早结束了宣传活动,把"反·弟弟"送到了南汉普顿的别墅,好让他能尽快着手第二卷的创作。而我真正的工作,哥哥,就是协助他第二卷的创作。

2

拉加迪亚机场的新闻采访一结束,出版社的人们用过餐,我们就回到了阿尼位于格林尼治村的住所。这时,阿尼提议,我们连同"反·弟弟"都一起去他家自带的桑拿室洗澡。他的妻子苏菲也非常天真地表示赞同,然后,"反·弟弟"和他的陪同也毫无畏惧地答应了。从这时起,哥哥,我有一种预感,在这群人中工作会破坏掉我之前的生活感觉,给我带来一种未知的体验。

就我自身而言,是不会和一群当天刚刚认识的人一同去洗桑拿浴的。于是,我就待在通往桑拿室的宽敞的客厅里,从旅行箱中取出校样、新收到的用于新闻采访的资料以及今后要用到的最重要的工作用具——记笔记用的卡片和笔记本,然后把它们都排列在我扶手椅旁边的小茶几上,等待开工。因为这样的准备是我可以不过多参与以阿尼和"反·弟弟"为中心的人际关系而坚持工作下去的基础。我用模糊的视线看着他们簇拥着"反·弟弟"不自由的身体,像过节一样热闹地做着洗桑拿的准备,感觉我的眼神中流露出像仆人那样观察周围的视线。

阿尼摘下眼镜,眯缝着眼睛,没有赘肉的腰间围着毛巾,走进了桑拿室。穿着比基尼、微胖的苏菲像不习惯光着脚走路的人跳舞一样,跟在阿尼后面。"反·弟弟"的身体被包裹得像一具木乃伊,只有右臂和左腿长长地垂下来,像畸形的物体。陪同则准备把"反·弟弟"搬进桑拿室。"反·弟弟"的头从毛巾的层层包裹中露出来,摘掉了墨镜的脸毫无血色,仿佛痛苦不堪似的紧闭着双眼。陪同抱着"反·弟弟",想用肩膀顶住桑拿室双开门靠近自己这边的一扇,这时她腰间围着的毛巾掉了下来。我看见了她极为突出、棱角分明的髋骨间的阴毛,跟她的头发一样漆黑浓密。虽然它们被压在内裤里,但依然颇具攻击性地暴露出来。陪同对这一切完全不在意,为了不让"反·弟弟"长长垂下来的一只胳膊和一条腿碰到灼热的木板墙上,她稍稍侧过身消失在门后,只给我留下了一个不合常理的幻影,仿佛从她杂草般茂密的漆黑阴毛中伸出了第三条腿。

但是,哥哥,我并未想象桑拿室里四个人的关系会怎样发展。这是因为我早已表现出受雇于阿尼、作为一个雇工的素质,既然今后要与这四个人度过一段低头不见抬头见的生活,那么在桑拿室的门将我与他们隔离开的这段时间里,我不想发挥我的想象力。不一会儿,陪同迈着轻快的步伐一个人从桑拿室走了出来。汗水冲掉了她脸上的妆容,头发上积满密密的水珠,样子像一个身材高大的小女孩儿。之后她进了旁边的淋浴室,很长一段时间都没有出来。因此,哥哥,我突然有个想法,我似乎发现了陪同和"反·弟弟"之间关系的另一个侧面,陪同并不仅仅像奴仆一样侍奉着"反·弟弟"。

陪同还在淋浴间的时候,苏菲也从桑拿室出来了。她脱下泳衣,把浴巾像盾牌一样罩在自己的左胸下,后面自然而然形成了一道极为弯曲、舒缓的抛物线一样的缝隙,苏菲丝毫不掩饰她那活泼的臀部,钻进了淋浴间。接着,阿尼也从桑拿室出来了。他重新戴上眼镜,光着上身在厨房里大步走来走去,仿佛不这般剧烈地大步走来走去,就做不出满满一大壶这种类型的鸡尾酒似的。两条牧羊犬跟着他走来走去,在他腿边嬉戏打闹。它们虽然体形庞大,但能看出还是幼犬。当我独自一人被留在客厅时，这两条狗却像摆设一样一动不动。

两个女人显然已经成了亲密的朋友，她们欢快的谈笑声和着水声从淋浴室里传了出来，陪同迟迟没有返回桑拿室。这时，我的脑海中浮现出这样一种情景：在门的另一边，上百摄氏度的热气中，在比失明还要黑暗的状态下，一个靠自己无法爬出房间又无法发出呼救声的人，突然发现被独自丢弃在这样一个地方。而且，无论多么用力地用手指在滚烫的护墙板上写字，都没有人回应……而我却只是漫不经心地红着脸，啜着阿尼递给我的用伏特加和番茄汁兑出来的鸡尾酒。即便如此，我还是极力竖起耳朵听着桑拿室门另一边的动静。如果忍受热气到了极限，到了无法呼吸的程度，就连"反·弟弟"那种体格也会滚落下来吧！

在这浮想联翩、焦躁不安的思绪中，哥哥，桑拿室里那个像不倒翁一样的"反·弟弟"，和战败前后那个处于幼年和少年分界期的他的样子重合起来。那时他十分可爱，以至于我们村里的孩子们都羞于正视他。而我，无论是过去还是现在，面对那个孩子的危机，连做点什么救助他的勇气都没有。想到这些，我心底不免涌起了冰冷的失落感。哥哥，在那个介于幼年、少年之间的美丽的孩子处于危机时，我自己是无力的。这种刻骨铭心的痛苦的感觉并不是新近产生的。这也不是唯有我一人一直以来背负的负罪感。哥哥，这应该是包括你在内的、与我们同龄的村里孩子们共同背负着的罪恶感……

如此汹涌澎湃的内心活动只在我心中悄然进行着。终于，陪同把用浴巾裹得严严实实的"反·弟弟"从淋浴室搬了出来。"反·弟弟"看上去似乎十分有效地吸收了桑拿室的热能，比其他任何人看起来都精神饱满，因为从毛巾中被剥出一半的身体变成了红褐色。而且他那曾经遭到破坏的肉体的运动能力，也完全与我悲天悯人的想象不同。"反·弟弟"背着身,单脚站在门敞开着的浴室中,一只手扶着陪同,让陪同帮他擦身体。几经修复、就像一件布满针脚的衣服一样的皮肤,以傲然、但却令人产生好感的方式,展示着伤愈后通过坚持不懈的锻炼而蓄积起来的肌肉。他的脊柱深陷,仿佛无数条伤痕中最深的一条。他的臀部强健、棱角分明。在陪同用力为他擦拭身体期间,他的左腿仿佛内置了两根拧在一起的发条一样,轻松地支撑着他的体重。虽然他的一只手确实是搭在陪同的肩膀上,但不如说那是他在支撑陪同。手里拿着鸡尾酒的阿尼和苏菲,也被"反·弟弟"赤裸的背影吸引得目瞪口呆。两条牧羊犬也好像屈服于这肉体的威力似的,安静下来,发出可怜巴巴的喘气声……

"你的身体还像一个现役士兵一样。"阿尼把鸡尾酒杯递给身体已经包好毛巾,有陪同侍奉在侧的"反·弟弟",同时奉上这句话,显得那么自然。

"只有肌肉训练还一直在持续。""反·弟弟"还是通过在沙发布上写字,把语言传达给陪同来回答。

"有这样的肌肉,现在也能歼灭'越共'的一个小分队吧!"哥哥,苏菲脸上微微泛着红晕,一边拨弄着她及肩的栗色头发,一边说着蠢话。

"尽管强化了身体剩余部分的肌肉,但只要一踢我的左腿,我的上身估计就不知飞到哪里去了。也就是说,我再也不能战斗了。不过战争结束后,'越共'已经不在森林里,而是待在随便就改了名字的西贡。我在康复机构的时候,烦躁得几乎精神错乱,还曾经给合众国大总统寄去了一封请愿书,说'只要有一双眼睛能把我带到森林,我就能切实将"越共"全部歼灭'。还说'只要给我自动步枪和眼睛就行'。因为医院已经给我做了假肢,就说了要自动步枪和眼睛……"

161

可想而知，出版社社长和他的妻子，一瞬间不知道该对他这番话做何反应了。身体遭受了如此严重的破坏，却还在坚持训练的、形态奇异的日裔美国人身上，到底有没有幽默感呢？陪同敏感地察觉到了这一点，从作为"反·弟弟"的发生装置的声音，明显转化为她自己的声音，说道。

"据说白宫联系了机构，确认不可能通过手术恢复这个人视力之后，就寄来了一点点钱，作为他安装义眼费用的补贴。"

说完这番话，陪同短暂地笑了几声，便又重新做回"反·弟弟"无声的语言的发声装置了。

"于是，我又给大总统写了回信。问他有没有打算把装了义眼的我，当作一直睁着眼睛的稻草人，送到越南去威吓'越共'。如果下达命令的话，我一定会毫不犹豫地接受任务。之后就再也没有回音了……"

这时，美国出版社社长和他的妻子流露出有点担心的神情，但还是配合着陪同用自己的声音发出的笑声，笑了几声。

"我说过我现在的身体条件正适合冥想吧。从表面意思上来看正是这样。但是任何事物，与其说像盾牌一样拥有两面，不如说拥有更为复杂的多层面意义。这些意义的层面是相互独立的。有时它们只是相互并列的关系；有时又会辩证地互相作用，分成几个组。有的关系用平面图就可以表示出来，有的关系则不得不使用立体模型来表现。像这样深入到多层次意义来考虑我的身体条件的话，就不是那么简单的事情了。"

当"反·弟弟"开始用这种思辨的方式说话的时候，阿尼像乐队指挥发出"该敲铜钹了！"的信号一样，朝着他之前一直无视的某个方向，也就是我的方向，用力示意我。

"雇你就是为了不让这些至理名言白白流失！快去拿卡片！快

记下来!"阿尼涨红了脸,一边斥责着我,一边表现出对"反·弟弟"倾倒得五体投地的样子。总之,我还是按照阿尼的指示,拿出了卡片和铅笔,开始逐字逐句地记录"反·弟弟"的话。哥哥,我现在就是凭着这些卡片在给你写信。

"我的意识就像这样形成了多个层次,在某一个层次的意识里,我能感觉到我的肉体已经被彻底疏离了。当意识想要抓住肉体的时候,一般而言,总是会出现疏离感,对此我早有认识。我依然记得,当我一丝不挂地站到镜子前时,镜子里呈现的景象令我产生了一种不舒服的感觉。我现在的肉体已经不再是一般的肉体,已经被疏离到了极致。因为我现在控制身体的能力还不如一个婴儿。每当我萌生想要用自己的意识驱动肉体的想法时,被疏离的感觉就会扩大到极限。当然并不像《多诺万的脑袋》[①]里那个只有脑袋的人。这种疏离感浮于表面时,我根本无法冥想。但是,如同布洛赫[②]所做的那样,将疏离与异化作为表里一体的事物捆绑到一起的话,那么,在意识的另一个层面,我的肉体因残缺而产生的异化的力量,应该会不断赋予精神和情感以新的活力。如果像这样综合起来看意识的各种层面的话,我认为,我比普通人更加充分地具备冥想的机会来获得真知。难道不是这样吗?"

"布洛赫最初的英译本,就是我们出版社出版的哦。因为那是我刚当上阿尼的秘书后不久就出版的一本书,印象还是深刻的。"

"苏菲和阿尼结婚之前是阿尼的秘书吗?"陪同毫无防备地暴露出了女人常有的好奇心,说出了她自己想说的话。

"从秘书升格为妻子,你的话是这个意思吗? 其实是从妻子降

[①] 《多诺万的脑袋》(*Donovan's Brain*,1953),美国科幻恐怖片,导演费利克斯·E.费斯特。
[②] 布洛赫(Ernst Bloch,1885—1977),德国著名哲学家。

格为秘书。从女儿能一个人从学校回家开始。之后就出版了布洛赫的译本。你读的那个是英译本吗？还是德语版？"

"我不是阿尼那样的士兵,占领了德国之后就在那边学习语言。我连越南语都没学过。"陪同又回到了传达"反·弟弟"声音的角色。我这才发现,不知为什么,陪同说她自己要说的话时,和传达"反·弟弟"的话时的声音截然不同。哥哥,这种不同,与她为了读懂"反·弟弟"指尖描画出的语言而留出时间相反。倒是手指没有任何信号传出时,她会瞬间有些不知所措。为了填补"反·弟弟"指尖的沉默,她会把自己想到的话付诸声音,所以她的声音有时会变得幼稚而不坚定。她甚至害怕自己的话会被"反·弟弟"听清。

"为什么美国女人总要纠结于一些琐碎小事,而把理论的展开搞得一塌糊涂呢？"阿尼说道。

"我认为布洛赫就是他理论的核心呀！"

"你说的没错。但是,难道我们的作家不是已经超越了布洛赫,取得了自己独特的发展,现在正要把这些说给我们听吗？……索性,我们先睡一会儿,恢复一下脑力如何呢？"

"我觉得美国男人也是屡次放弃理论的展开噢。"苏菲一边用大腿将用鼻子拱她浴巾下摆的牧羊犬推开,一边说道。她的大腿皮肤很薄,血液仿佛在薄薄的皮肤里泛着血泡。"我一直都在紧跟新作家的话题呀,而且是作为出版社的秘书,不是作为你的妻子……"

出版社社长和他的妻子就这样把客人们留在了半地下的客厅中,上楼小睡去了。两条牧羊犬也仿佛是他们夫妇卧室里不可缺少的要素一般,急急忙忙跟着他们冲上了涂着白漆、像船上的装备一样的楼梯。于是,我才有了时隔多年再会后,第一次独自面对"反·弟弟"的感觉。那么,我是如何让我和介于幼、少年之间的"反·弟弟"——也就是那个时期,被峡谷村庄里的人用几乎成为专有名词的"弟弟"一词来称呼的人——的人生交集在一起的呢？尽管对方或许根本不记得作为个体的我的存在。这源于我从波士顿给出版社写的一封信，"反·弟弟"应该也有所了解。哥哥，在那封信中我也提到过，我在从剑桥开往波士顿的地铁中读了《人物》这本周刊杂志，从杂志上得知"反·弟弟"即将出版自传。这就是一切的开始。估计那篇报道也是阿尼准备的出版宣传的一环。据说自传最突出的部分，就是一个为了取得美国公民权自愿参加越南战争，失去了双眼、下颚，还有一只胳膊、一条腿、声带的日裔勇猛果敢的战绩。然而，并不是这一部分引起了我的关注。吸引我的是简略概述的这位日裔的经历。在他是缘何来到美国的解释中，隐藏着让我的视线无法离开的契机。等恍然大悟之后，再写这些也仅仅是起到说明作用了，但是哥哥，当时，我似乎觉察到，这个日裔和我们峡谷山村战败前后的两件大事有关。就是由占领军主持的，为了宣传民主主义而举行的对于战争中发生的事情的民主审判。最后以小孩子都觉得不自然的形式做出了政治性的了结。后来抗议审判指导方针，坚持主张谴责相关责任人的一个人物收养了"弟弟"，去了美国。从这样几个线索出发，我认为"弟弟"可能就是这部自传的作者。

  我给出版社寄去了一封咨询信，信里说明了我和那个我认为是"弟弟"的人的关系。随后，出版社方面也对我的信表示出兴趣。虽然与越南战争相关的部分准备最先出版，但自传的第一部，应该是围绕在日本山村中濒临极限生存状态时的体验展开。因此，他们问我，现在这一部分还只是个梗概，等到实际动笔时，我有没有意愿作为村里的证人协助他创作。那时正值剑桥大学进入暑假，我便不假思索地接受了他们提出的协约。

  ……出版社社长和他妻子去了卧室之后，我陷入了短暂的沉默。因为"反·弟弟"和陪同正在进行他们之间的谈话。陪同断断续续地时而用英语,时而用日语简短应答着。"反·弟弟"将他无声的话语写在鸡尾酒杯旁边没用的杯垫上,陪同则对此做出回应。也就是说,在这样的对话持续期间,我是没有办法介入的。"反·弟弟"与陪同之间这种一方不发出声音的对话,持续了很久。

但是,之后却出现了意想不到的进展,我也得以加入了"反·弟弟"他们的交谈。之前一直用自己的声音和"反·弟弟"窃窃私语的陪同,突然回过因裹着毛巾而变得更加沉重的头,选择了以女性之口来说显然是非常粗鲁的词,对我说了这样的话,让我不禁为之一惊。

"阿尼和苏菲想看看我阳物的状况,所以才提出一起去桑拿室的。因为他们从我的自传中读到,我的阳物过去曾发挥过多大的威力。即使在桑拿室里,我的阳物也并不光是处于被动状态,被他们盯着看。我这边可是积极地回应了他们挑衅的目光。我的阳物可是用独眼傲然回瞪了他们的四只眼睛哟!他们还想拿我的阳物当消遣,没想到被我的阳物震慑住了。所以,虽然他们现在上楼回卧室了,但肯定已经没了兴致,正黯然神伤呢。"

缄默不语的陪同,十分仔细地盯着空酒杯旁边"反·弟弟"的指尖,她那谨慎而冷静的态度与刚才说话的口气判若两人。这种前后不一致透着令人轻松的幽默感,加上鸡尾酒的作用,我的心情也放松下来。

"用独眼回瞪,震慑了四只眼睛,感觉你的阳物当场勃起了。"我对"反·弟弟"说出的第一句话,竟是如此没有意义的废话。

"你说得对,就是阳物勃起了。我凭借想要回敬阿尼他们的挑衅的意志,勃起了!无论是对于女性,还是更为单纯地对于性,我都无法原谅自己用颓丧的样子面对他们。我一直以来都充满攻击性地经营着我的性生活。因此,只要是命令自己攻击、挑衅,我就会性欲高昂。因此而勃起的阳物,让挑衅我的家伙胆战心惊。在桑拿室里,阿尼的阳物和苏菲的阴蒂，一定都悲惨地萎缩了，难道不是这样吗？肯定是这样！"

在他无声的话语通过陪同变成声音期间，"反·弟弟"就像发生了严重的痉挛一样，右手挥舞着，把他面前桌子上的东西都碰飞了。机敏的陪同连忙伸出手制止了他。他现在没坐在轮椅上，没办法用小灯泡做成的显示板给自己的话加上音调，一定为此而烦躁不堪吧。

"我倒觉得并不一定是这样呢。"陪同用她说自己的话时的声音反驳道，"说不定你阴茎的活力和他们所期待的一样，甚至超过了他们的期待，因此受到了鼓舞呢？苏菲刚才在淋浴室兴奋得神采飞扬呢。所以按照接下来的自然发展，他们现在才钻进卧室，闭门不出吧。"

"浴室里发生的事情只能为你提供苏菲一方的证据。如果阿尼一方像我说的那样，在性方面陷入了低迷，那么现在两人之间的事态一定很严重吧。尽管如此，我也不能去卧室代替阿尼呀。我只能努力通过心灵感应，来助可怜的阿尼一臂之力了。"

这时，哥哥，我笑了。笑声让"反·弟弟"产生了异样的感觉。他那张戴着圆墨镜的脸转向我，好像一直在睥睨地盯着我腹部到膝盖附近的部位。然后他露出像是对自己苦笑似的表情，宽容地向我解释了他的异样感。

"我想你要是好好读了我自传的校样的话，应该已经注意到，通过心灵感应所产生的交感是我生存的根本条件。难道不是这样吗？像我这样双目失明、肉体残缺，严重受身体条件所限的人，如果想要实现宇宙般规模宏大的构想的话，心灵感应便是一种无论如何都不可或缺的手段。显然你对我的心灵感应是拒绝的，根本不相信它的作用，这是你的自由。但是，我自己为了能以这样的肉体生存下去，想要确保其根据和方向性的话，虽然也有其他根本性的要素，但是对我而言，心灵感应的原理是不可被否定的。它是我的希望之网。不是这样吗？"

"他说的没错。对于像我这样跟随他的人而言，那绝对是希望之网。心灵感应本质意义上是客观存在的。陪同试图教育我。对于心灵感应而言，虽然也要考虑接收者的资质，但是当自己的意志并不期待接收心灵感应的时候，有时也可以通过发出者的力量建立交感关系。根据我的经验，那就像流感时的发烧一样，不可抗拒地侵袭而来。这个人在越南森林中遭到枪击，失去了一条腿，下颚也被崩没了，一只胳膊不得不接受手术，眼睛也被打中了。在他经历着束手无策的恐怖的日子里，我收到了他的心灵感应。尽管那时我还在茱莉亚音乐学院作为日本留学生上课。当我关掉房间的灯躺下的时候，整个身体冰凉，一种自身无法克服的巨大痛苦即将到来的预兆向我袭来。我呼喊着，失去了意识。时间与这个人在战地医院濒临死亡的时间恰好一致。后来据这个人说，当时快要死掉的他意识到，如果巨大的痛苦袭来，只有一死的话，自己就无法将自己所经历的痛苦讲给别人听了，所以就想把致命的痛苦作为一个先兆传达给别人，与他共同分担。我理解了这一点，而且认为这是很自然的事情。人通常都是克服了某种痛苦，就能恢复正常，所以才会忍受痛苦吧？与此种情况不同，如果在痛苦的极点死去，那么这样的痛苦对于人类而言就是没有意义的。而且，如果不把根本来不及感受到痛苦就死去的情况算在内的话，其实所有人都是在痛苦的极点死去的。如果所有人都是在天平指针偏向痛苦一侧的状态下结束了一生，那么，生本身还有什么意义？于是，这个人，虽然差点因无法承受痛苦而死去，但是他向我发送了心灵感应，希望我能与他分担死亡的预兆，让致命的痛苦的天平重新回归平衡。虽然有人批判这个人，说他是通过战争将自己残忍的杀人趣味正当化的那类人，但是，这个人并非处于死的世界,而是站在生的一方。"

"在你的帮助下,我会完成自传的整体构思的第一部分,之后,将接着现在已刊登的部分,写出一个面向未来的终章,那将从根本上改变美国人对我的自传的印象。难道不是这样吗?现在,什么周刊的编辑啦,报纸的书评啦,都把我写的东西看作是不仅对他人的肉体和生命,对自己的肉体和生命也相当残酷且迟钝的男人的夸夸其谈。但是,现在作为校样完成的这一部分,如果仔细阅读的话,就会发现今后要写的内容的线索已经表达出来了。难道不是这样吗?"

哥哥,我不得不小心应答。因为,"反·弟弟"的自传校样读起来就是一个充满暴力的、奇异的励志故事,在我还没弄清楚他将在自传校样的前后加入怎样的内容之前,过早地附和他,不知道会给外貌无比狰狞的"反·弟弟"播下多少嘲弄的种子呢。不过,按照他的诱导,我确实感觉到一些事情。虽然我想见这位外表难看、让人内心不舒服的战记写手,确实是我对那个去了美国的少年后来发生的事情的好奇心在作祟,但是更深层次的,难道不是因为一种单纯的充满怀念的柔情吗?这种情感并不是对那个充满血腥的校样中的人,或者说,即使与那个"越共"杀手有着千丝万缕的联系,也不完全是他,而是对那个美丽的孩子心存念想。那个少年的模样,对于一九四五年前后在峡谷村庄里度过幼年、少年时期的任何一个人来说,哥哥,是从根本上发挥着作用的一个要素。

"你很用心地在听我说话,而且还在紧张地思考你自己的回答。这些都很好地传达给了我,因此我也不想无的放矢。但是,却有一种对着缄默不语、只管洗耳恭听的人讲课的感觉。"

"你说的没错。对不起。但是我正在慢慢地习惯,很快我们就能同心协力地工作了。"

"我也希望如此。而且我也觉得我们一定会这样。虽然现在你只是沉默地听着我说话,但是能把你作为谈话的对象,就让我感觉好像飞回到了战败前后的村子里。也就是说,我刚才的话并没有责备你的意思。而是出于为今后的合作做好准备的意思。对我和我的伙伴,你们村里的孩子大致都是保持沉默,惊讶地看着。难道不是这样吗?"

"确实是这样。但这也是有理由的。在战争末期来到我们峡谷里的你们,是一群说着和村里的方言不同的话——也就是标准语——的孩子。战败后,在由占领军执行审判时,这些孩子中又回到山谷来的竟是作为证人的你,作为证人你来告发,说你们因受到了我们峡谷大人和孩子等所有人的迫害,生命受到了巨大的威胁,有几个人甚至已经死了……"

"我自己的年龄当时介于幼年、少年之间,恰好经历了这两种体验。与世间对决的决心没有崩溃的时候是少年,但是胆小起来立刻又会回到幼儿的状态。正是因为处于这样一种模糊不清的状态,所以我也不敢完全保证,但还是记得一些事情。在峡谷村庄那群保持沉默的孩子中间,有一个让我怀疑他是不是哑巴的不可思议的孩子。那个孩子比他的任何一个同伴都关注我们的动向。我现在虽然没有任何根据,但是,我感觉那个很注意我们的、沉默的孩子就是你。是这样吗?"

"那时候我也从来没客观地看过我自己。但是,如果提起那个无论在那群被疏散来的孩子当中,还是在峡谷的孩子当中,都被称为'弟弟'的孩子的话,我的记忆还很清晰的。"

我这么回答之后,哥哥,"反·弟弟"的反应一瞬间好像很胆怯,又好像很害羞。陪同也好像有些疑惑地注视着"反·弟弟"的表情。仿佛惨痛地想起了那个纯洁无瑕的孩子的脸,而如今那张脸已经隐藏到遭受破坏、伤痕累累的这张成人的脸后面了。

……终于,楼梯的铁板被踩得铛铛作响,阿尼和苏菲下来了。为了深夜出门而特地重新换了衣服的出版社社长和夫人看起来真是无忧无虑。实际上这让我也产生了一个奇妙的想法:"反・弟弟"的心灵感应,已经为这二人成功注入了性复活力吧。与他们相反,围在他们两个腿边紧跟着下来的两条牧羊犬,看起来倒像是经历了巨大的性消耗。

3

"反·弟弟"坐到轮椅上,已经就位;陪同也在轮椅的斜侧方,方便看到轮椅宽扶手的照明板的地方摆开架势,随时准备进行类似秘密工作似的键盘速记。哥哥,我准备给他们两人讲述战败后峡谷村庄里举行的公开审判——村里人叫作民主审判——的前半部分和后半部分形式上的不同,一方面想唤起"反·弟弟"的记忆,一方面想解释给陪同听。很快我便发现,"反·弟弟"和我之间关于审判的记忆有着很大的分歧。哥哥,记忆的更新与其说是想象力的作用,不如说是一件自然而然的事。然而我不得不承认,他与我就像以不同的角度接受光照一样,记忆并且回想着。

因为正当我想要和"反·弟弟"确认关于审判的记忆的一些基本应该了解的事项时,那些分歧便浮现出来。作为一名在美国大学里做科学类学问的人,如果说我能够对发生在我们村子里的审判做出证言一般的叙述,那也只能限于前半部分,因为我只亲身经历了前半部分。但也并不是说对后半部分就不知情。我想提前说明的是,审判的前半部分,从老人到孩子,峡谷和"存在"的所有人都因占领军的权威被召集参加;而后半部分则完全成了仅限于当事人参加的封闭的审判。在后半部分的审判中,除了作为证人被传唤来的人以外,所有孩子都被排除在封闭的法庭之外。

即便如此，通过间接的见闻，我也可以身临其境般地讲述审判的后半部分。后半部分审判是封闭在峡谷最大的建筑物里进行的，这里战败前一直是农会所在地，之后成了公民馆。但是，后半部分是根据轮流出去联系的村里那些有权力的人的汇报，当着所有峡谷人的面，在前半部分审判所举行的小学运动场上用圆木搭建的舞台上实况转播的。在舞台上表演的审判中，占领军士兵的角色都由村里人来扮演。其中还有一位因为这一天的经历，战后很长时间都被叫作"强森"的青年。一方面因为他的确是一个卓越的表演者；一方面，尽管在封闭建筑物中举行的审判让峡谷所有人感到不安，但是，一旦变成实况转播的审判剧在操场上表演起来，就成了大型节日一样的活动，这也有很大关系吧！

我一边逐一说明着这些事，一边讲了审判的前半部分和后半部分的关系，"反·弟弟"似乎也表示理解，正当我打算继续进行时，"反·弟弟"的轮椅显示板上却出现了红色和绿色小灯泡闪烁着的"OBJECTION"的信号。反对？哥哥，当时我着实把这当成了威胁。就好像穿越回到了战败第二年的峡谷里，在占领军士兵主宰的法庭上听到的超越时间和距离的回声。在村里法庭上的"反·弟弟"，也就是那个可爱的他的前身，并不是裁决我们的检察官，只是一个勇敢的证人。就在我们刚要开始回忆审判的时候，"反·弟弟"却对于他证人的角色提出了和我的记忆相反的意见。我们之间类似争论的对话持续着，哥哥，"反·弟弟"是这样说的。

"我让你协助我做的事要追溯到四分之一多个世纪之前。试图再现在日本一个寒村举行的、可以说并非遵循切实法律的一场审判的全貌。这样做是出于什么意图呢？你想过吗？是因为我对那个峡谷法庭上的判决持有异议，要求开庭再审吗？并不是这样。我们三人现在住在远离四国村庄，位于南汉普顿的美国出版社社长的别墅里，那里开设的法庭没有任何权威。还是我想把作为审判被告方的村里人召集至此体会复仇的乐趣？做这样的事情又有什么意义呢？我甚至不能把你跟一个留在我视觉记忆中的四分之一世纪前的小家伙联系起来。那么，是否像阿尼当初所策划的那样，把你我捆绑在一起，让你做我收集自传材料的劳役呢？也不是这样。我为什么要对一个民营出版社如此忠诚呢？这些事情在我们的交谈进入某个阶段后都变成了无所谓的事情。不是这样吗？我要从与你的共同工作中谋求什么呢？

"目前已经明了的是，关于这次审判，你我的记忆是对立的。关于在峡谷村庄里举行的那场审判的地点，你和我处于什么样的位置，只要看清这一点，就知道这一对立是多么鲜明了。你就像峡谷中那些生于此地，也将死于此地的人一样，在等待着吧。而我，是坐着占领军的吉普开进峡谷的。我被他们小心翼翼地安排坐在大卫旁边，他作为电影方面的记者从军，后来把我带到美国收养。我现在仍记忆犹新，那日，也就是审判前一日，是一个大雪纷飞的日子。但也没有到积雪的程度。第二天，天气冷是冷，但在野外举行审判，还有你说的审判剧，还是有可能的。不过，在我一直以来留存的记忆中，审判应该始终是在室内进行的。那应该是一个像剧院一样，有着高高天井，还有着环绕舞台的观众席的地方。一个深山里的小村子有这样的建筑物是不合常理的，有人要这样质疑倒也无可厚非。但是，我执着地认为那就是像剧院一样的地方，而你说后半部分审判是当作戏剧来看的，我们两人的讲述背后，或许通过像毛细血管一样的通道联系在了一起。难道不是这样吗？

"每当我想起为了参加审判坐着吉普进入冬天的峡谷的那段路程，那景象就像这段回忆的全景的凝缩版似的，如梦幻一般，虽然只有一瞬间，但却成为了永恒的景象，留存于我记忆的中心。那景象是这样的。眼前是一片冬季枯萎的棕色低矮枹树林，形状就像日本的孩子做的纸船的船底一样,是一片稀疏的林子。我就身处这片稀树林的坑洼之处的最低处。落到这儿的细雪,与其说是自上而下落下来的,不如说是从四面八方拥过来的。出于我与生俱来的天文少年的资质,我不禁感慨,啊,这就是从宇宙的尽头回望到的景象呀!

"那里应该是通往村里的岔路。因为在那里停留了很久,足以让我产生这样的想法。载着我们的吉普在最前头,三台吉普在高低不平、不辨方向的白雪覆盖的枹树林中开辟出一条道路,进入了峡谷。而你们村里人则背对被雪封闭的峡谷,像蹲着一样面朝外界。惶恐不安地等待着的你,和坐着吉普进来的我,记忆中的情景从正面来看是对立的,这不是很自然吗?

"总结一下我想说的,我不希望用逻辑思维的方式对照、调整我和你的记忆。在我的有生之年,我不想跟我的记忆发生太多纠葛。我只是想让你不要揣摩我的意向,而是平行地呈现和我的记忆相对立、相矛盾的你的记忆。我只是想让你这样来展开你关于审判那天的回忆。因为,我想把那天当作一个具有重要象征意义的日子,从面向宇宙这一意义出发,重新把握自己的幼、少年时期。

"你说审判分为前后两部分,前半部分是在室外进行的公开审判,后半部分是在室内进行的非公开审判,仅这一点我就觉得很有深意呢!而且,你还说,在非公开审判进行的时候,村民们将其以戏剧的形式表演出来……

"峡谷里举行的审判分为前后两个部分的直接原因,对我而言并不是什么好事。因为我的证言被指出前后矛盾,连我的告发也最终被证明是无凭无据的谎言。当然,并不是说作为审判原点的整个事件是不存在的。我们十五名少年被禁闭在峡谷村子里,孤立无援,这么大的事情是不能被抹杀的。而且那时候村里正是疫病横行之际。但是,村民们硬说实际上村里并没有暴发疫病。村外也没有发生任何疫病。在逃出村子流浪期间，村民中也没有任何人死于疫病。村里人就是这样坚持的。不是吗？而来自村外的告发者也没有证据击垮他们的主张。我们这些孩子被集体疏散，好不容易到达村子，却被峡谷的大人们遗弃，在村里陷入孤立无援的境地，这都是事实。话说最初峡谷的人们到底是出于什么原因，从老人到孩子，连山羊和鸡都没留下，还是在大半夜，一股脑地离开了峡谷呢？从结果来看，即便这是个错误的判断，也一定是因为发现了疫病流行的征兆，处于恐慌状态才这样做的。我虽然是个孩子，但是，以大卫为首的告发者却注意到要集中到这一点问讯。可是，关于这一点，村子方面的回答让我很难理解。我想通过对比我和你的记忆，让你回忆起那时村子方面给出的回答——也许叫'借口'更为合适吧。那或许并不是单纯的借口。如果这不是借口，而是村里人确实是那样认为的，也就是说他们并不是因为疫病蔓延而出逃，而是出于更富有哲理的理由，峡谷和'存在'的人都知道的理由，在一个深夜逃出了峡谷，还是在战时！如果现实当中真的有这样的事情发生的话，那么，我想这里面一定有更深层次的含义吧。"

"关于这一点，我作为当地人，一直在思考峡谷和'存在'的历史，因此也积累了一些非常个人的看法。但是，更为重要的是，你在审判中关于这一点的证词给村里人留下了深刻的印象。令我们记忆犹新的是，你的证词与你当时的年龄相比，是那么出人意料地坚实。你的证词让村里所有大人和孩子都坠入了恐怖的深渊。要说有多恐怖，那可是我切身经历并至今难忘的。恐怖源于一个传言，据说村里人将一个不落地被塞进铁板货船，送到夏威夷集中营。因此全村很有可能再次逃散。"

"虽是这么说，但我一个孩子的告发前后产生了矛盾，证词就成了谎言，在审判最初的时候，你们已经很清楚了吧？在被遗留在峡谷的孩子们当中,我掉进河里被湍急的河水冲走,面临巨大的生命危险,幸亏在下游得救。经历了这些后,我便出庭做证,说其余被遗弃在峡谷的孩子全都被返回村里的大人们残忍杀害了。我虽然做了那样的证词,但孩子的心性让我对村里人感到非常羞愧。我的犹豫,你们也看出来了吧?"

"不,从我这个身为峡谷的孩子的感受来看,虽然你的证言与村子一方看到的事实不同,但你作为证人对此深信不疑,你认准是这样,所以做出那样的证言就非常自然了。谁都没有认为你是故意说谎。一个原因是,大家都认为被泛滥的河水冲走,已经死了的孩子,居然回来了,而且还是在大雪纷飞之中,和占领军、军属们一起坐着吉普回来的。因此不仅是我们孩子,连大人们也看出,这个孩子身上带着历经特殊经历后的威严。我们相信这样的孩子不会说谎……而且从你的样子中,我们哪里看到你有羞愧的迹象,恰恰与此相反,那是一种唤起我们内心深处的羞耻感的力量。那种记忆至今仍在我内心留着后遗症。"

"但是,审判一开始,峡谷里的人残忍杀害了疏散到那里的孩子们这一告发不断暴露出矛盾。因此,审判本身就分成了前后两部分,前半部分是把我带去峡谷做证的美国人的执着告发,后半部分则是与被审判方之间展开的胜负难辨的斗争。而且审判方式也如你所说,明确地区分开来。这样来看的话,我这个告发人唤起了你们的羞愧之心,应该是审判前半部分的事。是这样吧? 那么,你所说的至今仍有的后遗症,又是什么呢?"

"确实,那天从审判一开始就蓄积在我们心中的恐惧,在得知审判的解决办法时才算大体消散了。但是,审判的后半部分我们终归是通过戏剧观看的,那时的体验还是以戏剧表演的方式呈现的。可是当我想起那场戏剧时,最先呈现在我脑海里的与其说是最后一幕的结局，不如说是审判纠葛过程中的生动场面。也就是说，在审判以戏剧的形式进行时，你这个年幼却敏锐的告发者的证词散发出的恐怖一直紧紧纠缠着我们。你说你的证词的矛盾之处遭到了村里人的反驳，但至少对于我们这些峡谷里的孩子来说，那是具有双重含义的。审判，我说的不是戏剧里的审判，刚开始的时候，在坚硬的、高低不平的枯草茬儿上铺着旧草席的观众席后面，站着一群孩子，我就是其中一个。我远远地看见，在盛大而庄严的舞台上，我们分辨不清的美国军属和士兵们高跷着二郎腿坐在椅子上。一个少年在他们的督促、鼓舞下走到舞台中央讲话。主持审判的是身穿军服的一个美国人，我记得他的名字叫强森。他还那么年轻就能兼任日语翻译和检察官。我还看到村子方面被允许登上舞台的人们在抗辩。其实我们并不能完全直接听到他们的声音，延迟的对话内容像迂回、扭曲的波动一样，传给观众或旁听（同为被告）的村里人，再传到外围的孩子们这里。我们从远处望着你单薄的身躯，望着帅气地穿着深绿色军服衬衫改造的不太合身的衣服的你，望着被我们称作'弟弟'的你。然而我们却被这个梦幻般的少年的残酷的话语击倒了。大人们恐惧、愤慨，那小子竟然说谎，想把我们都送进夏威夷的集中营。而孩子们在旁边则震惊得快要流出眼泪来。'弟弟'在说谎，这显然是事实，但说出这么残酷的话，内心一定因悲伤而快要崩溃了，我们这些孩子萌生了对悲剧中的儿童角色产生的那种共鸣。"

"对悲剧中的儿童角色产生的那种共鸣"，我的这番话仿佛给正在听我说话的"反·弟弟"那双目失明的脸上泼了脏水似的。他的肩膀颤动着，失去下半部分的一只胳膊倏地抽搐了一下，"反·弟弟"的头也跟着剧烈晃动着。他焦躁地用另一只显得格外长的手臂，扶正了偏离鼻子的墨镜的老式镜腿。从恢复原状的眼镜周围向整张脸蔓延开来的僵硬的表情中，显露出怎么也挥之不去的忧郁。

不过,哥哥,这个时候我无法暂时中断我的谈话,来仔细思考我刚刚说出的话和他脸上不透明的薄膜背后"反·弟弟"明显的情绪波动之间的关系。

"'对悲剧中的儿童角色产生的那种共鸣',这句话可能听起来有些模糊,但这就是那天打动了我这个小孩子的一种情感,也是我一直思考得出的结论,随着我们谈话的进行,其中的意义自然会明了。"我说,"峡谷里的孩子们怀疑,他们无法像大人们那样,在审判进行过程中否定'弟弟'提出的虐杀疏散儿童的证词!然而这短暂的、或有或无的疑惑,却像一个漫长的噩梦一般,刻进了站在运动场上的孩子们的灵魂深处。然后口口相传,由后续出生的孩子们不断地承继下去。

"而且,我想,峡谷里的孩子们在那次审判举行之前,就已经对战败前峡谷里的集体疏散事件抱有连带的罪孽感了。那是一种难以抗拒的罪孽感,就好比一旦受到污染后,如果不切除肮脏的部分就不可能变得洁净一般。从峡谷里孩子们的角度来看,这与他们看到了疏散来的孩子们中的一员因疫病而死的记忆有关。他的伙伴们一定都感染了疫病,但是却不能把他们全都收容到峡谷的隔离病舍。于是就把整个峡谷当成隔离地带,峡谷的居民则全部撤离。从开始遵循家父长的决定那一刻起,我们就不得不承担侮辱感和羞耻感。"

"你刚才说侮辱感和羞耻感?"陪同在提出自己的问题之前,先微妙地逡巡了片刻,"这两个词只是同一意义的词叠加使用吗?还是这两个词分别具有心理上的含义,是相互排斥的呢?"

在我回答之前,陪同解读了"反·弟弟"手指的动作,厚重的黑发遮掩着的像阿丑女[①]一样的老气的面孔涨得通红。"反·弟弟"的

[①] 原文为"お亀(おかめ)",形容又胖又丑的女人。

手指写出的大概是直接针对她的嘲讽和斥责吧。接着,陪同深深吸了一口气,回到传达"反·弟弟"的话语的角色。

"她呀,作为兴趣,会脱口说出大学里听到的诸多领域的课程中的专业术语。但那些术语,她自己也不能给出专业的定义。跟这些词没完没了地纠缠,只能是浪费时间。这样的词从印象上把握即可,还是给她讲讲吧。"

"所谓的侮辱感,根源还是在于把感染疫病的孩子丢弃在村中不管,也就是说,把村子交给他们,自己一走了之这件事。我认为,那时即便是非常幼小的孩子也感觉到了那种侮辱感。有的人达到一定年龄后才会对共同体产生那样的感觉,但是,那时就连被年轻的母亲抱在怀里离开村子的幼儿,也会时不时松开衔着的乳头,抬起头,仿佛在思考着那种侮辱感。事实上,在村外流浪的日子并不比被关在村里的孩子们的生活好过。那些日子,还没读国民小学的我,神魂颠倒地梦见,村外来的感染了疫病的孩子们变成了疫病本身,在村子的各个角落涂抹着肮脏的病菌……

"那种侮辱感掺杂着对把疫病带进村子的孩子们的敌意,但是还有与此相矛盾的一种情感,家父长们把生病的孩子们丢在村里弃而不管,而我们是与他们血脉相连的,我们自己也同样加入了弃生病的孩子于不顾,深更半夜带着家畜逃往村外的人们的行列。月光下,孩子们心怀羞耻感,不敢看彼此的脸。"

"在孩子们波动的情绪中,民族的和国际的思想发生了碰撞呀。"

陪同刚一说完,从"反·弟弟"圆圆的小墨镜周围到耳边掠过了一丝强忍着什么的颤动。但是,哥哥,在东京也好,在波士顿也罢,在我这个一直惦记峡谷村庄的事情的人看来,陪同对于"民族"和"国际"的理解,还真触动了我的内心。

"以此为开端,随着这一事件的不断推进,峡谷孩子们的罪孽感也在层层叠加。虽然'弟弟'告发中的矛盾被大人们揪了出来,但罪孽感并没有因此而消失。把你们扔在疫病流行的村里,既没有医生,也没有药材,因此离开村子的孩子们都觉得,即便疫病过去,峡谷里堆积的尸骸化为白骨之前,我们仍无法返回村子。结合刚才所说的侮辱感,我们做好了这样的心理准备。另外,沿河而下时,村里人被严厉告诫不许饮用河水,可我们却没有向沿途村镇里的人们发出警告。当然,这场全村的出逃之行并没有可公之于世的理由。但是,对沿河的村镇闭口不谈上游发生的事,仅在自己这个流浪集体内部进行卫生管理,可见战争末期严重的道德沦丧也侵袭到了我们村子。无论是谁,记忆中都觉得峡谷领导层这种做法让我们感到羞耻。"

"这一朝着环保方向发展的想法可是与当今这个世界密切相关的课题呢。"

"然而却是以严重的道德沦丧为代价的……"

"我想让他以那次民主审判为背景,详细讲述一下村子方面发生的事情并做出解释。希望你也能按照这一意图介入谈话,这并不是让你缄口不语。"陪同又回到了传达"反·弟弟"话语的角色,声音却不再那么响亮。

"全体村民从村庄出逃又回归。村民们不在期间,来自感化院的集体疏散人员被遗弃在峡谷中,他们凭借自己的力量维持着在村里的生活,并坚持举行了祭典。他们再次被驱逐后,到战败,再到那个出其不意的民主审判之前,在村民们离开期间掉进泛滥的河水中身亡的'弟弟',就是我们罪孽感的象征。我们村里孩子们见过生前的'弟弟'也只有短暂的数日。而且还是以疏散而来的孩子们的集团与峡谷孩子们的集团对峙的形式,认识了'弟弟'。即便是这种方式的接触,'弟弟'也给我们留下了深刻的印象,或者可以说让我们感到胆怯。因为我们从没见过那么美丽的孩子。而且,峡谷里的孩子们不知何时知道了,'弟弟'虽然加入到了感化院的集体疏散队伍里,但只是追随'哥哥'而来,与少年犯罪没有任何关系。再加上'弟弟'美丽的容貌,死后人们也觉得他是一个清白的殉教者。用我多年后想到的一个比喻来衡量的话,他可以与少年十字军相提并论。

"然而被泛滥的河水冲走的'弟弟'竟然活了下来,还坐着占领军的吉普,带着美国人一起回来了。这让人兴奋不已。起初从大人到小孩子似乎都从罪孽感中解脱了出来。然而,死而复生的'弟弟'实际上是为了告发峡谷里的人们才返回来的。他说只有他一个人因为被洪水冲走才逃离了峡谷,其他所有疏散至此的儿童都被村里的大人杀害了。他的告发在村里人之间引发了各种各样的反应,我记得尤其是峡谷里的姑娘们,死而复生的漂亮'弟弟'的出现,松动了她们情绪的闸门,让她们纷纷陷入了歇斯底里的状态。运动场上不断爆发出盛大的、激情澎湃到令人窒息的哭泣声,听了那哭泣声,仿佛自己也会被感染一般……

"但是,峡谷里的老人们非常冷静,反驳了弟弟为我们自己辩护。村里人结束流浪生活回归村子后,确实发现疏散儿童擅自闯入了峡谷人家里,不仅吃光了屋里储存的所有食物,为了取暖还烧了他们的家伙什和家具。疏散儿童们根本不把峡谷里的风俗当回事儿,居然还说为了保护村子,举行了祭典。他们对村里人的斥责供认不讳。但是,村里人原谅了悔过的疏散儿童们,与护送他们的教官取得了联系,让他们正式开始在村里度过疏散生活。然而,实际上这一决定并未能实现。在做出这一裁定的当晚,一个到最后都不认罪的少年逃走了,这在剩下的人当中引起了极大的波动。村子又派人去县里申请退回疏散儿童。后来疏散儿童们就在村子的负责下被送回了县政府所在地,村里人说这是实际发生的事情。你的告发就这样被驳倒了。

"虽然'弟弟'的证词被驳倒了，但扎根于孩子们内心深处的疑惑只是换了一种形态。也许他们在被送往市里的途中，全都被杀害了呢？因此，虽然罪孽感没有加深，但仍然蓄积在我们心中。在封闭于室内举行的后半部分审判中，村里大人们为了说服美国人，一定做了更为充分的反驳。而且他们为整个村子做出的辩论，应该已经在室外舞台上表演的审判剧中，被十分准确地再现出来了。之所以加上'十分准确地'这样的限定词是出于这样一个理由。审判是在席卷全村的巨大恐怖中开始的。战后不久传出的'成年男子全部去势，女子全部强奸'的流言蜚语，在被占领的一年中，早被反面意义的神话瓦解了。但是，这次审判之后，峡谷里所有人都会被送进夏威夷集中营这一消息，还是以各种各样的形式深入到了村里人的心中。可是审判才进行了一半，村里善于判断情势的有权力的人就看出，审判并不会朝着这一方向发展下去。一旦情况变成这样，峡谷里的人们在舞台上的表演也变成了滑稽演出，就连审判剧台词这种必须如实传达的信息，也不按照指示来传达了。他们想凭借自己随机应变的创作意识让观众们沸腾起来。回过头来再看他们这样做的意义，其实他们承担着让峡谷里所有人安心的职责，告诉他们如今恐怖已经结束、节日已经到来，而他们很好地完成了这项工作。在傍晚寒风凛冽的运动场上，不合时节的节日氛围一直持续着。也就是说，恐怖已经结束了。虽然孩子们明白这一点，但并不知道恐怖是为什么、怎么样结束的。因此，在深深的疑惑中煎熬的孩子们，并不认为事情到此就算了结了。相反，就在他们即将获得弄清事情真相的契机时，又被一下子推回了无边的黑暗之中。因此，疑惑更加膨胀起来。至少对于峡谷孩子们中的一员——我来说，是这样的。加上我刚才的叙述，疑惑有两个焦点。村里人从流亡之旅归来的当晚，控诉那些坚持认为村里人不在期间保护了峡谷的孩子,也就是疏散儿童们,说他们非法占领、污染,甚至破坏了村子。并决定由一个叫作山冈的铁匠和另一个叫作大野的男人——这个男人在有超出峡谷日常范围内的工作时总会被叫去——把坚决不屈服的'哥哥',也就是你哥哥,带到邻县的警察署去。但是'哥哥'却在坐着运送木材的矿车穿越峡谷之际,从洪水冲垮的桥头逃走了。而且逃到森林里音信全无。但是,我们那地方的森林,规模之大并非外来人甚至是一个孩子能活着穿越到山的另一面的。如果能做到这样的事,那这个孩子一定具有某种特殊的能力,虽然我宁愿相信'哥哥'具备这样的能力。但是从极为普遍的情况来讲,让我们不得不浮想联翩的是,'哥哥'那天晚上难不成被铁匠和另一位山间工作的行家殴打致死了?或者想从他们手下逃走,误闯入森林,死在里面了?

"虽然以这次逃跑事件为借口,所有疏散儿童都被送出了峡谷,但是他们果真被送回市里了吗?还是像眼下'弟弟'告发的那样,他们所有人刚一出峡谷就被杀了?或是被驱赶到森林深处了?为什么会有这样的虐杀计划呢?是为了封住能够为战时全村逃亡和杀戮'哥哥'做证的所有孩子的口吧。正是因为这样做了,所以包括'哥哥'在内的那些疏散儿童才无一能够作为证人出席审判吧?为什么以占领军的权威尚不能把那些活着的孩子召集回来做证呢?正是这样,只有那个人们相信绝对不会再出现在峡谷中的孩子,也就是被泛滥的洪水冲走身亡的'弟弟',才会现身来做证吧。这是来自死亡之国的审判?这样的疑虑一直压在我们这些峡谷孩子的心头。与此同时,峡谷的大人们却哈哈大笑着,观看着喜剧色彩渐渐浓厚的审判剧。轮番喝着私酿的浊酒……"

4

"反·弟弟"和他的陪同以及我,因工作住进了南汉普顿的出版社社长的别墅里,这里占地面积广大,包括网球场和庭园。分配给我们每个人的房间位于主建筑两侧的副楼,哥哥,主建筑说不清是古罗马风格,还是我们国家温泉浴室的风格,总之房间整体就是奇妙的浴室。副楼里也设有小型的厨房,中间的房间,只要没放入热水或冷水,便可用作客厅,里面还配备了聚餐用的桌子。但是,我们作为工作的谈话和包括吃饭在内的聚餐,都在出版社社长夫妇用来度周末的主楼里进行。我们坐着阿尼驾驶的旅行车,在周五晚上到达了南汉普顿的别墅,把这里当成了工作场所。阿尼夫妇和阿尼前妻的儿子也要住到周日,因为他们期待与我们的共同生活。

周日下午,身穿比基尼的苏菲光脚站在厨房里,脚踝以下沾满了红色的沙子,我们等着她煮好那些用皮筋捆着黑色大蟹螯的龙虾。之后我们一起去了阿尼刚刚买下的牧场。像坐上战车一样驾驶着旅行车的阿尼和苏菲中间,坐着继承了德国母亲金发的少年,我和陪同坐在后面还载着牧羊犬的狭窄的座椅上,"反·弟弟"坐在我们中间,少年则探出上半身紧盯着"反·弟弟"。哥哥,事情的性质本身虽然是残酷的,但引起了他的好奇心也是自然的,他眼神里还流露出开心的神情。敏感的"反·弟弟"很快就感觉到了身边窥视着他的眼睛,少年脸上浮现出狡黠的微笑,好像身上隐藏着爆炸物似的,面对这样一个少年,"反·弟弟"又圆又小的墨镜表现出的抗拒的表情显得那么无力。而约翰的父亲和年轻的继母根本不把儿子的无礼行为放在心上,陪同也是一副毫不介意的样子。虽然他现在沉默不语,但是不知何时就会爆发出痉挛般的大笑,面对这样一个挑衅者,还有一个处于劣势的戴着小圆墨镜的男人,只有我一人独自品味着内心情感的巨大消耗。

阿尼驾着旅行车驶入了一条因拖拉机的车辙而起伏不平的路,路两边是面向海岸的异常高大的杨树。车子从树林的尽头直冲向洒满阳光的大草原。我们背后,两条狗跟横躺着的轮椅冲撞着,默不作声地挤在一起。牧场显然是有钱人享乐用的地方,阿尼并没有将车子停在陈旧的木栅栏入口处修建的小屋前,又在长满三叶草的原野上飞驰起来,但是却在意想不到的地方突然踩住了刹车。然后,像一个水手一样,嘿哟嘿哟地喊着,一个人把让他着迷的色彩极其鲜艳的轮椅卸到了草原上。

稀树林里弥漫着类似间接照明发出的那种白光,在树林对面靠近沙滩与海岸的长方形草原上,空空的轮椅显示出安德鲁·魏斯绘画氛围中的核心力量。无人乘坐的轮椅仿佛主宰着上至天空下至草原的空间。陪同抱起"反·弟弟"朝轮椅走去。

"反·弟弟"别过脸去,带有攻击性的脸上浮现出勇猛、威严的表情,他像婴儿一样被女陪同抱起,坐到了轮椅里。阿尼的双眼炯炯发光,透过镜片波纹的中心注视着这一切。但是,阿尼并没有跟"反·弟弟"交谈。看到站在轮椅旁的我拿着卡片准备工作,他便从旅行车上扛下带有发电机的电锯,跟两条牧羊犬争先恐后地顺着波涛声朝稀树林那边跑去。

苏菲和约翰与其说是继母子,毋宁说更像姐弟俩,两人面对面跪在茂密的三叶草上。身材矮小的苏菲探出身去时,高高隆起的乳房,连乳头都一览无余地暴露在约翰眼前,乳房的一半已被烈日灼晒得变了颜色。少年像刚才盯着"反·弟弟"那样,脸上露出危险的微笑,紧紧地盯着它们。苏菲和约翰就这样面对面忙活着,准备发射带有降落伞的小火箭。他们把薄纸做成的降落伞叠起来,再把线束摞上去,以防它们缠在一起,然后一起放进火箭的金属筒里,再从铸铁发射台把火箭发射出去。就在火箭弹准备好,随时都能发射的阶段,约翰跪在原地,回身看了看轮椅上的"反·弟弟"。约翰一方面显示出孩子的稚气,同时脸上又浮现出不容忽视的危险的笑容。

苏菲站了起来,上嘴唇长着汗毛的皮肤上细小的汗珠闪闪发光。她一边告诉陪同把"反·弟弟"的轮椅撤到火箭发射的安全区域,一边急急忙忙转过身,提醒约翰先不要按下发射火箭的开关。虽然苏菲发出了避难指令,可她自己并没有去帮忙把车轮缠上三叶草的轮椅推到后面。她像学芭蕾舞的孩子一样,脚尖向外开得大大地站着,准备发射。

在草势旺盛的草原上,陪同根本无法推着轮椅后退,于是我就给她搭了把手。哥哥,我发现,对于我来说,这是第一次体验直接触摸"反·弟弟"的轮椅,并与陪同合作。我之所以主动帮忙干这项力气活,部分是因为"反·弟弟"感动了我。他一旦坐到轮椅上,无论是对阿尼和两条狗跑远了的景象,还是对苏菲和约翰忙活着干活儿的样子,都没有表现出丝毫关心,也不要求陪同解说,就那样独自昂然地坐着。暴露在白光中的"反·弟弟"脸上的皮肤,像中了毒一样膨胀着,再配上他的小圆墨镜,脸部简直就像一片废墟。再看那像雾一样弥漫在废墟里的表情,就是一副将这个世界上所有一切都拒之门外的傲岸不驯的样子,绝对不可能有任何吸引他人的要素……

这时,苏菲确认轮椅周围的人都已经完成避难,便喊了一声,那不愧是意大利姑娘的声音。把头埋在三叶草丛里，虚张声势地匍匐在地的约翰听到喊声，便向开关伸出了手。一声爆炸过后，火箭发出水流喷涌的声音，升上了天空。很快就消失的火箭再次出现在我们视线里时，已经变成了一个小黑点，弯弯地划出了一道弧线。在这之前，天空就是一个发光的浅灰色平面，现在却因此而变成了有深度的立体结构。那个黑点描绘出的轨迹两侧闪烁着银色的光，因此一旦黑点被捕捉到，即便它再往深空中上升，也不会脱离我们的视线。接着，降落伞打开，黑点画出的真切的线条一下子中断了。约翰在这之前还宛若一个少年士兵，可现在只不过是一个担心着带有降落伞的火箭的落点，横躺在三叶草上目瞪口呆的孩子而已……

"我曾听过数十发火箭弹同时发射的声音，这样的声音简直没法儿相提并论。而且不是直着向上发射，而是水平或向斜上方发射。紧接着，与发射声音同等数量的火箭弹便向我这边飞来。因此，从这两方面的体验出发，我对火箭弹还是比较熟悉的。约翰想以此来吓唬一个身体不能自由活动的盲人，他的实验算是落空了。但是，在现实的战场上，火箭弹落下来的时候，跟身体能不能自由活动没有任何关系。要么生，要么死，身体能自由活动也毫无意义。"

"小孩子在这儿往空中发射火箭弹也毫无意义呀。特意配备了降落伞，还不是挂在了那么高的树梢上。阿尼要砍倒那棵树吗？"

战场上做的事，大部分与其说是无意义，不如说是残酷。只有负面意义。与此相比，孩子往空中发射火箭弹是无意义的吗？这对于一个懵懂无知的毛孩子来说，哪怕只有一瞬间，也能开启他感知宇宙的机缘吧？不是这样吗？当然，仅发射一次火箭弹，其教育效果还是令人怀疑的。但是，不断重复，一次又一次地发射火箭弹，那么在重复的过程中，一定会出现某种机缘，颠覆约翰关于天空啦，树木啦，草原等的先入为主的观念，赋予他对于宇宙的生动感知吧。虽然以后约翰会不会幸福不得而知……但是,约翰总归也要长大成人吧。不是这样吗?

正如陪同预想的那样,约翰的第一个火箭弹被高大的杨树伸向天空部分的白色树梢缠住了。苏菲和约翰急忙朝杨树跑去,吵闹着像是威胁树木的样子。但是,实际上那不过是规定动作之一而已。因为再一次定睛细瞧,发现一株树干长出的挨得很近的两个树梢上,挂着好几个纸降落伞已经支离破碎的火箭弹。

阿尼对发射和回收火箭弹所引发的嘈杂并不关心。而是沉醉于草原尽头的稀树林中,两肩一耸一耸地大步走来走去,以毫无计划的选择方式砍倒幼树。电锯的破坏力相当大,剧烈的旋转声在锯齿插入树干时产生的停滞感,只持续了五六秒钟。阿尼疯狂的采伐作业,让人担心稀树林很快就会被砍伐殆尽,但是围着草原的稀树林似乎非常幽深。哥哥,阿尼的行动持续着,就像一个在欧洲冬天的树林里肆虐的异形者。他似乎迷上了伐树,两条牧羊犬也形影不离。而苏菲和约翰则不断地发射出新的火箭弹,每次发射的时候,苏菲都要扭过她圆筒状脖颈上的圆圆的头,确认我们已经躲到了安全的地方。

"到现在为止,虽然还不清楚为什么我们被带到这里来,但是,目前看来只有苏菲还算关心我们呢。"一段长久的沉默过后,陪同用自己的声音说出了自己想说的话,"可是这个人原本不应该对发射火箭弹感兴趣呀……"

"为什么?不就是因为我比约翰更享受火箭弹的发射吗?不是这样吗?爆炸声一响起,火箭弹就嗖嗖地叫着消失在高空中,片刻的安静过后,苏菲和约翰又叫嚷着跑向火箭弹的降落点。这些声音事实上放大了我所处空间的结构!自打我失明以来,我还没有亲身体验过结构如此宏大的空间。就连梦中的空间也是如此!我们村子,当然,应该说是你的村子,我现在通过火箭弹所把握的空间要比那整个峡谷大得多呢。我时常回忆起那个峡谷村庄留给我的印象，主要就是被封闭的狭窄感和老人们的臭味儿……"

峡谷被封闭的狭窄的感觉。这番话作为外界的人加之于我自己的故乡的批评，我自然地接受了。但是，关于老人们的臭味儿……哥哥，我宁愿被指责的是我们孩子的臭味儿，这样就不会有那么强烈的侮辱感了。哥哥，我内心情感的这一波动过程，仿佛"反·弟弟"亲眼看到的具体发生的事情一样，准确地被他捕捉到了，然后他接着讲道。

"战败后，我再次进入峡谷那天，我们住到了村长家。事实上，在我们保护村子，甚至还举行了祭典来守护村子的那些日子里，当然从你们村里人的角度来看，是我们不法占据了村子，还举行了类似祭典的'祭典'，这些都是不可饶恕的。但是，总之，在那些日子里，我自由地出入村长家，因此对院子里的布局了如指掌，不需要带路我就上了厕所，而村长一家则不时地看着我。他家的厕所为了迎合我那些同伴的趣味，在和式厕所上安装了夸张的木架，可与洋式媲美。可能是想尽量给审判官留下一个好印象，白天才专门请木匠改造的吧。其实，即便是厕所也没有令人讨厌的臭味儿。因为整个村子仿佛都被清晨的雪清洁干净了。在我的印象中，村子原本就是一个散发着美好气味的地方。倒是我们刚疏散到村里，被抓劳役，代替峡谷的人掩埋因不明疾病死去的动物尸骸的时候，简直就是非同寻常的恶臭。但是，峡谷里只有孩子的时候，那恶臭便消失了。'喜诗'①的广告中有这样一段，说的是公司的创立者注意到森林中野兽的尸骸并不臭，你们知道吗？四国峡谷里的树木花草，具有某种净化森林野兽尸骸臭味的能力呢。我好像受到了出庭老人们的恶臭的威胁。在孩子的

---

① 意大利香薰剂品牌 Air Wick。

眼里,这些老人是具备与美国人充分对抗的威严的一本正经的老人,他们的臭味儿与不洁净不同,是步入老年后难以避免的,就像难以避免一死那样的臭味儿。那次峡谷审判的法庭上,为什么会有那么多老人呢?"

"那个时候,对于接近幼年的我来说,只能臆测所发生的事,那会不会是出于这个原因呢?首先,民主审判既然是战败后翌年举行的,那么在那个时间点上,与青壮年男子的数量相比,老年男子和女人、孩子的数量实际上应该处于优势。虽然青壮年男子已经从战场和被征用的工厂回到了峡谷,但是对于他们而言,那次审判中所涉及的战时的事件,因为有国家层面的不在场证明,因此没有正面出席审判。而且,村子方面按照审判的进展来看,如果村民中要有人做出牺牲,老人们就会充当这一角色,作为责任人挺身而出。事实上,我们孩子们的队伍在关注审判的全峡谷人的队列的最外围,我在队伍中远望着他们,竟然连平日里常被戏弄的老人们都严肃地站在舞台上,严阵以待,这让我觉得非常不可思议。而且,到了审判的后半阶段,面向被秘密审判法庭排除在外的人们表演的审判剧,一开始就变成了滑稽剧,是因为刚从战场上归来的青年们,把担任长老的每一位老人的怪诞特征,都表演得惟妙惟肖。随着审判不断向村子有利的方向展开,靠这样酝酿起来的过节一样的气氛,高昂到了无法控制的地步。接着,到了审判结果不可能再推翻的时候,还发生了不妙的事件。虽然被及时控制,没有酿成新的大事件,但是却给峡谷人们过节般的心情泼了冷水……"

"最后的恐怖也是我们共有的恐怖呀。占领军的两个小分队在日本体味到了如此压倒一切的恐怖,而且居然没有受到惩罚性的报复,这难道不是史无前例吗?"

"被占领下的日本山村,那里土生土长的民众是非武装的吧?

191

那么,居然让全副武装的占领军两个小分队感到恐怖,又是怎么回事呢？是因为村民们反抗,你们无法用武力压制吗？"

"那也是有可能的吧。第二次世界大战中盟军的武器,与朝鲜战争或是越南战争中美军的武器相比,应该说很原始吧。但是,在飘着细雪那天进入峡谷的两个小分队,是全副武装后才开进去的,因此一旦军队开始进攻,峡谷里的人将全部被歼灭,设施也将毁于一旦。结合越南战争的经验来看,甚至连峡谷的地形都将……"

哥哥,自那日起,恐怖已被冻结尘封起来,然而一阵打心底里令我剧烈作呕的感觉,把我又带回了恐怖解冻的现场。偏偏陪同不是那种会对实际并未发生的惨事作出假设、发挥想象力的人,非要追问实情。

"究竟是怎么回事呀？所谓的不妙之事？发生了什么吗？"

"是我自身因所做的伪证败露,而被击垮了,就像审判的基石崩塌了一样。我害怕受到我的保护者——军属的处罚,也害怕被美国士兵抛弃而绝望,就像越南森林里的狐狸一样,陷入了昏死状态……"

"我刚才已经说过,我们不断地去打听将普通村民阻隔在外的法庭的审判经过,然后在木架舞台上即兴表演,传达给村民,可这一表演却渐渐变成了滑稽表演。而且还有被更加夸张下去的趋势。都是因为我们村里人粗俗而过剩的恶作剧趣味。舞台上,扮演美国兵的村里人不断嬉闹,同时,扮演村里假冒的掌权者的演员没完没了地耍笑。这样一来,节日的氛围被突出出来,轮番喝着私酿酒的同乡们又把这一氛围推向了高潮。这时审判结束了,面对从农会建筑走出来的真正的美国兵,有人像耍笑峡谷里的人扮演的美国兵那样耍笑他们。刚受此待遇时,我觉得占领军一方表现出了友好的姿态。当然我也是后来才听说的,据说他们打算强行给美国兵灌私酿酒时,从脸部到胸前被洒上酒的美国兵才发怒了。峡谷里的复员兵借着酒劲儿跟他们胡搅蛮缠,扭打在一起。占领军认为复员兵想要夺取他们的武器,便开始真正清除峡谷里的人。在极其短暂的混乱中,刚从战场归来的青年两人被杀,五人负了重伤。"

"仅此就是相当重大的事件了吧?"

"确实如此。但是以那次冲突为契机,很有可能引发更为重大的丑闻。后来,真正的掌权者代替之前那些假冒掌权者抛头露面的老人们出面,那场危机才算避免了。占领军发炮后立刻以三辆吉普为掩体,摆出了迎击的架势。峡谷里的人便从远处包围着他们,一个要塞一个要塞地设置路障制约他们,于是,两军开始了对峙。占领军方面要想强行突破、占据县道,就有必要抱有必须歼灭村里人的觉悟。就在村里真正掌权的人发出'坐下,别动!'的命令的瞬间,再次下起了细雪,可是就算夜幕迫近,也没有任何人有解除静坐的迹象。就连我这样年幼的村里的小毛孩子也有恃无恐,虽然被将要发生的恐怖所震撼,却完全没有站起来的意思。"

"是啊,对峙处于胶着状态时,恐惧的年轻士兵甚至主张一边一起用自动步枪射击,一边逃离。这并不是我当时听到的,那时我不懂英语,仅仅是一个孤立于山中的两个小分队中,唯有恐惧与他们共通的孩子。那是后来我与我的军属监护人开始在加利福尼亚生活后,作为回忆谈听他说起的。他还说,那样不分老人孩子团结一致的作为共同体的村子,在被占领下的日本的任何地方都没有碰到过,真是个不可思议的村子。也就是说,战时那个村里的人惧怕疫病,全村逃出村子这件事,无疑是事实……"

"那不可思议的程度,我们村里人也感受到了呢。我们自己都对我们感到惊讶。美国兵躲在吉普背后,峡谷里的人远远地包围着他们静坐着,在他们之间杂草丛生的运动场上,躺着被杀死的年轻人

193

的尸骸。只有两位老人穿过运动场前去交涉,虽然他们确实是有威望的人,但在迄今为止的村里的生活中,就连那次大逃亡的时候,也并不是非常显眼的人物。通过这次的事,我似乎发现了自己村子里人际关系的构成。而且,这两位老人的交涉居然成功了。"

"是啊,确实成功了。但并不是采取恳求的交涉方式,单方面向占领军屈服,无条件解除包围,作为交换条件,占领军就此撤军。要是这么简单的交涉,肯定马上就达成了吧。但是,交涉持续了很长时间。究竟是如何交涉的,对于我来说也并没有了解其内容的全部。但是,其中包含一个对于眼下的我非常重要的条件。因我的伪证败露,对于占领军来说,审判结局变得荒诞滑稽。但是,在疫病流行或传言流行的时候,对战时疏散到村里来的孩子弃之不顾确是事实,因此村子方面也并不安心。于是就此次审判涉及的所有问题各方约定,占领军决不会再追究任何责任;证人放弃不服申诉的权利;且该证人,也就是我,今后将由占领军中一个可靠的人物来监管。于是,作为监管的延续,监护人把我带到了美国。如果不这样解决的话,谁会来坚持照顾一个满脑子都想着对峡谷里的人复仇的奇怪的小鬼呢?"

这样说来,哥哥,现在"反·弟弟"容貌深处显露出的源于本性的凶险,并不仅仅是因为参加越战负伤引起的。若是民主审判流产那日,这一特性已经显露端倪被看出来的话,那么,无论多么善良的人,仅凭义务之心是无法照顾好这样的少年的吧……

"结果暂且不论,审判究竟是出于何种目的开始的呢?占领军为了满足一个日本孩子的复仇之心,把两个小分队派到深山村庄里。这类事在战败后一年多的时间里屡屡发生吗?当时的社会氛围就是这样吗?我只是那个时候出生的人,想象起来有些困难。"

"其实就是出于教育目的的公开示范,关于美式民主主义的。

同样形式的公开示范，还有占领军出席举办的追查暴力团伙的市民集会。我的监护人回国后，在因麦卡锡风暴被逐出加利福尼亚之前，一直作为电影记者左派活跃着。他后来离开美国，开始写朝鲜战争或越南战争的通史。没出过英文版，只出了日文版。从他的经历可以清晰地看出，他是一个朴素的共产主义者，对被占领下的日本的民主化倾注了热情。他把我带到美国，却没有正式收我为养子，也是怕我要承担服兵役的义务，不得不与东方人打仗。而我却为了获取公民权志愿参加了越南战争，我就是我的监护人一生中最大的不幸的根源。围绕我的告发，怎样开展实地民主主义教育呢？他们尝试当着村民的面，弹劾战时农山村里的封建统治体制，然后建立民主的人际关系。可是，他们似乎只能证明，战时村里的集体逃亡是村里领导层强迫村民们做的。于是，屈从于占领军威慑的大多数村民选择让长老们当替罪羊。不得不承认，他们的意图就是让审判朝这个方向发展。我的监护人，作为一个民主主义者，一生中都散发着这种伪善的气息。他的大多数行为都遭到了远比这伪善程度更甚的惩罚，屡屡败北。"

正当这时，"反·弟弟"朝刚发射出去的火箭弹的方向扬起了脸，仿佛在享受着黑暗空间的无限放大。似乎痛苦、丑恶的回忆能将这无限放大的黑暗空间填满。我也随着他的动作抬起了头，看到阴云密布的高空呈现出红褐色的波纹。可陪同的视线却始终没离开"反·弟弟"用手指描画语言的轮椅扶手。

5

"战时,那些收容不良少年的管教所也必须疏散吧。我并不是怀疑这件事的真实性,而是说这件事欠缺真实感。那么有趣的事实,却没有与之相对应的真实感。这样的故事怎么能让美国读者理解呢?这才是问题所在。"阿尼坐在那儿,竟然全身还大幅度抖动着,像唱歌一样说着英语。哥哥,我真怀疑他爱用的橘黄色药物有多么强烈的令人兴奋的力量,他不是在演戏吧?"但是,这件事简直太奇妙了,我们这些从事出版业的人,一定要以最完美的方式把这件事呈现给美国读者。并以此来唤回他们在那些无益的读物上浪费的狂热。我对这一战略还是有思路的。接下来我们一起来看一段电影胶片,我们可不能浪费时间!"

阿尼集中精力,开始飞快地准备十六毫米放映机,长跑选手要是采取他这种工作方式一定会痉挛。但是在调试机器这种极需注意的情况下,他的动作反倒不那么剧烈了。到把胶片安装到机器上,调整好镜头,正要兴奋地说出胶片的来历时,他却突然停下来,屏住呼吸,开始做运动来放松刚才弄得酸疼的肌肉,然后才津津乐道地讲起了接下来要放映的胶片的来历。

切·格瓦拉在玻利维亚山村被杀害后几个月,为了得到这位声名远扬的游击队指挥官遗留下的日记,美国和欧洲各国的出版社展开了激烈的竞争。哥哥,最终日记定稿还是被公开发表了,我们也读了原文。因此,说世界各地的出版社属于设下陷阱残忍杀害格瓦拉的一方也无可厚非,因为正是他们出版了他的日记。最终结局是,参与竞争的出版社为了这一无益的尝试,耗费了庞大数额的金钱,引发了政治危机,阿尼的出版社也在其中。直接加入这场竞争的大批出版社,争着想要得到的直接目标,就是格瓦拉日记的抄件,是玻利维亚政府甚至是位居军队要职的人物打算偷偷卖掉的。因为当时日记已经被玻利维亚政府扣押了,匆匆复写下的日记是像蒙面卖家所说的完整的实物复写本吗,如果不是这样,那么多大程度上接近真品呢,还是原本就是伪造品呢,对其进行辨别需要专业的判断力。阿尼的出版社当时派出的有中南美诗歌的翻译和一位以女性之名写春宫书的匿名作家,阿尼、苏菲夫妇也亲自赶往了首都拉巴斯。阿尼讲到这儿,苏菲便兴高采烈地插话,让这一颇为私密的话题变成了舞会上的谈资。"当时我刚和阿尼结婚,周围就有人说我是为了钱而结婚,这是我们的婚姻遇到的第一次危机。因此,跟阿尼一起去拉巴斯并不是因为我勇敢,而是因为对自己的未来没有计划。即便两个人就这样被玻利维亚政府秘密逮捕也无所谓,我就是抱着这样一种自暴自弃的心态去了那里。可是,拥有美国知名出版社的阿尼却在拉巴斯最好的酒店受到了监视,也不能外出,就待在酒店里,结果停留期间我就怀孕了,危机就这样度过了。"

代替遭禁闭的阿尼出面的应该是同行的一位翻译。他利用漫长的午餐和午休之间有限的时间,漫不经心地前去进行不知是否有成果的交涉。结果他按对方要价买下日记和一沓照片,在把日记和照片带回美国,委托西语翻译家解读之前,他只能臆测日记内容的重要性。阿尼谈起此事得意至极也是情理之中的,他只管在酒店哄逗苏菲,却达成了那么有价值的交易。对方确认酒店的阿尼就是买主后,几次尝试在酒吧、游泳池边接头，后来，完全陷入焦躁的玻利维亚人直接向阿尼提出了一个方案。避开安装了窃听装置的电梯，两人同时爬着长长的楼梯，阿尼跟我们讲的时候还不忘绘声绘色地模仿那人的声音，哥哥，那个表情阴郁、漫不经心的秃头年轻男人提出，想要把格瓦拉被害时政府方拍下的记录胶片统统卖给阿尼。阿尼自然不会轻易相信他的话。如果在机场被查出来，一定会被没收，而且这个卖家会不会是政府为了引阿尼他们上钩而放的诱饵呢？直到阿尼他们要出发的前夜，已经懊恼到眼睛充血的玻利维亚人，提着装有实物的小皮箱出现了，他自嘲地笑着，以最初所开价格的半价卖了胶片。最终平安无事地带回纽约的胶片，正是货真价实的杀害切·格瓦拉的作战纪录。苏菲感谢拯救了他们婚姻的玻利维亚之行，对兜售胶片的男人也给予了善意的评价。那个南美人说胶片给多少钱都行，他看出阿尼是值得信赖的美国出版界的人，就像得了热病一样一心希望记录了杀害切·格瓦拉的胶片能被带出玻利维亚。

　　据说这些胶片的一部分经过剪辑，配上解说，已经在电视节目里播放过了，而阿尼给我们看的却是原版胶片，不但未经剪辑，而且没有声音。放映机一转动起来，出现的就是玻利维亚山区的景象。然后重复播放了被运送到警备队值班室的格瓦拉和他的同伴们的遗体，警备队的将校和士兵们，还有村民们的身影。"反·弟弟"自然看不到播放出来的影像，他就听陪同给他解说画面，然后反问，然后再听解说。听着他们的日语问答，再加上阿尼的英语解说，每当摄影机转换视角，盯着像特写照片一样停滞的画面，听着他们的话语，我就仿佛身临其境似的。

　　"正如你们看到的，玻利维亚士兵的装备与越战美军的装备是一样的。既然装备相同，那么训练和作战方式也应该是在越战中积累了经验的美军将校带到玻利维亚当地的。这样一来，就算格瓦拉是天才也没有胜算了。毕竟同伙背后有五角大楼的附属机关里,那些诺贝尔奖级别的学者的援助。对于我们的人来说,越南战争作为获取在中南美游击战中的经验教训,也许不算过高的投资。即使画面中没有拍摄进来,在现场的摄影师旁边一定站着一位美国顾问,正为完成了一项工作而满足呢!"

"这群家伙极尽所能地丑化、破坏游击队员们的遗体。把他们的脸弄得像猪脸一样!但是对待切·格瓦拉又怎样呢?他们不能破坏格瓦拉的脸!"

"阿尼,那是因为,如果把格瓦拉的脸弄得跟猪脸一样,这群家伙就失去了向世界宣告杀了格瓦拉的证据了。那只是战术上的程序而已。"

"但是,应该是超越了这一想法的,因为那是一张人类无法破坏的圣人的脸。你要是能亲眼看到画面上那张脸,我觉得你也不会反对的。这群家伙在专制美国的指导下,杀了本应该有可能解放自己的人,他们看上去那么无谋、愚蠢。而且,正是这群卑鄙、可怜的家伙杀害了格瓦拉。真不可思议,看着这山间小部落的情形、此处的原住民的样子、表情,我渐渐意识到这件事真的发生了。这些雇佣军预先在越南进行了演习,掌握了电子化的作战方法,然而这并不是格瓦拉被杀的唯一原因。杀害格瓦拉的是玻利维亚的风土和原住民,再加上美国武器武装的雇佣军,我觉得这才是更具有切实说服力的原因。画面以另一种形式呈现了所有这些因素。是出于恐怖、畏惧,还是不甘?人死后都不会马上闭上眼睛,格瓦拉的眼睛也是睁开的、僵直的,你们仔细看格瓦拉的眼皮中间,上面有苍蝇在动。格瓦拉就从两只苍蝇的头中间,睁着困倦的眼睛,看着摄像机。你们一直盯着画面,就会感觉格瓦拉眼睛周围到脸部的地方,有一种漠然的东西正在以难以抑制的趋势进行着。你们不觉得奇怪吗?格瓦拉明明已经死了。有了这样的疑虑，影像和我的构想就同步进行了。格瓦拉死了，正因为他已经死了，才有这样的动向吧。在玻利维亚的暑气中，他已经开始腐坏了。可能还散发着臭气吧。正因为这样，在固定的摄像机环绕拍下的长镜头中，那些参观遗体的人，表情才显得那么惊讶、僵硬吧。也就是说，像格瓦拉这样的革命家，同样有内部的力量腐坏着他的肉体。这一力量与把格瓦拉逼上绝路的当地风土、原住民、雇佣兵等所有力量像地下水一样连通在一起。影片告诉我们的就是这样。我也是这样把那里发生的事作为一个整体来理解的。不但拍摄这段未剪辑的片子的摄像机没有动，从苍蝇到其他被拍摄对象，都一动不动，看着这画面，让人不得不被自然的巨大力量所折服，我发现我就是这样接受切·格瓦拉的死的。影片以这样一种方式教育了我。这也是我给你们看这段影片的原因……"

哥哥，只有眼前停滞的影像支撑着阿尼的雄辩。影片没有任何迹象就结束了。阿尼额头青筋凸起，脸涨得通红，眯着眼睛瞪视着空中。突然他像抽筋似的站起身，大步向厨房走去。只听盖在调制干马提尼瓶子上的杜松子酒瓶塞被弹飞了，滚落到地板上……大家都静静地听着瓶塞弹来弹去，焦躁地在地上滚动的声音。哥哥，这期间我并没有注意到放映机的咔嗒声和胶片的摩擦声这些杂音，而是捕捉到了另一个层次的声音。陪同抽泣着，厚重的头发也跟着静静地晃动着。她坐在不带靠背的椅子上，紧挨着"反·弟弟"色彩艳丽的轮椅，本来是要履行陪同的职责，厚厚的头发遮着她阿丑女一样的脸，眼泪不断地滴落到她高耸的胸脯上。闭上红红的眼睛时也是一样，啫喱状泪雨刚一溢出，眼睛里马上又积满泪水。她已经到了无法解读"反·弟弟"在他轮椅上的亮白色磨砂玻璃上用手指写的字的状态。现在"反·弟弟"和陪同两人都失语了，陷入了哑巴的状态。

哥哥，被两人的沉默包围着，本应该发声的阿尼、苏菲还有我，都意外地说不出话来。约翰在我们三个沉默的人旁边,从阿尼那儿接过喝的东西分给大家,在把玻璃杯递给被泪水堵塞了三角形红鼻子的陪同时,竟"扑哧"一声笑了出来。我们的反应完全是出于惊讶,因为之前陪同一直是傲慢的"反·弟弟"身边的幕后人,而现在却正面表达出自己固有的见解和情感,独自在客厅里抽泣。而且这个因泪流满面而无法为"反·弟弟"做陪同工作的大个子女人,她悲叹的原因就在于切·格瓦拉被杀害的胶片。阿尼和苏菲默不作声地啜着干马提尼,在他们对视的眼神中,我确实看到了共鸣之光在闪烁着。

少时,陪同擦去泪水,用力擤了鼻涕,用手绢把一切收拾停当后,带着哭腔用沙哑的声音说出了她自己想说的话。

"把尸骸放在那样的土间里,这比切·格瓦拉被杀这件事本身更让人气愤。在只有苍蝇活着,其他一切都死去的环境中,切·格瓦拉的尸骸渐渐腐烂着。摄影师还拍下这一过程。我对这样的事非常气愤……这周末我要在坦格活德的室外演奏会上弹一首追悼切·格瓦拉的曲子。我的作曲家朋友有一首非常悲伤、好听的曲子,用于返场的曲子……"

"你是演奏家?在坦格活德演奏?这么正规的演奏家?"苏菲吃惊不已,流露出不相信的神情问道。

陪同把头低到一个恰当的角度,重新开始了之前因泪水暴发而中断的把"反·弟弟"的语言转化成声音的工作。她注视着轮椅扶手上的磨砂玻璃板,像是对苏菲的声音表示轻蔑似的沉默不语。

"是慈善音乐会那种业余演奏会吗?残疾人的?"

"亲爱的,慈善音乐会是为残疾人集资的音乐会,并不是由残疾人来演奏的音乐会。"阿尼适时地提醒她,"而且她也不是残疾人。残疾的是我们的新晋作家,她就是陪同。你的问题有三重错误。"

"以我这个外行来看,她目前可是日本最优秀的小提琴家之一呢。"陪同又恢复成"反·弟弟"的语言表达者，用平时中立的声音说道，不停地故意清着嗓子，"她还是小学生时就在日本的大赛中获得了冠军，初中一毕业就到美国留学学习小提琴了。我最初是教她英语的私聘教师。后来她就从茱莉亚音乐学院毕业了。她每年都会在日本、苏联、东欧举行演奏会呢。在美国她主要从事弦乐四重奏乐团的工作。她虽然给我做陪同，但只要有演奏会，就会带着小提琴飞往世界各地。"

"太神奇了！"阿尼大叫着，"日本顶尖的小提琴家，居然是这把神奇的轮椅的操控人，还是这指尖书写的语言的翻译！真是首尾贯通的做法！"

"她出去旅行演奏时，你怎么办呢？一个人生活吗？这怎么可能呢？"苏菲一反阿尼天真的兴奋，用另一种口吻问道，"回到现实，这周末她去坦格活德演奏时，你怎么处理你的事情？"

"两三天的话，我一个人就能支撑我自己。就是这期间不得不保持沉默。超过一周的旅行演奏的话，我会叫女佣来。这种情况下自始至终都要沉默不语。我本来就是失去声音表达的人，应该说这种状态才是常态。"

"但是，这件事还是很神奇。现役小提琴家当推轮椅的人！"阿尼更为天真地重复着，"让小提琴家来做这种力气活，还得结合复杂的解读，这真是太神奇了！对呀，我们就在汉普顿举行一个大型晚会，让你来演奏小提琴。把我们的作家也推上舞台。那一定会成为最神奇的音乐会。"

"为我推轮椅，把我的语言转化成声音，都谈不上是体力活。虽然这确实需要很大的力气。"陪同转达了"反·弟弟"的话后，恢复到她自己的说话声音，刚才泪流满面的样子已消失得无影无踪，她显得坚忍而威严，补充道，"如果您对我的音乐感兴趣，我可以订购唱片送给您。"

陪同简短的话语所表达的拒绝的意图，在阿尼和苏菲甚至是约翰之间引起了激烈的反应。哥哥，也就是说，这一家人被客人射出的语箭深深地刺伤了，因为他们都是情感纤细到脆弱的人。阿尼一反刚才异样的兴奋状态，一下子消沉下来。但那并不是不愉快的表现。他周身流露出悲哀的不安，沉默下来。阿尼手指间握着的鸡尾酒看上去也是这样。虽然他像自动机械一样把酒举到唇边，但面部一瞬间不情愿地抽搐着，像是在无言地训斥把酒杯举起来的自己的手臂。陷入抑郁中的阿尼，身形也好像缩小到了刚才的三分之二。约翰刚才还对着泪流满面的陪同的脸笑出声来，现在却好像因无理行为受到了惩罚而沮丧不堪。只有苏菲低着头，额头上浮现出青色的静脉血管，无法平静的眼球转动着，强烈地反射出落地灯的光。

……阿尼和苏菲就这样被削弱了气势，再也提不起兴致来，他们暂且离开房间，上楼回到他们的卧室中。他们走后，哥哥，我们依然留在纵深的半地下客厅里，一直聊到深夜。我和陪同坐着，从高度在我们头部的位置处开着的窗户，望着由此处蔓延开来的草坪的黑暗，"反·弟弟"也在一旁听着对面传来的海潮声。当然这样的交流正是我们通力合作、一起工作的核心。因为此时，杀害者一方记录的切·格瓦拉的死的胶片发挥了效果，哥哥，阿尼作为出版社社长，还是有能力刺激他们的撰稿人的知性、情感，使它们活跃起来的。

"战争末期，我们村里人陷入了巨大的莫名的不安之中。急症病人的出现成了导火索，使不安的情绪高涨到了极点，为了避免事态最终发展到不可收拾的地步，全村人便逃出了森林峡谷。这件事对于被留下来的你们来说，无疑是犯罪。这次事件从逃离之行开始，到回归村子，经过民主审判，直至今日，村里人心中一直都觉得自己的行为是在犯罪。我们必须承认这一罪行。"哥哥，我先开口说道。虽然我这番话并不是对傲然仰靠在轮椅上、显露出步入死亡之谷的人的迹象的"反·弟弟"说的,而是对"弟弟"说的。那时他虽然瘦小,但身体匀称,对事事都抱有好奇心,在村子的各个角落时而奔跑,时而停留,一个人玩得不亦乐乎。"按照习俗,应该把沾染了疫病污秽的小动物赶到村外,把害虫驱逐出去,我们却反其道而行之,把你们封闭在了疫病蔓延——哪怕是妄想也罢,我们对此深信不疑——的峡谷里,而我们却只身逃离。这也是村里的老人们在审判一开始就承认的罪状。我们并不想混淆当时的事实来寻求活路……"

"那不是村里人的政治策略吗?在战时体制下,一个村子的全体村民将村公所、消防团等一切撇下,又因暴发洪水而安扎在下游的村子里无法回来,总之是集体消失了。这也可以说得上是对战时体制的反抗和抵抗了。也就是说,你们村是在消极抵抗战时体制的过程中,致使从城里疏散来的孩子们濒临死境的。你们难道不是为了这样向占领军宣传,才在一开始就承认了逃离村子的事实吗?"

"总之,在审判的前半部分,为了能让占领军善意地理解战时全体村民逃亡这件事,旁听席上的村里人准备了积极的反映。接着,后半部分审判中进行的传达屋内审判进展的表演活动,才在基本安心的状态下被滑稽化了。可以这样说吧。我现在重新思考这个问题后是这样认为的。但是占领军接下来却追问,逃离、逃脱帝国主义日本的战时体制本身,占领军无可非议,但是,既然是这样,为什么不带着疏散来的孩子们一起逃离、逃脱呢?"

"是呀,要是他们认为我们患了疫病,就遗弃了疏散的孩子们,那显然是反人道主义的犯罪,这才引起了告发。然而关于这一点,你们村子方面早就想好了可以搪塞过去的方法了吧。你们坚持说根本没有疫病流行。受到毫无根据的疫病消息逼迫,村里人才逃跑的。可是被遗弃的孩子们却成立了他们自己的幸福的自治体,度过了一段属于孩子们自己的快乐时光。因此,告发村里人的行为是反人道主义的是没有根据的。这也很合乎逻辑吧。那么你们为什么逃跑呢?到了这一阶段,检方才再次围绕这一点重新陈述意见。我记得就是这样……"

"我自己虽然头脑里只有作为一个孩子的记忆,但也大致就是这样吧。此处恰恰包含了我们整个村子关于生与死的根本想法。"我说道。切·格瓦拉的肉体静静地、不可抗拒地腐坏掉的镜头影响了我,哥哥,关于笼罩整个峡谷村庄的死亡阴影的记忆,鲜明地呈现在了我的脑海里。"为什么我们通情达理的村里人,要背负着趁着月色逃走的耻辱,置你们于不顾呢?即使你们真的患上了疫病,我们要是没有受到面临整个村子都死亡的恐怖威胁的话,村里的掌权者至少可以把你们移送到位于镇子下游的医院吧。那次全村大逃亡并不仅仅是为了在确信患了疫病的你们和我们之间设定隔离的距离。如果只是单纯的隔离,通过医学上的处理就可以实现。"

"确实如你所说。我的监护人在民主审判失败后,还斥责过我,但并不是直接针对我说的谎话。因为他觉得事情整体给他的印象,好像是到了野蛮人的部落,然而实际交谈起来,才发现对方简直就是一群狡猾的文明人。"

"但是我们村里人是受了集团性的情感的指引才逃亡的,美国民主主义时代的左派记者一定会认为这是一种神秘主义吧。这是我一直在思考的一个问题,其实镇里疫病流行的谣传,和你们这个进入村子的集体中出现了死者,只不过是导火索。因为我们村子本身就是由其他什么地方逃脱出来的一群人建立的。在村里所有人的集体性无意识中都留有这一记忆,这或许已经为我们确定了方向。或许战争末期,我们村里无论老人还是孩子,都无一例外地发生了返祖现象。在那个月夜,我们会不会同样被数百年前驱使祖先的那个暗夜的力量所驱动了呢？因为男人们都被抓去参加战争,新生儿的数量很少,可是当人们趁着月光逃离村子的时候,却没有一个孩子哭出声。就这样深更半夜穿过别人的村子打算出走,就连我这个小孩子心中都莫名其妙地刻下了罪恶感。现在回想起来,那样的罪恶感是直接面向谁的呢？其实就是针对你们这群突然闯入我们村子的、从感化院来的疏散儿童。起初对你们产生的愤恨之心,构成了这一罪恶感的底流。对你们这些讨厌的少年犯,而且是把恶疾带进村里的人,我们心存厌恶。但同时,对幼小的你,独一无二的'弟弟'的美,还是心存赞赏的,我至今都能回想起内心深处的热情无法完全燃烧的痛楚。……虽然这样,我们峡谷的孩子们也没有央求父母把疏散来的伙伴一起带走。大人们同样,或许更为坚定地闭口不谈,想要把疏散儿童的事抛到脑后。这也就是说,并非我们孩子们没有被你们打动。只是因为我们和大人们都返祖成了创立村子的人们。接下来的旅途,既然包括全体村民,就意味着与整个峡谷的命运息息相关,因此这次旅途不应该带上外来者,那将违反村里人和这片土地的根本原则。因此我们不得不屈从于羞耻感和愤恨之心,甚至连家畜也不允许发出声音,在月光下逃走了。"

"我想这可以说是违反宇宙规律的。如此说来,你的陈述中意义尚不明确的月光,也可以看作是一个重要的构成要素呢。这次旅程以全村宇宙学上所说的'死亡'为赌注,通过与死亡危险的斗争获得再生的契机,是一次经受考验的旅程。"

"正是如此。我也是经过了长久的思考才想到的。而且对于村里人来说,这也是把祖先的经历作为新的考验的一种再现。这当然不是在刚一出发时,我这个小孩子就能意识到的……"

"但是,幼小的你们具有比现在更为深刻的宇宙学的感受性呢。总之,你们村里人和你们共同体的内心活动一定是不同寻常的。你们任何人都不会作为个体来感受、来思考吧？我现在似乎明白了,你们离开村子,流浪,经历了考验之后重新回归村子之际,长老们为什么暴跳如雷了。因为在你们村里人逃亡期间,被搁置不管的村子全部深深地沉寂在死亡的黑暗之中,必须穿过宛如胎内一般的黑暗为再生做好准备。就是说,你们是为了赋予村子一段死亡的时间才逃亡的,可是人们回来一看,却发现我们热火朝天地在那里生活着。抓住因下雪后森林深处没有可吃的东西而落在村子里的野鸟那天,我们甚至还举行了祭典。我时常想起那次祭典……"

"确实是这样。我们回到村子后,以为你已经被洪水冲走而死了,可是,当除你之外其他还活着的疏散儿童说到是他们保护了村子,并且为了保护村子还举行了祭典的时候,村里人的愤怒达到了顶点。我反倒是受你的引导,才找出了那天村里人发怒的理由,觉得心情豁然开朗了。但是,以村长为首的村民们情绪那样异常地激昂,似乎还存在可疑之处……"

室内的亮光尽管很微弱,还是朝着黑暗的窗户外面,那紧贴着铺着草坪的地面的暗夜渗透开来。仿佛有一个身形庞大的漆黑的东西,在层层薄膜重叠起来的暗夜中移动着。失明的"反·弟弟"比任何人都迅速地向那个方向转过了头,陪同和我也不约而同地盯着那边。哥哥,我想起来,那些全村逃亡的日子里,我们,无论大人还是孩子,就如同现在在窗户外面的黑暗中穿行的东西一样,时常疲劳、困顿地慢慢在黑暗中移动。我们这一队人不停移动着,感觉就像刚才影片中看到的切·格瓦拉尸骸的皮肤下面难以停止的运动。哥哥,我发现自己那么害怕"反·弟弟"追问我逃亡期间的经历。我们那队人在腐坏中穿行,甚至不惜自我腐坏,而后重新向着新生活进发,但即便如此……

6

　　哥哥,周六一早,陪同身背一把小提琴出发了。出发前一天,她还一边和我们聊天一边熨烫了她的演出服,那件衣服与她平日里穿的黑色长衣没什么区别。她把演出服和化妆用具塞进一个小旅行箱里,叫了出租车,轻装离开了。在走之前一周,她清晨很早便起床,钻进阿尼家地盘内的一间独立的小屋里,刻苦练习。这周刚一开始,阿尼他们便载着两只狗回纽约了,因此小提琴的练习并没有打扰到他们。她从早上很早开始,只练到近午时分。练习用的小屋远离要睡到正午时分的"反·弟弟"和我住的那栋楼,修建在网球场对面、能够俯瞰池塘的斜坡上。投入练习的陪同,行动过于隐秘,每天天一亮,当我听到细小的响动,知道陪同要出去练琴的时候,都有一种感觉,好像陪同是去做一件必须避人耳目的难为情的事情。那天,陪同依然如同出去幽会一样,踏上了前往坦格活德的旅程。她走后没多久,阿尼他们就到达了主楼,把狗从车上卸下来,引起了一阵喧闹。

　　临近下午一点,阿尼他们还没有起床的迹象,我开始担心陪同走后形单影只的"反·弟弟"。想着要照顾或许还赤身裸体躺在床上的"反·弟弟",我便去窥视他们卧室的动静。天亮时分,在被两度打断的睡眠中,我做了一系列的梦,它们纠缠着交织在一起,哥哥,在昏暗的走廊里穿行的瞬间,我想起了其中一个完整的梦,如同从油渍沙丁鱼罐头中完整地分出一条一样。梦中，做梦的我就像现在这样，穿过走廊来到卧室前打开门，只见像老鼠胎儿一样缩成一团的"反·弟弟"，从床角上胞衣和羊水混杂在一起的血泊中浮出半截身体。那肉体布满了刚刚治愈的伤疤，全都泛着绿光。"反·弟弟"的全身沾满了污秽，唯有拇指肚大小的脸庞，哥哥，透露出当年"弟弟"那无瑕之美。梦中的我突然领悟——那孩子是少彦名神①……

心回梦转的我无意识中没有敲门就朝敞开的门里望去，"反·弟弟"已经起来，坐在两个行军床中间的轮椅上，轮椅的侧面正对着我。周身早已收拾停当，一副坚定而镇静的样子，没戴平日戴的墨镜，身体微向前倾。

没戴墨镜，姿势前倾，再加上薄薄的窗帘透进来的微光，这些因素完全改变了他肉体的印象。"反·弟弟"低垂的脸一侧迎着微光，从额头到鼻梁，再到令人意想不到的稚嫩的上唇，显得纤细而棱角分明，整个轮廓像棉屑一样闪着光。下颚虽然覆盖着一层石膏模型那样的表壳，但若取下这层表壳，从下颚连绵到上唇的平缓的线条，就像脱壳的鸡蛋马上就要露出时的样子。几近透明的眼睛散发出白光，仿佛眼窝中装着半透明的玉珠，唰的一下让整个眼睛都亮了起来，眼睑的各个角落熠熠生辉。哥哥，这就是死人的特征，当我梦见令我怀念的死去的人时，无论梦中的人多么鲜活，依然会显示出死人的特征。我的思绪一下子就联系到了这里，本应该意识到自己正在看着已经死去、且死去后仍在成长的"弟弟"……然而，哥哥，那时我极为确定地发现，他不是长大后的"弟弟"。他的脸因背光而隐去了

---

① 少彦名神，出现于《古事记》和《日本书纪》神话中的神只。《古事记》中写作少名毘古那神，另有须久那美迦微、少日子根、少名毘古那等别名。身材矮小、聪明，与大国主一同巡游日本各地，帮助他建国，并传播水稻的种植方式和温泉的使用方法，后来突然消失。

所有疤痕，虽然很美，但里面并没有安住着少彦名神的影子，因此，他不是"弟弟"。相应地，也不是"反·弟弟"……

处在逆光中的轮椅上的人物，缓缓地直起上身，从轮椅扶手里取出墨镜，动作迟滞地将墨镜遮盖在发光的眼睛上。然后将身体扭向我，嗒！嗒！嗒！嗒！敲着刚才一直放置墨镜的扶手上的磨砂玻璃板。这既是对站在门口、默不作声的我直截了当的抗议，也是想当然的抗议。

于是，我向轮椅主人奉上迟到的问候，仿佛这项工作是受陪同所托似的，朝起伏、宽阔的草坪推开窗子，勉为其难地坐在了轮椅的一侧、能看到磨砂玻璃的位置。

"你的样子是在怀疑我什么吗？站在门口侦察我？""反·弟弟"在长方形磨砂玻璃上驱动着手指说。哥哥，为方便起见，我暂且还用"反·弟弟"来表述这个男人。我按他所写的，用自己的声音重复了一遍。跟"反·弟弟"独处时，如果不这样做的话，"反·弟弟"就没办法知道对方是否读懂了自己的语言。"要是在越南，你那种态度只需零点二秒，你，连同开着的那扇门，就都变成蜂窝了。而你这个样子已经二十秒了……"

也没有怀疑什么，只是看清楚了一些事情，消除了一直在我心中悬而未决的、关于一个老相识的疑惑。可是哥哥，我并没有这样说，而只是问了些日常性的问题。

"你要是有什么需求的话，就由我来做吧……去主楼吃早餐吗？"

"他们还没起床呢。只要他们今天在主楼睡着，我们就不好擅自去做早餐吧。像我这样的身体，只有过去二分之一的容量，也不怎么运动，新陈代谢缓慢，所以肚子也不饿……我还是想问你，你刚才是在怀疑什么吧？是不是在怀疑，她独自一人出发了，而我则感觉人生无常,要上吊自杀?或是更严重的、难以启齿的事情?"

这时,一个满头乱蓬蓬红发、有些佝偻的初老男人,步履艰难地从对面草坪起伏最高的地方走过来。他扭过瘦骨嶙峋的像鸡一样的脖颈,一边回头看着主楼,一边向前移步。男人是流亡的波兰人,是这栋别墅的看守,由于不懂英语,所以不能通过对讲机等待吩咐。于是,一到主人一家快要起床的时间,他就远远地围着主楼踱步,等待主人的召唤。只要他还那样走着,就如同"反·弟弟"所言,一大早到达这里就上床补觉的阿尼他们还没起床。

"我觉得还是在她不在场的时候说出来比较好,所以我想现在说出来。"我下定决心,对傲然仰坐着的轮椅主人说。"刚才的我并不是在怀疑。我已经超越了这个阶段,似乎已有了清晰的构想,这一构想就是,带领进驻军回来参加民主审判的并不是'弟弟'。也就是说,现在在这里的你也不是长大成人的'弟弟'。"

面对我散发着不合时代气息的声讨,"反·弟弟"自然不知该如何应对,一副保留评判权利的样子。当时的情形,我是从磨砂玻璃板上浮现出的紧攥着的拳头的表情中读出的。对于不具备有声语言的人来说,为了强化他的沉默,会紧紧攥住写字的手指。我注视着他,接着说。

"你是那个'弟弟'的哥哥。"

就是那个如同疏散儿童们的头领一般的、敏捷的少年,已长大成人,而且还缺少了少年时代齐全的四肢中的几部分。"哥哥"紧握的拳头浮在空中,歪着头一动不动。过了一会儿,"哥哥"扑哧一声,喷出大量空气笑起来。原本"哥哥"的笑是无声的,无声地发笑的先兆就是喷发出的"扑哧"的声音。可是,我感觉这声音就是全然不会发声的"哥哥"的最大声音了,不禁吓了一跳。只要"哥哥"呼吸、活着,他能发出喷出空气的声音,也是合情合理的,说不准还能发出更为复杂的声音。但是,"哥哥"这种反应让我感觉有一种令人厌恶的不羁。而且继喷气声之后,"哥哥"又皮肤僵硬地、无声地笑了许久。

"如果你不是'弟弟',那么真正的'弟弟'还是掉进洪水泛滥的河里淹死了吧?既然是这样,你和占领军开进峡谷的时候,应该可以就你'弟弟'的死来追究村子方面的责任吧?你们集体疏散到了峡谷,负责监管的教师们回去接应后续部队,可村里人却遗弃了处于这种状态下的孩子们,一走了之了。正是在这种情况下,其中一个疏散儿童才落水而死,而你要是作为死去的孩子的至亲告发的话,一定会成为切实有力的谴责吧。占领军的人们一定会支持你。因为这是可利用的宣传素材,处于军国主义体制下的日本,就连远离前线的后方市民们的生活,也现实地存在着这么残忍的行径。这不比你以'弟弟'之名提出的,'返回一度被抛弃的村子里的人们杀了所有疏散儿童'的申诉,更容易被接受吗?而且,用作民主主义宣传,一定能收到与这个残忍故事同等的效果。我想村里的大人们自身,也会因为你的陈述是基于事实的,而积极应对吧。峡谷里的人迫于本源的危机感,才那样逃散的。那是必然的,因为村里人只要深入到自己内部探究一下,就很难否定这一事实,对那次全体村民的大逃亡本身,任何人都无从辩解。如果那次逃亡是罪恶的,那么,即使全村人都被遣送到夏威夷强制收容所,也不会有任何人抱怨吧。因为那个时候,我们不得不离开村子。要是不这么做,我们所有人早就灭亡了。我们为什么要为这次发自本源动机的逃散而感到羞愧呢?而且,按照回归峡谷的人们对古来已有的信仰的理解,'弟弟'就是少彦名神的再生。'弟弟'来到了我们出于无奈而离开的村里的土地上,为我们保护着这片土地,背负着我们外出期间的所有灾祸,被河水冲走而死。在身为少彦名神的'弟弟'死后不久,我们实现了平安回归,因此,我们哪怕是被送进强制收容所,也会毫不犹豫地做出牺牲……可是,原本该是少彦名神再生的、已经死去的孩子,居然还活着,而且还坐着占领军的吉普来到峡谷,这件事动摇了村里人对其民俗的信仰,引起了不必要的秩序上的混乱,这尤其让大人们感到不安,促使他们进行防卫。现在想来,就是这么一回事吧。我们孩子们也都为那个美丽的幼儿——'弟弟'还活着这件事而兴奋不已。可是……你为什么要自称为'弟弟',徒然放弃了足以告发村里人的直接证据,也就是'弟弟'死了这一不争的事实呢?你不是为了给'弟弟'复仇,才和占领军一起开进峡谷,以全体村民为对手,举行审判的吗?只要你不先提起自己是那个本已死去的'弟弟'这件事,审判不就取得压倒性胜利了吗?"

"哥哥"扑哧一声笑出来,脸上的疤痕随之清晰地浮现出来,现在皮肤上还沉积着那笑容的残渣,过了一会儿,才渐渐恢复到和刚才在透过窗帘的微明中,不戴墨镜、垂着头时一样的表情。这时,金发少年沿着洒满阳光、起伏不平的草坪跑过来。少年的头在阳光下闪闪发光,与他的身体相比,显得那么小,他那奔跑着的躯体,哪怕是远远望去,都感觉快活而美丽。但是,哥哥,我是这么认为的,那个幼小的"弟弟"的美,几乎达到了无人能与之比肩的完美程度,他的美,在想要全盘否定疏散儿童的峡谷所有人面前,呈现出少彦名神的幻影。

当我把昏眩的目光转回扶手上的磨砂玻璃板时,发现"哥哥"的手指已写完一段连续的文字,最后一行是——

"……因为太可怕了。"我拿不准其中的含义,就没有读出声来跟"哥哥"确认,因此,"哥哥"知道传达信息失败了,难为情地要用手指擦去这段话。

可我却没能说出:"能重复一下你刚才用手指写的文字吗?"而是胆怯地找了一个蹩脚的借口。

"约翰一手拿着一条泳裤过来了。好像谋划着带我们去游泳呢。"

"我是穿不了泳裤的。如果不是那种一条腿缝合的特制泳裤的话,我的阴茎和睾丸就会像内脏外露一样,无精打采地泄露出来。"我一口气读完了"哥哥"的话……

午后,虽然"哥哥"没有以身穿泳裤的姿态出现,但也来到海滨,待了许久。灰褐色的天空和大海,同样颜色的苇原,只有沙滩略带赭色,但依然是灰褐色。哥哥,摆放在沙滩上的、正对大海的轮椅和"哥哥",比上次在牧场上更加绽放出超现实主义异彩。午后出现了薄薄的云,在云层过滤的光线中,色彩极其鲜艳的轮椅看上去就像游乐场里被弃而不管的游乐设施似的破烂不堪,戴墨镜的男人正襟危坐,显示出令人百感交集的效果。这就像是杂货铺的招牌商品,能将之置于自己的权力范围内,阿尼一副喜不自禁的样子。车子尽可能地开到了沙滩深度允许的海边,然后放下轮椅和哥哥。这一带是别墅居民的会员制海水浴场,因此,放眼望去,聚集在此处的也不过几小撮人。即便如此,偶尔有晒得黢黑的中年女人,一边夸示着自己扁扁的腹部和高挺的胸部,一边走过时,阿尼便自豪地说——那是我们社的新晋作家。这般被搭讪的邻居,虽把视线移到了"哥哥"异形的躯体上,但仅止于优雅的、轻度的关心,然后便走过去了。这样的事情重复几次后,阿尼对我说。

"这个海岸虽然是美国特权阶层的场所,但他这个黄种人,身体还那么与众不同,却能坐在这里。当然不是像我们这样光着身子了。然而,对于这样的事情,通常过着保守生活的同伴们,并不会因这种人闯入了自己的生活圈而感到愤慨。更不会过来抗议。这就意味着,美国已经渡过了越南战争的危机,回归到了民主主义国家。你读托马斯·曼吗?他的《马里奥和魔术师》描写的就是法西斯主义渗透到一般民众范围的意大利。一个小姑娘,是个德国旅行者,她为了洗去游泳衣上的沙子,就光着身子走到岸边。就这么一件事,却引起了海边意大利人旋风般的非难。甚至到了女孩儿的父亲必须缴纳罚金的程度。托马斯·曼认为,如此不宽容就是法西斯主义社会的产物。要是把我们作家的轮椅推到意大利的那个疗养地的话,会发生什么样的事情呢?他的肉体大面积缺失,就如同把裸露的肉体摆在看客眼前一样。那可是幼女的屁股没法儿比的哟。他不就被变成暴徒的市民袭击过吗?但是现在,在这片比意大利疗养地更加闭塞的海滨,他,连同他的轮椅,却被全盘接受了。这就表明,美国社会正在向民主主义逐步复苏……"

哥哥,阿尼和我前行到了海水没过脚踝的地方,"哥哥"的轮椅和我们之间有相当一段距离,因此,我们才能高声谈论这些事。而且"哥哥"旁边有苏菲陪伴,她正穿着必然引起法西斯主义市民反感的泳衣。而且,二人靠得很近的样子,显示着某种彻底的含义,仿佛苏菲和"哥哥"之间已结成了坚不可摧的同盟关系。

哥哥,这种关系自打刚才把轮椅推到沙滩上,吃着装满了篮子的三明治、鸡肉,喝着啤酒时,就已经开始了。苏菲一边事无巨细地照顾"哥哥"的饮食,一边频频地和"哥哥"搭话,她先读出"哥哥"磨砂玻璃板上的回答,然后再进行对话。但苏菲并没有按照陪同的固定模式,把"哥哥"描绘出的语言转化成声音。而是不慌不忙地"嗯嗯"附和着,表明自己已经默读过。苏菲紧紧靠着轮椅扶手,头快要挨住了"哥哥"的身体,她大声回答着,不时发出阵阵笑声。这当口要是还坚持不识趣地坐在"哥哥"和苏菲旁边,那就好像不礼貌且迟钝地介入了他们的悄悄话一样,会浑身不自在吧。出于这个原因,哥哥,我们才远远地离开轮椅。约翰和两条狗已经先行向海面游去。阿尼和我也跟着下了水。

阿尼的双肩半伸出水面,像马那样游泳。他这姿势不知道以何种泳姿才能办到，我因此也受了鼓舞，可还是被阿尼远远落在身后。我将鼻子以下浸在水中，静静地游着蛙泳。我的蛙泳，哥哥，仍然保留着过去你反复提醒都没矫正过来的毛病，现在腿部还是像侧泳那样划水，因为这样可以保持稳定性和耐久力。这样，我就可以只盯着鼻子下面狭窄的水域，平稳地游动了。

　　岸边的海水不足一人深，可没游多久，海水便开始浑浊，显出土色，还有水草漂浮，甚至有泥土的味道。为了尽快穿过这一带，游到波涛起伏的真正的海水中，约翰、阿尼一定会率领着狗，朝远海快速游过去吧。哥哥，此时我回想起一件事，就是咱们还是孩子的时候，"弟弟"被冲走而死的那条河，一旦河水变浑浊，咱们就决不会在河里游泳。流经峡谷中央的河水浑浊的时候，就有带来灾厄的东西降临，这一信仰广泛而深入地扎根于我们孩子心中。虽然夏季在河里游泳是孩子们的主要游戏，但只要河水稍有浑浊，孩子们便不再靠近那条河。"弟弟"被泛滥的河水冲走而死这一消息，直到自称为"弟弟"的少年出现在民主审判现场时，才被彻底推翻，在这之前一直具有强大的说服力，说到底，还是孩子们对于浑浊的河水的禁忌发挥了作用吧。人们觉得一度被浑浊的河水冲走而死的弟弟又复活了，还带着占领军回来复仇。审判刚开始的时候，那席卷了全村的恐惧感，与浑浊的河水的力量这一说法不无关系……

　　我像环抱着浑浊的海水那样，划动着双臂，"噗噗"冒出的水草缠在我的胳膊上，让我无所适从，我就一直这样游着，没有一丁点爽快感。刚才与"哥哥"对话的过程中，我未能完全领会他的意思，现在只有"因为太可怕了"这句话，以碎片的形式残留在我脑海中，哥哥，我记忆中留存的民主审判刚开始时的巨大的恐惧感，让他的这句话重新燃起了火种。因为太可怕了，是谁惧怕呢？这句话用在这个"哥哥"身上显然不合适，他那般傲然地仰坐在色彩极为鲜艳的轮椅上,注视他的人从来不会被回以注视,这首先就是一种侮辱。但是,"因为太可怕了"这句话,还是在告白审判之际那个少年的内心动向吧。

我试图回忆起疏散儿童到达峡谷、整个事件开始时"哥哥"的面影。哥哥,可是,只有可爱而年幼的"弟弟",在峡谷跑来跑去的印象分外鲜明,其他十四五个充满个性的脸庞却模糊不清。他们疏散来的时候,正是预科练习生从海军基地脱逃,我们村里展开搜山行动的时候。海军基地就在流经峡谷的河流的入海口旁边。听说躲过搜山的预科练习生,在村里人逃散后,就离开森林下到村里来,和被弃而不顾的孩子们过着若即若离的生活。在疫病流行中,或者说是集团性妄想出的疫病流行中,一群被抛弃者和一个脱逃者,在空虚的村子里相遇了。这个预科练习生青年在村里人回归之际,被配备了竹枪的消防团抓住了。青年被制服时,竹枪刺入了他的腹部,在被宪兵队带回的途中就死了。哥哥,这次事件也成为占领军进入峡谷时村里人惧怕的事情,他们害怕被追究战争犯罪的罪责。对最初的搜山并不特别热心的村里人,为什么在经历了逃亡时期重回峡谷后,那么热衷于逮捕预科联逃兵,不惜用竹枪刺伤温顺老实的对手呢?难道不是因为害怕宪兵队发现当时全体村民的集体逃亡?

疏散来的孩子们先被安置在峡谷的寺庙里。他们是深夜村里孩子们都熟睡后到达的。第二天一早,他们就被铁匠拉去干活,无论好事还是坏事,只要是体力活都让他们做。他们被迫去清理那段日子峡谷里到处可见的家畜和野生小动物的尸骸。而我们这些峡谷里的孩子,哥哥,对他们的工作则袖手旁观。众多生物怪异死亡,这成为疫病谣传的根源,因此,峡谷里的孩子都被禁止触摸尸骸。我想起了当时的情景,疏散来的孩子们做着把狗、猫、老鼠的尸骸堆积成小山的工作,这群置身于污秽之中的人令人毛骨悚然,他们便以此为武器追着吓唬我们这些峡谷里的孩子。我试图在这一情景中搜寻那个少年,他是那群干着脏活儿的孩子们的头领,是个不好惹的厉害人物,总是一边庇护着那个"弟弟"一边劳动……

但是,哥哥,事实上对于我来说,"哥哥"清晰地停留在我的记忆中的,还是我们回归峡谷后他所扮演的角色。村长以下的掌权者们跟被遗弃在峡谷里的疏散儿童做起了交易。村民们不在期间,疏散儿童对峡谷的屋舍、田地所做出的破坏将不予追究,并将在这之后,正式接纳他们为疏散儿童。作为交换,跟他们约定,不许向即将率领第二队疏散儿童到来的教官们汇报峡谷里发生的任何事情。大多数人接受了交易,只有痛失落水"弟弟"的"哥哥"拒绝了交易。而且哥哥还坚决认为,他们哪里有破坏峡谷的房屋、财产,分明是保护了包括这一切的整个村子。于是,只有"哥哥"一人经铁匠之手被驱除出峡谷。这次处分的实际实施过程是在深夜孩子们看不到的地方进行的。因此,虽然民主审判以村子一方的胜利而告终,但那以后孩子们的灵魂深处依然有一处难以磨灭的阴影,他们怀疑,那个"哥哥"是不是被铁匠殴打致死,丢弃到森林深处了?

我双脚踩水回望海滨,想确认一下轮椅的位置,还没等弄清楚,就转身向海岸游去。"因为太可怕了",独自拒绝村长以下的人露骨的、夹杂着要挟的交易的少年,惧怕什么呢?他可是同占领军武装士兵一起坐着吉普开进来的。身处如此特权的位置,他究竟惧怕什么呢?但是不管怎样,从现在他所说的情况来看,少年出于"太可怕了"这个理由,才在民主审判期间自称为"弟弟"。为他"弟弟"复仇的审判,多多少少受到了这个因素的影响而被搞砸了。那之后许久,他都一直扮作"弟弟",经历了越南战争的苦难,失去了一只胳膊、一条腿、双眼、下巴的下半部分和声带,直至今日还自称为"弟弟"。这位"哥哥"如今却说"因为太可怕了"。那次民主审判之前,他不知通过何种途径得以接近占领军的士兵、军属,并自称为"弟弟",以整个村子为对手酝酿着报复计划。那个少年的感受居然是"太可怕了"。

我一个人爬上沙滩,哥哥此时正坐在轮椅上,戴着墨镜,面朝大海,苏菲正将嘴唇贴在"哥哥"耳根旁说着什么,扭转的脖颈上现出深深的皱纹,皱纹周围的汗水闪闪发光,看着斜上方的眼睛里充满了强有力的光,但却似乎没有盯着任何具体的事物。就连我去轮椅旁的保冷箱里拿啤酒,她也完全没有注意到。"哥哥"安装好的下巴,跟往常一样傲然扬起,那装置与其说是为了弥补残缺的肉体,不如说更像美式足球之类的运动中使用的防护器具。

7

在肮脏的、漂浮着从根部截断的水草的海水中游泳这件事,哥哥,让我觉得违反了我们峡谷里污水河的禁忌,惩罚像是从皮肤内里喷发出来一样显现出来。濡湿身体的海水还没干,我就开始起疹子了。疹子覆盖了身体的整个表层,同时也出现在内侧黏膜上。很快我便只能发出可怜而又低沉的嘶哑声。可在同一片海水里游泳的约翰和阿尼的皮肤,却丝毫没有受到侵害。

对于自己起疹子的事,我无从隐瞒,便告诉了阿尼他们,哥哥,他们的反应那么冷淡。细细瞧来,已经超出了中立的冷淡程度,透出了一丝敌意。阿尼表现出与平日里因药物激发的磊落截然不同的发自生理上的厌恶,连白眼球的部分都变成了红色,警惕着邻居们会不会走近前来。无论越南战争后的美国社会多么具有民主主义的复原力,也很难保证能宽容一个黄皮肤上长满疹子的东方人吧。阿尼旁边的约翰,把两条牧羊犬分别搂在细细的小腿两侧,坐在那里,生怕两条狗用鼻子蹭我那红肿的皮肤。刚才那两条狗厚颜无耻地过来隔着泳裤嗅我的性器时,他们还很淡定。而苏菲还在"哥哥"耳边私语,嘴唇都快蹭到"哥哥"耳朵上了,可是对于发病的我却连看都不看一眼……

发疹还在加剧,严重的地方皮肤肿成了橡胶状,因此我无法再留在海边。苏菲露骨地发泄着不满,和我们一同回到了别墅。我向他们解释说,自己的疹子是过敏引起的,假以时日一定会好转,然后就一个人钻进了副楼的卧室。我用好像变粗了的红手指,从为数不多的行李中找出阿司匹林咽了下去。喉咙里的黏膜肿了起来,连吞咽这一小片药都有障碍感,眼睛也懒得睁开。我躺在床上,情不自禁地在上了浆的硬床单上使劲蹭身上的疹子。热血在太阳穴上嗡嗡作响,直往上涌。哥哥,刚才我在漂浮着从根部折断的海草的污水中游泳时意识到,我对战争末期村里人的行为产生厌恶感时,才是我遇到的真正危机。因为我犯下了双重背叛。我背叛了不能在浊水中游泳这一村中生活根底里的禁忌,我还社会性背叛了村长以下的长老们。纵使那是小时候在峡谷河流里做过的事,我也受到了双重惩罚,首先是我的腿肚子抽筋,其次,哥哥,就连你都没有跳入浊水中救我。其实,少年时代我常常做着这样的噩梦。

但是,我知道,既然我逃离了那片长长的连根截断的水草缠住我胳膊和腿的污水,现在被发疹折磨的状态不过是我脱离最险恶的危险、好转起来的一个过程。尽管我现在承受着高热、身体表面甚至是内里的痛苦与不快感,但并没有生死攸关的那种不安。入夜时分,约翰一副忍俊不禁的表情来邀请我去参加大家都要出席的白天在海边偶遇的妇人家的聚会,我用蚊子叫一般的声音回答说不能参加,这对于我来说已经非常痛苦了……

我做了一个梦。睡眠很浅,在浅浅的睡眠层做着梦的我模糊地映射在我清醒的意识中,哥哥,为了逐一探究梦中的景象,我持续做着梦。梦中的我正坐着巴士返回故乡峡谷村庄。巴士的走法和之前总走的路线相反,就连正在做梦的我都清楚,那样的走法在地形上根本无法实现。巴士从山谷深处出来,像是要一处不落地经过狭窄县道旁边房屋与房屋之间的空隙似的,很是娴熟地停在了距指定停车场约五十米之外的地方。那里恰好是鱼店的门脸，这样停车的意图显而易见。不过，鱼店的鱼缸却安放在了对面锡匠的店面前。梦境中的相互关联设定得如此直白，不由得感到做梦的意识的羞涩。鱼缸虽然有大人胸部那么高，可最上面却镶嵌着一个水深约三厘米的架子。架子本身又被两张明信片左右的隔板分隔开来。架子有一张榻榻米那么大，上面覆盖着铁丝网，里面装满污水，散发着盐和铁锈的味道。在装满陈旧的海水的架子里，手掌大小的赤魟吧嗒吧嗒地越过隔板向前游。一个站在旁边看护鱼缸的身材矮小的老妇人对从巴士窗户向下看的我说——那孩子最终变成了这个样子！

哥哥，那孩子是和我们一样考上大学、为数不多的农村出身的学生。大学在读期间他就决心告发战争末期村子里发生的村里人抛弃疏散儿童，集体逃离的事件。而且，他还宣称完全支持"弟弟"，也就是"哥哥"，在占领军主持的民主审判上的证言。那孩子在上东京大学的第一个暑假回到峡谷，为的是收集告发用的材料。尽管必须口头收集证词，但是，那孩子却因为自闭而整天闷在家里。他的母亲就按照儿子的指示，四处奔走听取证言。最后，那孩子不但没写成告发文书，自己还中途退学，村里再没有他的消息。现在他变成了手掌大小的赤魟，瞪着像小黑洞一样的眼睛，紧闭着像一条裂缝一样的嘴巴，吧唧吧唧地跳过鱼缸架子里浅浅的隔板游动着——那孩子最终变成了这个样子！蜷缩着身子的老妇人对巴士里围观的乘客诉说着。赤魟和它溅起的水花散发着令人厌恶的臭气。按照梦中的理论，哥哥，那个孩子化作的赤魟替我承担了白天我在污浊的海水中背负的污秽，所以我感觉现在自己已经被净化了。一边做着梦一边沉睡的肉体，奔涌出疹子越过高峰期加速痊愈的畅快感，那是肉体被小规模更新后的生机勃勃的感觉。沉睡的男人疹子平息后的皮肤上甚至泛着微光。梦境的结尾，我亲眼看到了这样的一个自己。

疹子已经散去,我睁开没有障碍感的眼睛,灯光照亮了和衣躺在行军床上的我。脚边的门对着昏暗的走廊敞开着。我抬起上身,看见风尘仆仆的陪同静静地低着头坐在窗边的书桌前。她脸上皮肤蜡黄,没有一丝血色,嘴唇发黑。光滑而厚重的头发遮掩着的那张小脸儿如同日本人偶一般。陪同觉察到我身体活动的迹象,抬起了头,眼睛里闪烁着激昂的力量。

"他应该是跟阿尼他们去参加聚会了。你的音乐会怎么样了?"

"因为小提琴过于干燥,这样下去会出故障,所以明天的音乐会不能出场了,这才回来的。"陪同用与她那无光泽的皮肤相称的毫无情感的声音说,"他也从晚会回来了。在主楼阿尼他们的卧室里,正以苏菲一个人为对象和阿尼性交呢。我去找他,发现约翰和狗正偷看呢。我倒是把他赶走了。"

哥哥,我无言以对!苏菲在海岸上表现出的对"哥哥"的热情就这样与陪同所说的床上的情景联系起来……我俯视着两个手背,发现上面还残留着疹子的痕迹——血色的斑点,想来我独自一人躺在这里这件事,很可能是阿尼他们的合谋。

"那些变态的美国人,还有他,居然接受了他们的邀请,像一个毁坏的人偶一样,接受着令人恶心的爱抚,还报之以力所能及的回应,他究竟想做什么呢?"陪同虽然两眼炯炯放光,却奇妙地慢悠悠地说,"因为这一周以来性欲被压抑了,他是打算这样辩解吗?的确如此,我忙于练习,无暇顾及此事。但是,欲望高涨的话,至少还留着一只行动自如的胳膊,手淫这种事总归是可能的吧?在他漫长的康复期里,要是他没被毁坏的那部分身体燃起了欲望,我就把自己的手掌(哥哥,她像捧起水一样把手掌凹进去给我看)捂在他身体上呢!"

我自然还是没有合适的语言来应答!只想告诉陪同,她出发后,在我和"哥哥"交谈的过程中,"哥哥"说出了"因为太可怕了"这句话……

"在这么无聊、混乱、焦躁的情况下,最好有性方面的消耗,然后蒙头大睡。"陪同这样说着,不等我给出一个像样的回答,便穿着一袭黑衣,威风凛凛地起身离开了房间。

尽管如此,哥哥,许久我都在俯视从床上垂下的我的两条腿。然后,我艰难地下了床,穿过像船的走廊一样狭窄的空间,来到"哥哥"和陪同的房间。那天早晨,我害怕会在那张床上发现一个像被抛弃的胎儿一样悲惨的人,可如今上面却躺着陪同,正要用毯子包裹自己庞大的裸体。陪同用炯炯燃烧的双眼注视着我脱下裤子和内衣,随后掀开毛毯给我腾出了位置。

我先是爬上她腹部性交,无奈她下腹部长着赘肉,性器本身好像到了肛门那里,无法准确到达实际的位置。正当快要对性交丧失兴致的我不知如何是好时,陪同紧闭着双眼,以腿部率直的动作对我作出了指示。于是我离开她肥厚的下腹部,陪同就像鲸鱼翻身一样侧身躺下。面对陪同小山一样的腰部,不知为什么,感觉自己在做无谋的尝试。我用双手托着她的腰部,陪同就像多年的夫妻一样配合着我的动作,柔软而迅速地挪动着臀部,向我伸出了性器,我才得以顺利地收于其中。

我们就这样重新开始性交,但即便如此,也并不是进行得很顺利。我自身的不满暂且不提,哥哥,因为我察觉到了陪同的失落感。我深切地感受到,她现在失落的别无他物,正是"哥哥"的肉体。通过她的失落感,我才切实感受到在主楼阿尼和苏菲的卧室里,"哥哥"的肉体起到的色情作用。这时我脑海中浮现出陪同一边说着让"哥哥"发泄性欲时的事,一边给我展示的手形。于是我把左手伸向她高高隆起的腰部另一侧,把像捧水时那样凹陷的手掌捂到了她那柔软得令人吃惊的耻丘。这之后,对于陪同来说,性交质量得到了彻底改善,这一信息也传达给了我。然后,我看着眼前宽大的后背,与这个女性的肉体化为了一体,就像在我自己的肉体里性交＝被性交一样,实现了深深的官能上的高扬……再次发现在我外部的陪同的肉体是她即将达到高潮的时候,陪同把自己凹陷的手掌滑向了我正在爱抚的地方。无论我的手指怎样追逐,都被拂开,仿佛她凹陷的手掌沉入了自己柔软而濡湿的阴部。就像溯河逆流而上找到水源地用尽浑身力气产卵的雌鲑和把精液洒在上面的雄鲑,一起舞动,一起张着大嘴的幻境……

周日,主楼和副楼的所有人都睡到很晚。我们到了下午才聚集到主楼用早餐。每个人都狼吞虎咽地吃着盛在大盘子里的培根和鸡蛋。没有了早晨餐桌上热情的团聚,无精打采、郁郁寡欢的情绪主宰了餐桌的氛围。懒洋洋地躺在地板上的两条狗也包括在内。

用过餐后,所有人又去了海边。比昨天数量还多的邻居经过时都顺便跟阿尼和苏菲打招呼,但并没有对"哥哥"的轮椅表现出特别的态度。也许,昨晚在邻居们济济一堂的晚会上,轮椅和坐在上面的"哥哥"已经被从各个角度鉴赏过了吧。虽然"哥哥"面向大海的轮椅的位置还同昨天一样,但一如既往地、踏实而坚定地陪伴在旁边的却是陪同。为了一字不落地读出"哥哥"的话,她那戴着墨镜的眼睛一直固定在磨砂玻璃板上,也不抬头看大海的方向。就这样"哥哥"和陪同的关系一举得以恢复,苏菲则被排挤在外,今天坐在了与轮椅稍有距离的沙滩上。她旁边的阿尼,白发很是显眼,胡须微长,侧脸上睁着如同疲惫的鸟儿一样的眼睛,正在听收音机里的股市行情。

他们与轮椅那两位构成两个顶点,平面等腰三角形的另一个顶点上坐着跟昨天引发了大规模发疹的海水保持着距离的我。但是,昨夜似乎有巨大的海流冲刷而过,海水虽然还是灰色,但已有了生机勃勃的海的颜色。没有泥沙污染,渐行渐近的巨大波浪也没有截断的水草漂浮。

这时阿尼大幅度晃着肩膀，按照他一贯的步态向我走来。阿尼一边与我并排坐下，一边发出"呀"的一声，分不清那是叫喊声还是感慨声。

"为了我们作家的回忆录，你配合我们的工作进行到什么程度了？已经渡过难关了吧？"阿尼用与刚才听股市行情时同样的表情，一边望着大海，一边问道，"据说他们的工作得以顺利进行是因为他们住的地方很好，已经住习惯了。因此，如果你的协助已经取得一定成果的话……他们是这样说的啊，想就此结清你的协助费，怎么样？"

哥哥，这是美国出版社社长典型的协商方式，一经提出就无从变动的方针。"为了这位作家的回忆录，就我能协助的范围，我想我已经全部覆盖了。"我回答道。当然，哥哥，如果我继续挖掘"哥哥"所说的"因为太恐惧了"这句话的含义，就战后仍持续着一个人的战争，像"哥哥"这样的日本人的少年、青年时期的经历来探索文脉的话，我能为"哥哥"的回忆录协助的范围就会无限延伸吧。但是，为了这样做，我就得把我们村子——在那个战争末期的危难时刻，"哥哥"他们这些疏散儿童曾一时保护过的地方——创建以来的总体历史讲给他听，如果不这样做就不公平了。如果不这样做，就无法对现在的"哥哥"解释清楚，为什么"哥哥"和占领军一起回到峡谷，对于他个人来说，如果不自称如同少彦名神般的"弟弟"就无法告发，他所说的"太可怕了"的感觉其实是源于对我们村子本身的惧怕。从总体上讲述我们村子创建以来的独特历史的工作，不就是我熟悉的另一位作家，也就是哥哥你的工作吗？

还有，哥哥，年轻时的你曾把战争末期我们村子里发生的事写成小说，但是，这并不是我现在所说的这一性质的工作。那更像是为了回避真正的工作而制造的不在犯罪现场的作业。你正是通过那个少年时代的"哥哥"的眼睛和肉体来叙述自己的小说的。那部《揪芽打仔》,虽然陪同已经读给"哥哥"听过,但是,"哥哥"并没有在里面找到自己所说的"因为太可怕了"这句话中的恐怖或是畏惧的核心所在吧。我甚至怀疑,你正是为了隐藏那东西的所在,才写了那本小说的……

哥哥,也许你会为自己辩护。年轻的我怎么会知道自己踏上了和你梦中化作赤魟的那孩子相同的命运呢。确实是这样啊,作为弟弟的我也是这么认为的。你仅仅因为写了那篇牧歌式的《揪芽打仔》,就彻底变成了为我们村子所排斥的人。但是,哥哥,我们村子是怎样创建,又是怎样在一个孤立且封闭的世界中编织着类似"永劫回归"的独特的历史呢?还有,其历史在从地形学上可能解读之前,又是怎样给峡谷和包围着峡谷的森林刻上了烙印呢?对其整体总是缄默不语,又怎能令人信服地讲述战争末期那里发生的事件呢?我自己读了《揪芽打仔》以来一直怀有这样的疑惑。对于那些对我们村子的历史和其在地形学上的表征一无所知的人来说,能发自内心地相信那里讲述的事件吗?

哥哥,我们村子的创建者们沿着长长的河流逆流而上,在森林深处发现的一个特殊的地方找到了可以将命运托付给他们的力量。为了接近那片土地的力量,他们才修建了我们的村子。正因为峡谷是如此特别的地方,战争末期面临巨大危机之时,全体村民才会产生必须离开的想法,这也是非常自然的。我们世世代代都生活在我们的这片土地上,那里的每一个地方都镌刻着村子的历史,因此,当危难来临时,全体离开这里的想法一举得到了所有村民的赞成。

而且,我觉得,正因为这片土地的力量从地形学上来看是那么一目了然,所以,村民们全体离开后,疏散儿童们的乌托邦才得以建成。

就好像在重复着数百年前经过漫长的旅程到达这里的创建者们的建设游戏一样。在孩子们正在创建乌托邦的时候死去的"弟弟",从我们村子的角度来看,他和创建期以来的历史上被祭奠的重要死者一样,被认为是为峡谷而牺牲的人之一。事实上,在为了参加民主审判坐着占领军的吉普到来的少年扰乱了生与死的秩序之前,在我们村子里的孩子们为清晨日暮微光中的峡谷风景失魂落魄的同时,不是也曾怀有某种独特的思绪吗?——"弟弟"普遍存在于整个这片土地上,我们怀有的就是这样一种思绪。我们已经非常自然地把"弟弟"与那些创建期以来的重要死者重合在了一起……

我想,对于企图再次进入这片有着特殊历程的土地,并以这片土地和土地上的人们为敌的"哥哥"来说,除了扮成死去的"弟弟",借助他的"御灵"的力量之外,再没有其他可以获得勇气的支柱了吧。因为当时我们的村子"太可怕了",这一定是因为峡谷和森林的形态本身太可怕了。于是,因为恐惧而一度假扮"弟弟"的"哥哥",在民主审判破灭之后,还一直扮演着"弟弟"的"御灵"。哥哥,我在想,为了在人生的任何时候都扮演那个"御灵",他选择了与自己自然的选择基本上相悖的一条出路,如今才落得浑身印满彻底的暴力性破坏的印记的困境吧。而且,现在他依然过着无法从少年时代占据他内心的巨大恐怖或恐惧的感受中解放出来的生活。甚至提起这种感受时,他还会喷发出肆无忌惮的大笑……

听了我的回答,阿尼似乎如释重负。他从泳裤中取出一个小玻璃瓶,吞下橙黄色的药物,还推荐给我,我摇了摇头。阿尼晃动着肩膀往轮椅的方向走去,去转达刚才与我商谈的事项的结果。他也向"哥哥"和陪同推荐了手上那个玻璃瓶里的药物,同样被婉转地拒绝了。然后,阿尼回到了苏菲旁边,深深地坐进沙子里,似有凄凉地微笑着望着大海的方向。

大江写作的两个端点性的文本

——《揪芽打仔》和《"揪芽打仔"之审判》

徐则臣

大江健三郎二十三岁时发表《揪芽打仔》,《"揪芽打仔"之审判》发表在一九八〇年,这一年大江四十五岁。《揪芽打仔》不是大江写作的起点,在此之前他已经完成小说《奇妙的工作》《死者的奢华》和《饲养》;《"揪芽打仔"之审判》更不是大江写作的终点,而是正值写作的中期、壮年,其后的三十多年来大江一直笔耕不辍,直到现在。但我还是愿意把这两部作品看作大江写作的两个端点:一是这两部作品在内容上一脉相承,足可以在同一条路径上去考察大江的写作;二则这两部作品基本上体现了大江早期和中晚期作品的艺术和思想特点,至少从中可以梳理出大江毕生创作的大致脉络。

时隔二十二年,重新给一部早期作品续上新篇,且根植于同一事件,主要人物无大变,甚至续篇恰是对旧作的审判和反思,在整个世界文学史上大约也不多见。大江正是那种第一声啼哭就极为嘹亮的早熟作家,《揪芽打仔》跟《饲养》一样,既成熟地体现了大江早期作品的艺术风格,也比较完整地展示了他的存在主义文学观,同时,他所关注的战争对灵魂、对人性的摧残和异化,以及对战后心灵的重建和日本军国主义与国民性的反思,从这个时候开始,一以贯之在大江六十多年来的创作始终。在这个意义上,视《掀芽打仔》为大江创作的起点性的作品,应该是说得通的。

《"掀芽打仔"之审判》(下称《审判》),作为《掀芽打仔》的续篇,立场不能说与前者完全相左,但看待问题的视角的确是发生了巨大的变化,叙述视角完全站到了前者的对立面。为什么二十多年后,作者还念念不忘这个一群感化院少年在山谷中短暂生活的故事?显然是他认为有必要从另外一个角度重新审视那段历史。人到中年,他的想法已不再是年轻时那样斩钉截铁,年轻时的果决和快意恩仇是否失之片面和单一? 这也当是大江一直自我警惕的。年既长,阅历累积,世事锤炼,他的思虑愈加周全,感化院少年的故事有了"审判"和反思的空间与可能。兼听则明,偏听则暗,写作也如此,他决定换一个视角,在另一个时空下重新讲述一遍当年的故事。当然,他要给重述和反思这个故事提供一个有足够说服力的由头,这个契机就是美国的越战之后。通过一场当下的战争反思当年那场战争,再没有比这种互文式的背景更具说服力了,因为美越之战本身就"自带流量"。

写作《审判》的大江,依然是当年那个有"韧"的战斗精神的大江,有立场有观点有决断,但更开阔、更宽容、更全面、更具国际化的视野,思想和行文也更体贴。他有足够的耐心和能力去作换位思考,因此也更悲悯。所以,他才能在《审判》中重新发现村民们的恐惧,也尽力去理解"反·弟弟"当年带领美军返回峡谷村庄时以"哥哥"冒充"弟弟"的原因:"反·弟弟"觉得"太可怕了"。《审判》中呈现出来的主题和思考方式乃至写作风格,已然昭示出大江其后三十多年的写作。他的主题一以贯之,他作品中的思辨和复调,他的思想者呓语一般的行文风格,他的强烈的问题意识,以及为了解决问题不惜牺牲小说应有的可读性、故事性和趣味性,在《审判》中已经表现得相当明显——就作品呈现出的风格样态看,说它与晚期的《空翻》《水死》等小说的写作同处一个时段,可能也不算太离谱。

从这个角度上说,《审判》尽管是大江的中期之作,在一定程度上,已经具有了所谓的"晚期风格"。而《审判》的前传——《揪芽打仔》与之相比,更丰润,故事性、可读性更强,小说这一文体的诸般特征更明显,或者说,更接近常规意义上的小说形态。这也是他早期创作中风格集大成者之一。到了《审判》,强烈的倾诉欲望和自我辩难的冲动不可遏抑,力量之大,几乎到了让大江不惜牺牲小说基本面的程度。对他来说,是不是小说已经没那么重要,或者说,"形式主义上的"那个小说他已经不那么看重,他要突破,他要创造出一种新的"小说",艰涩、烧脑,更多依靠对话和思辨去推动小说运行,而非像过去那样倚重平易近人的故事和细节。写什么和怎么写在大江此时的文学天平上,有了截然的高下之分,写什么远远大过怎么写,或为原因之一。大江的晚期小说作品更像边界模糊的跨文体写作,甚至是打着小说旗号的随笔和政论。

如此说来,《揪芽打仔》和《审判》或可以大江写作的两个端点视之,起码具备了某种气质与可能。

细读两部作品,会发现两者间存在非同寻常的互文共生关系。其互文,固然是因为两部作品的内容一脉相承,甚至《审判》完全是寄生在《揪芽打仔》的文本之上,更在于《审判》是《揪芽打仔》的强劲反转。两部小说中,感化院少年与峡谷中的村民都是对立的双方,《揪芽打仔》中,大江用的叙述者"我"是闯入者感化院少年;到《审判》中,叙述者"我"则是当年村民的孩子。不同的叙述角度和立场,让两部小说批判和反思的角度与问题呈现出了巨大的差异。

前者站在感化院少年的角度,批判大疫来临,村民不顾外来少年的安危,孤立、隔离和抛弃他们,弃少年们的生死于不顾,唯求自保,转移到别处避疫逃亡。而后者,则是站在村民子弟的视角和立场,为当年村民的行为作具体语境下的合理化解释,即:他们为什么抛弃那一群感化院少年。因为他们也有深刻的恐惧:瘟疫、战争、军国主义的高压与威胁、战败后身份认同和主体感的丧失;一旦面对陌生的闯入者,恐惧让他们的防卫和排外意识迅速膨胀,为保全自我而激发出来的人性恶也就更加剧烈和醒目。就身份而言,感化院少年是弱者,是被侮辱与被损害者,村民们同样也是,他们的感受甚至更强烈。

二十二年后,大江决定重新勘察村民们的内心。事件双方本就该有平等和充分的自我表达之权利,这才是对历史负责任的态度。而这种真诚、坦荡、中正地体察历史的态度,确是大江中后期作品的一个基调。相依共生的先后两部作品,其变化正见出了大江创作上的分野。由此,或可说,这两部作品亦堪称大江前后创作的标志性样本。

就文本本身而言,《审判》较之前者,复杂程度亦不可同日而语。《揪芽打仔》中,哥哥是感化院少年的头头,弟弟追随哥哥来到感化院,一起被疏散到了峡谷的村庄里,兄弟手足,其情甚笃。如果带着这个印象进入《审判》,你会想当然地认为《审判》中的哥哥和弟弟就是感化院少年的哥哥和弟弟。小说开篇,作者即极具诱导:"这是居住在美国的弟弟用英语写给我的像报告一样的信。关于与这份报告相关的前情事件,我曾经写过一篇小说。""这篇小说"是什么?当然是记录了"相关的前情事件"的《揪芽打仔》。"我"是谁?当然是感化院少年"我"。

但继续读下来,总觉得哪里有问题,尤其当"反·弟弟"出场后,人物的身份开始混乱。"弟弟"的描述和议论怎么看都不像是那个被大水冲走的感化院少年弟弟;"反·弟弟"的立场和态度,怎么解释成当年躲在人群里的某个村庄男孩都不合逻辑。如果他是"反·弟弟","反·弟弟"的哥哥是谁?而"反·弟弟"表现出来的喧嚣、狂傲和暴烈,在"前情事件"中的村庄孩子身上找不到任何蛛丝马迹。在纠结、犹疑、感觉混乱和不断地自我否定的阅读中,直读到"然而被泛滥的河水冲走的'弟弟'竟然活了下来,还坐着占领军的吉普,带着美国人一起回来了",我才意识到,我可能把人物的身份给弄颠倒了。《审判》的作者"我",跟《揪芽打仔》的作者"我",既是同一个"我",也可能不是同一个"我"。继续下文,读到这句:"哥哥,我发现自己那么害怕'反·弟弟'追问我逃亡期间的经历。我们那队人在腐坏中穿行,甚至不惜自我腐坏,而后重新向着新生活进发,但即便如此……"方确信第二部小说的作者"我",是村民的孩子而非感化院少年的那个头头。《审判》将至结尾,弟弟果然在信中挑明:"哥哥,年轻时的你曾把战争末期我们村子里发生的事写成小说……"

——人物在两部小说里作了角色互换。"哥哥"非感化院少年哥哥,"弟弟"也非感化院少年弟弟;那么"反·弟弟"呢,就是那个坐着美国人的吉普车返回来控诉峡谷村民的一度被大水冲走的感化院少年弟弟。但真的是那个弟弟吗?行文继续:"带领进驻军回来参加民主审判的并不是'弟弟'",而是那个"弟弟"的哥哥!这就有意思了。

且看其中的对位互换:

先是《审判》中的哥哥、弟弟非《揪芽打仔》中的哥哥、弟弟,"反·弟弟"才是感化院少年的"我"的弟弟;接下来,村庄中的弟弟发现"反·弟弟"并非感化院的"弟弟",而是感化院的"哥哥"。又一次实现了剧情反转。

这正是大江中后期作品思想和艺术的复杂性表征之一。他有足够宽阔、复杂和深邃的思想,他也有足够复杂、精深的写作技巧,唯其如此,才可能让读者在进入《审判》时一度迷失在人物的身份辨识中,也才有可能在剧情过半,突然艺术地实现"反·弟弟"与"哥哥"身份的陡转。那么,接下来的问题是:为什么"哥哥"充当原告重新返回峡谷参加民主审判时,要以"弟弟"的身份冒充之?照常理,直接亮出哥哥的身份,"你和占领军开进峡谷的时候,应该可以就你'弟弟'的死来追究村子方面的责任吧?""要是作为死去的孩子的至亲告发的话,一定会成为切实有力的谴责吧。占领军的人们一定会支持你"。但是哥哥不这么干,他要冒充弟弟——"因为太可怕了"。

已经有了占领军做靠山,"身处如此特权的位置,他究竟惧怕什么呢"?"其实是源于对我们村子本身的惧怕"。而扮成被大水冲走的死去的"弟弟",借助"御灵"的力量,他才可能获得重返和直面村子的勇气。因为战争结束了,但恐惧并未结束;因为在战后,每个人身上仍然持续着一个人的战争。

借助"反·弟弟"的恐惧,大江想要解决的问题是:"身处如此特权的位置"的"反·弟弟"当年都恐惧,甚至这个恐惧一直持续到他成年以后的今天,那么,推己及人,身处被告位置的村民,更有恐惧的理由,他们在那个语境中的所作所为,也就有了被理解的可能。审判是必要的,但审判之外还要给予理解与悲悯充分的空间。作为村民,"我们承认这一罪行",但也应该得到必要的宽容和理解,在这场战争中,每个人都是受害者。恐惧深入了每个人的骨髓:"审判是在席卷全村的巨大恐怖中开始的。战后不久传出的'成年男子全部去势,女子全部强奸'的流言蜚语……"而"这次审判之后,峡谷里所有人都会被送进夏威夷集中营这一消息,还是以各种各样的形式深入到了村里人的心中"。峡谷村民经受的恐惧,较之感化院少年,并不可谓不深重。

  为了更宽阔地理解特殊时期的世道人心,大江重新讲述了峡谷中感化院少年的故事。在这一次讲述中,他使用了对位互换的角色变化,一波三折地逼近了历史现场。自《揪芽打仔》到《"揪芽打仔"之审判》,大江的写作,文学观、风格、艺术和对现实与历史的思考,显然经历了巨大的变化,而此等变化,纵观大江整个创作,也堪为标识,如同某一种意义上的两个端点。

于安和园
二〇一九年三月十九日